ELAINE WINTER

Modehaus Haynbach – Schicksalhafte Jahre

Weitere Titel der Autorin:

Das Geheimnis von Chaleran Castle
Herzmuscheln
Fräulein Nora findet die Liebe
Die Töchter der Villa Weißenfels
Schneeflockenherzen
Modehaus Haynbach – Schicksalhafte Jahre
Modehaus Haynbach – Glanzvolle Zeiten

Über die Autorin:

Elaine Winter ist ein Pseudonym der Autorin Ira Severin, die schon als Kind gerne Geschichten erfunden hat. Sie studierte Germanistik und Anglistik, probierte sich in verschiedenen Jobs in der Medienbranche aus und kehrte bald zum Geschichten erfinden zurück. Inzwischen ist sie seit mehr als zwanzig Jahren Autorin und hat den Spaß am Erdenken schicksalhafter Wendungen und romantischer Begegnungen bis heute nicht verloren. Sie schreibt auch unter dem Pseudonym Luisa von Kamecke.

ELAINE WINTER

Modehaus HAYNBACH

Schicksalhafte Jahre

lübbe

Dieser Titel ist auch als E-Book erschienen

MIX
Papier aus verantwortungsvollen Quellen
FSC® C014496

Vollständige Taschenbuchausgabe
der bei Bastei Lübbe erschienenen E-Book-Ausgabe

Umschlag/Einbandmotive: © shutterstock: KOCHMARYOV | ampcool | Valery Sidelnykov | Millena | ecco | mohdizuan | Grazyna Rogala
Umschlaggestaltung: Christin Wilhelm, www.grafic4u.de
Satz: 3w+p GmbH, Rimpar (www.3wplusp.de)
Gesetzt aus der Minion
Druck und Verarbeitung: GGP Media GmbH, Pößneck
Printed in Germany
ISBN 978-3-404-18387-6

5 4 3 2 1

Sie finden uns im Internet unter luebbe.de
Bitte beachten Sie auch: lesejury.de

1

Irgendwo in Bayern, Juni 1945

Viktoria Louisa von Haynbach schreckte aus dem Schlaf hoch, richtete sich auf und spähte angestrengt in die Dunkelheit im Schatten der Bäume, wohin das schwache Mondlicht nicht reichte. Ein lautes Knacken hatte sie geweckt. Waren das Schritte gewesen? Oder schlich ein gefährliches Tier herum? Vielleicht hatte auch nur ein Ast der Eiche geknackt, unter der sie ihr Nachtlager aufgeschlagen hatten.

»Bist du wach, Mama?«, flüsterte sie ihrer Mutter zu, die sich dicht neben ihr in eine dünne Decke eingewickelt hatte.

»Hm?«, machte Claire und rührte sich nicht.

»Hast du das auch gehört?« Mit zusammengekniffenen Augen starrte Viktoria an dem dicken Baumstamm vorbei in die tiefen Schatten. Da bewegte sich doch etwas! Vielleicht hatte ihr der Wind im Laub die hohe, schmale Silhouette aber auch nur vorgegaukelt, die sie zu sehen geglaubt hatte.

Sie tastete nach dem Messer, das sie unter die zusammengerollte Jacke geschoben hatte, die ihr als Kopfkissen diente. Gleichzeitig fixierte sie den Leiterwagen, der mitsamt Inhalt im Moment ihren ganzen Besitz darstellte.

Die Bauersleute hatten ihnen das klapprige Wägelchen im Tausch gegen ihre Wintermäntel überlassen. Drei hochwertige, warme Mäntel gegen einen altersschwachen Karren – definitiv ein schlechtes Geschäft. Doch die Züge fuhren unregelmäßig und waren oft so überfüllt, dass niemand mehr zusteigen konnte. Deshalb hatten sie beschlossen, die mehr als hundert Kilometer nach Hause zu Fuß zurückzulegen, und sie mussten ihr Hab und Gut ja irgendwie transportieren. Sie wussten nicht, was aus ihren persönlichen Dingen geworden war, die sie bei ihrer Flucht in der Villa Rabenfels zurückgelassen hatten. Also konnte es sich bei den wenigen Kleidungsstücken, die sie nach der Zeit auf dem Bauernhof noch besaßen, tatsächlich um ihre komplette Garderobe handeln. Ihr Proviant für den restlichen Weg bestand aus einem halben Laib Brot, zwei schrumpeligen Winteräpfeln und einem vertrockneten Stück Käse.

»Was meinst du?«, erwiderte ihre Mutter auf Viktorias Frage. Falls tatsächlich jemand im Schatten herumschlich, der sie bestehlen wollte oder noch Schlimmeres im Schilde führte, würde Claire sich nicht wehren, so viel stand fest. Sie war nicht bereit zu kämpfen. Nicht ums Leben und nicht ums Überleben. Es hatte Tage gegeben, an denen Viktoria nicht gewagt hatte, ihre Mutter aus den Augen zu lassen, aus Angst, sie könnte sich etwas antun.

Mit bebenden Fingern umklammerte Viktoria den Messergriff und sah zu ihrer Schwester hinüber, die auf Claires anderer Seite lag. Wenn Mabelle erst einmal schlief, war sie nur durch heftiges Rütteln und lautes Rufen wachzubekommen. Vorerst hielt Viktoria es jedoch für klüger, sich ruhig zu verhalten.

Ein erneutes Knacken ließ sie zusammenfahren. Mit einem Ruck setzte sie sich ganz auf – gerade rechtzeitig, um zu sehen, wie ein Mann unter den Bäumen hervor ins Mondlicht trat und auf sie zukam. Sie sprang auf und schrie los – rief irgendwelche zusammenhanglosen Worte, während sie wie wild mit dem Messer herumfuchtelte.

Tatsächlich blieb der Mann wenige Schritte vor ihr stehen und sagte irgendetwas, das sie in ihrer Panik nicht verstand. Aus dem Augenwinkel sah sie, wie Mabelle sich vom Boden hochrappelte und auch ihre Mutter aufstand.

»Gehen Sie weg, ich bin bewaffnet«, schrie Viktoria mit

sich überschlagender Stimme den Mann an, der sich weitere zwei oder drei weitere Schritte genähert hatte. Jetzt erkannte sie, dass er eine zerlumpte Wehrmachtsuniform und eine Schirmmütze trug. Offenbar war er ein deutscher Soldat, was sie allerdings auch nicht sonderlich beruhigte. Sie hatte schon furchtbare Dinge über Frauen gehört, die Kriegsheimkehrern in die Hände gefallen waren. Diese Männer waren nicht nur ausgehungert nach Nahrung – viele von ihnen hatten auch schon lange keine Frau mehr gehabt.

»Sachte, sachte.« Er hob beschwichtigend beide Hände und kam weiter auf sie zu.

»Stehenbleiben«, kreischte Viktoria.

»Hauen Sie ab«, hörte sie gleichzeitig ihre Schwester rufen. In Mabelles Stimme schwang so viel Angst mit, dass sich Viktorias Magen zusammenkrampfte.

»Mama«, fügte Mabelle flehend hinzu, und automatisch schaute auch Viktoria ihre Mutter an.

»Bitte tun Sie meinen Töchtern nichts«, flüsterte Claire, die immer noch mit hängenden Armen dastand.

In diesem Moment wurde Viktoria endgültig klar, dass sie diejenige war, die die Verantwortung für die kleine Familie trug. Mabelle verhielt sich mit ihren knapp sechzehn Jahren in manchen Momenten noch wie ein Kind, das sich hinter den Erwachsenen versteckte. Auch jetzt war sie einen Schritt zurückgewichen.

Und ihre Mutter …

Der Soldat stand unbewegt da und starrte die drei Frauen an. Ab und zu schien er einen prüfenden Blick auf den Handkarren zu werfen. Und war da nicht auch Begehren in seinen Augen, besonders, wenn er Mabelle ansah?

»Sie! Gehen! Weg! Sofort!«, schrie Viktoria den Mann an. »Wenn Sie nicht auf der Stelle verschwinden …«

Er glitt so schnell durch die silbergraue Dunkelheit auf sie zu, dass sie die Bewegung kaum wahrnahm. Plötzlich stand er vor ihr und packte sie beim Arm.

»Hören Sie auf, so herumzubrüllen«, fuhr er sie an. »Wenn hier in der Nähe eine amerikanische Patrouille unterwegs ist, werde ich festgenommen, obwohl ich nichts getan habe.«

»Ich denke nicht dran, leise zu sein.« Sie funkelte ihn wütend an und erschrak, als sie aus der Nähe in seine Augen sah. Die Traurigkeit im Dunkel seiner Iris traf sie wie ein Schlag in die Magengrube. Es war, als könnte sie in seinem fiebrigen Blick für eine Sekunde wahrnehmen, was er an der Front erlebt hatte. Schlimme Dinge, die einen Menschen für immer verändern mussten. Entsetzliche Gräuel, die aus ganz normalen Männern Monster machen konnten, die sich mit Gewalt nahmen, was sie wollten und außer dem eigenen Schmerz nichts mehr fühlten.

»Ich will doch nur …«

Durch den Ärmel ihres dünnen Pullovers spürte sie die Hitze seiner Finger wie kleine Flammen auf der Haut. Mit einem energischen Ruck befreite sie sich aus seinem Griff, verwundert, wie leicht er sie losließ. Als hätte er nicht genug Kraft, sie gegen ihren Willen festzuhalten.

Entschlossen fuhr sie mit dem Messer durch die Luft. Die Klinge blitzte im schwachen Mondschein. Der Soldat zuckte zurück und presste sich die Hand an den Kopf. Als er sie wieder sinken ließ, sah sie einen dünnen roten Strich auf seiner Stirn, den sie offenbar mit der Spitze ihres Messers gezogen hatte. Er reichte von der linken Schläfe bis zur Nasenwurzel.

Der Soldat wich zurück, und Viktoria atmete auf. Dennoch umklammerte sie ihr Messer noch fester. Bisher hatte sie nicht gewusst, ob sie tatsächlich in der Lage sein würde, sich damit zu verteidigen. Doch sie konnte es. Und in diesem Moment wusste sie, dass sie den Mann, wenn es sein musste, auch noch schwerer verletzen würde. Sie würde sich und ihre Familie verteidigen. Warum ging er nicht? Was wollte er von ihnen? Sie hatten nichts, was sie ihm hätten geben können – bis auf einen Happen Essen vielleicht, den sie anschließend schmerzlich vermissen würden. Und aus irgendeinem Grund glaubte sie nicht, dass er mit einem schrumpeligen Apfel oder einem Stück Brot zufrieden gewesen wäre.

Wieder musste sie an die schrecklichen Geschichten über Frauen denken, die von Soldaten vergewaltigt und halb totgeschlagen worden waren. Das waren nicht nur russische oder andere Soldaten der Siegermächte gewesen, sondern auch deutsche Heimkehrer, die sich nach langen Monaten in Todesgefahr wie Tiere verhalten hatten.

»Weg jetzt, verdammt noch mal!«, schrie sie, so laut sie konnte. Denn sie wusste nun, dass der Mann Angst davor hatte, möglicherweise die Aufmerksamkeit in der Nähe kampierender Besatzungssoldaten zu erregen. Und sie fluchte aus tiefstem Herzen, weil es ihr irgendwie Erleichterung verschaffte. Früher wäre ihre Mutter zusammengezuckt und hätte sie heftig getadelt. Aber in diesem Moment wusste sie nicht einmal, ob Claire es bemerkte, wenn sie sich undamenhaft verhielt. Dies war keine Zeit, in der Damen es weit brachten. Wer überleben wollte, musste seine eigenen Regeln aufstellen.

Der Soldat zögerte noch. Er stand jetzt so weit von ihr entfernt, dass sie ihn mit ihrem Messer nur erreichen konnte, wenn sie auf ihn zuging. Doch Mabelle klammerte sich an ihr fest, und sie hätte sie erst abschütteln müssen. Außerdem wollte sie den Mann nicht noch mehr verletzen. Sie wollte einfach nur, dass er fortging und sie in Ruhe ließ.

Obwohl sie seit drei Tagen unterwegs waren, war dies ihre erste wirklich angsteinflößende Begegnung. Sie hatte gehofft, dass so etwas nicht passieren würde, aber sie war bereit, den Kampf aufzunehmen.

Über die kurze Entfernung traf sie erneut sein Blick. Für eine Sekunde hatte sie Mitleid mit ihm. Er wirkte schrecklich einsam und traurig, aber auch entschlossen. Dennoch – was auch immer er wollte, sie war nicht bereit, es ihm zu geben.

»Tut mir leid.« Seine leisen Worte wehten mit dem Nachtwind durchs flüsternde Laub der Bäume, und es dauerte eine Weile, bis sie verstand, was er gesagt hatte. Dann war er fort.

Viktoria starrte noch ein paar Sekunden auf die Stelle, wo er gestanden hatte, bevor sie die Hand mit dem Messer sinken ließ.

»Ist er weg?«, fragte Mabelle ängstlich und löste zögernd die Finger aus Viktorias Pullover.

»Ich hoffe es.« Viktoria schaute aufmerksam in den Schatten unter den Bäumen – dort rührte sich nichts.

»Vielleicht wollte er nur etwas zu essen«, sagte Claire nach einer Weile, in der sie ratlos herumgestanden hatten.

»Wir haben selbst kaum etwas.« Plötzlich hatte Viktoria ein schlechtes Gewissen. Sie musste an ihren Bruder denken. Richard wurde vermisst, doch sie hofften immer noch, dass er in Kriegsgefangenschaft geraten war und sich eines Tages melden oder unverhofft vor der Tür stehen würde. Falls er zu Fuß unterwegs wäre, hoffte sie, dass jemand für ihn da sein würde, wenn er um Hilfe bat. Aber dieser Mann hat sich im Dunkeln angeschlichen, dachte Viktoria. Er hatte ihnen Angst gemacht, und deshalb hatte sie keine andere Möglichkeit gehabt, als ihn zu vertreiben.

Sie seufzte. »Wir sollten versuchen, noch ein bisschen zu schlafen.« Natürlich würde sie kein Auge zutun, solange sie nicht sicher war, dass der Soldat tatsächlich das Weite gesucht hatte.

Vielleicht war er wirklich ein harmloser, freundlicher Mann gewesen. Jemand, der wie sie zu Fuß auf dem Heimweg war, und dem es noch sehr viel schlechter ging als ihnen. Auf dem Bauernhof, wo sie die vergangenen Monate verbracht hatten, waren sie immerhin einigermaßen satt geworden. Und auch während ihres Fußmarsches hatten sie bisher wenigstens etwas zu essen gehabt, auch wenn sie sich jeden Bissen einteilen mussten.

Wenn sie dem Mann ein wenig von ihrem Proviant gegeben hätten, hätte er ihnen wahrscheinlich alles weggenommen – falls er nicht doch Schlimmeres im Schilde geführt hatte.

Viktoria konnte hören, dass Mabelle immer noch viel zu schnell atmete. Ihre kleine Schwester musste große Angst gehabt haben. Es war gut, dass sie den Mann vertrieben hatte. In Zeiten wie diesen konnte jedes Zögern lebensgefährlich sein. Und sie war nicht nur für sich selbst verantwortlich, sondern auch für Mabelle und ihre Mutter.

Nachdem sie alle drei noch ein oder zwei Minuten dagestanden und in die Nacht gelauscht hatten, stieß Claire einen leisen Seufzer aus. Dann legte sie sich wieder auf den Boden, wickelte sich in ihre Decke und rührte sich nicht mehr.

»Schlaf noch ein bisschen«, sagte Viktoria zu Mabelle. »In zwei Stunden wird es hell, dann gehen wir weiter.«

Ihre jüngere Schwester legte sich folgsam hin und zog sich die Decke fast bis zu den Ohren hinauf, sodass nur noch ihre blonden Haare im Mondlicht golden schimmerten.

Viktoria setzte sich auf den Boden und lehnte sich mit dem Rücken an den Stamm der Eiche. Den Rest der Nacht wachte sie über ihre Mutter und ihre Schwester, die nach einer Weile wieder tief schliefen, wie sie an ihren regelmäßigen Atemzügen erkannte.

Der Soldat tauchte nicht wieder auf.

*

Am Morgen fing es an zu regnen, und weil sie weder Regenmäntel noch Schirme besaßen, waren sie innerhalb kurzer Zeit bis auf die Haut durchnässt. Zum Glück war es nicht sonderlich kalt. Dennoch froren sie, und Mabelle klapperte hörbar mit den Zähnen, während sie mit müden Schritten die Landstraße in Richtung Starnberg entlanggingen.

Claire war wieder in Schweigen versunken. Niemand wusste, wo sie mit ihren Gedanken war, wenn sie mit ausdruckslosem Blick wie eine an unsichtbaren Fäden gezogene Marionette vor sich hin trottete. Vielleicht erinnerte sie sich an ihre glückliche Vergangenheit, vielleicht sah sie aber auch nur eine leere, düstere Zukunft vor sich.

Je weiter sie sich dem Starnberger See und damit auch München näherten, umso belebter wurde die Landstraße. Neben Flüchtlingen aus dem Osten Deutschlands schleppten sich hauptsächlich kleine Gruppen von Soldaten durch den Regen. Sie waren nach den letzten Kämpfen des Krieges der Gefangennahme durch die Sieger entgangen, und Viktoria wusste, dass viele von ihnen sich seit Wochen auf dem Heimweg befanden.

Manche von ihnen warfen den drei Frauen, vor allem aber dem kleinen Leiterwagen begehrliche Blicke zu. Viktoria hatte festgestellt, dass es wirkungsvoller war, den Männern entschlossen in die Augen zu sehen, als mit gesenktem Blick an ihnen vorbeizugehen und zu versuchen, sich unsichtbar zu machen. Wenn sie die Soldaten in ihren zerschlissenen Uniformen mit erhobenem Kopf anschaute, wagten sie sich deutlich seltener an die kleine Gruppe heran, um nach etwas Essbarem zu fragen oder auf unbeholfene Weise zu versuchen, mit den Frauen anzubändeln.

Die beiden Äpfel hatten sich die drei zum Frühstück geteilt, und das bisschen Proviant, das jetzt noch übrig war, würde auch für sie selbst kaum bis nach Hause reichen. Dennoch gab Viktoria einem jungen und besonders mageren Soldaten einen Brotkanten und ein winziges Stück von dem trockenen Käse. Mit seinen dunklen Haaren und den blauen Augen erinnerte er sie so sehr an Richard, dass sie einfach nicht anders konnte. Vor allem, weil sie sich wünschte, ihr Bruder würde ebenfalls Menschen finden, die ihm halfen.

»Ich kann nicht mehr«, klagte Mabelle, als sie fünf Stunden ohne Pause gegangen waren. »Meine Schuhe sind ganz schwer von der Nässe, und mir ist furchtbar kalt.«

»Wenn wir uns nicht bewegen, frieren wir noch mehr«, sagte Viktoria und ging ein bisschen schneller. Claire blieb schweigend an ihrer Seite.

»Wir haben noch Kleidung im Wagen und könnten uns umziehen.« Mit dem Handrücken schob Mabelle sich eine feuchte Haarsträhne aus dem Gesicht. Sie hatte als Einzige der Geschwister die blonden Haare ihres Vaters geerbt, die jedoch im Regen ebenfalls dunkel wirkten.

»Dazu müssten wir einen trockenen Ort finden. Und dann wären unsere Kleider nach kurzer Zeit wieder nass. Lasst uns einfach weitergehen. Wenn wir uns ein bisschen anstrengen, schaffen wir es bis heute Abend nach Rabenfels.«

Viktoria spürte zwar ihre Füße kaum noch, aber sie wusste, dass ihnen das Laufen nach einer Pause noch schwerer fallen würde. Wenn sie keine Scheune oder einen ähnlichen Unterschlupf fanden, war es ohnehin vernünftiger weiterzugehen.

»Was machen wir, wenn die Villa zerstört ist?«

Bisher hatte keine von ihnen diesen Gedanken ausgesprochen, und auch jetzt schüttelte Viktoria heftig den Kopf. »Rabenfels liegt abseits von Bernried und von Starnberg, und München ist mehr als vierzig Kilometer entfernt.«

Das sagte sie nur, um ihnen allen, auch sich selbst, Mut zu machen. Schließlich war ihnen klar, dass das große Haus auf dem Hügel über dem Starnberger See ein unübersehbares Ziel für Bomben darstellte. Hinzu kam, dass die Alliierten während der letzten Kriegsmonate zum *area bombing* übergegangen waren und auch die ländlichen Gebiete Bayerns angegriffen hatten, um die deutsche Bevölkerung zu zermürben.

Im Oktober 1944 hatte eine Fliegerbombe die Hemdennäherei Haynbach in Schutt und Asche gelegt, die in einem ebenerdigen Gebäude am Stadtrand von Starnberg untergebracht gewesen war. Zum Glück war der Einschlag erst nach Feierabend erfolgt, sodass keine der Näherinnen zu Schaden gekommen war. Das war das vorläufige Ende ihrer erfolgreichen Firma gewesen, in der sie zuletzt auch Bekleidung für die Wehrmacht hatten produzieren müssen.

Claires Mutter Louise, wie ihre Tochter geborene Französin, hatte Deutschland schon 1939, kurz nach Kriegsbeginn, verlassen. Sie war es gewesen, die 1924 gemeinsam mit Claire den Grundstein für die damals höchst erfolgreiche Hemdennäherei Haynbach gelegt hatte. Louise war nach Frankreich zurückgekehrt, weil sie befürchten musste, in ein Internierungslager gebracht zu werden. Dorthin wurden Ausländer geschickt, deren Heimatländer zu den Kriegsgegnern gehörten.

Zunächst war Louise in ihre Heimatstadt Andlau im Elsass zurückgekehrt, wo sie bei einer alten Freundin Unterschlupf gefunden hatte. Als Frankreich jedoch 1940 vor den Deutschen kapitulierte, wurde Elsass-Lothringen – wie schon vor dem Ersten Weltkrieg – sofort wieder unter deutsche Herrschaft gestellt. Ebenso wie zahlreiche ihrer Landsleute, musste Louise Andlau verlassen. Sie ließ sich in einem Städtchen in der unbesetzten Zone Frankreichs nieder und hielt sich dort mit Näharbeiten über Wasser.

Auch Claire hatte zeitweise befürchtet, des Landes verwiesen zu werden, doch ihre Ehe mit Helmut von Haynbach schien sie zu schützen. Als jedoch die französische Résistance in ihrem Kampf um die erneute Unabhängigkeit ihres Vaterlands immer mehr deutsche Soldaten und Offiziere tötete, tuschelte man hinter vorgehaltener Hand über »die Französin«, die hier in Bayern nichts zu suchen habe.

Nachdem Helmut von Haynbach 1944 trotz seiner leichten Gehbehinderung eingezogen worden war und sie nicht mehr beschützen konnte, schlug Claire der blanke Hass entgegen.

Dann traf die Hiobsbotschaft ein, die Claire den Boden unter den Füßen weggezogen hatte. Von einer Minute auf die andere verschwand die tatkräftige Frau mit den strahlenden Augen, die Viktoria durch ihre Kindheit begleitet hatte. Es blieb nur ihre äußere Hülle, die sich wie eine Schlafwandlerin bewegte. Als hätte sie sich tief in ihrem Inneren versteckt und die Tür hinter sich zugeschlagen. Selbst die Fragen des Alltags interessierten Claire nicht mehr. Es schien ihr egal zu sein, ob sie etwas zu essen bekam oder ob eine Bombe ihr Haus traf. Obwohl auch Viktoria trauerte, musste nun sie die Entscheidungen treffen. Und sie hatte entschieden, dass sie alle drei ihr Zuhause verlassen würden. Mithilfe des Familienanwalts fand sie einen Unterschlupf im Allgäu.

Auf dem Bauernhof der Hauslers kannte sie niemand. Claire nannte sich Clara, und niemand kam auf die Idee, sie könnte Französin sein. Zudem war die Wahrscheinlichkeit, dass in dem einsamen Tal, in dem der Hof lag, eine Bombe fallen würde, deutlich geringer als in der dicht besiedelten Gegend um den Starnberger See.

Was dort während der vergangenen Monate geschehen war, wussten sie nicht. Und sie mussten bangen, ob die Villa noch stand.

»Was sollen wir nur tun, wenn wir kein Zuhause mehr haben?«, fragte Mabelle.

Viktoria spürte ihren ängstlichen Blick. »Darüber denken wir nach, wenn die Villa tatsächlich bombardiert wurde. Jetzt glauben wir erst einmal ganz fest daran, dass es Rabenfels noch gibt.«

Claire schwieg, wie fast immer.

2

Villa Rabenfels, Juni 1945

Nach fast zwölfstündigem Fußmarsch, unterbrochen nur von drei kurzen Pausen unter tropfenden Straßenbäumen, erreichten sie den See. Mittlerweile war es so dunkel, dass man kaum die Hand vor Augen sehen konnte. Es gab keinen Mond und keine Sterne, nur einen tiefschwarzen Himmel, aus dem der Regen mit gleichmäßigem Rauschen auf sie herabfiel.

Claire war so müde, dass sie sich am liebsten am Straßenrand zusammengerollt hätte. Sie wollte einfach nur schlafen und nie wieder aufwachen. Dieses Gefühl verfolgte sie seit Monaten, und an diesem Abend war es besonders stark.

»Könnt ihr sehen, ob es noch da ist? Bitte, bitte, lass unser Haus noch stehen!« Die helle, aufgeregte Stimme ihrer Jüngsten drang durch die Nebel in ihrem Kopf nur langsam in ihr Bewusstsein vor. Sie bemerkte, dass der Weg unter ihren Füßen aufwärts führte, und blieb stehen.

»Komm, Mama. Wir sind gleich da.« Viktoria zog an ihrem Arm, sodass sie sich widerwillig in Bewegung setzen musste.

»Ich kann immer noch nichts erkennen«, jammerte Mabelle. »Wenn es nur nicht so dunkel wäre.«

»Wir sind gleich da«, wiederholte Viktoria, um sie zu beruhigen. »Ich bin nicht sicher, aber das da oben sieht aus wie dunkle Mauern. Wie unser Haus.«

Mabelle stieß einen Jubelschrei aus und stürmte fast im Laufschritt den Hügel hinauf. Woher nur nahm sie nach dem Gewaltmarsch noch die Kraft dazu? Normalerweise mochte es ihre schöne, zarte Jüngste eher bequem. Selbst Spaziergänge bei schönem Wetter durften nicht zu weit sein. Ganz anders als ihre Schwester, die fast den ganzen Tag in Bewegung war und niemals müde zu werden schien. Ohne Viktoria, die sie ständig angetrieben und ermutigt hatte, wären sie jetzt wahrscheinlich nicht einmal in der Nähe des Sees. Was sie selbst anging, hätte sie sich ohne Viktorias Drängen nicht einmal aufraffen können, den Bauernhof zu verlassen, der ihnen während der vergangenen Monate Unterschlupf geboten hatte.

Während ihre beiden Töchter vor ihr durch die Dunkelheit eilten, blieb Claire ein weiteres Mal stehen. Bis jetzt war die Rückkehr in die Villa Rabenfels nur eine vage Vorstellung für sie gewesen. Zwischen ihr und ihrem Zuhause hatte sich ein tagelanger Fußmarsch erstreckt. Und dann war da noch die Möglichkeit gewesen, dass die Villa nicht mehr stand. Doch nun erkannte auch sie die Mauern oben auf dem Hügel, und von dem Moment, in dem sie die vertraute Eingangshalle betreten würde, trennten sie nur noch Minuten. Ihre Kehle wurde eng, und sie bekam kaum noch Luft.

»Mama?«, rief Mabelle durch die Dunkelheit. »Hast du den Schlüssel für die Vordertür?«

Sie öffnete den Mund, um zu erklären, dass sie keine Ahnung hatte, wo der Schlüssel war, brachte aber keinen Ton hervor.

»Ich habe den Ring mit allen Schlüsseln.« Das war die gut organisierte Viktoria, die zur Unterstreichung ihrer Worte den Schlüsselbund klirren ließ.

Vor sich am Rande der Auffahrt erkannte Claire in der Nähe der Hainbuchenhecke die Bank, auf der sie so oft mit Helmut gesessen hatte, wenn sie von ihrem Abendspaziergang zurückgekehrt waren. Im Sommer hatten sie von hier aus den Sonnenuntergang bewundert, im Winter die funkelnden Sterne über dem See.

Mit einem unterdrückten Schluchzen ließ sich Claire auf

die Bank sinken. Es spielte keine Rolle, dass der Regen über das lackierte Holz perlte. Ihre Kleidung war ohnehin schwer vom Wasser und ihre Haut eiskalt und feucht. Wäre es nicht so gewesen, hätte es sie auch nicht interessiert.

Nie wieder, dröhnte es in ihrem Kopf. *Nie wieder werde ich ihn sehen, mit ihm reden, ihn berühren.* Mit klammen Fingern streichelte sie den leeren Platz an ihrer Seite. Sie konnte nicht weinen, hatte es von jenem schrecklichen Augenblick an nicht gekonnt, in dem sich die Angst, die sie seit Wochen gelähmt hatte, in eine tonnenschwere Traurigkeit verwandelt hatte. In eine nachtschwarze Trauer, die auf ihren Schultern und ihrer Brust lastete wie ein Felsen.

»Ich weiß, es ist nicht richtig, doch jetzt wünsche ich mir fast, du hättest es damals nicht aus dem Rollstuhl geschafft«, hatte sie unter Tränen gesagt, nachdem der Einberufungsbefehl gekommen war, von dem sie so sehr gehofft hatte, er würde ausbleiben.

Schließlich hatte Helmut beim Gehen ein Bein nachgezogen. Eine Spätfolge jenes schweren Unfalls mit seinem ersten Automobil, dem Steyr. Damals war er viel zu schnell die gewundene Straße entlanggerast, um bei der Geburt ihres ersten Kindes an ihrer Seite zu sein.

Richard war zur Welt gekommen, und sein Vater hatte ihn erst mehr als zwei Wochen später begrüßen können. So lange hatte Helmut nach dem Unfall im Koma gelegen. Als sich nach seinem Erwachen herausgestellt hatte, dass er seine Beine nicht bewegen konnte, war für ihn eine Welt zusammengebrochen. Er war für mehrere Monate aus Claires Leben verschwunden und erst zurückgekehrt, als er begriffen hatte, dass auch ein Mann im Rollstuhl seine Frau und sein Kind unterstützen und beschützen konnte.

Durch ungeheure Willensanstrengung und jahrelange Heilgymnastik hatte er es schließlich geschafft, zunächst an Krücken und später sogar ohne Stock zu laufen. Nur jenes leichte Hinken war ihm als Erinnerung geblieben. Eine Behinderung, die bei Ausbruch des Krieges zunächst seine Einberufung verhindert hatte. Richard, ihr Ältester und einziger Sohn, war bereits im Frühjahr 1941, kurz nach seinem achtzehnten Geburtstag, eingezogen worden. Claire hatte genügend Zeit gehabt, sich auf diesen schweren Tag vorzubereiten. Aus irgendeinem Grund schaffte sie es, sich einzureden, dass Richard unversehrt nach Hause zurückkehren würde. Er war jung und stark, klug und mutig – es würde ihm gelingen, den Krieg zu überleben.

Und dann, Jahre später, als die Ostfront wie ein gefräßiges Monster zigtausende Soldaten in den Tod riss, wurden alle Männer eingezogen, die zwei Beine und zwei Arme besaßen, die sie irgendwie benutzen konnten. Helmut erhielt den gefürchteten Brief im Sommer 1944.

Im Nachhinein schien es Claire, als hätte sie schon in jenem Moment, in dem sie Helmut am Zug zum Abschied geküsst hatte, gewusst, dass es der letzte Kuss sein würde.

Von jenem Augenblick an hatte sie stündlich auf die Hiobsbotschaft gewartet. Sie fuhr jedes Mal zusammen, wenn es an der Tür läutete, und wenn sie vom Fenster aus sah, wie der Postbote auf seinem Fahrrad den Hügel zur Villa hinauffuhr, begann ihr Herz zu rasen. Selbst das Klingeln des Telefons versetzte sie in Panik, obwohl sie wusste, dass die wirklich schlimmen Mitteilungen niemals fernmündlich gemacht wurden.

Als es schließlich geschah, traf es sie in einem der wenigen Augenblicke, in denen sie nicht damit rechnete. Sie war im Park hinter der Villa damit beschäftigt, Astern zu schneiden und zu dicken Sträußen für die Halle und das Speisezimmer zu binden. Zunächst hatte sie nach Helmuts Abreise die Gewohnheit aufgegeben, vom Frühling bis in den Herbst jeden Samstag und Mittwoch frische Blumen ins Haus zu holen. Es erschien ihr sinnlos, weil *er* die bunten Blüten nicht sehen konnte. Viktoria übernahm daraufhin stillschweigend die Aufgabe, das Haus mit Blumen zu schmücken.

»Wir dürfen nicht im Trübsinn versinken«, erklärte sie mit fester Stimme, als Claire ihr dabei zusah, wie sie in die Mitte eines großen Margeritenstraußes eine einzelne rote Rose schob. »Alles soll so sein wie immer. Stell dir vor, Papa oder Richard kommen auf Heimaturlaub, und wir sitzen abends ohne Blumen und Kerzen bei Tisch.«

Daraufhin hatte Claire genickt, ihr die Blumenschere aus der Hand genommen und die übrigen Bouquets selbst zusammengestellt. Seltsamerweise war die Zeit, die sie jede Woche mit dem Schneiden und Arrangieren der Blumen verbrachte, von diesem Tag an eine Atempause für sie. In diesen Minuten gelang es ihr, sich vorzustellen, dass sich die Tür öffnete, Helmut ins Zimmer trat und die schönen Sträuße bewunderte.

Selbst als an jenem strahlenden Septembertag der NSDAP-Ortsgruppenleiter in Begleitung seines Sekretärs die Terrasse überquerte und die Stufen hinunter in den Park nahm, dauerte es einige Momente, bis die Kälte von ihren Füßen aufstieg. Sekunden später presste eine eisige Faust ihr Herz zusammen, und ihr stockte der Atem.

Leonore, die die Gäste zu ihr geführt hatte, war mit wenigen Schritten an ihrer Seite und stützte sie. Seit der Einberufung des Butlers war sie für das Öffnen der Tür und das Bedienen bei Tisch zuständig. Zunächst hatten sie versucht, Lohmann zurückzuholen, der vor einigen Jahren in Rente gegangen war, doch er lebte inzwischen bei seiner Tochter in Frankfurt. Ohnehin hatte Claire es von Anfang an recht angenehm gefunden, statt des steifen Butlers die junge, umsichtige Frau in ihrer Nähe zu haben. Doch an diesem Tag spielte auch das keine Rolle. Claire war innerlich wie erstarrt, während sie die Hand an ihrem Arm spürte, die sie zum Pavillon führte. Dort sank sie stumm auf den Stuhl, den jemand ihr von hinten gegen die Kniekehlen schob.

Sie legte den Kopf in den Nacken und blinzelte gegen die tief stehende Herbstsonne. Der Ortsgruppenführer schlug die Hacken zusammen und grüßte militärisch. Für die Überbringung von Todesnachrichten hatte Hitler persönlich schon vor Jahren genaue Anweisungen erteilt. Sie mussten von Amtsträgern der Partei übermittelt werden. Claire hatte davon in der Zeitung gelesen, aber sie war nicht sicher gewesen, ob man sich in jedem Fall daran hielt. Zudem war sie geborene Französin und wenn sie dem Ortsgruppenführer im Dorf begegnete, übersah er sie geflissentlich.

»Wer?«, brachte sie mühsam heraus und presste die Lippen zusammen, um ihre Zähne daran zu hindern, klappernd aufeinanderzuschlagen.

»Mein herzliches Beileid, Frau von Haynbach«, begann der Mann in der grauen Uniform.

Claire starrte die rote Armbinde mit dem Hakenkreuz darauf an. Sie wollte schreien, wollte sich die Ohren zuhalten. Und gleichzeitig wollte sie endlich wissen, ob es ihr Mann oder ihr Sohn war, den sie nie wiedersehen würde. Sie musste es hinter sich bringen, damit der feiste Kerl und sein Sekretär, der so klein und schmal war, dass er in Gegenwart seines Vorgesetzten kaum auffiel, endlich gingen.

»Leider habe ich die traurige Pflicht, Sie vom Heldentod Ihres Mannes in Kenntnis zu setzen«, begann der Ortsgruppenleiter mit einer Rede, die er offensichtlich nicht zum ersten Mal hielt. Der Rest seiner Worte ging in dem lauten Schrei unter, den Claire ausstieß.

Der Schmerz wäre ebenso scharf, ebenso unerträglich gewesen, hätte man ihr vom Tod ihres Sohnes berichtet. Doch weil diese Mitteilung eine Bestätigung dessen war, was sie erwartet hatte, erschien ihr die grausame Wahrheit seltsamerweise besonders schrecklich. War es ihre Schuld, dass Helmut nicht zurückkam? Hatte sie wegen seines Alters und seiner

Behinderung nicht genug Hoffnung gehabt? Hatte er gespürt, dass sie ihm ein Überleben an der Front nicht zutraute?

Von der im näselnden Tonfall vorgetragenen Rede des Ortsgruppenleiters drangen nur einzelne Worte zu ihr durch. Von Pflichterfüllung für Führer und Volk war die Rede. Und davon, dass Helmut bei einem wichtigen Einsatz mit seiner Kompanie mutig vorangegangen sei und ein Granatsplitter sein Leben beendet habe.

»Ein schneller Tod«, schnarrte der Uniformierte, und sie wusste, dass er das nur sagte, um sie zu trösten. Als hätte es einen Trost geben können. Denn auch das wusste sie: Keiner Mutter und keiner Ehefrau eines Gefallenen wurde jemals von einem langen, qualvollen Tod berichtet. Alle Gefallenen waren angeblich mutig im Einsatz vorangegangen und rasch, fast schmerzlos gestorben.

Wochen später öffnete sie den Brief, den der Sekretär ihr überreicht hatte. Sie stellte fest, dass fast dieselben Worte, die der Ortsgruppenleiter salbungsvoll gesprochen hatte, auch in dem Schreiben zu lesen waren. Doch das alles interessierte sie nicht. Nur das Bild, das dem Schreiben beilag, starrte sie stundenlang an. Es zeigte einige Soldaten und Offiziere in langen Mänteln. Laut Notiz auf der Rückseite handelte es sich um eine Fotografie von Helmuts Bestattung in Russland, die zum Trost seiner Hinterbliebenen von seiner Einheit übersandt worden war.

Den Namen des Ortes, wo er begraben lag, hatte sie noch nie gehört. Sie sehnte sich danach, die Erde zu berühren, die seinen toten Körper bedeckte. Aber so, wie sie sich seit der Todesnachricht fühlte, ging allein der Gedanke daran, irgendwann nach Russland zu reisen, über ihre Kräfte.

Als sie nun auf die Villa Rabenfels blickte, war sie vor Trauer wie gelähmt. Wie oft hatte sie Helmut in der Tür des Hauses, in dem sie über zwanzig Jahre glücklich miteinander gelebt hatten, zur Begrüßung oder zum Abschied geküsst?

Wie oft waren sie von dort aus gemeinsam ins Speisezimmer gegangen, um im Kreise ihrer Familie zu essen, zu reden und zu lachen? Wie oft hatte Helmut abends im Salon, nachdem sie ein Glas Wein vor dem Kamin getrunken hatten, ihre Hand genommen und sie ins Schlafzimmer geführt?

Natürlich durfte sie es nicht sagen und nicht einmal denken, aber insgeheim hatte sie gehofft, das Haus würde nicht mehr stehen. Wenn ihr ehemals so glückliches Zuhause nur noch ein Haufen Schutt wäre, hätte es zu ihrem Leben gepasst, das mit Helmuts Tod wie ein Kartenhaus in sich zusammengefallen war.

»Mama? Wo bleibst du denn?«

Viktorias Stimme riss sie aus ihren Gedanken. Sie kniff die Augen gegen den Regen zusammen, der über ihr Gesicht rann, und spähte hügelaufwärts. Das Haus, das sie sich zu betreten fürchtete, war von hier aus nur als riesige dunkle Masse ohne feste Konturen zu erkennen.

»Ich …« *Ich komme*, wollte sie rufen, aber ihre Stimme war ebenso schwach und müde, wie sie sich fühlte. Sie konnte nicht aufstehen und zu ihren Töchtern gehen, die sich so sehr freuten, dass ihr Zuhause noch da war. Und doch musste sie es tun. Sie durfte nicht aufgeben. Die Mädchen hatten zu viel durchgemacht, zu viel erlitten, um noch einen Verlust zu verkraften. Und Richard … Vielleicht kam er bald wieder. Oder er war sogar schon da.

Als vor ihr in der Dunkelheit Mabelle auftauchte, riss sie sich zusammen und stand auf.

»Ist alles in Ordnung, Mama?« Ängstlich sah ihre Jüngste sie an.

Sie nickte und ließ zu, dass Mabelle sie unterhakte und mit sich zog. Claire setzte einen Fuß vor den anderen und sah dabei zur Seite, um das Haus, in dem sie einmal glücklich gewesen war, nicht bedrohlich vor sich aufragen zu sehen.

Viktoria stand vor der Eingangstür und hielt den Schlüssel

in der Hand. Den Handwagen hatten die Schwestern schon gemeinsam die Treppe hinaufgetragen. Claire erkannte seine Umrisse neben Viktoria auf der breiten obersten Stufe. »Ich wollte nicht allein reingehen. Es ist ein großer Moment für uns alle drei. Der Krieg ist zu Ende, und wir kehren nach Hause zurück.« Sie stockte. »Wenn auch, natürlich … Aber vielleicht sehen wir Richard bald wieder. Eine Vermisstenmeldung heißt nichts. Und weil sie erst so kurz vor Kriegsende gekommen ist, wurde er wahrscheinlich gefangen genommen. Das heißt zumindest, er ist nicht gefallen.«

Natürlich waren Viktorias Worte wie das Pfeifen im Walde. Gerade während der letzten Kriegsmonate waren Abertausende von Männern an der Front gestorben. Claire schluckte krampfhaft. *Nicht er auch noch.* Doch seltsamerweise war ihre Angst nicht mehr so überwältigend wie früher, als sie noch um zwei Menschen bangen musste. Als würde auch dafür ihre Kraft nicht mehr reichen.

Sie hörte, wie Viktoria den Schlüssel im Schloss drehte, dann öffnete sich die Tür mit einem lauten Knarren.

»Die Tür war gar nicht richtig zu«, stellte Viktoria verwundert fest. »Kann sein, dass sie aufgebrochen wurde. Ich habe gehört, dass die Besatzungssoldaten leere Häuser durchsucht haben. Aber immerhin scheinen sie das Haus nicht besetzt zu haben. Sonst würden wir etwas hören, und es wäre Licht zu sehen.«

»Vielleicht haben wir einfach nur nicht richtig abgeschlossen, als wir gegangen sind«, mutmaßte Mabelle unbekümmert.

Während ihre Töchter in die Dunkelheit traten, die noch schwärzer war als die mondlose Nacht, tastete Claire mit der Fußspitze vorsichtig nach der Schwelle.

Der Lichtschalter neben der Tür klickte, aber es wurde nicht hell.

»Stromsperre?« Selbst die Aussicht, sich auf der Suche

nach Kerzen und Streichhölzern durchs finstere Haus zu tasten, schien Viktoria nicht weiter zu stören.

Machte der Gedanke ihr gar keine Angst, dass die Familie fortan ohne Vater würde zurechtkommen müssen? Wovon sollten sie leben, nun, da es keine Näherei mehr gab? Helmut hätte einen Ausweg gewusst, er hätte ihr Mut gemacht und ihr gesagt, was sie tun sollte. Vielleicht hätte sie sogar selbst Ideen gehabt, wie sie von vorn anfangen konnten, wenn er an ihrer Seite gewesen wäre. Doch er war fort. Für immer.

»Auf dem Schränkchen rechts von der Treppe«, rief Viktoria ins Dunkel der Eingangshalle, wo Mabelle herumtappte. »Der dreiarmige Leuchter. Streichhölzer liegen in der obersten Schublade.«

Im selben Augenblick hob Claire den Kopf und sah einen schwachen, flackernden Lichtschein in einem der Flure, die von der Galerie im ersten Stock abgingen, zu der die Treppe hinaufführte.

Jemand bewegte sich dort oben mit einer Kerze in der Hand den Gang entlang.

»Richard?«, rief sie und wunderte sich, dass ihre Stimme plötzlich kräftig und klar war.

Das Licht erlosch. Es kam keine Antwort.

3

Villa Rabenfels, Juni 1945

Erschrocken fuhr Viktoria zusammen, als ihre Mutter direkt hinter ihr den Namen ihres Bruders rief. Bildete sie sich in ihrer Sorge um Richard ein, ihn im Dunkeln zu sehen?

Viktoria wusste, dass Claire auf einem schmalen Grat balancierte, wenn es darum ging, ihren Verstand zu bewahren und irgendwie weiterzumachen. Sie hatte auch bemerkt, wie schwer es ihrer Mutter fiel, nach Hause zurückzukehren – wohl, weil sie hier so viele glückliche Jahre mit ihrem Mann verbracht hatte. Im Grunde wollte Claire ohne Helmut nicht leben. Viktoria wusste, dass ihre Mutter sie und ihre beiden Geschwister von Herzen liebte. Doch ihre Liebe zu Helmut, die sie gegen so viele Widerstände errungen und all die Jahre bewahrt hatte, war durch nichts zu ersetzen.

Viktoria versuchte vergeblich, im Dunkeln den Gesichtsausdruck ihrer Mutter zu erkennen. »Was ist denn, Mama? Hier ist niemand. Oder hast du etwas gesehen?«

»Ein Licht«, stieß Claire atemlos hervor. »Oben, bei den Schlafzimmern.«

»Hast du das auch gesehen, Mabelle?«, rief Viktoria in die Dunkelheit der Halle, in der ihre Schwester noch immer auf der Suche nach dem Kerzenleuchter herumtappte.

»Nein. Wie soll ich das, im Dunkeln?« Mabelle schien sich nichts weiter daraus zu machen, dass ihre Mutter plötzlich nach Richard rief. »Aber gleich hab ich's.«

Viktoria hörte das Zischen eines Streichholzes und sah

kurz darauf Mabelles Gesicht im flackernden Licht. Wenig später brannten auf dem niedrigen Schrank drei Kerzen.

»Macht die Tür zu, sonst gehen sie wieder aus.« Mabelle trug den silbernen Leuchter stolz vor sich her durch den großen Raum.

Nachdem sie den Handkarren über die Schwelle gezerrt hatte, schob Viktoria mit dem Absatz die Haustür hinter sich zu. Im unruhigen goldgelben Schein erkannte sie die vertrauten Möbel, die schweren Bilderrahmen an den Wänden und die geschwungene Treppe nach oben. Das Licht reichte nur die unteren Stufen hinauf. Doch als sie ihren Blick weiter nach oben wandern ließ, meinte sie, am Geländer der Galerie schemenhaft eine Gestalt wahrzunehmen. Sie lief zu Mabelle, riss ihr den Leuchter aus der Hand und streckte ihren Arm weit in die Höhe, um dort oben etwas zu erkennen. Der Raum war jedoch zu hoch und das Kerzenlicht zu schwach. Vielleicht bildete sie sich auch nur etwas ein, so wie ihre Mutter meinte, Richard gesehen zu haben.

Viktoria atmete tief durch und stieg langsam die Treppe hinauf, den Leuchter immer noch über ihrem Kopf haltend. War das eine Bewegung am Geländer gewesen? Ein Huschen durch die Dunkelheit?

Viktoria wurde schneller, lief die restlichen Stufen so rasch hinauf, dass eine der Kerzen erlosch. Als sie oben war, erkannte sie endlich, wer dort stand. Bleich und zitternd, mit gesenktem Kopf, in abgetragener Kleidung.

»Leonore«, sagte Viktoria erleichtert und ließ den Leuchter sinken, während sie weiter auf ihr ehemaliges Stubenmädchen zuging.

»Ich … wusste nicht wohin. Mein Vater ist gefallen, die Wohnung meiner Eltern ist ausgebombt, und bei meiner Tante, wo meine Mutter jetzt wohnt, ist kein Platz mehr für mich. Sie schlafen schon zu dritt in einem Bett. Ich bin hergekommen, und die Tür war aufgebrochen. Das machen die Amerikaner, um die Häuser nach versteckten Nazis zu durchsuchen. Ich habe nichts kaputtgemacht und nichts genommen. Bis auf ein oder zwei Gemüsekonserven … Natürlich gehe ich …«

»Es ist alles in Ordnung, Leonore«, unterbrach Viktoria das Gestammel ihrer ehemaligen Angestellten. »Das hier war doch auch mal Ihr Zuhause. Wir schicken Sie nicht fort, auch wenn wir natürlich vorerst kein Personal brauchen werden. Aber hier ist sicher mehr Platz als bei Ihrer Tante.«

»Danke. Vielen Dank.«

Hilflos sah Viktoria zu, wie die Tränen über das blasse Gesicht liefen. Selbst während der schweren Kriegsjahre hatte Leonore meistens ein Lächeln auf den Lippen gehabt, und auf dem schwarzen Kleid, das sie unter ihrer kleinen weißen Schürze getragen hatte, war nie ein Stäubchen zu sehen gewesen. Jetzt wirkte sie verhärmt und abgerissen. Selbst im flackernden Kerzenlicht konnte Viktoria erkennen, dass der Saum des grauen Kleides ausgefranst war und vorn ein Knopf fehlte.

Leonore hatte ihren Vater und ihr Zuhause verloren. Und war da nicht auch ein Verlobter gewesen? Sie würde sie nicht fragen. Jedenfalls nicht jetzt.

»Kommen Sie«, forderte sie das ehemalige Stubenmädchen auf. »Wir gehen alle zusammen in die Küche und machen uns etwas zu essen. Sie kennen sich sicher besser aus als wir.«

Leonore hörte auf zu schluchzen, wischte sich mit dem Handrücken die Wangen trocken und zögerte. »Ich hab keinen Hunger. Außerdem ist es nicht richtig … Mein Platz ist nicht am Familientisch.«

»Das ist nicht Ihr Ernst!« Das Lachen fühlte sich in Viktorias Kehle ungewohnt an. Sie würde erst wieder lernen müssen, fröhlich zu sein. Wobei Leonores Bemerkung sie eher unsicher machte als heiter stimmte. Denn in diesem Moment spürte sie, wie sehr die Welt sich geändert hatte. Es war wirklich lachhaft, in einer Zeit, in der auch die Familie von Haynbach kaum wusste, woher sie die nächste Mahlzeit nehmen sollte, auf den Schranken zwischen Personal und Arbeitgeber zu bestehen.

Wortlos nahm sie Leonore beim Arm und zog sie zur Treppe, an deren Fuß Claire und Mabelle im Dunkeln warten. Sie hatten die Szene oben auf der Galerie wie eine Theatervorführung verfolgen können, wenn auch anstelle von Scheinwerfern flackernde Kerzen die Bühne beleuchtet hatten.

Mabelle begrüßte Leonore überschwänglich. Claire nickte nur und quälte sich ein Lächeln ab, das kaum als solches zu erkennen war. Sie zündeten die dritte Kerze wieder an, und mit dem Leuchter in der Hand führte Viktoria die kleine Gruppe auf dem Weg in die Küche an.

Ihren Handkarren ließen sie in der Halle stehen. Darin war ohnehin nichts mehr zu essen, nur noch die wenigen Kleider, die sie während ihres Aufenthalts auf dem Bauernhof der Hauslers nicht gegen zusätzliche Lebensmittel eingetauscht hatten. Obwohl sie alle drei tropfnass waren, äußerte keine von ihnen den Wunsch, sich zuerst umzuziehen. Der Hunger war größer.

Die Küche lag im Souterrain, und früher hatte Viktoria sie nur selten betreten. Als sie noch ein Kind gewesen war und ihr Großonkel Ludwig noch lebte, hatte es beim Umgang mit dem Personal strenge Regeln gegeben. Vor allem hatte es geheißen, dass das Souterrain den Dienstboten vorbehalten war. Natürlich hatte es sich manchmal nicht vermeiden lassen, dass jemand von den von Haynbachs ins Untergeschoss ging, wenn es um eine eilige Besprechung mit der Köchin oder dergleichen ging. Dennoch gehörte die Küche zu den Räumen in der Villa, die Viktoria am wenigstens vertraut waren.

Sie stellte den Leuchter auf den langen Arbeitstisch in der Mitte des großen Raumes und schaute sich suchend um. Die wenigen verderblichen Lebensmittel, die noch vorhanden gewesen waren, als sie in den Allgäu aufgebrochen waren, hatten sie damals mitgenommen. Aber in der Speisekammer hatte noch fast ein Dutzend Gläser mit eingemachten Bohnen und Weißkohl gestanden.

»Bringst du mal den Leuchter her, Mabelle?« Viktoria stand in der Tür der Vorratskammer und spähte im flackernden Schein der auf dem Tisch stehenden Kerzen in den kleinen, fensterlosen Raum.

Als ihre Schwester mit dem Leuchter in der Hand neben sie trat, änderte sich an ihrem ersten Eindruck nichts: Die Regale waren leer.

Viktoria unterdrückte zusammen mit einem aufsteigenden Seufzer die Wut, die in ihrem leeren Magen brannte. Sie wandte sich um und sah Leonore an, die in der Nähe der Tür stehen geblieben war. Die Frau starrte stumm zurück. Natürlich hatte sie Hunger gehabt, und natürlich hatte sie gegessen, was sie gefunden hatte. Dennoch war es eine furchtbare Enttäuschung, die leeren Regale zu sehen. Viktoria hatte sich sehr auf einen Teller voller Möhren gefreut, vielleicht als Suppe zusammen mit Weißkohl.

Noch vor fünf Jahren wäre sie lieber mit leerem Magen zu Bett gegangen, als ein solches Abendessen zu akzeptieren. Und heute war sie verzweifelt, weil sie keine wässerige Gemüsesuppe ohne Fleisch bekam.

»Ist wirklich gar nichts mehr da?« Mabelle sah sich suchend in der Küche um. In ihrem Augenwinkel schimmerte eine Träne.

»Ich habe oben noch ein geöffnetes Einmachglas mit Weißkohl. Die Hälfte habe ich heute Mittag kalt gegessen«, sagte Leonore leise. »Der Herd geht nur während der Stromstunden. Die sind zurzeit von zwölf bis drei Uhr nachts. Da schläft man ja sowieso.«

Mit einem halben Glas Weißkohl würden sie nicht weit kommen. Selbst wenn sie bis Mitternacht warteten und das gehobelte Gemüse als Suppe kochten. Niemand wurde von ein paar Löffeln Wasser mit Kohl und Gewürzen satt.

Leonore stand immer noch mit unglücklichem Gesicht neben der Tür. »Wenn ich gewusst hätte, dass Sie kommen, hätte ich nicht …«

»Natürlich hätten Sie«, unterbrach Viktoria sie energisch. »Niemand verhungert freiwillig vor einem Regal voll mit eingemachtem Gemüse.«

Eine Weile standen sie alle unschlüssig in der Küche herum. Claire hatte sich auf einen der Stühle am Tisch fallenlassen und starrte vor sich hin. Wahrscheinlich hätte es ihr nicht einmal etwas ausgemacht, mit leerem Magen zu Bett zu gehen.

Plötzlich hatte Viktoria einen Einfall. »Das Küchenmädchen hat doch voriges Jahr hinten im Park Kartoffeln angebaut.«

Leonore nickte zögernd. »Aber die sind alle ausgebuddelt und gegessen worden. Letztes Jahr.«

»Ich kann mich erinnern, dass damals irgendjemand, der sich mit so etwas auskannte, gesagt hat, im nächsten Jahr würden an derselben Stelle von allein wieder ein paar kleine Kartoffeln wachsen, selbst wenn man keine in den Boden steckt. Wir sollten nachsehen gehen.«

»Aber es regnet. Und es ist stockdunkel.« Mabelle warf ihrer Schwester einen finsteren Blick zu.

»Du kannst gerne hungern, bis es aufhört zu regnen. Ich für meinen Teil glaube, dass ich ohnehin nicht mehr nasser werden kann. Wir müssen nur etwas finden, womit wir draußen leuchten können.« Batterien für die Taschenlampen hatten sie schon seit zwei Jahren nicht mehr.

»Ich habe ein Einmachglas ausgewaschen und benutze es mit einer Kerze drin als Lampe. Wenn man ein Stück Stoff mit kleinen Löchern drüber deckt, geht die Flamme auch bei Regen nicht aus. Ich bin neulich abends damit ins Dorf gelaufen, weil es hieß, dass es am nächsten Morgen beim Krämer Strümpfe geben sollte. Als er das letzte Mal welche hatte, waren die aber morgens schon weg. Und diesmal habe ich auch keine mehr bekommen, obwohl ich abends um elf da war.« Das Reden schien Leonore zu beruhigen. Sie wirkte nicht mehr ganz so zerknirscht.

Wenige Minuten später verließen sie das Haus. Leonore ging mit dem Glas in der Hand vorweg, Viktoria und Mabelle folgten ihr. Claire hatten sie zurückgelassen. Sie sollte sich schon trockene Kleider anziehen und den Leiterwagen auspacken.

Der Regen rauschte immer noch gleichmäßig vom dunklen Himmel, tropfte von den Blättern der Bäume im Park und machte die Wege rutschig. Einmal wäre Viktoria fast lang hingeschlagen, wenn sie sich nicht im letzten Moment an einem niedrigen Ast festgehalten hätte.

Zunächst machten sie bei dem Schuppen halt, in dem der ehemalige Gärtner seine Gartengeräte aufbewahrt hatte. Die Hütte war jedoch nur noch ein ungeordneter Haufen aus Wellblechplatten und Holzstücken. Irgendwo in der Nähe musste eine Bombe heruntergekommen sein, und der Luftdruck der Detonation hatte den Schuppen zum Einsturz gebracht. Es war aussichtslos, zwischen Latten und Blechen nach einer Schaufel zu suchen. Also waren sie gezwungen, mit bloßen Händen in der matschigen Erde zu wühlen. Sogar Mabelle überwand sich nach einigem Zögern, als sie sah, wie Viktoria eine ansehnliche Kartoffel fand und notdürftig vom Dreck befreite. Offenbar war Mabelle wirklich hungrig.

Als sie nach einer guten Viertelstunde ihre Ausbeute betrachteten, waren sie recht zufrieden. Im zuckenden Licht der Kerze, die tatsächlich noch brannte, zählte Viktoria ein gutes Dutzend Kartoffeln, an denen trotz aller Bemühungen immer noch dicke Erdklumpen klebten. Einige waren ziemlich klein, zwei jedoch fast so groß wie Äpfel und die meisten von mittlerer Größe.

»Davon werden wir heute satt«, befand Viktoria und stand vom Boden auf, wo sie ohne Rücksicht auf Rock und Strümpfe gekniet hatte. Den Versuch, einigermaßen sauber zu bleiben, hatte sie schon nach ein oder zwei Minuten aufgegeben.

Stolz trugen sie ihre Kartoffelernte ins Haus. Die Küche war leer, und als sie sich auf die Suche nach Claire machten, stand sie mit hängenden Armen mitten in der Halle. Neben ihr auf der Kommode brannten die drei Kerzen im Leuchter. Sie trug immer noch ihre nassen Kleider.

»Ist etwas passiert, Mama?« Mabelle lief zu ihr und schlang die Arme um sie.

Claire deutete müde die Treppe hinauf. Dann fuhr sie mit der Hand durch die Luft, als wollte sie auch das ganze Erdgeschoss in ihre Geste mit einbeziehen. Sie schluckte und stieß dann hervor: »Die Schlafzimmer … Und auch hier unten. Bis auf die Halle und ein oder zwei Zimmer … Alles nass. Das Dach …«

»Das stimmt. In den meisten Zimmern oben ist die Decke zumindest zum Teil zerstört und man kann bis hinauf zum Himmel sehen. Eine Bombe hat fast das ganze Dach weggerissen.« Leonore senkte den Kopf, als sei auch das ihre Schuld. »Ich habe im Salon auf einem der Sofas geschlafen, weil die Dienstbotenmansarden … Sie sind vollkommen eingestürzt. Und in der Gesindestube unten neben der Küche ist ein großer Riss in der Wand, und es tropft von dem Zimmer drüber durch die Decke.«

Unvermittelt brach Claire in Tränen aus. »Ich habe mir heimlich gewünscht, nie wieder das Zimmer betreten zu müssen, in dem ich mit eurem Vater geschlafen habe. Weil ich dachte, diesen Schmerz halte ich nicht aus«, schluchzte sie. »Es ist meine Schuld!«

Viktoria legte ihre Arme um ihre Mutter. War es ein gutes

Zeichen, dass Claire wieder weinen konnte? Aber wie kam sie auf die seltsame Idee, es sei ihre Schuld, dass eine Bombe die Villa getroffen hatte?

»Du kannst nichts dafür, Mama! Das waren die Amerikaner. Sie haben in den letzten Kriegsmonaten auch die ländlichen Gebiete in Bayern bombardiert. Deshalb sind wir doch in die Berge gezogen.«

Claire löste sich stumm aus Viktorias Umarmung, wankte zum kalten Kamin und ließ sich in einen der beiden Lehnstühle davor sinken.

»Bei Tageslicht sehen wir uns alles genau an. Wenn ein oder zwei Zimmer trocken sind, es in der Halle nicht durchregnet und wir auch noch das Souterrain haben, ist das eine Menge Platz.« Viktoria versuchte nicht nur ihre Mutter, ihre Schwester und die ebenfalls ratlos wirkende Leonore zu beruhigen, sondern auch sich selbst. Die Zukunft kam ihr vor wie eine Steilwand, die sie erklimmen musste, obwohl sie keine Ahnung vom Bergsteigen hatte. Sie musste für Essen sorgen und dafür, dass ihnen das Haus nicht über dem Kopf einstürzte. Sie würden Geld brauchen oder Gegenstände zum Tauschen, um das zu bekommen, was sie dringend benötigten. Und wie es aussah, war sie wieder diejenige, die allein Entscheidungen treffen und Pläne schmieden musste. Im Kerzenlicht ruhten Mabelles und Leonores Blicke hoffnungsvoll auf ihr, während ihre Mutter in sich zusammengesunken im Sessel saß und wie so oft vor sich hin starrte. Ihre Tränen waren versiegt.

Entschlossen schob Viktoria das Kinn vor. »Jetzt waschen wir uns, ziehen uns trockene Sachen an, und dann dürfte es Mitternacht sein. Wenn der Strom eingeschaltet wird, kochen wir uns einen wunderbaren Eintopf aus Weißkohl und Kartoffeln.«

»Aus den Leitungen kommt kein Wasser«, meldete Leonore schüchtern. »Ich meine, wegen waschen und so. Aber ich habe noch einen halben Eimer Wasser aus dem Brunnen hinten im Park.«

Auch das noch! Immerhin besaßen sie einen Brunnen, wenn er auch fast zehn Minuten Fußmarsch quer durch den Park entfernt lag. Viktoria beschloss, vor allem das zu sehen, was sie noch hatten, und nicht über all die Dinge zu jammern, die es in diesen schweren Zeiten nicht gab.

4

Dorf Rabenfels, Juli 1945

»Wieder keine Eier. Vielleicht sollten wir im Park ein paar Hühner halten, dann hätten wir jeden Tag ein Frühstücksei und manchmal ein Brathuhn.« Mabelle starrte mit gerunzelter Stirn auf den Aushang im Glaskasten neben der Rathaustür.

Die Schwestern waren wie jeden Sonntag ins Dorf gegangen, um zu sehen, welche Nahrungsmittel für die kommende Woche aufgerufen wurden. Nur diese würden dann im Laden erhältlich sein. Viktoria hielt die Lebensmittelmarken in der Hand und zählte die Abschnitte für Fett zusammen, die sie noch besaßen. Ab Montag würde es wieder Butter geben, damit die ewige Linsensuppe wenigstens ein bisschen schmackhafter wurde. Auch Leonore beteiligte sich mit ihren Marken und dem bisschen Geld, das sie noch hatte, am gemeinsamen Einkauf. Sie war die Einzige der vier Frauen, die rauchte, und überließ im Tausch gegen ein paar Zigaretten den anderen gern ein Stück Fleisch oder Fisch. Alle Zigaretten bekam sie jedoch nicht, denn sie waren ein begehrtes Tauschobjekt, für das man auch rare Dinge bekam.

Neulich hatte Frau Breugel, die Ladenbesitzerin, für vier Zigaretten ein Zehnerpack Kerzen unter ihrem Verkaufstresen hervorgezaubert. Da die Stromsperre immer noch andauerte, waren Kerzen ein kostbares Gut. Viktoria hatte schon versucht, in einem alten Einmachglas mit Fett, das sie aus einem Schweinebauch herausgebraten hatte, und einem Docht aus einem Stück Putzlumpen ein Behelfslicht zu basteln. Es hatte ungefähr zwei Minuten furchtbar gestunken und gequalmt, bevor es erloschen war. Nach dem dritten Versuch hatten sie es, hustend und keuchend, aufgegeben, das Licht wieder anzuzünden.

»Hühner?« Auf die Bemerkung ihrer Schwester antwortete Viktoria mit einem belustigten Schnauben. »Woher willst du die bitte nehmen? Und selbst wenn wir welche hätten, bei uns sterben doch schon Gemüsepflanzen innerhalb von ein paar Tagen. Was bei den Hühnern zwar traurig, aber auch von Vorteil wäre, weil wir erst mal eine Menge Fleisch hätten. Schlachten könnten wir die armen Tiere sowieso nicht. Oder würdest du das machen?«

Mabelle verweigerte eine Antwort und fixierte weiter die Liste. Sie gab die Hoffnung nicht auf, irgendwann einmal Schokolade darauf zu entdecken.

Missmutig betrachtete Viktoria ihre Fingernägel. Obwohl sie sie so kurz geschnitten hatte, dass sie ihr bei der Gartenarbeit nicht mehr abbrechen konnten, hatten sie immer noch schwarze Ränder von der Erde, in der sie täglich wühlte. Und das bisher ohne jeden Erfolg.

Von den Möhrensamen, die sie bei einer Frau im Dorf gegen ein Damasttischtuch eingetauscht hatte, war höchstens die Hälfte aufgegangen. Diese winzigen Pflänzchen hatten anschließend die Schnecken und Vögel verspeist. Eine andere Frau, die auf einem schmalen Streifen hinter ihrem Haus Gemüse anbaute, hatte ihnen für ein Paar Schuhe aus dem Schrank ihres gefallenen Vaters ein Dutzend Salatpflanzen gegeben. Viktoria hatte ein schlechtes Gewissen gehabt, hinter dem Rücken ihrer Mutter die Sachen ihres Vaters als Tauschobjekte zu nutzen. Und dann waren die mickrigen Pflänzchen bis auf eine Einzige nicht mal angewachsen, sondern sang- und klanglos verwelkt.

Was dumm und ärgerlich war, weil offenbar jeder im Dorf Gemüse anbauen konnte. Aber natürlich hatten die Dörfler schon lange vor dem Krieg ihre kleinen Gärten gehegt und gepflegt, während die Bewohner von Rabenfels in ihrem Park spazieren gegangen waren.

Sie mussten es einfach so lange versuchen, bis es funktionierte. Viktoria biss sich auf die Lippen. Das Leben, das sie momentan führte, war hart und anstrengend.

Um Lebensmittelmarken zu bekommen, hatten sie sich alle beim Arbeitsamt im benachbarten Bernried melden müssen. Dort hatte man ihnen gleich gesagt, dass die Möglichkeit, eine bezahlte Arbeit zu bekommen, gleich null war. Dennoch waren sie besser dran als die meisten anderen Leute. Schließlich hatten sie den großen Park, um dort Gemüse anzubauen – auch wenn es bis jetzt nicht geklappt hatte. Zusätzlich besaßen sie ein Haus, dessen Dachstuhl zwar zerstört war, in dessen Erdgeschoss aber immer noch zwei Zimmer, die Halle und die Küche zu benutzen waren.

»Als Nichterwerbstätige bekommen wir sowieso kaum was. Fast so wie die NSDAP-Mitglieder. Dabei war keiner von uns in der Partei, und ich habe meistens die BDM-Treffen geschwänzt und deshalb sogar jede Menge Ärger bekommen.« Mabelle machte einen Schmollmund.

»Wir haben uns aber auch nicht gerade durch Proteste hervorgetan. Obwohl wir irgendwie geahnt haben, dass da was nicht stimmte. Wegen der Juden und so.« Viktoria musste an die Protestgruppe in der Münchner Universität denken. Sie hatten sich *Weiße Rose* genannt und aus Fenstern und von Galerien Flugblätter auf die anderen Studenten hinabregnen lassen, in denen sie gegen Hitler und seine Politik protestiert hatten. Sophie Scholl, ihre mutige Anführerin, war 1943 verhaftet und zum Tode verurteilt worden.

Das war geschehen, bevor Viktoria ihr Studium begonnen hatte. Doch man hatte in den Hörsälen und auf den Fluren des Universitätsgebäudes gelegentlich noch darüber getuschelt. Und selbst das war gefährlich gewesen.

Viktoria war sich selbst gegenüber ehrlich genug, um sich

einzugestehen, dass sie nicht den Mut gehabt hätte, sich dieser Gruppe anzuschließen. Wahrscheinlich hätte sie nicht einmal gewagt, eines der Flugblätter aufzuheben, wenn es ihr vor die Füße geflattert wäre. Dafür schämte sie sich, aber im Nachhinein konnte sie es nicht ändern.

Schlimm war, dass sie nicht einmal wusste, ob sie heute anders gehandelt hätte. Denn nun wussten sie alle von Hitlers schreckliche Untaten. Wohl alle hatten geahnt, dass Dinge geschahen, die nicht sein durften, aber sie hatten lieber nicht darüber nachgedacht. Und auch jetzt gab es so viele Dinge, um die sie sich kümmern musste, dass sie meistens keine Zeit hatte, über Fehler und Versäumnisse der Vergangenheit nachzugrübeln. Wenn man nichts zu essen hatte, war die Frage, wo die nächste Mahlzeit herkommen sollte, wichtiger als alles andere. Das war sicher nicht richtig, wenn man bedachte, welch schlimmes Schicksal in den vergangenen Jahren so viele Juden erlitten hatten, aber wenn man den ganzen Tag mit einem knurrenden Magen herumlief, drehte sich eben alles darum, diesen Magen zu füllen.

»Wirst du weiterstudieren, wenn die Universität in München wieder geöffnet wird?«, fragte Mabelle. »Dann bekommst du als Intellektuelle bestimmt mehr Kalorien.«

Intellektuelle. Viktoria verdrehte die Augen und schüttelte den Kopf. »Momentan bin ich vollauf damit beschäftigt, Essen zu besorgen. Und wir müssen etwas unternehmen, damit es nicht überall reinregnet. Wenn es im Winter friert, gibt es noch mehr Sprünge in den Wänden, und das darf nicht passieren.«

Als während des letzten Kriegsjahrs die Ludwig-Maximilians-Universität in München durch Bomben zu über achtzig Prozent zerstört worden war, hatte Viktoria sich schnell damit abgefunden, ihr Studium vorerst nicht fortsetzen zu können. Sie war ohnehin nie sonderlich überzeugt vom Beruf der Lehrerin gewesen.

Als sie keine Vorlesungen und Seminare mehr besuchen musste, hatte sie sich im Haus beschäftigt, wo es viel zu tun gab. Sämtliche Diener waren eingezogen worden, und sie hatten nur noch ein paar wenige Stubenmädchen gehabt, weil die meisten Frauen lieber in der Rüstungsindustrie oder in einer der anderen großen Fabriken arbeiteten, wo überall die männlichen Arbeitskräfte fehlten.

Die freie Zeit, die ihr geblieben war, hatte sie sich oft mit dem Zeichnen von Kleidern vertrieben, die sie allerdings nicht nähen konnte, weil Stoffe knapp waren.

Schon als Schülerin hatte sie oft in der Näherei ausgeholfen. Es gefiel ihr, mitzuerleben, wie aus den riesigen Stoffballen hübsche Kleidungsstücke wurden. Vor dem Krieg und während der ersten Kriegsjahre waren Haynbach-Hemden und -Blusen eine so begehrte Marke gewesen, dass die Produktion die Nachfrage oft nicht befriedigen konnte. Als fast nur noch aus riesigen grauen Stoffballen Wehrmachtskleidung produziert worden war, hatte es Viktoria in der Näherei weniger gut gefallen. Dennoch hatte sie bis zu dem Bombenangriff auf das Nähereigebäude fast täglich für einige Stunden dort gearbeitet. Schließlich hatte sie Zeit, und es gab dort immer etwas zu tun.

Die Schwestern bogen um die Ecke der Straße, die aus dem Dorf in Richtung Seeufer und von dort weiter zur Villa Rabenfels führte. Unversehens sahen sie sich von einer Gruppe von etwa dreißig Menschen umgeben, die ihnen entgegenkam. Es waren Frauen und Kinder und zwei oder drei alte Männer. Ihnen folgten mehrere Leiterwagen, die von müden, mageren Kleppern gezogen wurden.

Als Viktoria in das Gesicht sah, das sich plötzlich direkt vor ihr befand, erschrak sie. Die Frau war Anfang zwanzig, nicht viel älter als sie, wirkte jedoch krank und müde. Ihre Haut war grau, ihr dunkles Haar dünn und strähnig, ihre Lippen aufgesprungen. Nur die Augen glühten riesig im bleichen

Oval ihres Gesichts. In ihnen las Viktoria von Angst und Hunger, aber auch von einem unbändigen Willen zu überleben.

Erschrocken wollte sie zur Seite treten, doch die Frau streckte ihre schmale Hand aus und umklammerte ihren Arm.

»Haben Sie was zu essen?«, flüsterte sie. »Nicht für mich, nur für mein Kind.« Sie deutete auf ein kleines Mädchen in zerlumpten Kleidern, das sie an der linken Hand hielt. Das Kind sah Viktoria aus Augen an, die ebenso riesig wirkten wie die ihrer Mutter.

»Es tut mir leid. Wenn ich etwas bei mir hätte, würde ich es Ihnen sehr gern geben.« Hilflos sah Viktoria sich nach Mabelle um, die am Straßenrand etwas außerhalb der Gruppe stand. »Wo kommen Sie denn her?«

»Aus Westpreußen. Wir werden immer weiter und weiter geschickt. Nirgendwo ist Platz für uns.«

»*Here we go.*« Hinter einem der Wagen tauchte ein amerikanischer Offizier auf. Er deutete nach vorn, in Richtung Rathaus.

Die Gruppe setzte sich in Bewegung, und Viktoria wollte zur Seite treten und zu Mabelle hinübergehen. Plötzlich stand jedoch ein zweiter Amerikaner neben ihr und schob sie energisch in die Richtung, in die die Flüchtlinge sich bewegten. »*Go on*, Fraulein.«

»Loslassen. Ich gehöre nicht dazu«, fauchte Viktoria ihn an.

»*What a Getty little cat.*« Er grinste sie breit an.

Viktoria suchte ihre paar Brocken Englisch zusammen und erklärte ihm, dass sie nicht zu der Gruppe gehörte und seit ihrer Geburt in Rabenfels wohnte. Außerdem, fügte sie hinzu, sei sie keine Katze.

»Kein *cat*, aber ein hübsche Fraulein«, erklärte der Soldat mit dem blonden Haar, das sich in kleinen Locken unter dem Rand seines Schiffchens kringelte. Er schien sie verstanden zu haben und ihr zu glauben. Denn wenn sie auch nicht sonderlich elegant gekleidet war, so hoffte sie doch, nicht ganz so abgerissen und ausgemergelt zu wirken wie die Flüchtlingsfrauen.

Der Soldat ließ zu, dass sie aus der weiterziehenden Gruppe heraus an den Straßenrand trat. Hier musste sie warten, bis die Menschen und Wagen vorbeigezogen waren, damit sie zu Mabelle auf die andere Seite konnte.

Der Soldat mit den lustigen Löckchen und dem Grübchenlächeln blieb neben ihr stehen, während der Offizier ein paar Nachzügler herbeiwinkte. Er schien sich nicht daran zu stören, die Arbeit zu machen, während sein Untergebener nur dastand und zusah, wie die Menschen und Pferde weitertrotteten. Falls sie in Rabenfels bleiben sollten, war ihr Ziel wahrscheinlich die Schule. In einem der Klassenzimmer hatten bis vor Kurzem ein gutes Dutzend Flüchtlinge gewohnt, die mittlerweile in Häuser und Wohnungen in Rabenfels und Umgebung eingewiesen worden waren.

»Tanzen«, sagte der Soldat und angelte aus seiner Brusttasche einen zusammengefalteten Zettel. »Ich lade ein, dann darf ein Fraulein kommen. Komm, wann du willst.«

Verdutzt nahm Viktoria den Zettel entgegen.

»Ich Georgie aus Montana«, sagte der Soldat und lächelte so breit, dass sie seine kräftigen Backenzähne bewundern konnte. »Und du?«

»Vicky«, sagte sie automatisch.

»*Here we go*«, rief der Offizier erneut. Dieses Mal meinte er seinen Untergebenen, denn inzwischen hatten sich auch die Nachzügler aus der Gruppe an ihnen vorbeigeschleppt.

Der Soldat gab sich einen Ruck. Bevor er ging, deutete er hinüber zu Mabelle, die ungeduldig auf den Zehenspitzen wippte, was ihre goldblonden Locken zum Tanzen brachte.

»Das Fraulein da auch«, sagte er energisch.

Ebenso nachdrücklich schüttelte Viktoria den Kopf. »Nein. Sie ist sechzehn. *Too young.*«

Der Soldat wollte offenbar widersprechen, doch sein Offizier rief ihm etwas Unverständliches in englischer Sprache zu, das ihn dazu brachte, sich unverzüglich in Bewegung zu setzen.

»Was ist das?«, erkundigte sich Mabelle und warf einen neugierigen Blick auf den Zettel in Viktorias Hand, während sie den Weg nach Hause fortsetzten.

»Nichts.« Viktoria hatte nur einen flüchtigen Blick auf das Blatt geworfen und festgestellt, dass es sich um die Adresse eines »Clubs« in München handelte, in dem offenbar getanzt und getrunken wurde.

»Schwindel nicht. Der hat dich eingeladen. Gehst du hin? Gerda Siebers hat einen amerikanischen Freund. Die Siebers haben alles. Schokolade, Strümpfe, Zigaretten und jeden Sonntag Dosenfleisch.« Mabelles Augen leuchteten.

»Natürlich gehe ich *nicht* hin.« Viktoria knüllte den Zettel zusammen, warf ihn aber nicht weg, sondern steckte ihn in ihre Rocktasche. »Die GIs dürfen eigentlich nicht mal mit uns reden. Nennt man fraternisieren. Schließlich gehören wir zum Volk der Feinde, die sie gerade besiegt haben.«

»Gerda sagt, das ist kein Problem. Diese Sache mit dem Fraternidingsbums wird nicht ernstgenommen. Es gibt schon viele amerikanische Offiziere, die deutsche Freundinnen haben. Ich hätte gern einen amerikanischen Freund.«

»Du bist *sechzehn!* Und selbst wenn du älter wärst, käme das nicht infrage. Die nutzen die Mädchen doch nur aus. Und irgendwie ist das Prostitution, wenn sie mit einem Mann gehen, weil er ihnen Schokolade und Strümpfe und Dosenfleisch gibt.«

»Du spinnst doch! Man kann doch jemanden lieben, auch wenn er einem Schokolade schenkt. Und die GIs sehen in ihren Uniformen ziemlich flott aus.« Mabelle schob mal wieder trotzig die Unterlippe vor.

Viktoria war froh, dass es ihres Wissens weder in Starnberg noch in Bernried einen amerikanischen Tanzclub gab.

»Lass dich nicht dabei erwischen, wie du einem Amerikaner schöne Augen machst.« Viktoria ertappte sich in letzter Zeit immer wieder dabei, dass sie sich ihrer Schwester gegenüber wie eine strenge Gouvernante aufführte. Aber Mabelle war fast fünf Jahre jünger als sie und handelte oft unüberlegt. Und Claire war seit Monaten nicht mehr in der Lage, darauf zu achten, dass ihre Jüngste nichts Unvernünftiges tat.

»Der eben hat mir schöne Augen gemacht, nicht ich ihm«, protestierte Mabelle. »Und außerdem hast *du* den Zettel von ihm genommen.«

»Hast du denn vor, im nächsten Schuljahr zurück in die Schule zu gehen und dein Abitur zu machen?«, wechselte Viktoria das Thema, während sie sich den letzten Häusern des Dorfes näherten, von denen aus der Weg sanft aufwärts zur Villa Rabenfels führte.

Mabelle seufzte demonstrativ. »Wenn ich mir vorstelle, mich wieder tagein, tagaus im Unterricht zu langweilen … Puh!«

»Aber …«, fing Viktoria an und biss sich auf die Zunge. Für einen Tag hatte sie genug vernünftige Bemerkungen gemacht. Sie ging sich ja schon fast selbst auf die Nerven.

»Vicky? Bist du das?«

Die helle Stimme, die hinter ihnen herrief, ließ Viktoria erstaunt stehen bleiben. Sie drehte sich um und blinzelte gegen die Sonne. »Annedore?«

»Seit wann bist du zurück, Vicky, meine Süße?« In einem Wirbel aus rotblonden Locken und schwingendem Rock eilte ihre langjährige Freundin auf sie zu und fiel ihr um den Hals.

»Seit Juni«, gab Viktoria zu und hatte prompt ein schlechtes Gewissen, dass sie sich nicht bei Annedore gemeldet hatte.

Sie hatte öfter daran gedacht, bei den Friedrichs zu klopfen, es aber immer wieder aufgeschoben.

»Es gibt furchtbar viel zu tun«, setzte sie eilig hinzu. »In der Villa ist das halbe Dach weg, und es regnet überall rein. Wir haben von ein paar Bauern aus anderen Dörfern Planen besorgen müssen und versuchen jetzt, Ziegel und einen Dachdecker aufzutreiben. Trotzdem werden die meisten Zimmer erst mal nicht bewohnbar sein. Und du weißt ja, wie das mit dem Essen ist. Man rennt den ganzen Tag rum und geht dann doch hungrig ins Bett.«

»Schrecklich.« Annedore verdrehte die Augen und verzog gleich darauf das Gesicht erneut zu einem strahlenden Lächeln. »Ich habe geheiratet.« Stolz streckte sie die rechte Hand vor.

Verblüfft starrte Viktoria den schmalen goldenen Reif am Ringfinger der Freundin an. Als sie vor einem guten halben Jahr ins Allgäu aufgebrochen waren, war Annedore nicht mal verlobt gewesen. »Kenne ich ihn?«

»Lukas. Ich heiße jetzt Schneider«, verkündete Annedore mit leuchtenden Augen.

»Lukas Schneider?« Viktoria runzelte die Stirn. Sie konnte sich an keinen Lukas erinnern.

»Er stammt aus München, hat da studiert, bevor er einberufen wurde. Kurz nachdem ihr weg wart, kam er auf Heimaturlaub. Er ist mit ein paar Freunden nach Starnberg gefahren und da ins *Blümchen* gegangen. Du weißt schon, das kleine Tanzcafé am See. Da sind wir uns begegnet. Es war Schicksal. Liebe auf den ersten Blick. Du hättest ihn in seiner schmucken Uniform sehen sollen!« Mit verklärtem Augenaufschlag sah Annedore in die Ferne.

»Und dann habt ihr sofort geheiratet, noch während er auf Heimaturlaub war?«, mischte sich Mabelle ein, die mit offenem Mund Annedores Erzählung gelauscht hatte. Sie liebte romantische Liebesgeschichten.

»Nein. Er ist erst mal zurück nach Frankreich an die Front. Nachdem er weg war, habe ich tagelang geweint. Aber wir haben uns geschrieben. Lukas hat mir in jedem seiner Briefe erklärt, dass er nur meinetwegen den Schrecken des Krieges überstehen konnte. Es wurde ja immer schlimmer und schlimmer da draußen und hier bei uns auch. Und schließlich … ich weiß gar nicht mehr, von wem die Idee kam. Wir waren uns irgendwie einig, dass wir heiraten sollten. Damit Lukas weiß, dass zu Hause seine Frau auf ihn wartet. Und wenn er sein Leben für Deutschland hätte lassen müssen, hätte hier zu Hause jemand etwas davon gehabt. Aber das ist zum Glück nicht passiert, und ich warte hier auf ihn. Als seine Frau. Also, eigentlich werde ich ja erst richtig seine Frau sein, wenn er aus der Gefangenschaft zurückkehrt.« Annedore kicherte verschämt, und ihre Wangen röteten sich.

»Wieso hättest du denn was davon gehabt, wenn er sein Leben für Deutschland …«, fing Mabelle an, doch Viktoria unterbrach sie rasch. Sie würde ihrer Schwester zu Hause erklären, dass viele Paare während des Krieges eilig geheiratet hatten, damit die Frau die Witwenrente bekam, wenn ihr Mann fiel.

»Hattet ihr eine Ferntrauung?«, fragte sie.

Annedore nickte und schaute mit weit geöffneten Augen hinauf zum Himmel, als würde sie dort oben ihren Liebsten sehen. Im nächsten Augenblick hielt sie wie aus dem Nichts eine Fotografie in der Hand. Sie zeigte Annedore in einem schlichten dunklen Kleid mit weißem Spitzenkragen. Sie saß auf einem hochlehnigen, ledergepolsterten Stuhl, hielt einen Rosenstrauß in der Hand und lächelte angespannt in die Kamera. Der Stuhl an ihrer linken Seite war leer – bis auf einen Stahlhelm, der darauf lag.

»Stahlhelmtrauung«, nannte Annedore stolz den Begriff, der sich für diese Art der Hochzeit eingebürgert hatte.

Wieder wusste Viktoria nicht, was sie sagen sollte und

nickte nur, während Annedore ein zweites Bild aus ihrer Jackentasche zog.

»Und das ist Lukas bei seiner Trauung.« Sie tippte auf einen schlanken Leutnant in Uniform, der vor einem Tisch stand, auf dem mehrere Kerzen neben einem riesigen Hitler-Bild brannten. Sein Gesicht lag im Schatten, und man erkannte nur vage, dass er lächelte, während er in Richtung des Betrachters salutierte. Dennoch konnte Viktoria sehen, dass er zweifellos ein gut aussehender Mann war.

»Er sieht nett aus«, stieß sie hervor, weil sie wusste, dass ihre Freundin auf eine anerkennende Bemerkung wartete.

»Mama hat bei der Trauung vor Rührung geweint. Großmutter auch«, erzählte Annedore eifrig. »Und auch für mich war es ein ganz wunderbares Gefühl, dass wir trotz aller Schwierigkeiten und obwohl uns viele Kilometer trennten, diesen Schritt gegangen sind, Lukas und ich.« Sie schob die beiden Fotos vorsichtig in die Tasche.

»Herzlichen Glückwunsch«, fiel Viktoria reichlich verspätet ein. Auch Mabelle nickte und wünschte alles Gute.

»Lukas ist in Gefangenschaft. Bei den Franzosen. Das ist viel besser als bei den Russen«, erklärte Annedore.

»Woher weißt du das mit der Gefangenschaft? Wer hat dich benachrichtigt?« Voller Angst sah Viktoria die Freundin an. Wenn es ganz normal war, dass die Familien von Kriegsgefangenen über das Schicksal ihrer Männer, Söhne, Brüder und Väter informiert wurden, hätten sie auch etwas über Richard hören müssen. Dass das nicht passiert war, bedeutete möglicherweise nichts Gutes.

»Lukas hat mir schon ein paar Tage nach Kriegsende eine dieser Karten vom Roten Kreuz geschickt. Darauf steht, dass es ihm gut geht und er in Gefangenschaft ist. Ich bin so froh!« Annedore presste die Hand auf die Brust.

»Und diese Karten dürfen alle Gefangenen schreiben?« Viktoria bekam nur noch schwer Luft. Nicht auszudenken, dass ihre Mutter auch noch Richard verlor. Und auch Mabelle würde nur schwer zusätzlich zum Tod ihres Vaters noch den ihres großen Bruders verkraften. Über ihre eigenen Gefühle wollte Viktoria gar nicht nachdenken. Obwohl sie abends immer schrecklich müde war, konnte sie oft nicht einschlafen. Dann dachte sie an ihren Vater. Daran, wie er sie als kleines Kind auf seinen Knien hatte reiten lassen. Wie er mit ihr abends nach der Schule die Mathematikaufgaben durchgegangen war, die sie wegen der wirren Erklärungen von Lehrer Schramm nicht verstanden hatte. Und nach ihrem achtzehnten Geburtstag hatte er ihr im Park das Autofahren beigebracht, bevor der Wagen für kriegswichtige Aufgaben eingezogen worden war. Ihr Vater war immer geduldig und freundlich gewesen und hatte nur selten geschimpft. Sie wusste, dass sie nie aufhören würde, ihn zu vermissen.

Inzwischen war ihr klar, dass es ihrer Schwester genauso ging. Ein paar Wochen hatte sie geglaubt, Mabelle, die trotz der schweren Zeiten meistens heiter wirkte und sich nur über die fehlende Schokolade und die abgetragene Kleidung beschwerte, hätte den Tod ihres Vaters leicht überwunden. Bis sie ihre Schwester eines Tages weinend hinter einer Hecke im Park gefunden hatte.

»Manchmal bin ich so furchtbar traurig«, hatte sie geschluchzt. »Wegen Papa. Aber das soll Mama nicht wissen, sonst wird sie noch unglücklicher.«

Viktoria hatte sie wortlos in die Arme genommen, und sie hatten eine Weile zusammen geweint. Dann hatte sie ihrer Schwester ein Taschentuch gegeben und sich selbst mit dem Handrücken energisch die Wangen trocken gewischt. »Du bist sehr tapfer«, hatte sie gesagt. »Aber vor mir musst du dich nicht zusammennehmen.«

Trotzdem hatte sie Mabelle seitdem nicht mehr weinen sehen. Wahrscheinlich tat sie es immer noch heimlich.

»Mit der Karte hatte ich Glück, sehr viele warten noch auf

Nachricht«, erzählte Annedore mit jenem breiten Lächeln, das Viktoria inzwischen etwas nervös machte. Sie gönnte der Freundin ihr Glück, aber sie war es nicht mehr gewohnt, ein strahlendes Gesicht zu sehen. Immerhin musste sie sich offenbar keine Sorgen machen, weil sie noch keine Karte von Richard bekommen hatten.

»Kennst du im Dorf jemanden, der etwas vom Dachdecken versteht?«, wechselte Viktoria das Thema. »Wir brauchen jemanden, der unser Dach wenigstens notdürftig in Ordnung bringt.«

»Der alte Seefeld macht alles, was mit Bauen zu tun hat, wenn man ihm eine Flasche Schnaps dafür gibt«, sagte Annedore.

Schnaps war nicht leicht zu besorgen, aber Viktoria würde es versuchen. Sie ließ sich beschreiben, wo der Mann wohnte. Dann verabredeten sie, dass Annedore sie möglichst bald in der Villa besuchen würde, und verabschiedeten sich.

Auf dem Weg den Hügel hinauf zur Villa plapperte Mabelle unentwegt über Annedores Kriegstrauung.

»Man muss sich über die Entfernung sooo verbunden fühlen. Weil man doch weiß, ganz weit weg ist jemand, der sagt aus Liebe Ja. Das ist unfassbar romantisch.«

Viktoria sagte nichts zur Schwärmerei ihrer Schwester. Sie gehörte nicht zu den Frauen, die von der großen Liebe träumten. Es gab schließlich genug anderes zu tun. Und an ihrer Mutter sah sie ja, wie furchtbar es war, wenn man einen Mann sehr liebte und ihn dann verlor.

5

Villa Rabenfels, Juli 1945

Missmutig betrachtete Mabelle die wenigen Kleidungsstücke, die sie auf dem Sofa im kleinen Salon ausgebreitet hatte, das ihr momentan als Bett diente.

Die meisten der Sachen, die sie in ihrem Kleiderschrank im ersten Stock zurückgelassen hatte, waren durch den Bombeneinschlag und den Regen, der anschließend in ihr ehemaliges Zimmer gefallen war, verdorben. Außer dem bisschen Wäsche und einer Strickjacke, die sie vom Bauernhof der Hauslers wieder mitgebracht hatte, besaß sie noch zwei Kleider, zwei Blusen und einen Rock.

Die Tür öffnete sich und, ohne sich umzudrehen, wusste sie, dass es ihre Schwester war, die das Zimmer betrat. Mabelle hörte das schleifende Geräusch, mit dem Viktoria die untere Kommodenschublade aufzog, in der sie ihre Kleidung aufbewahrte.

»Ich kann nur hoffen, dass es jetzt mit Kohl und Zwiebeln klappt. Annedore meint, für Möhren ist es längst zu spät. Und wir müssen die kleinen Pflanzen mindestens einmal am Tag gießen, wenn es nicht regnet.« Viktoria ächzte leise, denn die Schublade klemmte, wie alles aus Holz, das in der Feuchtigkeit des Hauses aufgequollen war.

Natürlich mochte Mabelle weder Kohl noch Zwiebeln. Trotzdem würde sie das Zeug essen und auch noch froh und dankbar sein müssen, dass Viktoria es angebaut und geerntet hatte.

»Könntest du das Gießen übernehmen, Mabelle? Ich muss

unbedingt Ziegel auftreiben oder wenigstens noch mehr Planen. Dazu werde ich weiter aufs Land müssen. Hoffentlich fahren die Züge endlich wieder nach Fahrplan. Auch der Nachmittagszug. Letztes Mal war ich in der Dunkelheit zu Fuß fast zwei Stunden nach Hause unterwegs. Aber es hilft nichts. Wenn der Winter kommt, muss das Dach wenigstens einigermaßen dicht sein. Sonst wird es hier unten schrecklich kalt werden, und es kommt noch mehr Feuchtigkeit durch die Decken.«

Mabelle blies die Backen auf, sagte aber nichts. Gießen musste sie die plumpen Kohlköpfe und die scharfen Zwiebeln auch noch, die nach dem Mittagessen den ganzen Nachmittag in ihrem Bauch herumrumoren würden! Da sie sich eine der Moralpredigten ihrer Schwester ersparen wollte, in denen es immer darum ging, dass sie zusammenhalten und jede von ihnen ihren Teil leisten musste, würde sie eben Wasser vom Brunnen durch den Garten schleppen und den blöden Kohl gießen. Und die Zwiebeln auch.

Weil aus den Hähnen in der Küche und den Bädern viel zu oft kein Wasser kam, hatte Leonore es übernommen, jeden Tag das kostbare Nass aus dem Brunnen zu holen und eimerweise ins Haus zu schleppen. Sie brauchten es zum Trinken, zum Kochen, zum Waschen, und auch neben den Toiletten musste immer ein voller Eimer stehen.

Und dabei konnten sie noch von Glück sagen, dass sie einen Brunnen besaßen. Sie hatten gehört, dass die Menschen in den Städten oft kilometerweit zur nächsten Wasserausgabestelle laufen und das Wasser dann mühsam in Flaschen nach Hause tragen mussten. Was sie taten, wenn sie die Toilette benutzen mussten, wollte Mabelle gar nicht so genau wissen.

Viktoria hatte mittlerweile ihr altes, zerrissenes Kleid, das sie bei der Gartenarbeit trug, gegen ein weniger lädiertes, aber auch nicht viel schöneres getauscht. Nun kam sie zu Mabelle und legte den Arm um sie. Die Schwestern standen nebeneinander und betrachteten Mabelles kärgliche Garderobe auf der Bettdecke.

»Du hast wirklich nicht viel anzuziehen«, stellte Viktoria mitfühlend fest.

Seit dem Tod ihres Vaters war sie gar nicht mehr so zickig wie früher. Vorher hatte sie sich gern und oft mit Mabelle gestritten. Jetzt war Viktoria schrecklich vernünftig, und wenn sie so ruhig und freundlich ihre Bitten äußerte, blieb Mabelle nichts anderes übrig, als eben den Kohl zu gießen und was es noch alles für unangenehme Dinge zu tun gab. Und jetzt bedauerte Vicky sie auch noch wegen ihrer spärlichen Garderobe, dabei hatte sie selbst auch nur noch ganz wenige abgetragene Kleider.

»Wir haben noch eine Menge Tischtücher. Die werden wir aber wohl vorerst nicht brauchen«, stellte Viktoria fest.

Die Schwestern lachten gleichzeitig auf. Sie hatten wohl beide das Bild vor Augen, wie sie mit ihrer Mutter und Leonore im Souterrain um den mit einem blütenweißen Damasttuch bedeckten Küchentisch saßen und ihre wässerige Gemüsesuppe löffelten. Nein, Tischtücher waren vorerst überflüssig.

»Soll ich mich in eine Tischdecke einwickeln?« Mit gerunzelter Stirn sah Mabelle ihre Schwester an.

»Ich könnte dir ein Kleid daraus nähen. Vorher mache ich ein paar Entwürfe, und du suchst dir den aus, der dir am besten gefällt.«

»Das würdest du tun?«

»Sicher. Es macht mir Spaß, und wir haben sogar eine Nähmaschine mit Fußbetrieb, die auch ohne Strom funktioniert. Garn und Knöpfe treiben wir sicher auch auf.«

»Aber die Tücher sind alle so furchtbar *weiß*. Das steht mir eigentlich nicht. Und ich werde das Kleid dauernd waschen müssen, weil man jeden kleinen Fleck sieht. Dabei haben wir kein ordentliches Waschmittel«, fiel Mabelle ein. Einen Haken musste diese wunderbare Idee ja haben.

Viktoria kniff nachdenklich die Augen zusammen. »Wir könnten den Stoff färben. Ich habe gelesen, dass viele Frauen das machen. Zum Beispiel mit Rotkohl.«

Mabelle sah ein rotes Kleid mit einem weit schwingenden Rock und einem engen Oberteil vor sich. Sie war zwar durch das ewige Hungern ziemlich dünn geworden, aber ihr Busen hatte sich im vergangenen Jahr schön gerundet.

»Ja«, rief sie mit leuchtenden Augen und fiel Viktoria um den Hals. »Bitte näh mir ein rotes Kleid.«

»Ich fange gleich heute Abend an, ein paar Modelle zu zeichnen«, versprach ihre Schwester und fuhr fort: »Tust du mir einen Gefallen? Du könntest beim alten Seefeld unten im Dorf vorbeischauen und ihn fragen, ob er sich unser Dach mal ansehen kann.«

Mabelle nickte. Einen Spaziergang ins Dorf zu machen war allemal besser, als in der Halle die Fliesen zu schrubben. Diese Aufgabe war ihr dummerweise zugefallen, als sie alle gemeinsam am Montag den Plan mit den Pflichten für diese Woche aufgestellt hatten. Die Fliesen waren immer noch schmutzig, und wenn sie heute unterwegs war, würden sie das auch vorerst bleiben.

Eine halbe Stunde später schlenderte Mabelle gut gelaunt ins Dorf hinunter. Sie ließ sich Zeit, denn wenn sie zu früh zurückkäme, würde Viktoria garantiert die Sache mit den Fliesen einfallen. Die Sonne schien, aber es war nicht zu heiß. Vielleicht würde sie auf dem Rückweg am Seeufer entlanggehen, was eine halbe Stunde länger dauerte.

Seefeld wohnte in einem winzigen Häuschen mit einem kleinen Vorgarten, in dem Stangenbohnen neben Tomaten und Zwiebeln wuchsen. Er schien nicht nur etwas vom Dachdecken, sondern auch von Gemüse zu verstehen.

Als sie vor dem niedrigen Törchen stand, verschob Mabelle den Griff des selbstgenähten Leinenbeutels, in dem die Schnapsflasche lag, auf ihrer Schulter. Viktoria hatte ihr eingeschärft, dem alten Mann den Schnaps nur im Notfall schon heute zu geben. Sie sollte sie ihm zeigen und für den Fall in Aussicht stellen, dass er schon bald käme, um das Dach zu richten. Da es sich um eine umfangreiche Arbeit handelte, würden sie sicher noch mindestens zwei weitere Flaschen besorgen müssen. Aber das konnte Mabelle getrost ihrer Schwester überlassen.

Viktoria fand fast immer eine Möglichkeit, zu beschaffen, was sie brauchten. Zum Glück hatten sie noch ziemlich viele Dinge in der Villa, die sich als Tauschobjekte eigneten. Silberne Leuchter, Silberbesteck und feine Bettwäsche.

Entschlossen öffnete Mabelle die Pforte und ging über den schmalen Weg zur Haustür. Es gab keine Klingel, also pochte sie gegen das grün gestrichene Holz. Das Klopfen hallte in dem Häuschen überraschend laut wider, als würde es leer stehen. Vielleicht war auch einfach nur niemand zu Hause.

Sie klopfte ein zweites Mal, wartete kurz und wollte schon gehen, als mit einem Ruck die Tür aufgerissen wurde.

»Guten Tag. Ich bin Mabelle von Haynbach und komme von Rabenfels. Unser Dach …« Sie stockte, als der Mann, der ihr geöffnete hatte, aus dem dunklen Flur ins Sonnenlicht trat. Er war viel zu jung und gut aussehend, um »der alte Seefeld« zu sein!

»Ich bin Karl Katschmarek. Was ist mit eurem Dach, Mabelle von Haynbach?«, erkundigte er sich lächelnd, nachdem sie ihn eine Weile verblüfft angestarrt hatte. Es kam in diesen Tagen selten vor, dass ein Mann so entspannt und fröhlich wirkte wie dieser hier. Die meisten Männer waren erst vor Kurzem aus dem Krieg zurück und wirkten abwesend und in sich gekehrt, als würden sie immer noch die Schrecken vor sich sehen, die sie an der Front miterlebt hatten.

»Es regnet rein. War wohl eine Bombe«, stieß sie hervor. Normalerweise fehlten Mabelle niemals die Worte, aber dieser Mann mit dem strahlenden Lächeln löste eine seltsame Leere in ihrem Kopf aus. Gleichzeitig hüpfte ihr Herz in ihrer Brust wie ein fröhliches Kaninchen.

»Sucht ihr jemanden, der dafür sorgt, dass es in eurem Haus wieder trocken wird?«, erkundigte er sich, nachdem sie ihn eine Weile ratlos angestarrt hatte.

Sie nickte erleichtert und holte die Schnapsflasche hervor.

Jetzt wirkte er etwas verwirrt. »Soll das die Bezahlung sein?«

Rasch senkte sie den Kopf, sodass die blonden Locken ihre glühenden Wangen vor seinem Blick verbargen. »Nur ein Teil davon. Meine Schwester kann noch zwei oder drei Flaschen mehr besorgen.«

»Du willst offenbar zu Till Seefeld«, stellte Karl nach einer Weile fest.

Sie nickte erleichtert. »Wir haben gehört, er macht so was. Zum Beispiel Dächer reparieren. Für Schnaps.« Hilflos schwenkte sie die Flasche durch die Luft.

»Mag sein.« Karl Katschmarek lehnte sich lässig gegen den Türrahmen und ließ seinen Blick langsam an ihrem Körper abwärts wandern. Was er sah, schien ihm zu gefallen, denn sein Lächeln wurde womöglich noch breiter.

Das wiederum gefiel Mabelle. Junge Männer waren in diesen Zeiten Mangelware. Noch dazu solche wie Karl, die aussahen, als hätten sie einen mehrwöchigen Erholungsurlaub hinter sich. Langsam kehrte ihr Selbstbewusstsein zurück. Sie wusste, dass sie Männern gefiel, auch wenn sie erst sechzehn war. Was bei Licht betrachtet keinen Hinderungsgrund darstellte. Sechzehn war erwachsen. Mit sechzehn durfte man sogar schon heiraten, wenn man eine Sondererlaubnis hatte.

»Ist Herr Seefeld denn nun zu Hause?« Wieder hielt sie die Flasche hoch, die im Sonnenlicht aufblitzte.

»Nein. Er hat eine Menge zu tun. Es gibt ja viele Leute, deren Häuser etwas abbekommen haben. Aber wenn du willst … Ich könnte mir das Dach mal ansehen.«

»Kannst du das denn? Dächer decken und solche Sachen?« Der Gedanke, dass er nach Rabenfels komme würde, gefiel Mabelle. Sie hatte beschlossen, ihn ebenfalls zu duzen. Schließlich sprach er sie auch mit du an, obwohl sie praktisch im heiratsfähigen Alter war. Natürlich war Karl Katschmarek mindestens sechs oder sieben Jahre älter als sie, vielleicht auch noch mehr, aber das spielte eigentlich keine Rolle, fand sie.

»Traust du mir das nicht zu?« Sein Zwinkern sorgte dafür, dass ihr noch heißer wurde als ohnehin schon, während die Sommersonne ihr auf den Rücken brannte.

Sie ertappte sich bei einem Kichern, das selbst in ihren Ohren ein bisschen albern klang. Da Karl so erwachsen wirkte, musste sie besonders aufpassen, sich nicht wie ein dummes Schulmädchen zu benehmen.

»Ich traue dir ziemlich viel zu.« Da sie nicht sicher war, ob eine Dame so etwas tat, verkniff sie es sich zurückzuzwinkern. »Wann willst du dir den Schaden ansehen? Jetzt gleich?«

»Bin gerade beschäftigt.« Er deutete hinter sich ins Haus. »Ich komme in den nächsten Tagen mal vorbei. Ist das in Ordnung?«

»Gut.« Vor Aufregung errötete sie dummerweise schon wieder. Sie hielt ihm die Schnapsflasche hin, obwohl Viktoria gesagt hatte, sie sollte sie möglichst wieder mit zurückbringen. Aber wer sagte denn, dass ihre Schwester eine Expertin für Tauschgeschäfte war? Eine Vorauszahlung schien Mabelle eine gute Methode zu sein, sich die Dienste dieses kräftigen jungen Mannes zu sichern, der bestimmt ein besserer Handwerker war als der bestimmt schon ziemlich klapprige alte Seefeld, der jeden Moment von der Leiter stürzen konnte.

Karl ließ ihren Arm mit der Flasche in der Luft hängen. »Ich will keinen Schnaps«, erklärte er in strengem Ton.

Verlegen ließ sie die Hand sinken und schob die Flasche in ihre Umhängetasche. »Was willst du denn dann?«

»Ich trinke nicht, und ich rauche nicht.« Er runzelte die

Stirn, als würde er angestrengt überlegen, was er für seine Dienste verlangen könnte.

»Zigaretten und Alkohol kann man für fast alles eintauschen«, erklärte sie ihm und wunderte sich, dass er das nicht wusste. »Wir könnten auch versuchen, Wurst zu besorgen«, schlug Mabelle vor, als er immer noch nichts sagte.

»Ein warmes Essen in deiner Gesellschaft wäre mir lieber. Jedes Mal, wenn ich da bin, um am Dach zu arbeiten.« Wieder zwinkerte er ihr zu, und sie spürte, dass sie wieder rot wurde.

Er war der erste wirklich erwachsene Mann, der so deutlich Interesse an ihr zeigte. Was, wenn er sich ernsthaft in sie verliebte und ihr einen Antrag machte? Vor lauter Aufregung loderte ein Feuer in ihrem Magen, das gleichzeitig heiß und kalt war. Jede andere Frau würde sie um ihn beneiden.

Sie dachte an die ferngetraute Annedore. Ihr Mann sah auf dem Foto recht gut aus. Aber doch irgendwie traurig und verhärmt, nicht so heiter und strahlend wie Karl.

»Würde das gehen?«, erkundigte er sich, als sie ihn nach einer Weile immer noch, in ihrem Tagtraum gefangen, mit großen Augen anstarrte.

Sie nickte heftig. »Ich glaube schon. Wir haben oft nur Gemüsesuppe, aber davon könnten wir eine Portion mehr kochen. Wenn du damit zufrieden bist.«

»Sicher.« Als er dieses Mal lächelte, fiel ihr auf, dass seine Zähne ziemlich schief waren. Doch bei einem ansonsten perfekten Mann unterstrich so ein kleiner Schönheitsfehler eher sein attraktives Äußeres, fand sie.

»Dann sehen wir uns also bald. Ich bin fast immer zu Hause.« Sie beschrieb ihm den Weg nach Rabenfels.

»Ich freu mich drauf«, sagte Karl, als hätten sie sich zum Tanztee verabredet. Was ja noch kommen konnte.

6

Dorf Rabenfels, Juli 1945

Viktoria war auf dem Weg zurück zur Villa. Sie hatte über eine Stunde vor dem Laden angestanden und trug jetzt einen Laib Brot, ein kleines Stück Butter und ein einziges Ei nach Hause. Keine schlechte Ausbeute, obwohl das Brot wahrscheinlich wieder nach Sägemehl oder Gips oder beidem schmecken würde.

Da sie auf dem Bauernhof der Hauslers ihre Armbanduhr gegen ein Stück Schinken und ein Ende Mettwurst eingetauscht hatte, blinzelte sie gegen die Sonne, um festzustellen, wie spät es war. Mittlerweile konnte sie das schon ganz gut. Wenn die Sonne im Südwesten so dicht über den Baumwipfeln stand, dass sie mit ihrer Hand den Himmel dazwischen verdecken konnte, wurde es Zeit, heimzukehren und das Abendessen vorzubereiten. An diesem Tag konnte sie sich allerdings Zeit lassen. Sie war allein zu Haus.

Mabelle und Leonore hatten beschlossen, zu der großen Hochzeitsfeier auf Gut Breckenhof zu gehen, das zwischen Rabenfels und Starnberg lag. Der Sohn und Erbe des Grafen feierte dort ganz groß nachträglich seine Hochzeit mit der Tochter eines reichen amerikanischen Fabrikanten. Eigentlich hatten die beiden schon während des Krieges in New York geheiratet, aber jetzt brachte der junge Graf seine Frau heim. Und das ganze Dorf Rabenfels und wahrscheinlich noch zahllose andere Leute aus der Umgebung waren eingeladen. Nicht alle ins Herrenhaus des Grafen, so viel Platz wäre dort doch nicht gewesen. Es waren große Zelte im Park aufgestellt worden, in denen es die wunderbarsten Leckereien geben sollte, teilweise direkt aus Amerika eingeflogen. Es sollte Musik und Tanz und Wein und überhaupt alles geben, was das Herz begehrte. Und weil die Feier bis spät in die Nacht dauern würde, durften die Gäste hinterher im Heu in der großen Scheune schlafen, eine Idee, die Mabelle besonders lustig fand.

Auch wenn es ein verlockender Gedanke war, sich nach Herzenslust den Bauch mit Fleisch und Kuchen vollzuschlagen, hatte Viktoria keine Lust zu diesem Ausflug gehabt. Sie fühlte sich viel zu erschöpft von all der Arbeit und den Sorgen der letzten Monate, um so viele Menschen, Musik und Radau um sich zu ertragen. Leonore war mit einem jungen Mann aus dem Dorf verabredet, und Mabelle, die auf keinen Fall ohne Aufsicht zu dieser Feier gehen durfte, war es irgendwie gelungen, Claire zu überreden, sie zu begleiten, sozusagen als Anstandsdame.

Viktoria freute sich auf den Abend allein in der Villa. Da nur so wenige Zimmer bewohnbar waren, konnte sie fast nie allein sein. Sie würde die Zeit nutzen, um weiter an ihren Kleiderentwürfen für Mabelle zu arbeiten, ein bisschen zu lesen und früh schlafen zu gehen.

Zum Abendessen sollte es Milchreis geben. Sie hatten fast einen ganzen Liter Magermilch bekommen, die aber bald sauer werden würde. Viktoria hatte Milch und Reis schon morgens während der Stromstunden aufgekocht und in die Kochkiste gestellt. Dort würde nichts anbrennen und alles schön cremig werden. Wenn sie nach Hause kam, würde das Essen praktisch fertig sein. Zuckerrübensirup war auch noch da. Und den Rest konnten die anderen morgen kalt essen.

Es war ein warmer, sonniger Tag, der in einen milden Abend überging. Viktoria beschloss, den Umweg am Seeufer entlang zu nehmen. Früher hatte sie viele Stunden träumend am Wasser verbracht, doch dazu kam sie jetzt kaum noch.

Als sie sich der Bank näherte, die schon seit vielen Jahren

ihr Lieblingsplatz war, blieb sie enttäuscht stehen. Auf den grün gestrichenen Latten vor der Ligusterhecke saß ein Mann. Bewegungslos starrte er aufs Wasser hinaus.

Beim Näherkommen sah sie, dass er eine zerschlissene Wehrmachtsuniform trug. Die Schirmmütze lag neben ihm auf der Bank. Viktoria kannte sich mit den Rangabzeichen nicht sonderlich gut aus, doch das da war offenbar ein ehemaliger Offizier.

Während sie ihn betrachtet hatte, war Viktoria automatisch langsamer geworden. Nun beschleunigte sie jedoch ihre Schritte, um an ihm vorbeizugehen. Bei Tageslicht fürchtete sie sich nicht vor den heimkehrenden Soldaten, denen sie auf ihren täglichen Wegen häufig begegnete. Wer hier in Rabenfels auftauchte, stammte normalerweise aus der Umgebung und würde ihr nichts tun. Dennoch wollte sie den Mann am Ufer nicht stören. Er schien tief in seine Gedanken versunken zu sein.

Als sie auf Höhe der Bank war, warf sie ihm im Vorübergehen einen kurzen Blick zu und hielt erschrocken inne. Sie kniff die Augen zusammen und konnte nicht anders, als innezuhalten und ihn anzustarren. Er wandte ihr den Kopf zu und sah sie fragend an. Seine braunen Haare waren länger nicht geschnitten worden, denn sie kringelten sich im Nacken und über den Ohren. Die eingefallenen Wangen waren auffallend bleich, und seine dunklen Augen hoben sich von der Blässe seines Gesichts wie tiefe Abgründe ab, an deren Boden Feuer loderten.

»Entschuldigung«, murmelte sie und wollte weitergehen, überlegte es sich aber anders. »Entschuldigen Sie, ich muss Sie das fragen.« Sie biss sich auf die Unterlippe und zögerte.

»Nur zu.« Er hob die Augenbrauen und sah sie merkwürdig prüfend an.

»Diese Narbe da, die feine Linie auf Ihrer Stirn, woher haben Sie die?« Sie hatte Angst vor seiner Antwort, aber trotzdem wollte sie es wissen. Wahrscheinlich hatte er sich die Narbe an der Front geholt. Schließlich war er Soldat gewesen.

»Sie wissen es. Ich habe Sie auch sofort erkannt«, sagte er, nickte und versuchte sich an einem Lächeln, das so schief wurde, als wäre er seit Langem aus der Übung.

»Ja?« Ihr Herz sank auf die Höhe ihres Magens, wo sie einen furchtbaren Druck verspürte.

Er rückte zur Seite und deutete auf den Platz neben sich. Zögernd ließ sie sich auf der Bank nieder, die ihr plötzlich gar nicht mehr vertraut war.

Eine Weile saßen sie schweigend nebeneinander. Viktoria suchte nach Worten. Gab es eine Entschuldigung für ihr Verhalten? Sie hätte sagen können, dass ihr die feine Linie nur aufgefallen war, weil die Sonne direkt in sein Gesicht schien, und dass man bald sicher überhaupt nichts mehr sehen würde. Doch das würde sich anhören, als wollte sie ihm erklären, dass es kein bisschen schlimm war, mit dem Messer auf jemanden loszugehen.

Bei Tageslicht sah der Fremde freundlich und kein bisschen bedrohlich aus. Obwohl er so mager war, wirkte er nicht wie jemand, der Menschen ihr letztes Brot oder sonst irgendetwas wegnahm.

»Es tut mir wirklich leid«, sagte sie nach einer Weile. »Ich hatte Angst und wusste mir nicht anders zu helfen.«

»Ich hätte mich nicht bei Dunkelheit anschleichen und dann noch darauf beharren sollen, meine Bitte vorzubringen. Wäre ich nicht vollkommen benebelt gewesen, hätte ich mich nicht so dumm verhalten.«

»Sie waren betrunken?« Heimlich atmete Viktoria auf. Gegen einen Betrunkenen durfte man sich zur Wehr setzen.

Wieder lachte er auf eine Art, die ihr durch Mark und Bein ging. »Nein. Wirklich nicht. Ich hatte hohes Fieber.«

»Oh«, machte sie und fühlte sich prompt noch schlechter. »Was war denn Ihre Bitte?«, erkundigte sie sich nach kurzem Schweigen. Nun musste sie die ganze Wahrheit wissen, auch wenn sie dabei nicht sonderlich gut wegkam, wie es aussah.

»Ich hatte schrecklichen Durst und dachte, Sie hätten vielleicht einen Schluck Wasser für mich.« Sie schloss für einen Moment die Augen und presste die Lippen aufeinander. Noch schlimmer konnte es ja wohl nicht mehr kommen. »Ich weiß nicht, was ich sagen soll«, stieß sie schließlich unglücklich hervor.

»Es ist wirklich in Ordnung und vollkommen verständlich, dass Sie Angst vor mir hatten. Im Nachhinein betrachtet finde ich es bewundernswert, wie Sie sich zur Wehr gesetzt und die Frauen, die bei Ihnen waren, beschützt haben.«

»Meine Mutter und meine Schwester«, erklärte sie, obwohl das auch keine Entschuldigung war.

»Hat Ihnen denn jemand anderes geholfen?«, fragte sie schließlich, als er nach einer Weile immer noch schweigend neben ihr saß.

»Ich habe an eine Haustür geklopft und bin dann auf der Schwelle zusammengebrochen. Was sich als Glücksfall entpuppte. Die Leute haben mich in ein nahe gelegenes Spital gebracht. Ich war einer der ersten Patienten, die nach Kriegsende aufgenommen wurden. Der größte Teil des Gebäudes war während der letzten Kriegstage zerstört worden, und man hatte einige Räume behelfsmäßig wiederhergerichtet. Ich kann mich an die ersten beiden Wochen dort nicht erinnern. Angeblich habe ich zwischen Leben und Tod geschwebt.«

»Typhus?«, flüsterte sie. Sie hatte gehört, dass viele Soldaten an der Front oder später in den Lagern diese Krankheit bekommen hatten und nicht selten daran gestorben waren.

Er nickte. »Man sagte mir, ich sei so geschwächt gewesen, dass mein Körper kaum noch Kraft hatte, sich gegen die Krankheit zur Wehr zu setzen. Wäre ich nicht in ein Krankenhaus gebracht worden, würde ich jetzt nicht hier sitzen.«

Er wandte sich ihr zu, und dieses Mal gelang sein Lächeln. Er sah fast ein wenig spitzbübisch aus. »So gesehen, war es gut, dass Sie mich so tapfer verjagt haben. Hätten Sie mir Wasser gegeben, wäre ich so lange weitergegangen, bis ich irgendwo auf offener Straße zusammengebrochen wäre. Wer weiß, ob mich dann jemand gefunden und auch noch ins Spital geschafft hätte. So aber habe ich an die richtige Tür geklopft und – hier bin ich.«

Viktoria zog eine Grimasse. »Ich habe trotzdem ein schlechtes Gewissen. Allein wegen dem hier fühle ich mich schrecklich.« Spontan berührte sie mit den Fingerspitzen die Narbe an seiner Stirn, die ihr Messer hinterlassen hatte, zeichnete die feine Linie nach, mit der sie ihn möglicherweise für immer gezeichnet hatte. Erst als ihr plötzlich bewusst wurde, was sie da tat, zuckte sie zurück.

»Entschuldigung«, murmelte sie verlegen und sah hinaus aufs Wasser, das sich im Abendwind leicht kräuselte. Ein Entenpaar schwamm am Ufer vorbei. Der Enterich schnatterte, seine Frau schnatterte lauter zurück. Dann verschwanden sie ein Stück weiter im Schilf.

»Das mit der Narbe ist halb so wild«, sagte der Fremde, dessen Namen sie immer noch nicht kannte, nach einer Weile mit einer wegwerfenden Handbewegung. »Die Ärzte im Krankenhaus sagten, der kleine Schnitt würde schon bald kaum noch zu sehen sein. Vielleicht ist das ein winziger Ausgleich für das unglaubliche Glück, dass ich an der Front hatte. Ich habe schreckliche Dinge gesehen. Kameraden, denen es direkt neben mir ein Bein oder einen Arm abgerissen hat. Andere, die vollkommen zerfetzt wurden. Und mir wurde nicht ein Haar gekrümmt. Fast fühlte ich mich deswegen schuldig. Darum ist das mit dieser winzigen Verletzung völlig in Ordnung.« Seine Stimme brach, und er stieß ein ersticktes Ächzen aus.

Hilflos sah Viktoria ihn von der Seite an. Schließlich legte sie ihm die Hand auf den Arm und strich über den rauen Stoff seiner Uniform. »Es muss furchtbar gewesen sein.«

Er nickte. »Das Schlimmste ist ... ich habe mich davor gefürchtet, nach Hause zu gehen, und fürchte mich noch immer. Meine Frau ... sie hat mir geschrieben, wie sehr sie sich darauf freut, unser gemeinsames Leben zu beginnen. Wir hatten bisher nur wenig Zeit zusammen. Sie will, dass wir endlich miteinander glücklich werden. Aber ich weiß nicht, ob ich das kann. Ob ich all das Schreckliche vergessen und so tun kann, als wäre ich einfach nur froh und erleichtert, dass alles vorbei ist.«

»Das klingt traurig.« Viktoria hätte gern etwas gesagt, um ihm Mut zu machen. Etwas wie: *Das wird schon.* Aber natürlich wusste sie nicht, ob er in einer Woche, einem Monat oder einem Jahr bereit und fähig sein würde, *einfach glücklich* zu sein. Und sie wollte ihn nicht belügen. »Wie wäre es, wenn Sie mit Ihrer Frau über die Dinge sprechen, die Sie quälen?«, schlug sie stattdessen vor.

»Ich glaube nicht, dass sie das hören will. Sie will einfach neu anfangen. Das hat sie mir so oft geschrieben. Sie ist kein Mensch, der stundenlang über finstere Dinge reden mag.«

Eine Weile saßen sie stumm nebeneinander und schwiegen.

»Wo müssen Sie denn hin?«, fragte Viktoria.

»Ich war schon dort. Es ist aber niemand zu Hause, und ich ... Irgendwie war ich erleichtert, dass ich jetzt noch nicht ... glücklich sein muss.« Er schüttelte den Kopf, als könnte er sich selbst nicht verstehen. »Alle meine Kameraden, die gefallen sind, hätten sicher alles gegeben, unversehrt nach Hause zurückkehren zu können. Und ich ...« Er presste die Lippen aufeinander. »Ich genieße es, hier am See zu sitzen und das Wiedersehen ein bisschen hinauszögern zu können. Es fühlt sich gut an, mit Ihnen zu reden.«

Als sein Magen unüberhörbar knurrte, machte er ein verlegenes Gesicht, während Viktoria froh war, etwas für ihn tun zu können, nachdem sie ihm in jener Nacht einen Schluck Wasser verweigert hatte.

Sie wühlte in ihrer Einkaufstasche. »Ich habe etwas zu essen bei mir.«

Er wandte den Kopf und sah sie erstaunt an. In diesem Moment erkannte sie die Augen wieder, die sie in jener Nacht angeschaut hatten. Wenn sie nicht so dumm und panisch gewesen wäre, hätte sie selbst im Mondlicht darin lesen können, dass er ihr nichts tun würde.

»Bitte, nehmen Sie etwas von mir an. Ich war im Dorf zum Einkaufen.« Es war ihr schrecklich wichtig, ihm wenigstens jetzt etwas zu geben.

»Das ist wirklich nicht nötig. Ich habe heute schon etwas Brot gegessen.« Er schüttelte den Kopf, und dieses Mal gelang ihm das Lächeln schon ganz gut. »Nachher bekomme ich sicher etwas. Zu Hause.«

»Wenn Ihre Frau Sie heute nicht erwartet, kann es sein, dass sie erst sehr spät oder gar erst morgen früh nach Hause kommt. Auf Gut Breckenhof findet ein großes Fest statt. Alle Leute aus der Gegend sind eingeladen, und es sind auch fast alle hingegangen. Es soll die wunderbarsten Leckereien geben, Musik und Wein. So ein Fest haben wir alle schon lange nicht erlebt.«

»Aber Sie sind nicht dort.«

Sie zuckte mit den Schultern. »Ich weiß auch nicht. So ein Fest … danach war mir nicht. Nicht mal, wenn es Fleisch und Kuchen gibt. Aber Sie könnten hingehen. Wahrscheinlich finden Sie Ihre Frau dort.«

»Ich sagte doch, dass ich heute schon etwas gegessen habe.«

Natürlich. Sie hatte gewusst, dass er wahrscheinlich noch viel weniger Lust auf so eine Feier mit vielen Menschen, Musik und Tanz haben würde als sie.

»Nehmen Sie.« Sie zerrte das Brot aus der Tasche, wickelte es aus dem Leinentuch und hielt es ihm hin.

Verblüfft starrte er den Kilolaib in ihrer Hand an, und als sie seinen Blick sah, musste sie lachen.

»Ich habe kein Messer«, stellte sie betrübt fest und ließ das Brot sinken.

»Nur weil Sie mir vor Wochen kein Wasser gegeben haben, müssen Sie mich jetzt nicht mit riesigen Broten füttern.« Sein Grinsen war jungenhaft, und plötzlich konnte sie sich vorstellen, wie er vor einigen Jahren ausgesehen haben musste, bevor der Krieg ihn so furchtbar traurig gemacht hatte.

»Ich will es aber.« Sie schlug das Brot wieder in das Tuch ein und griff erneut in die Tasche. Sie hatte noch ein kostbares Stück Butter und ein Ei. Beides holte sie heraus und betrachtete es ratlos.

»Ein Ei«, sagte er andächtig. »Ich habe seit Monaten keins mehr gesehen, geschweige denn gegessen.

Spontan hielt sie ihm das braune Hühnerei hin. »Nehmen Sie es mit. Bitte!« Nur ganz kurz dachte sie daran, dass sie eigentlich vorgehabt hatte, morgen mit dem Ei, Kartoffeln und einer Zwiebel Reibekuchen zu machen – ein Essen, das sie liebte, genau wie ihre Mutter und ihre Schwester. Ohne Ei würde das nicht funktionieren, doch darauf kam es jetzt nicht an.

Er schüttelte den Kopf. »Das kommt überhaupt nicht infrage.«

»Bitte!«, wiederholte sie.

Sein Seufzer klang fast ärgerlich. Aber wenn sie ihm auf die Nerven gehen musste, um ihr Gewissen wenigstens ein kleines bisschen zu erleichtern, tat sie das eben.

Trotzdem war sie überrascht, als er das Ei nahm. Er hielt es fast zärtlich in der Hand und betrachtete es.

»Früher habe ich gern rohe Eier mit Zucker gegessen. Schaumig geschlagen«, sagte er verträumt. »Kennen Sie das?«

»Ja.« Überrascht sah sie, dass sein Gesicht sich immer mehr veränderte. Als hätte er für einen Moment die Schrecken des Krieges vergessen.

»Trotzdem werde ich Ihnen das Ei nicht wegessen.«

Er wollte es ihr zurückgeben, aber sie nahm es nicht. Stattdessen stand sie entschlossen auf. »Kommen Sie. Es sind nur knapp zehn Minuten.«

Sie sah, dass er den Mund öffnete, um zu protestieren, doch sie ging einfach los und ließ ihn auf der Bank sitzen. Wenn er sich dagegen entschied, ihr zu folgen, hätte er immer noch das Ei in der Hand.

Doch nach wenigen Schritten tauchte er an ihrer Seite auf. Sie sagte nichts, ging einfach weiter, verließ den Uferweg und bog kurz darauf in die Auffahrt der Villa ein.

Die meisten Leute, die das Haus, in dem sie wohnte, zum ersten Mal sahen, machten erstaunte Bemerkungen. Er sagte nichts. Wenn er in der Nähe wohnte, musste er die Villa Rabenfels auf dem Hügel über dem See schon früher gesehen haben. Allerdings konnte er nicht aus dem Dorf Rabenfels stammen, sonst hätte sie ihn zumindest vom Sehen gekannt.

Sie führte ihn in die Küche.

»Setzen Sie sich.« Auffordernd deutete sie auf einen der Stühle am Tisch und nahm ihm das Ei aus der Hand.

Dann holte sie eine kleine Schüssel und einen hölzernen Quirl hervor. Die Zuckerdose stand ganz hinten im Küchenschrank. Sie wusste, dass nur noch drei oder vier Teelöffel Zucker da waren, die sie für eine besondere Gelegenheit aufgespart hatten. Diese Gelegenheit war jetzt gekommen.

Sie schlug das Ei in die Schüssel, verquirlte es und ließ dann den Zucker hineinrieseln. Alles, was in der Dose war. Wenn sie es machte, würde es sie richtig machen. Der Fremde am Küchentisch schwieg. Offenbar hatte er seine Proteste aufgegeben. Vielleicht freute er sich sogar auf sein Zucker-Ei.

Obwohl sie sich nicht umdrehte, meinte sie, seinen Blick auf ihrem Rücken zu spüren.

Schließlich wirbelte sie mit der Schüssel in der Hand herum und ertappte ihn tatsächlich dabei, dass er sie anstarrte.

»Sie haben Ihren letzten Zucker genommen. Und ich habe Sie nicht daran gehindert.« Als wäre er über sich selbst erstaunt, schüttelte er den Kopf.

»Das wäre Ihnen auch nicht gelungen.« Sie stellte ihm das Schüsselchen hin, holte einen Löffel aus der Schublade und legte ihn daneben. »Guten Appetit.«

»Ich sollte Ihnen das nicht wegessen.« Fast zuckte seine Hand schon nach dem Löffel.

»Ich mag das ohnehin nicht. Rohes Ei …«, schwindelte sie und schob den Löffelstiel dichter an seine Fingerspitzen.

Dabei konnte sie nicht umhin, seine Hände zu betrachten. Es waren die Hände eines Klavierspielers. Schön geformt, schmal, mit langen Fingern. Am liebsten hätte sie ihn gefragt, ob er tatsächlich Klavier spielen konnte. Das Instrument, das Mabelle und sie als Kinder malträtiert hatten, stand noch hinten im Salon. Aber es war sicher furchtbar verstimmt. Soweit sie wusste, war keine von ihnen bisher auf den Gedanken verfallen, es auszuprobieren. Die von Haynbachs waren nicht sonderlich musikalisch, wenn sie auch alle gern Musik hörten und tanzten.

Kurz zögerte ihr Gast noch, dann nahm er den Löffel und aß. Er blickte nicht mehr auf, sondern schob sich einen Löffel voll Eierschaum nach dem anderen in den Mund. Als das Schälchen leer war, kratzte er es sorgfältig aus. Dann atmete er tief durch und richtete seinen dunklen Blick auf Viktoria, die ihm, an die Tischkante gelehnt, zugesehen hatte.

»Danke. Das war das Beste, was ich seit Jahren gegessen habe.«

»Seit Jahren?« Ungläubig runzelte sie die Stirn.

Er nickte ernsthaft. »Natürlich hatte ich gelegentlich ein

Stück Fleisch oder sogar ein Stückchen Kuchen. Aber das hier – das hat mich an meine Kindheit erinnert, als alles noch einfach war und … anders.«

»Wir haben immer Zucker-Ei bekommen, wenn wir krank waren. Meine Mutter ging selbst in die Küche, um es uns zu machen, obwohl wir eine Köchin hatten. Dann brachte sie es uns ans Bett und passte auf, dass wir es auch aßen. Dabei hätte es keiner von uns drei Geschwistern stehenlassen. Egal, ob wir mit Grippe im Bett lagen oder mit Masern, Zucker-Ei schmeckte uns immer noch.«

Tadelnd schüttelte er den Kopf. »Eben haben Sie behauptet, Sie mögen kein rohes Ei.«

Sie zuckte mit den Schultern. »Notwehr.«

»Jetzt bin ich derjenige, der ein schlechtes Gewissen hat. Dieses eine Ei – damit wollten Sie sicher etwas für Ihre Familie machen. Wenn Sie mir jetzt noch sagen, dass ich Ihrem Kind das Ei weggegessen habe …«

»Ich habe kein Kind«, unterbrach sie ihn. »Und das mit dem Ei ist völlig in Ordnung.« Selbst Mabelle würde verstehen, dass sie dem Mann, dem sie nicht nur das Gesicht zerschnitten, sondern auch einen Schluck Wasser verweigert hatte, dieses Ei hatte geben müssen.

»Es ist höchste Zeit, dass ich mich auf den Weg mache. Ich nehme an, hier herrscht nach Einbruch der Dunkelheit auch Ausgangssperre.« Er sah sie fragend an.

Sie nickte. »Deshalb werden die Leute, die auf Gut Breckenhof feiern, wahrscheinlich erst morgen früh nach Hause kommen. Sie können gern hierbleiben. Es ist genug Platz da. Ich beziehe Ihnen eines der Betten frisch.«

Erst als sie die Einladung ausgesprochen hatte, wurde ihr bewusst, dass sie einem Fremden angeboten hatte, die Nacht allein mit ihr im Haus zu verbringen. Genau jenem Fremden, den sie mit dem Messer verletzt hatte, als er sich ihr genähert hatte, um nach einem Schluck Wasser zu fragen. Doch nun hatte sie das Gefühl, ihn ganz gut zu kennen. Die Traurigkeit in seinen Augen, in denen sich der Schrecken des Krieges spiegelte, seine zurückhaltende, bescheidene Art und seine Freundlichkeit schien ihr seltsam vertraut.

Andererseits wusste sie nicht einmal seinen Namen und seinen Beruf, und sie hatte keine Ahnung, wer die Frau war, die zu Hause auf ihn wartete.

»Viktoria von Haynbach«, sagte sie spontan und streckte ihm die Hand hin.

Er sprang höflich auf, bevor er sie ergriff. »Lukas Schneider. Ich stamme aus München. Aber meine Eltern sind … Sie leben nicht mehr. Mein Vater starb schon vor dem Krieg, meine Mutter kam während eines Bombenangriffs ums Leben. Deshalb werden meine Frau und ich vorerst bei meinen Schwiegereltern wohnen. Es wird eng sein, aber wir haben wenigstens ein Dach über dem Kopf.«

Viktoria starrte ihn verblüfft an. *Lukas Schneider.* Sie kannte seinen Namen, denn sie hatte schon mehr als einmal von ihm gehört.

»Vielleicht sollten Sie doch nicht … Wahrscheinlich gehört es sich nicht, dass Sie hier übernachten. Ihre Frau …«

Er nickte und ging zur Tür. »Natürlich. Sie haben recht. Es ist nicht kalt draußen. Immerhin habe ich etliche Nächte im Freien verbracht.«

Viktoria presste die Lippen aufeinander, denn natürlich hörte auch er das Rauschen draußen. Ein kräftiger Sommerregen ging nieder, und in der Ferne grollte der Donner.

»Warten Sie.« Der Kloß in ihrem Hals war so dick, dass Viktoria nur flüstern konnte. Heimlich hoffte sie, er hätte sie nicht gehört, doch er drehte sich sofort um.

»Es ist albern, dass Sie sich noch eine Nacht draußen herumdrücken müssen. Davon hatten Sie wirklich schon genug, denke ich. Außerdem werden Sie schrecklich nass werden.«

»Ich will Ihnen wirklich keine Unannehmlichkeiten bereiten.«

»In der Kochkiste ist Milchreis. Eine Menge davon. Die Milch drohte sauer zu werden. Und ich bin ganz allein. Sie müssen mir helfen, den Reis aufzuessen.« Energisch deutete sie auf den Stuhl, auf dem er zuvor gesessen hatte.

Wortlos kam er zum Tisch zurück, stellte seinen Tornister wieder auf den Boden und ließ sich nieder.

Tatsächlich spielte es keine Rolle, wie seine Frau hieß und ob sie sie kannte. Er war ein verheirateter Mann, das hatte sie vorher auch gewusst. Ein Mann, dem sie etwas schuldete. Und wenn sie ihm in einer regnerischen Nacht ein Dach über dem Kopf bieten konnte, sollte sie das auch tun.

Sie redeten nicht viel, während sie aßen. Doch es war ein fast vertrautes Gefühl, ihm am Tisch gegenüberzusitzen. So als hätten sie schon viele solcher Abende zu zweit verbracht.

Als sie beide satt waren, wuschen sie gemeinsam das Geschirr ab. Mittlerweile stand das Gewitter direkt über dem Haus. Wenn es besonders laut donnerte, zuckten sie gleichzeitig zusammen. Dann sahen sie sich an und wussten beide, dass sie an die Bomben dachten, von denen sie viel zu viele hatten niedergehen hören.

Viktoria kochte Pfefferminztee aus den Blättern, die Leonore in einer Ecke des Parks entdeckt hatte. Der würzige Duft erfüllte die Küche. Es war längst wieder Stromsperre, und auf dem Tisch flackerte eine Kerze.

Das Gewitter kreiste wie so oft viele Stunden über dem See. Immer wenn es schien, als würde es sich beruhigen und in Richtung der Berge davonziehen, kehrte es mit neuer Kraft zurück. Einmal, als der Donner ohrenbetäubend über den Himmel rollte, packte Viktoria die Hand des Mannes an ihrem Küchentisch und hielt sich daran fest.

Keiner von ihnen kam auf die Idee, in dieser Nacht schlafen zu gehen. Als gegen drei Uhr morgens nur noch leichtes

Grollen aus der Ferne zu hören war, stand Viktoria auf, um eine neue Kanne Tee zu kochen. Sie massierte sich den Nacken, der ganz verkrampft war, weil sie immer wieder unbewusst den Kopf eingezogen hatte.

»Ich bin sehr froh, dass Sie hier waren«, sagte sie, während sie sich mit dem Wasserkessel am alten Kohleherd, den sie abends mit trockenen Ästen beheizten, zu schaffen machte. »Früher hatte ich keine Angst vor Gewittern. Wir sind damit aufgewachsen, weil sie immer viele Stunden vom Wasser des Sees festgehalten werden. Aber jetzt …«

»Wie lange es wohl dauern wird, bis ein Gewitter nur noch ein Gewitter sein wird?«, sagte er nachdenklich.

Als es hell wurde, öffnete Viktoria die Küchenfenster. Im Park sangen die Vögel, und die Luft roch wie frisch gewaschen, nach Gras und nach Blumen.

Viktoria schnitt für jeden eine dicke Scheibe Brot ab und bestrich sie mit Butter. Sie tranken den Tee aus, aßen das Brot, dann stand Lukas auf.

»Vielen Dank«, sagte er. »Es war gut, in dieser Nacht hier zu sein. Bei Ihnen. Jetzt muss ich nach Hause und sehen, ob meine Frau da ist.«

Sie nickte. »Hoffentlich hat das Gewitter nicht allen das Fest verdorben. Aber sie sind sicher in die große Scheune gegangen und haben dort weitergefeiert. Vielleicht war es auch nur hier, direkt am See so schlimm.«

»Vielleicht.« Lukas griff nach seinem Tornister, stellte ihn auf einen Stuhl und fing an, darin herumzukramen. »Ich möchte Ihnen etwas schenken.«

»Das ist wirklich nicht nötig«, protestierte sie.

Doch Lukas hielt ihr eine schneeweiße Herzmuschel hin. »Sie war mein Glücksbringer in der Normandie. Ich habe sie bei einer Patrouille nachts am Strand gefunden. Im Mondschein leuchtete sie im Sand wie ein kleiner Stern. Als ich mich nach ihr bückte, fegte über mir eine Kugel durch die

Luft. Wäre die Muschel nicht gewesen, würde ich vielleicht nicht mehr leben. Von da an habe ich sie immer bei mir getragen. Und tatsächlich ist mir während all der schrecklichen Kämpfe nichts passiert. Jetzt soll sie Ihnen Glück bringen und Sie beschützen.«

»Das kann ich auf keinen Fall annehmen!« Erschrocken sah sie ihn an.

»Es wird noch mehr Gewitter geben, und ich werde nicht hier sein können. Dann haben Sie die Muschel und wissen, dass Ihnen nichts passieren wird.« Er sagte das ganz ernst, als könnte eine Muschel sie wirklich beschützen. Und vielleicht war es ja auch so.

»Aber …« *Annedore müsste sie bekommen.*

Sie spürte, dass sie errötete, als sie ihm die geöffnete Handfläche hinstreckte. Er legte die Muschel hinein und bog mit einer fast liebevollen Geste ihre Finger darüber.

»Danke«, flüsterte sie und ließ den Glücksbringer in ihre Rocktasche gleiten.

Dann begleitete sie ihn zur Tür. »Ich wünsche Ihnen und Ihrer Frau alles Gute. Ein … ein glückliches Leben.« Sie legte die Hand auf den Türknauf und drehte sinnlos daran herum.

Sein Lächeln war plötzlich wieder schief. »Dieser Krieg … er verändert die Menschen jeden Tag ein bisschen mehr. Es war ein gutes Gefühl für mich, in der Heimat einen Anker zu haben. Diese wunderbare Frau, die mich liebt und auf mich wartet. Und jetzt frage ich mich, was ich ihr zu bieten habe. Ich kenne mich selbst kaum noch, und sie kenne ich eigentlich auch nicht.« Hilflos zuckte er mit den Schultern.

»Es wird sicher alles gut.«

»Ja. Sicher«, stimmte er ihr zu, klang aber nicht überzeugt.

Dann trat er über die Schwelle der Hintertür hinaus in den Park. Die Sonne stand an einem blank geputzten Himmel, als hätte nie ein Unwetter stattgefunden. Auf den Grashalmen und im Laub der alten Bäume funkelten wie Diamanten die letzten Regentropfen.

Gegen den Türrahmen gelehnt sah sie ihm nach, wie er um die Hausecke verschwand. In ihrer Rocktasche tastete sie nach der Herzmuschel und hielt sie fest in ihrer Hand.

7

Villa Rabenfels, Juli 1945

»Wann kommt der alte Seefeld noch mal, um sich das Dach anzusehen?« Viktoria kaute lustlos auf ihrem Frühstücksbrot herum, das wieder einmal verdächtig nach Sägespänen schmeckte.

»Eigentlich kommt er gar nicht. Als ich am Dienstag hingegangen bin, war er nicht zu Hause.« Mabelle kleckste noch etwas von der kostbaren Kirschmarmelade, die sie ganz hinten auf einem Regal im Keller gefunden hatten, auf ihre Brotscheibe. Automatisch griff Viktoria nach dem Glas, schraubte es zu und stellte es außerhalb der Reichweite ihrer Schwester ans Tischende.

»Das verstehe ich nicht!« Viktoria rollte mit den Augen. »Du hast doch gesagt, der Dachdecker kommt.«

»Ich habe aber nicht gesagt, *wer* kommt.« Mabelle rutschte unbehaglich auf ihrem Stuhl herum. »Er hat gesagt, er kommt in den nächsten Tagen und sieht sich unser Dach an. Wenn er heute oder morgen nicht auftaucht, gehe ich noch mal hin.«

»Wer kommt denn nun?« Viktoria nahm einen Schluck von dem Ersatzkaffee aus Zichorienwurzeln und gebranntem Getreide, den sie mit einem kleinen Schuss Magermilch verfeinert hatte. Trotzdem beschloss sie wieder einmal, dass ihr wahrscheinlich Wasser besser schmecken würde. Allerdings hielt diese Erkenntnis meistens nur bis zum nächsten Morgen an. Dann versuchte sie es erneut und war wieder enttäuscht, wie wenig der Geschmack dem von echtem Bohnenkaffee ähnelte.

»Ich habe jemand anderen gefunden, der uns das Dach für eine Gemüsesuppe in Ordnung bringt. Den Schnaps habe ich in die Vorratskammer gestellt. Den können wir gegen was anderes eintauschen.« Anders als ihre Worte es hätten vermuten lassen, sah Mabelle sie nicht zufrieden oder gar triumphierend an, sondern ein bisschen unsicher. Bei Viktoria schrillten alle Alarmglocken.

»Wer soll das denn sein, der tagelang für eine Gemüsesuppe arbeitet?« Sie fixierte ihre jüngere Schwester streng.

»Nicht tagelang für eine Suppe, sondern für ein warmes Gericht jeden Tag, an dem er hier arbeitet.« Mabelle machte es Viktoria nach und verdrehte nun ihrerseits die Augen.

»Wir haben oft selbst nicht genug, um satt zu werden. Wenn wir das Essen als Bezahlung anbieten, muss es für einen Mann eine vernünftige Portion sein. Dann bleibt für uns noch weniger als sonst. Du hättest die Sache vorher mit mir besprechen müssen.«

»Immer willst du alles bestimmen«, murrte Mabelle. »Ich finde, das ist ein gutes Geschäft. Ein dichtes Dach für ein bisschen Gemüse. So gut hast *du* noch nie verhandelt. Und außerdem …« Sie atmete tief durch und setzte zum Angriff an: »Wer hat denn vorgestern das *einzige* Ei, das wir *seit Wochen* bekommen haben, irgendeinem Kriegsheimkehrer gegeben?«

»Nicht schon wieder!« Viktoria stieß einen demonstrativen Seufzer aus. »Das nächste Ei, das wir bekommen, darfst du ganz allein essen. Als Spiegelei, gekocht, als Rührei, wie du willst.«

»Das kann Monate dauern«, maulte Mabelle. »Wir wollten Reibekuchen machen und …«

»Hör auf!«, fuhr Viktoria sie mit erhobener Stimme an. »Ich habe jetzt schon drei Mal erklärt, dass ich einen sehr guten Grund hatte, dem Mann das Ei zu geben.«

»Und was soll das für ein geheimnisvoller Grund gewesen sein? Wenigstens das müsstest du uns sagen. Schließlich gehörte das Ei uns allen. Du sagst doch immer so schön, dass wir zusammen wirtschaften. Und wir wollten zusammen Reibekuchen essen, da kannst du nicht … Vielleicht hast du dich einfach in den Kerl verguckt.«

Es gab Augenblicke, in denen Viktoria ihre Schwester am liebsten geohrfeigt hätte. Mabelle konnte unausstehlich sein. Und sie konnte endlos lange auf einem Thema herumreiten und damit jeden in den Wahnsinn treiben.

Viktoria schüttelte den Kopf und zwang sich, ruhig zu bleiben. Sie wusste, dass Lukas irgendwann in Annedores Begleitung in der Villa auftauchen würde, war sich aber ziemlich sicher, dass er die Sache mit dem Ei und der Muschel für sich behalten würde. Jedenfalls hoffte sie es. Obwohl er natürlich seiner Frau davon erzählen sollte. Am besten dachte sie einfach nicht mehr über die Gewitternacht nach. Schließlich hatte sie nichts anderes getan, als einem entkräfteten Kriegsheimkehrer etwas zu essen gegeben, und ihm während eines schweren Gewitters einen Unterschlupf geboten.

»Und wer kommt nun also wegen des Daches?«, kehrte Viktoria zum ursprünglichen Thema zurück.

»Karl Katschmarek.« Mabelle warf den Kopf in den Nacken.

»Karl wer?« Diesen Namen hatte Viktoria noch nie gehört.

»Er hat beim alten Seefeld die Tür geöffnet. Und als er hörte, was ich wollte, hat er gesagt, das könne er auch, und er würde es für ein warmes Essen jeden Tag machen.«

»Und du hast ihn nicht gefragt, was er im Haus vom alten Seefeld macht, wo er herkommt und warum er meint, Ahnung vom Dachdecken zu haben? Vielleicht richtet er mehr Schaden an, als er in Ordnung bringt, und wir füttern ihn dafür durch.«

»Das hätte uns beim alten Seefeld auch passieren können.« Mabelle schob schmollend die Unterlippe vor, eine Angewohnheit, über die Viktoria sich schon geärgert hatte, als sie beide noch Kinder gewesen waren. Wenn ihre kleine Schwester ihr »Schüppchen« gezogen hatte, hatte selbst ihr Vater ihr fast alles durchgehen lassen. »Karl ist jünger und stärker, und du musst nicht überall rumlaufen, um noch mehr Schnaps zu besorgen.«

»Jetzt haben wir irgendeinen fremden Kerl am Hals, der an unserem Essen herummäkelt und wahrscheinlich sowieso ein Faulpelz ist. Außerdem könnte es ein Mörder oder Schlimmeres sein.«

»Ich esse fast alles. Und ein Mörder bin ich auch nicht. Wenn Sie mir erklären, was es noch Schlimmeres gibt, kann ich Sie vielleicht auch in dieser Hinsicht beruhigen.«

Als sie von der Tür her die wohlklingende Männerstimme hörte, fuhr Viktoria erschrocken herum. An der Wand neben dem Küchenschrank lehnte ein Mann, dessen entspannte Haltung sie fast mehr erstaunte als sein plötzliches Auftauchen. Er wirkte nicht nur, als würde er schon ewig dort stehen, sondern schien sich in seiner Haut auffallend wohlzufühlen.

»Wer sind Sie?«, herrschte sie ihn an, obwohl sie es bereits ahnte. Sie stand auf und ging auf den Fremden zu.

»Das ist Karl Katschmarek«, meldete Mabelle sich zu Wort, eilte ebenfalls herbei und stellte sich neben ihn, als wollte sie ihn vor ihrer Schwester beschützen.

»Es gibt also nicht nur eine ganz entzückende jüngere Schwester, sondern auch eine temperamentvolle große.« Er ließ seinen anerkennenden Blick zwischen Viktoria und Mabelle hin- und herwandern.

Hatte er tatsächlich strahlend grüne Augen? Und warum wirkte er so ruhig und ausgeglichen? In diesen Monaten sahen alle Menschen gehetzt und unglücklich aus. Die meisten von ihnen trauerten um einen geliebten Menschen oder warteten verzweifelt auf einen Vermissten. Zumindest hatten sie Hunger, und sie waren ständig auf dem Sprung, um sich die notwendigsten Dinge zum Leben zu besorgen.

Katschmarek wollte für eine warme Mahlzeit arbeiten, was nicht auf besonderen Reichtum hindeutete. Dennoch war sein Lächeln das eines Mannes, der gelassen in die Zukunft schaute.

»Wo kommen Sie her?«, erkundigte Viktoria sich misstrauisch. Sie dachte nicht daran, auf seine alberne Bemerkung über ihre Schwester und sie zu reagieren.

»Von draußen. Die Tür stand offen, und ich habe Stimmen gehört.« Er zwinkerte ihr zu, und sie wandte hastig den Blick ab.

»Normalerweise läuten unsere Gäste an der Vordertür«, erklärte sie hoheitsvoll.

»Ehrlich gesagt, bin ich zum ersten Mal in einem Herrenhaus. Ich dachte, Handwerker, Lieferanten und dergleichen gehen durch den Hintereingang.« Er grinste und sah ihr direkt in die Augen. Tatsächlich war seine leuchtende Iris strahlendgrün wie das Gras nach einem Sommerregen.

»Sie sind nicht aus dem Dorf. Leben Sie bei Herrn Seefeld?« Es gab in letzter Zeit viele fremde Menschen in der Umgebung.

»Ich stamme aus Danzig und wurde bei ihm eingewiesen.« Wieder dieses irritierende Lächeln – als wäre es wunderbar, als Heimatloser in einem fremden Dorf zu stranden. »Meine Stadt ist jetzt unter polnischer Herrschaft, also wollte ich von der Front nicht nach Danzig zurückkehren und habe mich vom Roten Kreuz dorthin schicken lassen, wo noch Platz war.«

»Wissen Sie nicht, wo Ihre Angehörigen sind?« Für einen Moment tat er ihr leid, obwohl sie schon lange keinen weniger mitleiderregenden Menschen gesehen hatte.

Er zuckte mit den Schultern. »Meine Eltern sind tot. Geschwister und andere nahe Angehörige habe ich nicht.«

»Das ist traurig«, stellte Mabelle fest. »Aber jetzt kennst du ja uns.«

Viktoria warf ihrer Schwester einen irritierten Blick zu.

»Ich bin froh, hier ein bisschen arbeiten zu können.« Er ließ seinen Blick durch die geräumige Küche schweifen. »Allerdings hatte ich keine Ahnung, dass ich in einem hochherrschaftlichen Haus landen würde.«

»Es ist groß, aber beileibe nicht herrschaftlich«, erklärte Viktoria kühl. »Wir haben auch nicht mehr zu essen als andere, und es regnet durch. Verstehen Sie überhaupt etwas vom Dachdecken oder wenigstens von Bauarbeiten im Allgemeinen?«

Karl Katschmarek hatte im Krieg gekämpft, doch er schien alle finsteren Erfahrungen abgestreift zu haben wie eine Schlange ihre alte Haut. Er wirkte … glücklich. Und die Menschen waren in diesem Sommer nicht glücklich. Weder die, die an der Front gewesen waren, noch die anderen, die zu Hause mit der Angst vor Bombenangriffen gelebt hatten.

Sie hatten alle gejubelt, als der schreckliche Krieg endlich vorbei gewesen war. Doch inzwischen hatte sich herausgestellt, dass das Überleben furchtbar mühsam war. Alle strampelten sich tagein, tagaus ab, um die notwendigsten Dinge zu beschaffen. Und doch legte sich wohl kaum jemand abends satt und zufrieden zu Bett. Zudem stand der Winter bevor. Dann würden sie sich zusätzlich um Heizmaterial kümmern müssen.

Blieb die Frage, ob Karl Katschmarek auf naive Art sorglos oder geradezu verboten optimistisch war. Oder waren alle anderen Menschen, sie eingeschlossen, undankbar, fragte sich Viktoria. Hatten sie viel zu schnell verlernt, sich über den Frieden zu freuen, der endlich wieder herrschte? Dankbar zu sein für das Dach über ihrem Kopf, auch wenn es halb zerstört und undicht war, und für das Essen, das sie immerhin am Leben hielt?

»Es ist einen Versuch wert, oder?«, erwiderte Karl auf ihre Frage zu seinen Erfahrungen im Dachdecken – eine Antwort, die sie nicht sonderlich beruhigte. »Auf jeden Fall glaube ich, dass wir gut miteinander auskommen werden.«

»Darum geht es doch gar nicht. Wir brauchen über den Winter ein dichtes Dach über dem Kopf.« Sie sah zur Seite, weil sein Blick, der unverwandt auf ihrem Gesicht ruhte, sie nervös machte.

»Mit Mabelle konnte ich mich problemlos einigen. Nicht wahr?« Nun lächelte er Mabelle an, die mit einem eifrigen Nicken reagierte.

»Dann versuchen wir es«, beschloss Viktoria. Schließlich war es nicht so, dass draußen die Handwerker Schlange standen. »Ich sehe mir jeden Tag an, was Sie geschafft haben, und wenn ich mit Ihrer Arbeit nicht zufrieden bin, muss ich mir jemand anderes suchen.«

»Werden Sie auch jemanden finden, der mit ein bisschen Gemüsesuppe und der Gesellschaft von zwei hübschen Frauen zufrieden ist?«

»Es geht ausschließlich um Gemüsesuppe oder was auch immer wir auf den Tisch bringen.« Viktoria funkelte ihn zornig an, obwohl sie es insgeheim ganz nett fand, ein paar Komplimente von einem gut aussehenden Mann zu bekommen. Allerdings war Mabelle deutlich zu begeistert von dem Kerl. Sie konnte die Augen kaum von ihm abwenden.

»Mabelle ist gerade sechzehn geworden«, platzte sie heraus und erntete damit einen empörten Blick ihrer kleinen Schwester.

»Oh. Entschuldigung.« Mit einer übertrieben erschrockenen Geste rückte Karl von Mabelle ab. »Ohnehin gefallen mir Frauen, die ich erst erobern muss.«

Viktoria schnaubte verächtlich. »Ich zeige Ihnen jetzt das Dach. Heute Nachmittag bekommen wir hundert Dachziegel. Ich habe sie einem Bauern abgekauft. Das Altenteil auf seinem Hof wurde bombardiert. Er hat alle Schindeln, die noch heil waren, aus den Trümmern gesucht und bringt sie sogar auf seinem Leiterwagen her.« Das Geschäft hatte Viktoria zwanzig Zigaretten gekostet, was aber tatsächlich recht günstig war.

»Hundert Ziegel werden natürlich nicht reichen«, fuhr sie fort. »Aber ich habe zusätzlich ein paar Planen besorgt, die für den Herbst und Winter noch richtig befestigt werden müssen. Jetzt haben wir sie oben erst einmal auf dem Boden ausgebreitet, damit hier unten die Decken trocken bleiben.«

»Ich kann Karl das Dach zeigen.« Trotz Karls alberner Bemerkung über Frauen, die er erst erobern musste, war Mabelle noch nicht bereit, klein beizugeben. Sie war nicht dumm und wusste wahrscheinlich, dass er damit nur Viktoria hatte reizen wollen.

»Du kannst schon mal die Rotkohlblätter klein schneiden. Dann kochst du sie mit einem Liter Wasser und vier Esslöffeln Essig auf.«

»Oh. Gibt es heute Rotkohl?« Karl grinste schon wieder breit. Wahrscheinlich hätte er sich auch gefreut zu hören, dass sie vorhatten, aus Sägespänen Kartoffelpuffer zu backen. Um gerecht zu sein, war das natürlich angesichts der Abmachung, die sie mit ihm getroffen hatten, keine schlechte Eigenschaft.

»Wir wollen Stoff färben«, teilte sie ihm in kühlem Ton mit. »Zu essen gibt es heute wahr und wahrhaftig Gemüsesuppe. Wir haben noch ein paar verschrumpelte Möhren, eine Handvoll Kartoffeln und ein kleines Stück Speck.«

»Ich bin zufrieden mit dem, was auf den Tisch kommt.«

Natürlich. Allerdings hatten sich die meisten Menschen in diesen Zeiten abgewöhnt, am Essen herumzumäkeln. Selbst Mabelle, die früher jedes Fitzelchen Fett von ihrem Braten abgeschnitten hatte, aß neuerdings ohne Murren gebratenen Schweinebauch, der aus mehr Schwarte als Fleisch bestand.

»Sind Sie überhaupt schwindelfrei, Herr Katschmarek?«, erkundigte sich Viktoria, während sie die Treppe zum ersten Stock hinaufstiegen.

»Keine Ahnung, das wird sich schon bald herausstellen«,

erwiderte er fröhlich. »Da wir ab sofort Tischgenossen sind, tut es Karl als Anrede auch, finden Sie nicht?«

»Nein«, erwiderte sie einsilbig und öffnete die Tür zum ehemaligen Elternschlafzimmer, von dem aus man durch ein großes Loch im Dach direkt zum Himmel hinaufsehen konnte.

8

Villa Rabenfels, Juli 1945

Claire saß auf einem Stuhl am Fenster und besserte einen Riss in einem von Viktorias Kleidern aus. Wie meistens war es ihr morgens schwergefallen, aufzustehen und sich dem Tag zu stellen. Immer noch verkroch sie sich am liebsten unter der Decke und überließ sich ihren Erinnerungen und ihrem Schmerz. Oft schlief sie auch einfach nur. Das waren die besten Tage. Ihr Nachtlager war das Sofa im großen Salon. Das Bett, welches sie mit Helmut geteilt hatte, war nicht mehr zu benutzen, nachdem es wochenlang durch das riesige Loch im Dach darauf hinuntergeregnet hatte. Aber sie hatte den großen Salon für sich allein, während ihre Töchter sich den kleinen Salon teilten, in dem sie früher oft gefrühstückt hatten. Leonore schlief unten in der Gesindestube auf einer Matratze, die sie auf den Boden gelegt hatte. Da durch mehrere Planen das Durchregnen in einigen der Zimmer jetzt verhindert wurde, war die Wand in der Gesindestube schon fast getrocknet.

An diesem Morgen war Viktoria mehrmals neben Claires Lager aufgetaucht. Erst hatte sie sie nur sanft angesprochen, dann an ihrer Schulter gerüttelt, und schließlich hatte sie ihr die Decke weggezogen.

»Es stehen eine Menge Näharbeiten an, Mama«, hatte ihre Älteste immer wieder gesagt. »Ich würde das erledigen, aber ich habe so viel anderes zu tun. Und du weißt, was passiert, wenn Mabelle eine Nähnadel in die Hand nimmt. Die Nähmaschine funktioniert nicht mehr, und wir müssen alles mit der Hand machen. Inzwischen laufen wir schon alle mit heruntergerissenen Säumen und Löchern in den Röcken und Blusen herum. Auch du, Mama. Wenn du mal aufstehst.«

Allein die Vorstellung, sich aufzurappeln, zu waschen und anzuziehen und sich dann einem Berg Näharbeiten zu stellen, überstieg Claires Kräfte. Sie drehte Viktoria den Rücken zu, angelte nach einem Kissen und legte es sich über den Kopf.

Seit sie sich von Mabelle zu dem Ausflug nach Gut Breckenhof hatte überreden lassen, schaffte sie es noch schlechter aus dem Bett. Sie hatte sich von den Tränen ihrer Tochter und der Vorstellung, sich einmal richtig satt zu essen, verleiten lassen. Doch dann hatte sie ein Glas Wein getrunken, und ihr Elend war wie eine haushohe Welle über ihr zusammengeschlagen. Sie hatte sich in einer leeren Pferdebox versteckt und sich geschämt, dass sie nicht in der Lage war, auf ihre sechzehnjährige Tochter aufzupassen. Sie schämte sich jetzt noch. Doch Mabelle hatte sich nicht beschwert. Sie hatte sie morgens, als alle aufgebrochen waren, gesucht und im Pferdestall gefunden, hatte sie einfach wieder mit nach Hause genommen und niemandem gegenüber ein Wort verloren.

Unter ihrem Kissen versuchte Claire ruhig und gleichmäßig zu atmen, was sie beruhigte. Doch wenige Sekunden später war auch dieser Puffer zwischen ihr und der Welt verschwunden. Viktoria hatte offenbar ausgerechnet an diesem Morgen beschlossen, gnadenlos zu sein. Dann hörte Claire das unterdrückte Schluchzen.

Sie wandte sich wieder um und sah Viktoria an. »Was ist denn, meine Große?«

»Ich brauche Hilfe, Mama.« Mit einer energischen Handbewegung wischte Viktoria sich die Tränen von den Wangen, doch es kamen immer neue. »Es ist so furchtbar schwer, sich um alles zu kümmern. Mabelle ist keine besonders große Hilfe. Sie benimmt sich, als hätten wir immer noch Dienstboten und als wäre ich eine davon. Sie ist meine Schwester, und ich liebe sie, aber manchmal bin ich schrecklich wütend auf sie.

Und Leonore ist eben Leonore. Sie benimmt sich immer noch wie ein Hausmädchen. Sie macht, was ich ihr sage, aber nichts passiert von allein.«

»Das tut mir leid, Vicky.« Es zerriss Claire das Herz, ihre Tochter, die sonst immer so stark und energisch wirkte, derart erschöpft und verzweifelt zu sehen.

»Es wäre schön, wenn du mir helfen könntest, Mama.« Viktoria ließ sich auf die Kante des Sofas sinken und berührte Claires Schulter. »Nur mit den Kleidern. Ich schäme mich, dass wir wie die Vagabunden herumlaufen, schaffe es aber einfach nicht, mich abends noch zum Nähen hinzusetzen. Meistens haben wir keinen Strom. Bei Kerzenlicht ist es schwierig, und dann fallen mir auch noch ständig die Augen zu.«

»Natürlich helfe ich dir.« Claire hatte sich aufgerichtet und ihre nackten Füße über den Rand des Sofas geschoben, obwohl es ihr unendlich schwergefallen war.

Nun saß sie neben einem Korb voller Stopfwäsche und stellte fest, dass es ein angenehmes Gefühl war, sich mit etwas, das sie gut konnte, nützlich zu machen.

In der Mitte der Küche stand Mabelle auf einem Hocker und drehte sich alle paar Sekunden ein winziges Stückchen weiter, während Viktoria ihre Rocklänge absteckte.

»Was für ein wunderschönes Kleid«, stellte Claire fest. »Deine Großmutter hat auch Kleider entworfen, Vicky. Das Talent hast du von ihr geerbt. Ich konnte immer besser mit der Sticknadel umgehen und mir Muster oder Motive ausdenken.«

»Ein paar kleine weiße Blumen vielleicht«, sagte Mabelle und tippte nachdenklich mit dem Zeigefinger auf den runden Ausschnitt des eng anliegenden Oberteils. »Könntest du die hier oben einsticken, Mama? Aber nicht, dass die dann lila werden oder so«, fügte sie kichernd hinzu.

»Wieso?« Verwundert betrachtete Claire ihre beiden Mädchen, die sich vor Lachen ausschütten wollten.

»Wir haben das Tischtuch mit Rotkohl gefärbt. Vicky hatte eine Anleitung, und genau so haben wir es gemacht«, erzählte Mabelle kichernd. »Man musste den Rotkohl klein schneiden, mit Wasser und Essig mischen und alles mit dem Stoff kochen.«

»Rotkohl?« Claire runzelte die Stirn.

»Klingt doch logisch, oder nicht?« Viktoria schien ihre Tränen vom Morgen vergessen haben. Sie lächelte ebenfalls breit. »Aber als wir den Stoff dann aus dem großen Topf gefischt haben …«

»… war er blau.« Mabelle breitete die Arme aus, um das blassblaue Kleid in seiner vollen Schönheit zu zeigen.

»Eine schöne Farbe«, stellte Claire fest.

»Eine überraschende Farbe, wenn man bedenkt, dass Rotkohl nun mal rot ist.« Viktoria schüttelte den Kopf, als würde sie sich immer noch über das Ergebnis ihres ersten Färbe-Versuchs wundern. »Jedenfalls war Mabelle wütend, als sie den blauen Stoff sah.«

»Vicky hatte mir ein rotes Kleid versprochen. Sie hat bestimmt etwas falsch gemacht.« Mabelle zog ihren Schmollmund, den sie in letzter Zeit nur selten zeigte. Nicht einmal ihre verwöhnte Jüngste konnte in diesen Zeiten ständig schmollen.

»Darf ich dich daran erinnern, dass du höchstpersönlich das Tischtuch gefärbt hast?« Viktoria schüttelte den Kopf.

»Aber du hast mir gesagt, was ich machen soll.«

Die Schwestern, die sich eben noch gemeinsam über die blaue Überraschung amüsiert hatten, funkelten einander an. So hatten sie sich früher oft gestritten, doch Claire hatte geglaubt, das käme gar nicht mehr vor, weil sie nun gezwungen waren, an einem Strang zu ziehen.

Sie bekam viel zu wenig von dem mit, was in der Villa passierte. Auch wenn es sie viel Kraft kostete, musste sie sich anstrengen, für ihre Töchter da zu sein. Wahrscheinlich brauchten sie sie noch mehr, als es den Anschein hatte.

Sie sahen beide so erwachsen aus. Bei Viktoria mit ihren fast einundzwanzig Jahren hatte sie sich schon daran gewöhnt. Zumal dem Mädchen durch die schwierigen Zeiten viel zu viel aufgebürdet wurde. Aber auch Mabelle wirkte in dem neuen Kleid damenhaft und wunderschön. Der Schnitt betonte ihre kleinen festen Brüste, die schmale Taille und die hübsch geformten Waden unter dem weit schwingenden Rock.

Mabelle war eine Schönheit. Wenn sie ein Zimmer betrat, stahl sie schon jetzt allen anderen Frauen die Schau. Auch Viktoria, mit ihren ovalen Gesichtszügen, den müden blauen Augen und den glatten dunklen Haaren, die sie streng zurückgekämmt trug, wurde von ihrer Schwester überstrahlt. Ob es ihr etwas ausmachte, dass Mabelle selbst in ihren alten Kleidern funkelte wie ein Diamant? Aber dann hätte sie ihr doch nicht auch noch dieses zauberhafte Kleid genäht.

»Ich dachte, dir gefällt die blaue Farbe, Mabelle«, mischte Claire sich vermittelnd ein.

Ihre Jüngste zuckte mit den Schultern. »Aber Vicky wollte mir ein rotes Kleid nähen und …«

»Das ist sehr nett von ihr. Also solltest du dich bedanken und dich über das schöne Kleid freuen. Es ist sozusagen ein Modellkleid. Ich wette, Vicky könnte es gegen Wurst oder Fleisch eintauschen.«

»Oh ja. Ich würde die tollsten Sachen dafür bekommen«, erklärte Viktoria mit todernster Miene.

»Untersteh dich!«, kreischte Mabelle.

»Halt still, damit ich den Saum endlich fertig stecken kann«, befahl Viktoria ihr grinsend.

In diesem Moment hallte ein lautes Klopfen durchs Haus.

»Ist das Karl?« Mabelles Gesicht überzog sich mit einer zarten Röte.

»Der junge Mann, der gestern mit uns gegessen hat?«, fragte Claire erstaunt. »Wer war das eigentlich?« Sie hatte nicht ganz verstanden, warum sie ihr kostbares Essen mit einem Fremden teilten und weshalb er sich benahm, als würde er sie alle schon seit einer Ewigkeit kennen. Er umgarnte ihre beiden Töchter auf Teufel komm raus, und besonders Mabelle schien das viel zu gut zu gefallen.

»Ich habe dir doch erklärt, dass er versucht, unser Dach dicht zu bekommen. Und dafür möchte er jeden Tag eine warme Mahlzeit.« Viktoria seufzte.

»Geht das denn?«, erkundigte sich Claire besorgt. »Ich möchte nicht, dass ihr deswegen hungern müsst.« Sie selbst hatte so gut wie nie Hunger oder auch nur Appetit. Aber sie brauchte wohl auch nicht viel Energie, weil sie meistens auf ihrem Sofa lag. Trotzdem war sie schon so mager geworden, dass ihre Röcke bis auf die Hüfte herunterrutschten.

»Karl ist schon um acht gekommen und arbeitet oben. Jedenfalls hoffe ich das. Ich habe ihn seitdem nicht mehr gesehen.« Viktoria war schon auf dem Weg zur Tür, um zu öffnen.

Mabelle blieb auf dem Stuhl stehen. »Was ist denn nun? Machen wir das hier heute endlich fertig?«, rief sie ihrer Schwester hinterher. »Ich möchte das Kleid am Sonntag anziehen.«

Sie bekam keine Antwort. Claire hörte das Klappern von Viktorias Absätzen auf den Fliesen der Halle. Dann erklangen lebhafte Stimmen, die rasch lauter wurden. Viktoria trat in Begleitung ihrer Freundin Annedore in die Küche. Bei ihnen war ein junger Mann. Er blieb in der Tür stehen und sah seltsam verlegen den Tisch in der Mitte des großen Raumes an. Ganz anders als dieser Karl gestern, der getan hatte, als gehörte ihm das Haus.

Ohne auf Mabelle zu achten, die immer noch auf ihrem Stuhl stand, baute Annedore sich mitten in der Küche auf und wedelte mit dem Arm. Damit meinte sie offenbar den jungen Mann, der zögernd neben sie trat.

»Also«, legte die junge Frau los, die Claire schon als temperamentvolles kleines Mädchen kennengelernt hatte, das viele Jahre dieselbe Klasse besucht hatte wie Viktoria. »Vicky habe ich es draußen schon gesagt, aber es ist gut, dass Sie jetzt auch hier sind, Frau von Haynbach, und natürlich du, Mabelle. Das hier ist also Lukas, *mein Mann.*« Die beiden letzten Worte betonte sie voller Stolz.

Der junge Mann lächelte verhalten.

Als Claires Blick zufällig ihre ältere Tochter streifte, ertappte sie Viktoria dabei, wie sie diesen Lukas heimlich von der Seite ansah und sofort den Kopf abwandte, als Annedore sie ansprach.

»Ich kann es immer noch nicht fassen, dass er endlich bei mir ist. Es ist wie ein Traum. Nicht wahr, Lukas?«

Der Angesprochene räusperte sich. »Es ist gut, wieder hier zu sein.«

»Bei mir«, betonte Annedore. »Wir haben beschlossen, die Vergangenheit hinter uns zu lassen. Wir reden nicht mehr über den Krieg, sondern nur noch über unsere Zukunft.« Annedore schmiegte sich an die Schulter ihres Mannes, und er legte den Arm um sie.

Viktoria nickte und sah dabei in eine andere Richtung.

»Willst du Lukas nicht endlich mal richtig begrüßen«, forderte Annedore sie energisch auf. »Immerhin ist er der Mann deiner besten Freundin.«

»Natürlich. Entschuldige. Ich …« Viktoria murmelte etwas vor sich hin, dann setzte sie sich in Bewegung, streckte schon während der letzten Schritte den Arm vor und schüttelte Lukas die Hand.

»Schön, Sie kennenzulernen, Herr Schneider. Ich habe

mich sehr für Annedore gefreut, als ich von ihrer Hochzeit hörte.« Von Claires Platz aus wirkte es, als würde Viktoria dem Mann ihrer Freundin nicht in die Augen schauen, sondern haarscharf an seinem linken Ohr vorbeisehen.

»Seit wann bist du so steif?« Annedore schüttelte den Kopf. »Gewöhn dich schon mal daran, Lukas um dich zu haben. Du wirst ihn dauernd sehen, weil er mein Mann ist und du meine Freundin bist. Also müsst ihr euch duzen und euch richtig gernhaben, darauf bestehe ich. Also Umarmung und Küsschen. Auf die Wange natürlich.« Sie lachte übermütig.

»Hallo, Lukas«, sagte Viktoria leise.

»Hallo, Viktoria«, erwiderte er nicht viel lauter.

Dann umarmten sie sich. Er legte seine ausgestreckten Arme auf Viktorias Schultern, während sie ihre Hände ebenfalls weit nach vorn schob und damit seine Rippen berührte. Es sah aus, als würde sie sein Hemd kaum anfassen. Dabei küssten sie beide die Luft neben der Wange des jeweils anderen.

Claire fand es nicht besonders passend, dass Annedore die beiden zu solchen Vertraulichkeiten zwang. Aber so waren wohl die modernen Zeiten. Seit der Krieg zu Ende war, taten Menschen seltsame Dinge.

Mabelle, die begriffen hatte, dass Viktoria vorerst ihren Rock nicht weiter umstecken würde, hüpfte vom Stuhl, fiel Lukas um den Hals und schmatzte ihm einen dicken Kuss auf die Wange. »Wie schön, dass du wohlbehalten aus dem Krieg zurück bist.«

Er nickte und erwiderte ihr Lächeln. Mabelle hatte schon immer leicht Zugang zu Fremden gefunden. Viel leichter als Viktoria, die nicht schüchtern war, aber doch zurückhaltend. Während Viktoria noch überlegte, was sie sagen oder tun sollte, war Mabelle meistens schon vorgeprescht und hatte alle mit ihrem Charme bezaubert.

Das war vor zwei Jahren noch harmlos und nett gewesen,

aber mittlerweile konnte Mabelle mit ihrer offenen Art Männern gegenüber in Schwierigkeiten geraten. Claire seufzte innerlich. Vielleicht sollte sie einmal mit ihrer Jüngsten über dieses Thema sprechen. Doch schon allein bei dem Gedanken wurde sie schrecklich müde.

Langsam stand Claire auf, um Lukas ebenfalls zu begrüßen. Sie reichte ihm die Hand und hieß ihn in ihrem Haus willkommen. Für einen kurzen Moment erinnerte sie sich an alte Zeiten, als es hier noch Abendgesellschaften und Einladungen für Freunde und Bekannte gegeben hatte. Gleichzeitig spürte sie fast körperlich den leeren Platz an ihrer Seite, und der dunkle Schleier, der seit Monaten fast ständig über ihr lag, fiel wieder einmal herab wie der letzte Vorhang einer Theatervorstellung.

Mit müden Schritten ging sie zurück zu ihrer Näharbeit. Es kostete sie viel Kraft, wieder zu dem Rock zu greifen, an dem sie gerade gearbeitet hatte, und die Nadel durch den Stoff zu schieben. Sie wusste, das würde die Dunkelheit in ihrem Inneren nicht vertreiben, aber vielleicht konnte sie so den Drang unterdrücken, in den Salon zu fliehen und sich dort unter ihren Decken und Kissen zu verstecken.

»Möchtet ihr einen Pfefferminztee? Er ist allerdings kalt. Wir kochen während der Stromstunden immer eine große Kanne. Und den alten Herd heizen wir erst an, wenn es abends kühl wird.« Ohne eine Antwort abzuwarten, verteilte Viktoria Tassen auf dem Tisch und füllte sie aus der großen Blechkanne.

»Setz dich zu uns, Mama«, forderte sie Claire auf.

Die wollte widersprechen und ihre dringende Näharbeit vorschieben, doch dann fiel ihr ein, dass sie eben noch beschlossen hatte, für ihre Mädchen da zu sein. Sie legte den Rock wieder weg und stand auf.

Kaum saßen sie alle um den Tisch, erschien Karl in der Tür, als hätte er eine besondere Antenne für Geselligkeit. Er warf nur einen Blick in die Runde und sagte dann ohne jede Verlegenheit: »Pfefferminztee? Bekomme ich auch was?«

Wortlos stand Viktoria auf, holte noch eine Tasse und füllte sie.

»Das ist Karl Katschmarek. Er bringt unser Dach in Ordnung«, stellte Mabelle ihn ähnlich stolz vor, wie Annedore zuvor ihren Ehemann. Dann zauberte sie ihr süßestes Lächeln auf ihr Gesicht und tätschelte die Sitzfläche des Stuhls neben ihrem. »Setz dich zu mir, Karl.«

»Du weißt doch, dass deine große Schwester mir verboten hat, dir zu nahe zu kommen«, sagte Karl in scherzhaftem Ton und zwinkerte Mabelle zu, die prompt ihr Schüppchen zog.

Zu Claires Erstaunen ließ er sich jedoch von ihrer Jüngsten nicht beeindrucken. Er nahm die für ihn bestimmte Tasse und ließ sich neben Viktoria nieder. »Damit du mich unter Kontrolle hast.« Wieder zwinkerte er, dieses Mal in Viktorias Richtung.

Die tat, als hätte sie es nicht gehört, und rührte heftig in ihrer Tasse, obwohl sie gar keinen Zucker hatten. Plötzlich sprang sie auf und lief zum Küchenschrank. Gleich darauf stellte sie die Schüssel mit den Apfelringen auf den Tisch, die sie aus ein paar schrumpeligen alten Äpfeln geschnitten und nachts über dem alten Herd getrocknet hatten.

»Bedient euch.« Mit zufriedener Miene setzte sie sich wieder. In diesen Tagen konnte man durchaus stolz sein, wenn man seinen Gästen getrocknetes Obst zu kaltem Pfefferminztee vorsetzen konnte.

Wenn Helmut geahnt hätte, wie sie hier einmal leben würden … Claire verbot sich, an ihren Mann zu denken, und tat es doch. Erinnerte sich, wie fürsorglich er seiner Familie gegenüber gewesen war und wie viel leichter sie es hätten, wenn er … Energisch griff sie nach ihrer Tasse und nahm einen großen Schluck von dem kalten Kräutertee ohne Zucker. Das brachte sie auf den Boden der Tatsachen zurück.

»Dir ist was aus der Rocktasche gefallen.« Karl bückte sich, hob neben Viktorias Stuhl etwas auf und legte eine schneeweiße Herzmuschel vor ihr auf den Tisch.

Viktoria erstarrte bei dem Anblick. Dann sah sie erschrocken zu Lukas hinüber. Auch der schaute die Muschel an, als müsste er befürchten, dass sie explodierte und sie alle in den Tod riss. Dann wanderte sein Blick zu Viktoria hinüber. Beide sahen sich sekundenlang in die Augen, bis sie fast gleichzeitig die Köpfe abwandten.

»Was ist das? Eine Muschel?« Annedore linste neugierig über die große Tischplatte. »Wo hast du die denn her?«

Hastig streckte Viktoria die Hand aus und legte sie über die Muschel. »Ein Urlaubsmitbringsel.«

»Wann waren wir denn jemals im Urlaub am Meer?«, mischte Mabelle sich ein. »Wir sind doch immer in die Berge gefahren. Jedenfalls vor dem Krieg, als Leute noch in Urlaub gefahren sind.«

»Das muss gewesen sein, als du noch zu klein warst, um dich zu erinnern.« Viktoria schloss die Hand über der Muschel und schob ihre Faust in die Rocktasche.

»Ich kann mich auch nicht erinnern, dass ihr mal am Meer wart.« Annedore runzelte die Stirn. »Ich habe dich immer ein bisschen um euren langen Familienurlaub beneidet. Ihr habt meistens ein Haus in Italien gemietet. Irgendwo auf dem Land, und du hast mir hinterher von der Sonne und den Olivenhainen vorgeschwärmt. Ich würde mich erinnern, wenn du mir von einem Strandurlaub erzählt hättest. Du wolltest immer gern mal ans Meer, aber dein Vater mochte das Wasser nicht.«

»Irgendjemand hat sie mir wohl vom Meer mitgebracht. *Vor Jahren.* Ich kann mich nicht erinnern.« Viktoria nahm sich einen Apfelring und betrachtete ihn aufmerksam.

»Wir waren vor vielen Jahren mal am Meer«, sagte Claire. »Wahrscheinlich haben wir damals die Muschel mitgebracht, und Viktoria hat sie irgendwann gefunden. Wie sagt man so schön: Das Haus verliert nichts.«

Der Blick, den ihre Älteste ihr zuwarf, war kurz und erstaunt, dann schob Viktoria sich den Apfelring in den Mund und kaute heftig darauf herum.

Annedore interessierte sich schon längst nicht mehr für die Muschel. Sie plapperte in einer Tour darüber, wie wunderbar es war, endlich ihren Mann an ihrer Seite zu haben.

»Wie geht es oben voran?«, wandte Viktoria sich an Karl, als Annedore einmal Luft holen musste.

»Selbst wenn ich alles mit den paar Ziegeln und Planen so abdecken kann, dass es nicht mehr reinregnet, wird es sehr lange dauern, bis Wände und Böden trocken sind. Und ohne ein richtiges Dach ist es auch viel zu kalt da oben. Das ist so schnell nicht bewohnbar.« Karl strahlte in die Runde, als hätte er eine wunderbare Nachricht überbracht.

»Neulich war jemand vom Wohnungsamt hier und hat sich angeschaut, wie viel Platz wir haben. Der Mann hat auch gesagt, dass oben vorerst niemand wohnen kann und in den Zimmern unten, wo es überall durch die Decke tropft, auch nicht. Aber trotzdem haben wir wohl mehr Platz als viele andere Leute.«

»Wenn Lukas irgendwo anders eine gute Stelle zugewiesen bekommt, ziehen wir vielleicht von Rabenfels weg. Nach München zum Beispiel«, fuhr Annedore fort. Claire fiel auf, dass der Mann an ihrer Seite noch keine drei Worte gesprochen hatte. »Lukas ist nämlich Ingenieur, auch wenn er sein Studium nicht ganz abgeschlossen hat. Da kam der Krieg dazwischen. Trotzdem kann man ihn bestimmt in den Fabriken, die neu aufgebaut werden müssen, gut gebrauchen. Nicht wahr, Schatz?« Spielerisch stieß sie ihre kleine Faust in Lukas' Seite.

Er nickte zerstreut, und Claire war sich nicht sicher, ob er Annedore überhaupt zugehört hatte. Diesem Mann ging es nicht gut. Das konnte jeder sehen – bis auf seine junge Frau, wie es schien. Die war offenbar zu beschäftigt damit, sich selbst und die ganze Welt davon zu überzeugen, wie glücklich sie und ihr Lukas waren. Gerade nestelte sie am Kragen seines abgetragenen Hemds herum und hauchte ihm nebenbei einen Kuss auf die Wange.

Ihr Mann beachtete ihr Gezupfe gar nicht. Stattdessen warf er Viktoria einen seltsamen Blick zu, den sie sekundenlang erwiderte, bevor sie den Kopf abwandte.

»Was hast du für ein hübsches Kleid an, Mabelle«, wechselte Annedore endlich das Thema. »Ist das aus dem Tischtuch genäht, das ihr neulich gefärbt habt?«

»Guck mal!« Mabelle sprang auf und drehte sich neben dem Tisch, sodass der weite Rock um ihre Beine schwang. Aus dem Augenwinkel sah Claire, dass Karl höchst interessiert zusah, während Lukas eher gelangweilt dreinblickte.

»Sei vorsichtig mit den Stecknadeln«, mahnte Viktoria. »Der Saum ist noch nicht geheftet.«

Mabelle achtete nicht auf sie. »Sieht aus wie Pariser Mode, nicht wahr? Ich habe bei Gerda Siebers eine amerikanische Zeitschrift gesehen. Da war Mode aus New York und aus Paris drin, und ein paar Kleider sahen genauso aus wie das hier.«

»Wie kommt Gerda denn zu einer amerikanischen Zeitschrift?« Wieder hatte Claire das Gefühl, sich während der vergangenen Wochen viel zu wenig um ihre Töchter gekümmert zu haben.

Mabelle wurde rot. Es war klar, dass ihr die Sache mit der Zeitschrift vor lauter Stolz auf ihr neues Kleid herausgerutscht war. Sie tat, was sie in einem solchen Fall immer tat: Sie gab vor, die Frage nicht gehört zu haben, lächelte harmlos in die Runde und setzte sich wieder.

»Oh, Gerda hat einen amerikanischen GI zum Freund. Er ist in München stationiert, besucht sie aber jedes Wochenende«, erzählte Annedore fröhlich. »Sie bekommt tolle Sachen von ihm.«

Claire nahm sich vor, später mit Mabelle darüber zu reden, dass sie sich, wenn nicht von dieser Gerda, dann doch von deren Freund fernhalten sollten. Allein wie die Augen ihrer Jüngsten leuchteten, wenn sie von den Geschenken sprach, die der amerikanische Soldat seiner Freundin gemacht hatte, bescherte Claire ein unbehagliches Gefühl.

Viktoria war vernünftig, sie würde selbst auf sich aufpassen. Aber Mabelle war nicht nur abenteuerlustig, sondern handelte auch oft unüberlegt – und sie liebte schöne Dinge. Das waren Charakterzüge, die ihr gerade in Zeiten wie diesen zum Verhängnis werden konnten, in denen es wenig harmlose Ablenkung und noch weniger schöne Dinge gab.

»Lukas hat mir aus Frankreich ein wunderschönes Geschenk mitgebracht. Er hat sogar geschafft, es ins Gefangenenlager hinein- und wieder herauszuschmuggeln.« Vor Eifer bekam Annedore rote Bäckchen.

»Nein. Das wäre nicht zu schaffen gewesen. Ich habe es anders gemacht«, meldete Lukas sich erstmals zu Wort.

»Ja, Schatz, erzählt doch!« Annedore hing an seinen Lippen.

»Ich wollte nur richtigstellen, dass niemand denkt … Im Lager konnte man nichts verstecken und erst recht nichts mit hinausnehmen. Außer vielleicht winzige Kleinigkeiten.« Lukas lächelte verlegen. Er war offenbar kein Typ, der gern im Mittelpunkt stand oder gar mit seinen Taten prahlte. Während er sprach, zuckte sein Blick in Viktorias Richtung, doch die starrte in ihre leere Tasse.

»Erzähl, wie es war«, drängte Annedore.

»Ich habe den Stoffballen in einem Wald, durch den wir marschierten, kurz bevor wir das Lager erreichten, in einem dichten Gebüsch versteckt. Keine große Sache.« Bescheiden zuckte Lukas mit den Schultern. »Er war wasserdicht eingepackt.

»Ich finde schon, dass das eine große Sache ist«, widersprach seine junge Frau. »Das hast du sehr klug angestellt, um mir das schönste Geschenk überhaupt mitzubringen.«

Annedore wandte sich an ihre Freundin, schien aber nicht zu bemerken, dass Viktoria ein ungewöhnlich rosiges Gesicht hatte. »Es ist ein ganz glatter, glänzender Stoff. Rote und blaue Blumen auf hellgelbem Grund. Wunderhübsch. Richtig französisch eben!«

Claire bemerkte, wie Mabelle prüfend an ihrem neuen Kleid hinabschaute. Viktoria hatte einen raffinierten Entwurf gezeichnet und sich beim Nähen viel Mühe gegeben. Das Kleid wirkte auserlesen und elegant – eigentlich zu erwachsen für eine Sechzehnjährige. Niemand wäre auf die Idee gekommen, dass es sich um ein mit Rotkohl gefärbtes Tischtuch handelte. Schöner hätte dieses Modell auch nicht werden können, wenn Viktoria es aus französischem Stoff genäht hätte.

Claire öffnete den Mund, um genau das zu sagen, aber ihr fehlte einfach die Energie. Es war schon anstrengend genug, hier zu sitzen und dem Drang zu widerstehen, aufzuspringen, in den Salon zu laufen und sich dort unter ihrer Decke zu verstecken.

»Ich kann mir überhaupt nicht vorstellen, dass Mabelles Kleid noch schöner sein könnte. Französische Blümchen hin oder her«, ließ Karl Katschmarek sich plötzlich vernehmen. »Vicky kann es mit jedem französischen Modeschöpfer aufnehmen.«

Mit einem Ruck wandte Viktoria den Kopf und sah den jungen Mann erstaunt an. »Danke. Verstehst du denn etwas von französischer Mode?«

Karl lächelte auf seine besondere Art, die Claire plötzlich viel sympathischer fand. »Natürlich habe ich schon Bilder von

Modenschauen in Paris gesehen. Vor allem aber weiß ich, was schön ist, wenn ich es sehe.«

»Das Kleid sieht tatsächlich aus wie aus einem sehr teuren Laden«, pflichtete Lukas ihm zu Claires Überraschung bei. »Viktoria hat da etwas ganz Erstaunliches geschaffen.«

»So ist es«, pflichtete Annedore ihm bei. »Darum wollte ich fragen, ob du mir aus meinem Stoff auch ein Kleid nähst, Vicky.«

»Nach diesem Schnitt?« Viktoria legte die Stirn in Falten.

»Es würde natürlich ganz anders aussehen, wegen des französischen Stoffs und so. Vielleicht mit einem etwas tieferen Ausschnitt und kleinen Perlknöpfen und einem Gürtel.« Annedores Augen begannen zu leuchten.

»Wenn du Perlknöpfe und eine Gürtelschnalle besorgen kannst. Allerdings … Stehst du mal auf, Mabelle? Und du stellst dich bitte daneben, Annedore.«

Als die beiden jungen Frauen nebeneinanderstanden, wanderte Viktoria um sie herum.

»Ich glaube, dir würde ein anderer Schnitt besser stehen, Annedore. Ein enger Rock mit einem kleinen Schlitz hinten. Und das Oberteil …«

»Der Tellerrock ist aber schön. Und ich habe genug Stoff dafür«, protestierte Annedore.

»Aber du bist ein anderer Typ als Mabelle. Sie ist mehr als zehn Zentimeter größer. Ich könnte dir ein anderes Kleid entwerfen, du siehst dir die Zeichnung an und entscheidest dich dann.«

»Das ist doch gar nicht nötig. Ich möchte so ein Kleid wie Mabelle.« Annedore ließ sich wieder auf ihren Stuhl fallen.

»Sie glaubt, dass sie dann aussieht wie Mabelle, was aber nicht klappen wird«, murmelte Karl so leise vor sich hin, dass wahrscheinlich nur Claire ihn hörte.

Sie atmete tief durch, räusperte sich und sagte dann an Viktoria gewandt: »Wo willst du denn die Zeit hernehmen, ein Kleid für Annedore zu nähen? Zumal auch noch die Nähmaschine kaputt ist und du alles mit der Hand machen musst. Hast du mir nicht heute Morgen erzählt, dass du so schon kaum alles schaffst, was zu tun ist? Ich könnte zwar ein bisschen beim Nähen helfen, aber ansonsten …«

Ihre Älteste biss sich auf die Unterlippe. »Abends mal ein paar Entwürfe zeichnen ist Entspannung und macht mir Spaß. Aber es stimmt: Den Schnitt auf Papier zu übertragen und den Stoff zuzuschneiden, ist anstrengend. Es darf ja nichts schiefgehen. Und das Nähen mit der Hand kostet viel Zeit.«

»Natürlich würden wir es dir bezahlen oder etwas für dich besorgen, was du gern gegen eines deiner Kleider eintauschen möchtest«, ließ sich Lukas vernehmen.

Anerkennend stellte Claire bei sich fest, dass er zwar wenig redete, doch wenn er etwas sagte, hatte es Hand und Fuß.

»Natürlich bekommst du etwas von mir, wenn du mir das Kleid nähst. Du musst nur sagen, was du haben willst.« Annedore war offenbar auch entschlossen, alles zu tun, um zu bekommen, was sie haben wollte.

»Ich mache erst mal ein paar Entwürfe, und dann kannst du dir immer noch überlegen, ob du tatsächlich ein Kleid wie Mabelles haben willst oder ein ganz anderes Modell.« Viktoria lächelte freundlich, und niemand wäre in diesem Moment auf den Gedanken gekommen, dass sie heute Morgen vor lauter Unruhe und Anspannung wegen all der Arbeit, die sie hatte, in Tränen ausgebrochen war.

Wenig später verabschiedeten sich Annedore und ihr Mann mit den traurigen Augen. Karl kehrte zu seiner Arbeit in der oberen Etage zurück.

»Wenn das mal gut geht«, sagte Claire mehr an sich selbst als an ihre Töchter gewandt, als sie wieder unter sich waren.

»Was meinst du?«, wollte Mabelle erstaunt wissen.

Viktoria jedoch nickte. »Sie kannten sich kaum, als sie per

Fernträuung geheiratet haben. Aber sie haben ja jetzt Zeit, sich besser kennenzulernen. Sie sind doch beide nette Menschen, das wird schon funktionieren.«

»Ich finde das immer noch sooo romantisch«, schwärmte Mabelle mit verklärter Miene. »Sie haben sich beim Tanzen gesehen, sich sofort verliebt und dann eben geheiratet. Das ist ein echter Traum.« Sie stieg wieder auf den Stuhl, damit ihr Kleid fertig abgesteckt werden konnte.

»Romantik allein macht auf Dauer wahrscheinlich auch nicht glücklich«, murmelte Viktoria.

»Ich glaube, du weißt nicht mal, dass ein Kuss bei Vollmond romantisch ist. Oder ein Strauß rote Rosen. Der letzte Walzer, bevor die Kapelle nach Hause geht …« Mabelle geriet ins Schwärmen.

»Weiß ich auch nicht.« Energisch schob Viktoria eine weitere Stecknadel in den Stoff.

9

Gelände der zerstörten Näherei Haynbach, Stadtrand von Starnberg, Ende August 1945

»Es muss da drüben sein, Mama.« Viktoria deutete über die Schuttberge auf die andere Seite des großen Grundstücks am Stadtrand von Starnberg. Sie waren zu Fuß gegangen, weil die Busse immer noch unregelmäßig fuhren und Fahrkarten für drei Personen teuer waren. Ein Marsch von einer knappen Stunde, den Claire schweigend und Mabelle über ihre angeblich zu engen Schuhe jammernd zurückgelegt hatten. Viktoria hatte einfach nur gehofft, dass sich der Zeitaufwand lohnen würde. Andererseits hatten sie schon viel weitere Wege zurückgelegt.

Claire runzelte die Stirn und sah sich ratlos um. Zwar bemühte ihre Mutter sich seit einiger Zeit, mehr am Leben in der Villa teilzunehmen, und stand oft sogar von allein zum Frühstück auf. Doch es gab immer noch Tage, an denen Viktoria sie morgens mit sehr viel Überredung aus dem Bett holen musste. Dies war einer der schlechteren Tage.

Zu Viktorias Überraschung schien der Anblick der durch mehrere Bombenabwürfe zerstörten Näherei ein wenig mehr Leben in Claires Augen zu bringen. War es möglich, dass die Erinnerung an die Zeit in der Hemdenfabrik ihr einen kleinen Trost bot, obwohl sie vor den Trümmern dieser Vergangenheit standen?

Es war ein kühler Tag Ende August. Nach mehreren sonnigen Tagen meinte Viktoria zum ersten Mal, den nahenden Herbst zu spüren. Es bereitete ihr Unbehagen, dass der Winter nicht mehr fern war. Da sie ihre warmen Mäntel auf dem Bauernhof gegen den Leiterwagen eingetauscht hatten und die Mäntel, die sie in den Schränken im oberen Stockwerk zurückgelassen hatten, von der Feuchtigkeit verdorben waren, besaßen sie nicht einmal mehr etwas Warmes zum Überziehen. Viktoria hatte überlegt, aus alten Wolldecken Mäntel zu nähen. Doch dazu brauchte sie unbedingt eine funktionsfähige Nähmaschine. Ebenso für die Kleider, die mehrere Frauen aus dem Dorf bei ihr bestellt hatten, nachdem Annedore ihr neues Kleid stolz überall vorgeführt hatte.

Viktoria hatte ihre Freundin zu einem körpernah geschnittenen Kleid überredet, in dem sie sehr damenhaft und elegant wirkte. Es hatte sie viel Arbeit gekostet, alles mit der Hand zu nähen wie bei einem echten Modellkleid. Lukas hatte darauf bestanden, ihnen zwanzig Zigaretten für die Arbeit zu geben. Was eine Menge war, wenn man bedachte, dass er selbst den Stoff für das Kleid besorgt hatte. Annedore hatte die Zigaretten zur ersten Anprobe mitgebracht und betont, ihr Mann wolle, dass seine Frau ein wirklich schönes Kleid aus dem Stoff bekam, den er ihr mitgebracht hatte, und das wolle er auch anständig bezahlen.

Da sie eine Nähmaschine im Haus schmerzlich vermissten, hatte Viktoria beschlossen, zusammen mit ihrer Mutter und ihrer Schwester nachzusehen, ob aus dem Schutt der alten Näherei eine Maschine zu retten war. Wahrscheinlich würden sie nur mit Glück in dem zusammengestürzten Gebäude etwas Brauchbares finden. Wenn die Trümmer direkt auf die Geräte gefallen waren, konnte man sie sicher nicht mehr gebrauchen. Aber die Näherinnen waren angewiesen gewesen, jeden Abend die stabilen Schutzhauben auf die Maschinen zu setzen, sodass eine gewisse Hoffnung bestand. Allerdings würden sie auf jeden Fall männliche Hilfe brauchen, um die Nähmaschinen aus dem Schutt zu holen und nach Hause zu transportieren. Doch heute wollten sie erst einmal versuchen, herauszufinden, ob das Gebäude so weit erhalten war, dass zumindest Hoffnung auf eine noch brauchbare Maschine bestand.

»Falls wir mehr als eine Maschine retten können, könnten wir nächstes oder übernächstes Jahr die Näherei wieder aufmachen«, sagte Viktoria nachdenklich. »Natürlich nicht hier. Es wird lange dauern und viel Geld kosten, den Schutt wegzuräumen und das Gebäude wieder aufzubauen. Aber wir können die Maschinen in der Villa aufstellen. So wie *Grandmère* und du damals. Das hast du uns doch früher immer so gern erzählt, Mama.«

»Damals war ich nicht allein«, sagte Claire leise.

»Jetzt hast du uns. Und wir könnten Großmutter fragen, ob sie wieder zu uns zieht. Das würde sie sicher gern tun, auch wenn es in Frankreich mehr zu essen gibt.« In der vergangenen Woche hatten sie ein Paket mit Konservendosen und einer getrockneten Mettwurst von Louise bekommen. Das war eine große Hilfe gewesen, vor allem aber ein Festmahl.

»Sie würde keine Zuzugsgenehmigung bekommen.« Claire lächelte traurig. »Es ist schon kein Platz für all die Flüchtlinge, und viele Einheimische sind auch ausgebombt. Da erlaubt man garantiert keiner Französin, hierher zu ziehen.«

»Es muss doch keiner wissen, dass sie wieder bei uns ist. In unserem Zimmer wäre noch Platz für *Grandmère.*« Mabelle hatte leuchtende Augen bekommen.

Auch Viktoria vermisste ihre Großmutter, aber Mabelle redete ständig von ihr. Zwischen Louise und Mabelle hatte immer ein ganz besonderes Verhältnis bestanden. Vielleicht wegen der frappierenden Ähnlichkeit, die trotz des Altersunterschieds nicht zu übersehen war.

»Sie würde keine Lebensmittelmarken bekommen, wenn sie illegal zuzieht.« Viktoria runzelte die Stirn.

»Das ist egal. Ich gebe ihr was von meinem Essen ab.« Mabelle verschränkte die Arme vor der Brust. »Damit ihr es wisst: Ich habe ihr geschrieben, dass wir sie wieder bei uns haben wollen und dass sie ganz schnell herkommen soll.«

»Das hättest du mit uns besprechen müssen«, wandte Viktoria ein.

»Du hast doch eben selbst gesagt, sie solle wieder bei uns wohnen. Was kann dagegen einzuwenden sein, dass *Grandmère* endlich wieder bei uns ist? Ich habe ihr geschrieben, dass wir sie alle schrecklich vermissen. Und das stimmt ja wohl auch.«

»Trotzdem durftest du das nicht allein entscheiden. Natürlich wollen wir sie gern bei uns haben, aber da gibt es viel zu bedenken.«

»Was denn wohl?« Mabelle pustete die Wangen auf. »Sie gehört zur Familie, und wir lieben sie. Und sie liebt uns. Sie hat mir ganz schnell geantwortet und in ihrem Brief stand, dass sie schon dabei ist, ihre Sachen zu packen und dass wir uns sehr bald wiedersehen. Schließlich kann sie jetzt wieder in Deutschland leben, ohne gleich in irgendein Lager gesperrt zu werden.« Mabelle zeigte die trotzige Variante ihres Schmollmunds. »Mama hat ganz sicher nichts dagegen. Oder?«

Claire öffnete den Mund, schloss ihn wieder und schüttelte den Kopf.

»Und du? Hast du Angst, dass jemand außer dir das Kommando übernehmen könnte?« Herausfordernd sah Mabelle ihre Schwester an.

»Glaubst du, ich drängele mich danach, für alles und jedes verantwortlich zu sein und auch noch dauernd aufzupassen, dass du keinen Unsinn machst?«, fauchte Viktoria sie an. »Ich wäre nur zu froh, wenn *Grandmère* mir das abnähme.«

»Dann ist ja alles gut«, stellte Mabelle zufrieden fest. »Warum dann der Aufstand?«

»Als *Maman* und ich mit dem Hemden nähen angefangen haben, lebte Helmut noch«, sagte Claire leise.

»Du wusstest aber nicht, ob du ihn jemals wiedersiehst. *Grandmère* hat mal zu mir gesagt, sie hätte vor allem mit den Hemden angefangen, um dich abzulenken. Damit du nicht immerzu an Papa denkst«, erinnerte Viktoria sie.

Die Schwestern hatten schon Dutzende von Malen die Geschichte gehört, wie Louise zusammen mit ihrer Tochter Claire zu Hause in der Villa angefangen hatte, Hemden und Blusen für die Läden in der Umgebung zu nähen, und wie nach Helmuts Rückkehr die Näherei schnell größer und immer erfolgreicher geworden war.

Da der Freiherr Ludwig von Eggenhof seinen Neffen Helmut zu seinem Erben bestimmt hatte, nachdem dieser wegen seiner Ehe mit einer französischen Näherin von seinen Eltern verstoßen worden war, hatten Helmut und Claire schon vor Richards Geburt in der Villa Rabenfels gelebt.

Viktoria erinnerte sich noch an den manchmal ein wenig schroffen, doch herzensguten Freiherrn und seine immer freundliche Frau, die sie Tante Helene genannt hatte. Die beiden liebenswerten Menschen hatten erst mit über sechzig Jahren zueinander und zu ihrer Liebe gefunden und es genossen, im Kreise ihrer Verwandten alt zu werden. Sie waren beide kurz hintereinander gestorben, als Mabelle noch sehr klein gewesen war.

Als hätte die Unterhaltung über ihre Mutter nicht stattgefunden, sagte Claire: »Da hinten war der kleine Anbau, in dem die drei Modellschneiderinnen saßen. Wie es aussieht, ist dort nicht das ganze Stockwerk über dem Erdgeschoss eingestürzt. Wenn wir Nähmaschinen finden, die noch funktionieren, dann am ehesten dort.«

Die drei Frauen gingen an der Längsseite des großen Schutthaufens entlang und standen wenig später an der Stelle, wo die Trümmer tatsächlich höchstens einen Meter hoch aufgetürmt waren. Viktoria packte einen Balken, der schräg in die Luft zeigte, und zog daran, aber es rührte sich nichts. Das

Holz war fest zwischen den eingestürzten Mauern und dem Beton der Decke verkeilt. Inzwischen kletterte Mabelle zwischen den Steinen herum. Sie warf einige Ziegel zur Seite und rief plötzlich: »Ich sehe den Deckel von einer Maschine.«

»Ist er heil?« Viktorias Herzschlag beschleunigte sich.

»Hilf mir mal«, forderte sie ihre Schwester auf. Mit vereinten Kräften versuchten sie, einen gesprungenen Betonblock zur Seite zu schieben, doch er bewegte sich keinen Zentimeter von der Stelle. Auch nicht, als Claire mit anpackte.

»Wir müssen Karl bitten, uns zu helfen. Vielleicht kann er noch den alten Seefeld mitbringen. Oder Lukas.«

Eigentlich hatte Viktoria vorgehabt, Karl wenigstens für einige Zeit aus dem Weg zu gehen. Am vergangenen Wochenende hatten sie sich geküsst. Für Viktoria war das ganz unverhofft geschehen, obwohl Karl es schon mehrmals versucht hatte. Und jetzt wusste sie nicht, wie sie sich ihm gegenüber verhalten sollte.

Die Arbeiten am Dach waren seit über einer Woche beendet, und zu Viktorias Erstaunen hatte Karl die Aufgabe den Umständen entsprechend gut gemeistert. Das wenige Material, das vorhanden war, hatte er so verwendet, dass es zumindest für Viktorias ungeschultes Auge so wirkte, als würden die ramponierten Dachziegel und die Planen den Winter außen vor halten. Das bedeutete nicht, dass die obere Etage jetzt bewohnbar war, aber das hatte auch niemand erwartet. Sie konnten jedoch hoffen, in den paar unteren Zimmern, in denen sie lebten, die kalte Jahreszeit irgendwie zu überstehen.

»Ich gehe mit Karl her und zeige ihm, wo er den Schutt wegräumen soll«, bot sich Mabelle eifrig an.

Viktoria verschluckte die Bemerkung, dass ihre Schwester den ganzen Weg über gejammert hatte. Sie wusste, dass Mabelle heimlich in Karl verliebt war. Auch das musste man ihm lassen. Er ignorierte Mabelles Avancen und blieb ihr gegenüber doch immer liebenswürdig. Und das, obwohl Mabelle mit ihren blonden Locken und dem französischen Charme nach Viktorias Ansicht nahezu unwiderstehlich hübsch war. Karl schien sich jedoch nur für Viktoria zu interessieren. Seit ihrer ersten Begegnung hatte er sie geduldig umworben – und am Wochenende war es dann beim Abschied an der offenen Haustür passiert.

Karl tauchte immer noch fast täglich in der Villa auf, um alle Arbeiten zu erledigen, die zu schwer für die Frauen waren. Dafür luden sie ihn weiter regelmäßig zum Essen ein. Als Gast und nicht als Bezahlung für seine Arbeit, die er als Freundschaftsdienst bezeichnete.

»Ich denke, wenn wir ihm beschreiben, welche Ecke es ist, findet er es allein, und du musst nicht noch einmal deine Füße quälen.« Viktoria lächelte ihre Schwester harmlos an.

Sie hatte die Erfahrung gemacht, dass es besser war, Mabelle wegen ihrer Schwärmerei für Karl nicht zu tadeln. »Er kann unseren Leiterwagen mitnehmen. Immerhin hat es das quietschende Ding vom Allgäu nach Rabenfels geschafft. Dann wird es vielleicht auch mit einer Nähmaschine fertig.«

Sie machten sich auf den Heimweg. In einer halben Stunde würde die Sonne untergehen, und nach Einbruch der Dunkelheit herrschte immer noch Ausgangssperre.

Als sie die Auffahrt erreichten, die schon so lange kein Automobil mehr hinaufgefahren war, hatte sich bereits silbrige Dämmerung über die Villa gesenkt. Die Fenster waren dunkel. Wahrscheinlich war Leonore noch im Dorf unterwegs, wo sie versuchen wollte, ein kleines Stück Wurst, das sie sich vom Mund abgespart hatte, gegen ein paar Zigaretten einzutauschen. Viktoria war wirklich froh, dass sie sich nie das Rauchen angewöhnt hatte, denn an Leonore sah sie, dass ihr dies eine weitere Sorge ersparte.

»Wann sind heute Nacht die Stromstunden?«, erkundigte sich Claire, während sie den Hügel hinaufstiegen.

»Von zwei bis vier, aber Leonore ist mit Aufstehen dran.

Ich bereite einen Eintopf vor, den sie nur aufkochen muss und dann in die Kochkiste stellen kann«, erklärte Viktoria.

»Auch keine Bügelwäsche?«, fragte Claire. Sie bot immer wieder an, auch einmal nachts aufzustehen, aber Viktoria versuchte, ihr das zu ersparen. Sie war froh, dass ihre Mutter es inzwischen jeden Morgen aus dem Bett schaffte, und wusste, dass ihr auch das nicht immer leichtfiel.

Die Stromstunden lagen je nach dem Bereich, in dem man lebte, vollkommen beliebig – irgendwann am Tag oder auch mitten in der Nacht. Wann genau sie stattfanden, wurde jeweils in der Zeitung und per Aushang angekündigt. Während der Zeit, in der es dann Strom gab, musste alles erledigt werden, wozu Elektrizität benötigt wurde. Wenn sich die Frauen in der Villa Rabenfels zu diesem Zweck nachts den Wecker stellten, konnten sie von ihrem Hügel aus sehen, wie auch unten im Dorf gleichzeitig die Lichter angingen. Dann bügelten die Frauen ihre Kleidung und kochten das Essen für den kommenden Tag. Es wurde auf dem Elektroherd kurz aufgekocht und in die dick mit Kissen und anderem Isoliermaterial gepolsterte Kiste gestellt, in der es weitergarte und auch am folgenden Abend noch warm war.

Als sie sich der Tür der Villa näherten, löste sich eine schmale Gestalt aus dem Schatten des Portals und kam ihnen auf den Stufen der Freitreppe entgegen.

»Leonore? Hast du den Schlüssel vergessen?«, rief Viktoria ihr verwundert zu.

»Ich … hab keinen Schlüssel«, piepste das Mädchen, und da sie nun schon fast vor ihr stand, konnte Viktoria hören, dass ihr vor Kälte die Zähne klapperten. Dabei war es gar nicht so schrecklich kalt. Aber Viktoria wusste, wie leicht man fror, wenn man ausgehungert war, und das winzige Geschöpf sah aus, als hätte es sich sehr lange nicht satt gegessen.

»Wer bist du?«, fragte Viktoria erstaunt. Rechts und links

von ihr reihten sich ihre Mutter und ihre Schwester auf und musterten die Fremde prüfend.

»Frieda. Ich heiße Frieda Tetzlaf.« Im schwachen Licht erkannte Viktoria, dass das Mädchen einen weißen Zettel hochhielt. »Das ist meine Einweisung. Ich soll hier wohnen.«

»Oh. Davon wussten wir gar nichts.« Viktoria spürte, dass ihre Mutter und Mabelle sie von der Seite ansahen. Natürlich konnten sie nichts gegen eine Einweisung tun. Immer wenn sie von der Enge in den Häusern unten im Dorf gehört hatten, waren sie erstaunt gewesen, dass sie noch keine weiteren Mitbewohner bekommen hatten. Leonore wohnte zwar offiziell bei ihnen, aber sie hatten zwei Zimmer im Erdgeschoss, die Gesindestube und die riesige Küche zur Verfügung. In den kleinen Häusern im Dorf lebten teilweise sechsköpfige Flüchtlingsfamilien in einem einzigen kleinen Zimmer.

»Dann gehen wir erst mal rein«, beschloss Viktoria und zog den Schlüssel aus der Tasche.

Als sie in der Halle die Kerzen anzündete, blinzelte das Mädchen Frieda ins Licht. Sie sah sich erstaunt um.

»Hier darf ich bleiben?«

»Es ist nicht so toll, wie es auf den ersten Blick aussieht«, mischte sich Mabelle ein. Das war eigentlich der Satz, den sonst immer Viktoria sagte, wenn jemand sich erstaunt in dem ehemals herrschaftlichen Haus umsah. »Die Halle kann man nicht heizen. Als es neulich nachts so kalt war, kam von oben eine eisige Kälte runter, und feucht ist es auch.«

Die Mühe konnte Mabelle sich sparen, falls sie glaubte, Frieda würde erschrocken kehrtmachen und sich eine andere Bleibe suchen. Das hier war gar nicht so schlecht. Es gab viel baufälligere Häuser und Wohnungen und gegen eine Einweisung vom Wohnungsamt war sowieso nichts zu machen. Frieda durfte nicht darüber bestimmen, wo sie wohnte, und die Bewohner der Villa konnten nicht entscheiden, wen sie in ihrem Haus aufnahmen und ob hier überhaupt noch jemand wohnen sollte. Dumm nur, dass wahrscheinlich schon sehr bald ihre Großmutter anreisen und illegal bei ihnen leben wollte. Doch das würde sich irgendwie regeln lassen.

»Ich bin Viktoria, dieses vorlaute Mädchen hier ist meine Schwester Mabelle, und das ist unsere Mutter Claire von Haynbach.« Viktoria sah hinüber zu ihrer Mutter, die sich im Hintergrund hielt.

»Adelig«, murmelte das Mädchen und blickte erschrocken drein.

»Wir haben ebenso große Mühe, satt zu werden, wie alle anderen Leute auch«, stellte Viktoria fest. »Außerdem lebt hier noch Leonore Kröger.«

Frieda nickte bedrückt. Sie schien sich in dem fremden Haus, zwischen all den fremden Frauen unbehaglich zu fühlen.

»Dann komm erst mal mit in die Küche, Frieda«, forderte Viktoria sie auf.

Der Herbstabend war kühl, aber nicht sehr kalt. Dennoch zitterte das Flüchtlingsmädchen auch hier drinnen vor Kälte. Anstelle eines Mantels oder eine Jacke trug sie über ihrer kurzärmeligen Bluse ein zerlöchertes Tuch um die Schultern, das nicht einmal ihre Arme bedeckte.

Auch in der Küche sah Frieda sich um, als könnte sie ihren Augen nicht trauen.

»Wenn es kein anderes Zimmer gibt, kann ich hier schlafen. Unter dem Tisch.« Sie deutete auf den großen Arbeitstisch, auf dem vor wenigen Jahren noch eine Köchin in einer weißen Schürze die Vorbereitungen für Mahlzeiten mit drei Gängen getroffen hatte. Darunter hätten mindestens zwei von Friedas Statur Platz gehabt.

»Das sehen wir dann. Jetzt setz dich erst mal hin. Leonore müsste auch gleich kommen. Der Eintopf steht in der Kochkiste. Wir teilen jetzt eben durch fünf.« Viktoria zog einen der Holzstühle unter dem Tisch hervor, während Mabelle schon

Teller und Besteck auf den Tisch legte und Claire sich auf ihren gewohnten Platz am Tisch setzte.

Wortlos ließ Frieda sich nieder, hob ihr schäbiges Bündel auf den Schoß, knotete das Tuch auf, das offenbar all ihre Habseligkeiten enthielt, und legte einen Bogen Lebensmittelmarken auf den Tisch.

Nickend nahm Viktoria die Geste nur Kenntnis. »Wir wirtschaften hier zusammen. Das ist einfacher, als wenn jeder für sich durchzukommen versucht. Aber du kennst uns nicht und hast vielleicht Angst, dass wir dich übers Ohr hauen.«

»Ich weiß nicht. Ich glaube nicht.« Frieda schubste ihre Lebensmittelkarten in die Tischmitte, als wollte sie mit dem, was wahrscheinlich ihr kostbarster Besitz war, nichts mehr zu tun haben.

Das Mädchen tat Viktoria ein wenig leid. Sie war allein und sah sich plötzlich einer verschworenen Gemeinschaft von Frauen gegenüber, die ihr völlig fremd waren.

»Pack sie erst mal wieder ein. Wir reden später darüber, wie wir das hier machen. Heute Abend bist du zum Essen eingeladen. Es gibt Linsensuppe, wie ungefähr jeden zweiten Tag. Aber es ist ein bisschen Bauchspeck drin.«

»Danke«, flüsterte das Mädchen und hatte plötzlich Tränen in den Augen.

»Wie alt bist du?«, erkundigte Mabelle sich neugierig bei Frieda und wählte heute den Stuhl neben dem fremden Mädchen.

»Sechzehn.«

»Genauso alt wie ich«, freute sich Mabelle und stellte mit einer weiteren Frage fest, dass sie sogar um zwei Monate die Ältere war.

»Aber wo sind deine Eltern? Sind sie woanders einquartiert worden?«

Frieda schüttelte den Kopf und presste die Lippen aufeinander. Die Verzweiflung in ihren grauen Augen war so tief und schmerzlich, dass Viktoria den Blick abwenden musste. Manchmal war ihr all das Leid um sie herum einfach zu viel.

»Mein Vater ist schon im ersten Jahr im Krieg geblieben. Meine Mutter, meine Großmutter, mein kleiner Bruder und ich sind mit unserem Wagen in einem Pferdetreck nach Westen gefahren und wurden unterwegs bombardiert«, flüsterte Frieda mit heiserer Stimme. »Wir haben uns alle unter den Wagen versteckt, aber als die Flieger weg waren, haben sich die anderen nicht mehr bewegt.« Sie presste die zitternden Lippen aufeinander. »Das Pferd war auch tot. Unsere Nachbarn haben mich dann auf ihrem Wagen mitgenommen. Und jetzt bin ich hier.«

»Hast du sonst niemanden? Keine Verwandten?« Mit weit aufgerissenen Augen sah Mabelle das Mädchen an, das so alt war wie sie und ganz allein auf der Welt.

»Nein. Niemanden.« Friedas Blick ging ins Leere, und sie tat Viktoria so leid, dass sie die Hand ausstreckte, um sie tröstend zu berühren. Doch bevor sie dazu kam, stand Claire auf und umschlang Frieda mit beiden Armen.

»Jetzt hast du uns«, sagte sie mit fester Stimme.

»Danke«, flüsterte Frieda wieder und zitterte selbst noch in Claires Umarmung weiter.

»Mit dem Eintopf dauert es noch einen Moment. Du musst etwas essen«, sagte Claire energisch. »Hol das Brot aus dem Kasten, Mabelle. Du kannst dir ja auch ein Stück nehmen, wenn du nicht bis zur Suppe warten willst.«

Mabelle sprang auf, kehrte mit dem schon harten Kanten zurück, zögerte kurz und legte ihn dann Frieda hin, ohne sich etwas abzubrechen. »Musst du in den Tee eintunken. Butter ist nicht da. Nächste Woche gibt es vielleicht wieder Schmalz.«

Frieda schlug wortlos ihre Zähne in das Brot und zerrte daran, um einen Bissen abzubekommen. Obwohl Viktoria sehr genau wusste, dass das Brot dieses Mal nach Gips schmeckte, kaute das Flüchtlingsmädchen so glücklich darauf herum, als wäre es der köstlichste Kuchen.

Die Haynbach-Frauen sahen ihr fasziniert zu, und Viktoria dachte beschämt, dass es viele Menschen gab, denen es deutlich schlechter ging als ihnen.

Plötzlich legte Frieda den halb aufgegessenen Kanten neben ihre Tasse und angelte wieder ihr Bündel unter dem Tisch hervor.

»Das hier habe ich vergessen. Tut mir leid. Als ich vor der Tür gewartet hab, kam ein Postbote und hat es mir gegeben. Ist für Sie.«

Als Viktoria einen Blick auf die Postkarte warf, die Frieda auf den Tisch gelegt hatte, blieb ihr die Luft weg. Annedore hatte ihr die Karte gezeigt, die Lukas ihr aus der Kriegsgefangenschaft geschickt hatte. Die hatte genauso ausgesehen wie die Karte, die Frieda mitgebracht hatte. Eine Rot-Kreuz-Karte.

Auch Claire saß da wie erstarrt und presste sich die Hand vor den Mund, als wollte sie einen Aufschrei zurückhalten.

Mit zitternder Hand griff Viktoria nach der Karte. Sie wollte sie lesen, doch die Worte verschwammen vor ihren Augen. Energisch wischte sie sich mit dem Handrücken über das Gesicht.

»Von Richard!«, rief sie dann. »Er ist in russischer Gefangenschaft. Aber er lebt. Ich habe es doch immer gesagt.«

Claire ließ ihre Hand sinken und begann so heftig zu schluchzen, als müsste sie nun all die Tränen vergießen, die sie während der vergangenen Monate nicht hatte weinen können.

Mabelle war aufgesprungen und hing schluchzend um den Hals ihrer Mutter. Auch Viktoria liefen die Tränen über die Wangen. Frieda, das magere Flüchtlingsmädchen, saß still da und sah zu, wie die Frauen der Haynbachs vor Erleichterung weinten.

10

Villa Rabenfels, Dezember 1945

Der Winter 1945/46 war so eisig, dass der Starnberger See schon Anfang Dezember zufror und keine der Bewohnerinnen der Villa Rabenfels freiwillig das Haus verließ, obwohl es drinnen auch nicht viel wärmer war. Die Heizung, die von einem großen Ofen im Keller aus betrieben worden war, funktionierte nicht mehr, weil die Rohre im oberen Stockwerk durch den Bombeneinschlag zerstört worden waren. In den zwei Zimmern, die die Frauen im Erdgeschoss bewohnten, gab es keine Öfen. Auch der Kamin im großen Salon funktionierte nicht, weil bei den Bombeneinschlägen der Schornstein zerstört worden war. Nur der alte Kohleherd in der Küche konnte beheizt werden. Deshalb spielte sich das gesamte Leben in der Villa seit Wochen in der Küche ab.

Im großen und im kleinen Salon, wo die Frauen schliefen, war es viel zu kalt, um dort tagsüber zu sitzen. Am besten hatten es Leonore und Frieda, die sich die Gesindestube teilten und nachts die Tür zur Küche offenließen, sodass wenigstens die restliche Wärme des Tages in ihr provisorisches Schlafzimmer drang.

Abends, wenn sie zu Bett gingen, nachdem sie sich möglichst lange in der Küche aufgehalten hatten, stopften die Haynbach-Frauen im Erdgeschoss Lumpen und Putzlappen unter die Türen, damit die klirrende Kälte aus der Halle nicht in die Zimmer zog. Weil das Dach nur notdürftig geflickt war und in der oberen Etage teilweise Türen und Wände fehlten, wehte die Kälte die breite Treppe herunter in die Halle. Das war zwar zu erwarten gewesen, aber niemand hatte so früh mit derart eisigen Temperaturen gerechnet.

»Wir brauchen neues Brennholz«, stellte Louise mit einem besorgten Blick über den oberen Rand ihrer Lesebrille fest. Sie saß seit mehr als sechs Stunden an einer der beiden Nähmaschinen, die Karl im September mit Lukas' Hilfe aus den Trümmern der zerstörten Näherei gerettet hatte. Obwohl Viktoria an der zweiten Maschine in der anderen Ecke des Zimmers saß, konnte sie aus der Entfernung erkennen, dass ihre Großmutter blaue Finger hatte. Das lag zum einen daran, dass der Ofen immer wieder ausging, weil auch dieser Schornstein nicht richtig zog, zum anderen hatten sie die Nähmaschinen aus gutem Grund möglichst weit vom Herd entfernt aufgestellt. Damit das Feuer überhaupt brannte, mussten sie die kleine Metalltür offenlassen, und die stinkenden Qualmwolken, die in unregelmäßigen Abständen daraus hervorquollen, hinterließen schmierigen Ruß auf jeder Oberfläche und beschmutzten auch die Stoffe, mit denen sie arbeiteten.

Die letzten Tischtücher, die paar Wolldecken und die wenigen Vorhänge, die keine Stockflecke von der Feuchtigkeit bekommen hatten, waren neben ihren Lebensmittelmarken das Wertvollste, das sie besaßen. Seit einige Frauen aus dem Dorf Mabelle und Annedore in ihren Kleidern gesehen hatten, war die Nachfrage nach ähnlichen Modellen so groß, dass sie mit dem Nähen gar nicht mehr nachkamen.

Was bedeutete, dass Louises illegaler Aufenthalt in der Villa kein Problem darstellte, solange niemand sie verriet – und wer sah sie hier in der Villa schon, die sie wegen der Kälte fast nie verließ? Sie ließen sich die Kleider mit Brot, Kartoffeln, Linsen oder sogar mit Fleisch bezahlen, was die fehlenden Lebensmittelmarken für Louise mehr als ausglich. Zudem hatte Louise aus Frankreich außer einem Koffer mit ihrem persönlichen Besitz eine große Tasche voller köstlicher Dinge mitgebracht. Fischkonserven, eingekochtes Fleisch, getrocknete

Mettwurst, genügend Eier für einen großen Kuchen und eine Pfanne Rührei für alle.

Einen Teil der Leckereien hatten sie sofort verspeist, fast die Hälfte aber für das bevorstehende Weihnachtsfest aufgehoben.

Viktoria freute sich, ihre Großmutter wieder um sich zu haben. Louise war trotz ihrer mehr als sechzig Jahre tatkräftig und ideenreich. Sie nahm Viktoria einen Teil der Verantwortung im Zusammenleben der kleinen Gemeinschaft ab. Außerdem hatte sie sofort begonnen, die Herstellung von Kleidern auf Bestellung zu organisieren. Schließlich war sie früher einmal Schneiderin mit einer eigenen kleinen Werkstatt im Elsass gewesen.

Ab und zu überfiel Viktoria ein unbehagliches Gefühl bei dem Gedanken, was geschehen würde, wenn die Behörden erfuhren, dass Louise ohne offizielle Erlaubnis bei ihnen wohnte. Der Zuzug in die einzelnen Städte und Gemeinden war streng geregelt. Nur wer einen Antrag stellte und daraufhin eine Genehmigung erhielt, durfte kommen und bleiben. Wenn das mit Louise herauskam, würden sie wahrscheinlich sofort ausgewiesen werden und vielleicht außerdem eine hohe Strafe zahlen müssen.

»Ist das Holz schon wieder alle? Ich hab doch erst gestern Äste im Wald gesucht«, murrte Mabelle, die am Tisch saß und versuchte, Viktorias Modellzeichnungen für eine Bluse in größerem Maßstab auf Zeitungspapier zu übertragen. Sie hatten kein anderes Schnittmusterpapier und Zeitung ging auch, wenn man sie vorher sorgfältig bügelte, sodass sie keine Druckerschwärze mehr abgab.

»Die Äste waren schrecklich feucht, und der Ofen hat noch mehr gequalmt als sowieso schon.« Louise hauchte gegen ihre Fingerspitzen. Wahrscheinlich waren sie vor Kälte gefühllos, was es schwierig machte, den Stoff unter dem Füßchen der Nähmaschine exakt zu führen.

»Ich habe keine Ahnung, wo ich anderes Holz herbekommen soll«, stellte Mabelle zufrieden fest, denn damit war sie ihrer Meinung nach aus der Sache heraus.

Frieda saß ebenfalls weit genug vom Herd entfernt, um zu verhindern, dass der weiße Stoff, mit dem sie arbeitete, Ruß abbekam. Sie hatte sich als geschickte Näherin entpuppt und rasch die Arbeiten gelernt, die mit der Hand gemacht werden mussten. Sie versäuberte die Knopflöcher und stickte das geschwungene *H* für *Haynbach* auf den Kragen oder eine Tasche. Louise und Viktoria waren sich einig gewesen, dass sie sofort wieder professionell an die Sache herangehen sollten, auch wenn sie neben einem rußenden Ofen Kleidungsstücke aus alten Tischtüchern und Gardinen nähten. Es waren Modelle, und zwar begehrte Modelle, hergestellt von *Haynbach Moden*.

»Soll *ich* Holz holen gehen?« Das Flüchtlingsmädchen ließ seine Arbeit sinken. »Ich weiß auch nicht, ob ich etwas anderes finde, aber …«

»Karl hat mir neulich trockene Scheite angeboten. Er hat wohl irgendwo eine größere Menge Feuerholz aufgetrieben.« Viktoria hatte keine große Lust, hinaus in die Kälte zu gehen und dann auch noch Karl zu treffen. Er freute sich immer, sie zu sehen, gelegentlich küssten sie sich, aber Viktoria war sich einfach nicht einmal sicher, ob sie überhaupt in ihn verliebt war. Durch seine offene Art hatte sie sich rasch an ihn gewöhnt, während er täglich zu ihnen ins Haus gekommen war, um das Dach zu richten. Auch die Sache mit dem Siezen hatte sie nicht lange durchgehalten und ihn schon nach kurzer Zeit wie einen alten Freund geduzt, ebenso wie er es von Anfang an mit Mabelle gehalten hatte. »Ich werde ins Dorf gehen und Karl bitten, uns das Holz zu bringen. Ein paar Scheite könnte ich gleich mitbringen.«

»Du hast Christel Rieling versprochen, dass sie das Kleid morgen bekommt«, erinnerte Louise sie. Ihre Großmutter hatte alle Bestellungen und Termine im Kopf. »Ich glaube, sie ist zu einer Geburtstagsfeier eingeladen.«

»Ich könnte Mama fragen, ob sie sich für ein, zwei Stunden an die Maschine setzt«, sagte Viktoria unschlüssig. Es kostete immer eine Menge Überzeugungsarbeit, Claire an ihren ›dunklen Tagen‹, wie sie selbst es nannte, unter ihrer Decke hervorzuholen. Nachdem sie die Rot-Kreuz-Karte von Richard bekommen hatten, war es Claire einige Wochen sehr gut gegangen. Doch seitdem hatten sie nichts mehr von ihm gehört und auch das Wissen, dass ihr Sohn noch lebte, konnte die Traurigkeit, die Claire in regelmäßigen Abständen immer noch überfiel, nicht endgültig besiegen.

»Mach das«, forderte Louise ihre Enkelin auf. »Es tut Claire gut, wenn sie sich mit etwas anderem als ihrem Kummer beschäftigt.«

»Ich könnte das Holz auch holen«, bot Leonore an. Sie saß meistens so still in ihrer Ecke, dass die anderen Frauen oft vergaßen, dass sie da war.

»Danke, Leonore.« Viktoria lächelte sie an. »Das sollte ich am besten selbst erledigen.«

»Genau«, stimmte Mabelle schlecht gelaunt zu. »Für ein Lächeln von Viktoria tut Karl alles. Du würdest vielleicht drei Scheite Brennholz bekommen, aber Viktoria bekommt *dreißig.* Mindestens.«

Viktoria tat, als hätte sie nichts gehört. Auch Louise reagierte nicht auf die Worte ihrer jüngeren Enkelin, obwohl Viktoria bemerkt hatte, dass sie Mabelle besorgt dabei zugesehen hatte, wie sie Karl bei seinem letzten Besuch angehimmelt hatte.

»Ich hole Claire. Mach du dich auf den Weg, Viktoria, es wird bald dunkel.« Louise lächelte ihr aufmunternd zu. Sie verließen gemeinsam die Küche, und Viktoria ging in den kleinen Salon, in dem sie gemeinsam mit Mabelle schlief, um sich warm anzuziehen. Da sie noch keinen neuen Wintermantel hatte, zog sie mehrere Pullover übereinander und wickelte sich einen dicken Schal um Hals und Kopf. Das sah nicht sonderlich hübsch aus, aber wahrscheinlich erkannte sie in diesem Aufzug ohnehin niemand.

Während Viktoria die Halle durchquerte, hörte sie aus dem großen Zimmer die murmelnden Stimmen ihrer Mutter und ihrer Großmutter. Sie öffnete die Haustür, und die Kälte schlug ihr ins Gesicht wie eine eisige Faust. Sie schnappte nach Luft, als müsste sie unter die Wasseroberfläche tauchen, und lief eilig die Auffahrt entlang. Durch die kahlen Zweige der Büsche sah sie silbrig die Oberfläche des Sees schimmern. Darüber hing im schon schwächer werdenden Licht des Nachmittags wie ein zarter Schleier der Dunst, dessen Feuchtigkeit sich auf Viktorias Gesicht wie die Spitzen von hundert Stecknadeln anfühlte.

Seltsamerweise genoss sie dennoch plötzlich die Bewegung und die frische Luft. Sie machte große Schritte und ließ ihre Arme kräftig hin und her schwingen. Ohne darüber nachzudenken, wählte sie den Umweg am Ufer entlang. Vielleicht um die Begegnung mit Karl noch etwas hinauszuzögern. Sie wusste einfach nicht, wie sie ihm gegenüber empfand. Seine Küsse ließ sie mit sich geschehen. Sie fand es nicht sonderlich unangenehm, seine festen Lippen zu spüren, aber es versetzte sie auch nicht gerade in Entzücken. Und es war angenehm, Karl gelegentlich um sich zu haben, weil er ihr das Leben deutlich einfacher machte. Immer wenn es eine Arbeit zu erledigen gab, die für die Frauen in der Villa zu schwer war, nahm er sie ihnen ab und behauptete, er tue es gern für ein Lächeln von Viktoria.

Als ihr auf dem Uferweg jemand entgegenkam, wurden ihre Schritte automatisch langsamer. Angespannt kniff sie die Augen zusammen und starrte nach vorn. Obwohl er ebenso dick eingepackt war wie sie und eine Mütze tief ins Gesicht gezogen hatte, hatte sie ihn längst an seinen Schritten erkannt.

Am liebsten wäre sie auf der Stelle umgekehrt, doch auch er musste sie längst gesehen haben. Also ging sie weiter und blieb schließlich vor ihm stehen.

»Hallo, Lukas. Wie geht es Annedore? Ich wollte schon lange mal wieder bei ihr vorbeischauen, aber wir haben schrecklich viel zu tun, seit wir wieder mit dem Nähen angefangen haben.« Sie konnte selbst hören, wie nervös ihr Geplapper klang.

»Ich denke, es geht ihr gut«, erwiderte Lukas und sah sie ruhig an. Der Blick seiner dunklen Augen sorgte dafür, dass ihr trotz der frostkalten Luft warm wurde.

»Das ist schön.« Jetzt fiel ihr doch nichts mehr ein. Seit ihrer ersten Begegnung hier am See waren sie nicht mehr allein gewesen, und Viktoria hätte viel darum gegeben, wenn sie ihn auch heute nicht getroffen hätte.

»Ich hoffe, deiner Familie geht es auch gut?«, erkundigte sich Lukas nach einer langen Pause höflich.

»Ja. Danke.« Sie zögerte und platzte dann heraus. »Sie haben dich nicht erkannt, und ich habe es ihnen nicht erzählt.«

»Du meinst unsere allererste Begegnung?« Gedankenverloren strich er über die dünne Narbe an seiner Stirn, die kaum noch zu sehen war. »Annedore weiß es auch nicht. Scheinbar sind wir beide ganz schöne Geheimniskrämer.«

Einen Moment sahen sie einander ratlos an. Dann streifte Mabelle einen Handschuh ab, zog ihre Pullover etwas hoch und tastete in ihrer Rocktasche nach der Muschel. »Ich möchte dir die Muschel wiedergeben. Es ist nicht richtig, dass ich sie habe.«

»Du trägst sie bei dir?«

Verlegen nickte sie. »Sonst könnte ich sie dir ja nicht geben.«

»Du wusstest ja gar nicht, dass wir uns treffen.«

»Nein. Aber ich will die Gelegenheit nutzen. Bitte nimm sie zurück.« Auf der flachen Hand hielt sie ihm die Muschel hin, die schimmerte, als würde eine kleine Lampe in ihrer Wölbung brennen.

»Ich brauche sie nicht mehr. Sie hat mich beschützt und hierhergebracht.« Er sah nicht die Muschel an, sondern sie.

»Dann solltest du sie Annedore schenken.« Viktoria wich seinem Blick aus.

»Annedore hat keinen Sinn für so etwas.« Er sagte das mit ruhiger Selbstverständlichkeit, ohne jeden Vorwurf. Es war eben so, dafür konnte Annedore nichts.

Als er ebenfalls seinen Handschuh auszog, dachte Viktoria, er würde die Muschel doch nehmen. Er umfasste jedoch ihre ausgestreckte Hand mit seiner und schloss ihre Finger über dem Glücksbringer, wie er es schon getan hatte, als er ihr die Muschel geschenkt hatte.

»Mach mir die Freude, Viktoria. Bitte.«

Sie senkte den Blick und schob die Hand mitsamt der Muschel wieder in ihre Rocktasche. Dabei war sie ein bisschen froh darüber, dass sie den Glücksbringer behalten konnte. Dennoch war es nicht in Ordnung, dass sie die Muschel hatte und nicht Annedore. Dass Lukas' Frau nichts davon ahnte, machte die Sache auch nicht besser.

Andererseits war sie froh, dass weder ihre Familie noch Annedore etwas von der Gewitternacht ahnten, die Lukas und sie gemeinsam verbracht hatten. Claire und Mabelle hatten Lukas nicht als denjenigen wiedererkannt, vor dem sie sich in jener Nacht auf ihrem Heimweg so sehr gefürchtet hatten. Aber sie hatten auch nicht so dicht vor ihm gestanden und ihm im Mondlicht ins Gesicht gesehen.

»Wohin gehst du?«, wechselte sie das Thema.

»Nirgendwohin. Spazieren. Und du?«

»Eigentlich will ich ins Dorf, aber ich mache einen kleinen Umweg. Ich war lange nicht hier unten am See.« Sie betrachtete den sich scheinbar bis ins Endlose erstreckenden blausilbernen Spiegel neben dem Weg. Die Berge auf der anderen

Seite des Sees waren nur als vage Schatten im Dunst zu erkennen.

»Die meisten Männer gehen nicht gern spazieren«, sagte sie nach einer Weile, als er sie immer noch forschend ansah. Ihr Atem war eine weiße Wolke, die sie beide für einen Moment umgab.

Er zuckte mit den Schultern. »Ich bin gern an der frischen Luft. Und ich muss nachdenken. In der Wohnung von Annedores Eltern ist es sehr eng, und es fällt mir schwer, dort einen klaren Gedanken zu fassen.«

Sie nickte. »Wir drängeln uns alle in der Küche. Das ist der einzige Raum, den wir einigermaßen warm bekommen. Aber auch nur einigermaßen. Deshalb bin ich auf dem Weg ins Dorf, um Holz zu besorgen.«

»Ich begleite dich zurück.« Lukas wandte sich um, und sie gingen nebeneinander auf die kleine Ansammlung von Häusern am Fuß des Hügels zu, auf dem die Villa thronte. Aus den meisten Schornsteinen quoll dicker Rauch, aber es gab auch einige Häuser, deren Bewohner offenbar kein Heizmaterial aufgetrieben hatten oder sich das wenige Holz oder die paar Kohlestücke, die sie noch besaßen, einteilen mussten.

»Hast du noch keine Stelle in Aussicht?«, unterbrach Viktoria nach einer Weile das einträchtige Schweigen.

»Ich bin beim Arbeitsamt gemeldet, und man hat mir Hoffnung gemacht, dass ich in einer Fabrik in Starnberg eine Stelle bekommen könnte. Das Problem ist, dass ich irgendwie zur Arbeit kommen muss. Die Busse fahren viel zu selten und oft auch gar nicht. Und die meisten Fabriken kann ich zu Fuß nicht erreichen. Umziehen kann man in diesen Zeiten erst recht nicht.«

»Du findest sicher bald etwas«, sagte Viktoria, obwohl sie keine Ahnung hatte, wie gut seine Aussichten waren. Sie war schließlich auch beim Arbeitsamt gemeldet, und bis jetzt hatte es kein Angebot gegeben, weder in der direkten Umgebung noch in größerer Entfernung. Im Grunde wollte sie ohnehin am liebsten weiter Kleider entwerfen und nähen.

»Das wäre gut. Annedore ist enttäuscht von mir.« Er lächelte traurig.

»Hat sie das gesagt?« Viktoria schaute ihn von der Seite an. »Es ist doch nicht deine Schuld, dass du keine Arbeit findest.«

Da Viktoria wusste, wie ihre Freundin von Lukas geschwärmt hatte, konnte sie sich nicht vorstellen, dass Annedore schon so kurz nach seiner Heimkehr unzufrieden mit ihm sein sollte.

»Sie sagte es nicht direkt. Sie fragt nur immer wieder, was ich zu unternehmen gedenke. Irgendwie hat sie sich unser gemeinsames Leben wohl anders vorgestellt.« Lukas zuckte mit den Schultern. »Manchmal frage ich mich, was wir beide uns vorgestellt haben.«

Sekundenlang presste Viktoria die Lippen zusammen, dann sagte sie es doch: »Ich habe mich auch ein bisschen gewundert, dass ihr es mit der Hochzeit so eilig hattet.«

»Wir waren verliebt.« Seine Stimme klang fest und entschieden, als wollte er der Bedeutung dieser Worte Nachdruck verleihen.

»Das habe ich keine Sekunde bezweifelt«, erwiderte sie hastig.

»Du hast schon recht. Es ist wohl etwas voreilig, nach fünf Küssen und zehn Briefen zu heiraten.« Er verzog den Mund zu einem schiefen Lächeln.

»Fünf Küsse und zehn Briefe?«, wiederholte Viktoria verblüfft. Das konnte sehr viel sein, aber auch sehr wenig, das wurde ihr in dem Moment klar, als ihr Blick seinen Mund streifte und sie sich fragte, wie es sich wohl anfühlte, ihn zu küssen.

»Genau«, sagte er, wandte sich plötzlich ab, lief durch den

schmalen Uferstreifen mit dem vor Raureif weiß funkelnden Gras und weiter hinaus aufs Eis.

»Wo willst du hin?«, rief sie erschrocken.

»Schlittern.« Er breitete die Arme aus, nahm Anlauf und glitt weit auf den zugefrorenen See hinaus. »Komm, Vicky. Das macht Spaß.«

Das sollte er mit Annedore tun, nicht mit mir. Der Gedanke war sofort da, und sie wollte den Kopf schütteln. Doch da stand sie schon auf dem schimmernden Eis. Sie schaute nach unten und meinte, durch das Blausilber unter ihren Füßen bis zum Grund des Sees sehen zu können. Weit hinunter in eine geheimnisvolle Tiefe, in der vielleicht Nixen lebten, Wassermänner und Fische aus reinem Gold.

Lachend schüttelte sie den Kopf. Seit wann hatte sie so merkwürdige Ideen? Lag das an Lukas? Mit einem Mal fühlte sie sich seltsam frei. Als wäre sie plötzlich ein anderer Mensch. Eine Frau, die sich selbst spürte, die ihre Freude, ihren Kummer und ihre Ängste zulassen konnte und plötzlich ganz bei sich war.

»Anlauf nehmen und dann einfach gleiten. Trau dich! Es macht Spaß!« Lukas' Stimme riss sie aus ihren Gedanken.

Kurz zögerte sie noch, dann lief sie los. Flog über das Eis, glitt dahin wie schwerelos, erreichte Lukas und landete in seinen Armen.

Sie warf den Kopf in den Nacken und lachte zum Himmel hinauf. »Das war schön!«

Als sie wieder nach vorn sah, waren dicht vor ihrem Gesicht seine goldbraunen Augen. So tief wie der See unter dem Eis, aber warm und voller Traurigkeit und Leben. Etwas in ihr schmolz wie Schnee in der Sonne. Sie schnappte erschrocken nach Luft, legte die Hände gegen seine Brust und stieß sich vom rauen Stoff seiner Jacke ab. Dann nahm sie wieder Anlauf und ließ sich über die spiegelglatte Fläche gleiten. Aus dem Augenwinkel sah sie, dass Lukas neben ihr war.

Irgendwie fanden sich ihre Hände, und wie Eistänzer flogen sie dahin. Weiter und weiter, schneller und schneller. Ihr Atem tanzte in weißen Wölkchen um ihre Köpfe. In Viktorias Kehle kitzelte es, und zum ersten Mal seit langer Zeit lachte sie aus vollem Herzen. Erst als sie nicht mehr konnte, blieb sie stehen. Keuchend und glücklich.

Der Schal, den sie sich um Kopf und Hals gewickelt hatte, war von ihren Haaren gerutscht, und ihre Ohren schmerzten vor Kälte. Doch das störte sie nicht. Sie zog die warme Wolle wieder hoch und sah Lukas entgegen, der noch ein Stück weiter gerutscht war und nun langsam zu ihr zurückkam.

»Danke«, rief sie. »Das war eine wunderbare Idee. Als Kinder waren wir manchmal hier auf dem See Schlittschuhlaufen. Ich hatte ganz vergessen, was das für einen Spaß macht. Sogar ohne Schlittschuhe.«

Er nickte und blieb neben ihr stehen. »Mit dir ist es wunderschön«, sagte er und berührte ihren Arm.

Verlegen hob sie den Blick. Wieder huschte ihr der Gedanke durch den Kopf, dass er Annedore hätte mit aufs Eis nehmen sollen, und sie tastete in ihrer Rocktasche nach der Muschel.

»Danke«, flüsterte er, beugte sich ihr entgegen und hauchte einen Kuss auf ihren Mund. Eigentlich auf den Mundwinkel und die Berührung war so zart, dass sie mehr seinen Atem als seine Lippen spürte. Dennoch fuhr sie erschrocken zurück.

»Das dürfen wir nicht! Annedore ist meine Freundin, und ihr seid verheiratet und überhaupt …« Ihr wurde klar, dass sie ihm keine Begründungen geben musste, und sie schwieg.

»Entschuldige. Das wollte ich eigentlich gar nicht.« Auch Lukas wirkte bestürzt.

Sie bewegte sich rückwärts, damit nicht noch mehr falsche Dinge zwischen ihnen passierten. Dabei geriet sie ins Rutschen, obwohl sie noch vor wenigen Minuten ganz sicher über das Eis geglitten war. Bevor sie jedoch auf die harte Fläche fallen konnte, überwand Lukas mit einem großen Schritt die Entfernung zwischen ihnen, streckte die Arme aus und hielt sie fest. Wieder war er ihr viel zu nah, und wieder stiegen verbotene Gefühle in ihr auf. Sie wusste, dass sie sich vor diesen Empfindungen hüten musste, doch dieses Mal war sie zu schwach, reagierte zu langsam und erwiderte seinen Kuss. Für wenige Sekunden vergaß sie alles um sich herum, auch ihr schlechtes Gewissen. Sie fühlte nur die Nähe dieses Mannes, seine Wärme, seine Sehnsucht und Traurigkeit und fand all das in sich selbst wieder.

Nachdem sie sich voneinander gelöst hatten, sahen sie sich lange stumm an. Dann schüttelte Viktoria heftig den Kopf.

»Das darf nie wieder passieren. Niemals! Hast du mich verstanden?«

»Ich weiß nicht, was mit mir los ist. Ich wollte das nicht. Es … Es fühlte sich nur plötzlich so richtig an, es zu tun. Der Kuss fühlte sich so richtig an.« Sein Gesicht unter der dunkelblauen Mütze war plötzlich ganz blass.

»Wir vergessen das und reden nie wieder darüber«, sagte sie energisch.

Sie hörte, wie er aufatmete. »Ja. Wir vergessen es und sorgen dafür, dass es nie wieder passiert.«

Fast hätte sie ihm gesagt, dass es natürlich nicht so einfach sein würde. Wie sollten sie ihren Fehler einfach so aus ihren Köpfen löschen? Ihr Gewissen würden sie daran erinnern. Noch viele Jahre lang, vielleicht für immer. Aber das wusste er sicher auch. Wenn Lukas eines nicht war, dann dumm. Aber sie konnten sich zumindest einreden, dass sie es irgendwann vergessen würden.

»Mach's gut, Lukas«, rief sie ihm über die Schulter zu während sie schon auf dem Weg zum Ufer war. Dann lief sie den ganzen Weg ins Dorf, ohne sich noch einmal umzudrehen.

Atemlos kam sie vor dem Häuschen des alten Seefeld an. Mittlerweile kannte sie auch den alten Mann und sämtliche vier Flüchtlinge, die bei ihm eingewiesen worden waren. Als sie an diesem Abend klopfte, öffnete ihr Karl.

»Viktoria. Wie schön, dich zu sehen!« Er lächelte sie strahlend an, und sie bemühte sich, sein Lächeln ebenso zu erwidern.

In diesem Moment fiel ihr auf, dass sie nur zu Karl kam, wenn sie etwas brauchte. So wie an diesem Tag das Brennholz. Das hatte er nicht verdient, denn er war ein guter Kerl, auch wenn er auf den ersten Blick wie ein Hallodri wirkte.

Spontan stellte sie sich auf die Zehenspitzen und küsste ihn mitten auf den Mund. Dies war ein Kuss, für den sie sich nicht schämen musste. Ein Kuss, der erlaubt war, denn weder Karl noch sie waren verheiratet.

»Oh«, machte er erstaunt, als sie, immer noch schwer atmend von ihrem schnellen Lauf, einen Schritt zurücktrat und ihm entschlossen in die Augen sah. »Wofür war das denn?«

»Das fragst du noch? Du hast uns schon so viel geholfen.«

»Nur aus dem Grund küsst du mich?« Forschend sah er sie im schwindenden Tageslicht an.

»Natürlich nicht nur«, beteuerte sie rasch. »Ich mag dich natürlich auch.« Sie zögerte und fügte hinzu: »Sehr.«

»Das ist gut.« Er zog sie in seine Arme und küsste sie viel nachdrücklicher, als sie es zuvor bei ihm getan hatte. »Und was kann ich sonst noch für dich tun?«

»Wir brauchen Feuerholz«, gab sie verlegen zu. »Aber deshalb habe ich dich nicht geküsst. Ehrenwort.«

»Und wenn schon«, sagte er leichthin. »Wie viel Holz möchtest du denn haben?«

11

Villa Rabenfels, April 1946

»Hoffentlich gefällt Frau Rückert das Gelb. Es ist ziemlich blass.« Prüfend hob Louise das Tischtuch in die Höhe, das sie mit roten Zwiebeln und Essig gekocht hatten. Aus Gründen, die niemand kannte, färbten rote Zwiebeln weiße Stoffe hellgelb.

»Sie hat sich aus den Stoffproben das Zartgelb ausgesucht. Ich nenne es Vanille.« Viktoria lachte leise, hörte sich aber gar nicht fröhlich an.

Mabelle, die ihr an dem großen Küchentisch gegenübersaß, betrachtete sie prüfend. Viktoria hatte mehrere große Zeichenblätter vor sich ausgebreitet und entwarf am laufenden Band Kleider, Röcke und Blusen. Die meisten gefielen ihr nicht, dann durchkreuzte sie sie mit dicken Bleistiftstrichen, bevor sie das Blatt in Fetzen riss und in den Küchenherd warf.

Von zwanzig Zeichnungen behielt sie höchstens eine. Die kam dann in ihre *Mappe*, wie sie die beiden Pappen nannte, die sie mit gemalten Blumen verziert und mit ein paar bunten Bändern zusammengebunden hatte. Diese Entwürfe schaute sie regelmäßig durch und sortierte immer wieder welche aus. Wenn Kundinnen kamen, die mittlerweile fast täglich an der Tür der Villa klingelten, zeigte Viktoria aber niemals alles, was in der Mappe lag. Sie behauptete, dass nicht jedes schöne Kleid an jeder Frau schön sei.

Mabelle sah sich manchmal heimlich die Entwürfe in der Mappe an, und sie verstand nicht, warum Viktoria davon auch noch so viele wegwarf.

Ein bisschen beneidete sie ihre Schwester. Ihr schien, dass sie schöne Kleider viel mehr liebte, als Viktoria es tat. Der war es nämlich gar nicht so wichtig, was sie selbst anzog, während Mabelle viel darum gegeben hätte, wenigstens ab und zu ein neues Kleid zu bekommen. Aber solange sie überhaupt noch etwas anzuziehen hatte oder nicht gerade ihr Geburtstag vor der Tür stand, konnte sie damit nicht rechnen. Schließlich hatte sie im vergangenen Sommer das Erste von Viktorias Modellkleidern bekommen. Und es war schon schwierig genug, überhaupt noch Stoff für die Kleider zu finden, die sie verkauften, erklärten ihr Viktoria und ihre Großmutter immer wieder.

Es läutete an der Tür.

»Machst du auf, Mabelle?«, sagte Viktoria, ohne den Blick von ihrer Zeichnung zu heben.

Mit einem Seufzer legte Mabelle ihr Biologiebuch auf den Tisch. Ihre Mutter hatte, angestachelt durch ihre Großmutter, beschlossen, dass auch ihre jüngste Tochter das Abitur machen sollte, genau wie Mabelles ältere Geschwister. Also war Mabelle für das nächste Schuljahr, das Ostern beginnen würde, in ihrer alten Schule in Bernried angemeldet. Und da sie nicht auch noch eine Klasse wiederholen und ein Jahr länger in der öden Schule verbringen wollte, hatte sie fast freiwillig ihre alten Schulbücher hervorgekramt, um sich auf den Unterricht vorzubereiten.

Zum Glück hatten die Bücher den Krieg, Bomben und Feuchtigkeit einigermaßen unbeschadet überstanden – zusammen mit allem möglichen Schriftkram, der in dem großen Büroschrank im hinteren Erdgeschosszimmer eingeschlossen gewesen war. Was nichts daran änderte, dass Mabelle Biologie, Physik und erst recht Mathematik schrecklich langweilig fand.

Wenn sie Viktorias Ideen und ihr Talent fürs Zeichnen gehabt hätte, hätte sie auch lieber den ganzen Tag Kleider gezeichnet. Wenigstens durfte sie meistens die künftigen Kundinnen empfangen und sie in den Salon bringen, wo jetzt tagsüber das Bettzeug weggeräumt wurde.

Fröhlich lief Mabelle zur Tür und ließ Frau Bruckhoff ein. Wie die meisten Frauen aus dem Dorf kannte Mabelle sie seit vielen Jahren. Ebenso wie die Dorfbewohner alle »die Mädchen aus dem Herrenhaus« kannten. Nur war Mabelle im Laufe der Zeit immer größer geworden, während Lina Bruckhoff stetig an Umfang zugenommen hatte.

Das könnte interessant werden, dachte Mabelle, während sie die Kundin in den Salon führte. Viktoria hatte sehr genaue Vorstellungen, welcher Schnitt welcher Figur schmeichelte – oder eben nicht. Ganz zu schweigen von Farben, Rocklängen und der Größe von Ausschnitten. Und mit dieser Meinung hielt sie nicht hinter dem Berg.

»Bitte setzen Sie sich«, forderte Mabelle die füllige Frau artig auf und deutete auf das Sofa, das ihrer Mutter als Nachtlager diente, wovon jetzt aber nichts zu erahnen war. Seit Louise zurück war, teilten sich ihre Großmutter und ihre Mutter den großen Salon als Schlafzimmer, während Viktoria und Mabelle immer noch nebenan im kleinen Salon schliefen und Frieda und Leonore unten in der Gesindestube. »Möchten Sie einen Kaffee?«

»Echten Kaffee?« Frau Bruckhoffs Augen leuchteten auf.

»Sicher.« Mabelle nickte stolz. Tatsächlich gab es in der Villa seit Januar gelegentlich für die Bewohnerinnen eine Tasse Bohnenkaffee, und Kundinnen wurden bei jedem Besuch mit dem begehrten Getränk bewirtet.

Louise hatte erklärt, das würde die Exklusivität von Viktorias Modellen unterstreichen. Und man könne sich das jetzt leisten. Immerhin bekamen sie für die Kleider, die sie herstellten, nicht nur Geld, sondern sie tauschten die Modelle auch gegen Dinge ein, mit deren Hilfe sie sich wiederum andere Sachen oder Nahrungsmittel beschaffen konnten, an die schwer heranzukommen war. Unter anderem Bohnenkaffee.

»Dann nehme ich gern eine Tasse.« Als Frau Bruckhoff sich niederließ, ächzte das Sofa leise.

»Einen Moment, bitte. Meine Schwester kommt gleich mit den Entwürfen.«

Mabelle verließ den Salon, schloss die Tür hinter sich und huschte die Treppe hinunter in die Küche. Auch dort schloss sie die Tür, bevor sie herausprustete: »Ich glaube, die ist noch dicker geworden. Da reicht ein Tischtuch gar nicht als Kleid.«

Louise hob den Kopf. Sie war gerade damit beschäftigt, die Schnittmusterteile mit Nadeln auf den Stoff zu stecken, um das Kleid, an dem sie gerade arbeitete, zuzuschneiden. »Das hier ist sowieso unser letztes aus einem Tischtuch.«

»Tatsächlich?« Viktoria legte den Bleistift mit viel mehr Geklapper als üblich auf den Tisch. Sie sah erschrocken aus.

»Das habe ich doch neulich schon gesagt. Und du hast erwidert, dass du dich um Stoff kümmern würdest. Immerhin haben wir Geld, und wir haben auch Tauschobjekte.« Ihre Großmutter schien erstaunt über Viktorias erschrockene Reaktion.

»Ja. Natürlich. Aber ich wusste nicht, dass wir den Stoff so schnell brauchen.« Nervös strich Viktoria sich die braune Haarsträhne zurück, die ihr beim Zeichnen immer ins Gesicht fiel.

»Weißt du denn, wo du Stoff bekommen kannst?«, erkundigte sich Louise.

»Das schon. Einen ganzen Ballen hellgrünen Batist, den man wahrscheinlich auch färben könnte. Aber Frau Burger will unbedingt Zigaretten dafür. Eine Menge Zigaretten. Und momentan weiß ich nicht, wo ich die besorgen soll.« Viktoria seufzte, während sie nach ihrer Mappe griff.

»Wir haben noch die silbernen Leuchter. Die könnte Frau Burger doch selbst gegen Zigaretten eintauschen«, sagte Claire, die gerade mit der Hand ein Kleid säumte. Viktoria bestand darauf, dass sichtbare Nähte unsichtbar sein mussten, sodass man sie nicht mit der Maschine nähen durfte.

»Könnte sie. Aber sie hat gesagt, dass sie Zigaretten und sonst nichts will, weil sie keine Lust hat, selbst in der Gegend herumzulaufen und zu verhandeln.« Viktoria zog eine Grimasse. »Es ist im Moment sehr schwierig, Zigaretten in größeren Mengen aufzutreiben.«

»Die GIs bekommen so viele Zigaretten, wie sie nur haben wollen«, bemerkte Mabelle ganz nebenbei, während sie den Kessel mit dem kochenden Wasser von der Herdplatte nahm und das Kaffeepulver im Filter überbrühte. Gemahlen hatte sie den Kaffee schon kurz vor Frau Bruckhoffs Eintreffen. Die Kundinnen nahmen *immer* Kaffee, wenn man ihnen welchen anbot.

»Irgendwie werde ich vierhundert Zigaretten beschaffen«, erklärte Viktoria knapp und ging mit ihrer Mappe unter dem Arm zur Tür.

»Vierhundert?«, riefen Louise und Mabelle entsetzt im Chor.

Viktoria wandte sich noch einmal um. Etwas zuckte in ihrem Augenwinkel, doch ansonsten verzog sie keine Miene. »Frau Burger weiß sehr genau, wie knapp gute Stoffe sind und dass wir unbedingt welchen brauchen. Also verlangt sie einen hohen Preis. Das machen wir ja schließlich auch mit unseren Kleidern.« Damit verschwand sie in der Halle.

»Das ist trotzdem unverschämt«, murmelte Louise vor sich hin und beugte sich wieder über ihre Arbeit.

Mabelle stellte eine Tasse von dem guten Meissner Geschirr auf das kleine Serviertablett, daneben einen Eierbecher mit etwas Zucker und das Milchkännchen, das sie zur Hälfte mit Magermilch gefüllt hatte. Da es in ihrem Haushalt weder Kinder noch schwangere Frauen gab, bekamen sie keine Marken für Vollmilch, und Sahne hatten sie auch schon ewig nicht mehr gesehen. Zum Schluss polierte sie den kleinen Silberlöffel, legte ihn auf die Untertasse und balancierte alles zur Tür.

Inzwischen hatte sie gelernt, die Tasse nur so voll zu gießen, dass es ihr gelang, ihr Tablett in den kleinen Salon zu bringen, ohne sich nachher für einen See auf dem Unterteller entschuldigen zu müssen. Den Rest aus dem Filter ließ sie in eine andere Tasse laufen, und diesen Schluck durfte reihum eine der Hausbewohnerinnen trinken.

Sie klopfte kurz an – das hatte Viktoria ihr aufgetragen, weil es vornehmer wirkte, und trug den Kaffee ins Zimmer.

Sofort hob Frau Bruckhoff den Kopf, und die kleine Knopfnase in ihrem runden Gesicht zuckte schnuppernd wie die eines Kaninchens.

»Tatsächlich«, sagte sie und strahlte über das ganze Gesicht. Offenbar hatte sie noch nicht recht daran geglaubt, dass sie wirklich echten Bohnenkaffee bekommen würde.

»Bitte.« Mabelle deutete einen Knicks an und setzte sich neben Viktoria. Die schob ihr Block und Bleistift hin, denn es war Mabelles Aufgabe, die wichtigsten Punkte zu notieren, die sich bei der Besprechung ergaben.

»Ein geräucherter Schinken«, sagte Viktoria als Erstes, und Mabelle konnte nicht verhindern, dass ihr das Wasser im Mund zusammenlief. Lina Bruckhoff war die Frau eines der reichsten Bauern im Dorf. Natürlich mussten auch die Bruckhoffs den größten Teil ihrer Ernte und des Fleisches aus ihrer Schweinezucht abgeben. Doch jeder wusste, dass fast alle Bauern mehr zurückbehielten, als sie offiziell meldeten. Zu diesen Schätzen an Nahrungsmitteln gehörte wohl auch der Schinken, den Frau Bruckhoff als Bezahlung für das Kleid anbot, das sie bestellen wollte.

Mabelle notierte den Schinken und verfolgte interessiert die weitere Besprechung.

»Ich dachte an Rot«, erklärte Frau Bruckhoff, während sie

den kompletten Inhalt des Eierbechers über ihrer Tasse auskippte und einen kräftigen Schuss Magermilch hinzufügte. »Schließlich leiste ich mir ein schönes neues Kleid – *für einen ganzen Schinken.*« Sie nickte nachdrücklich, um klarzumachen, dass das ein stolzer Preis war. »Da soll doch auch jeder das Kleid bemerken, nicht wahr?«

Nur mühsam konnte Mabelle ein Grinsen unterdrücken, denn sie wusste ziemlich genau, was jetzt kommen würde.

Viktoria räusperte sich und blätterte die Entwürfe in ihrer Mappe durch. »Wir sollten erst einmal einen Schnitt auswählen, und dann entscheiden wir uns gemeinsam für die Farbe, die zu dem Kleid und zu Ihnen passt, Frau Bruckhoff.«

»Rot geht immer.« Lina Bruckhoff schüttete sich die halbe Tasse Kaffee auf einmal in den Mund und schmatzte genüsslich.

Im Laufe der nächsten halben Stunde erklärte Viktoria ihrer Kundin nachdrücklich, dass weder jeder Schnitt noch jede Farbe *immer* ginge. Und zu Mabelles Überraschung schluckte auch Frau Bruckhoff, wie sämtliche Kundinnen vor ihr, diese Erkenntnis. Sie wollte unbedingt ein so schönes Kleid, wie es schon einige andere Frauen im Dorf trugen. Vielleicht hätte sie auch zwei Schinken dafür bezahlt. Nach einigem Hin und Her war sie sogar bereit, sich mit einem Kleid in dezentem Farbton anzufreunden.

»Rot passt nicht so gut zu Ihrem Teint, während gedeckte Farben wie Grün und Blau Ihnen schmeicheln«, behauptete Viktoria. Sie war inzwischen geschickter darin geworden, ihren Kundinnen die passenden Schnitte und Farben zu verkaufen. Noch vor wenigen Wochen hätte sie einfach gesagt: »Sie sind zu dick für Rot.«

Durch ungeschickte Bemerkungen hatte sie es sogar geschafft, dass zwei ihrer ersten Kundinnen protestierend die Villa verlassen hatten. Eine war später wiedergekommen. Die meisten Frauen konnten einfach nicht widerstehen, wenn sie die schönen Kleider sahen, in denen sich andere Dorfbewohnerinnen sonntags oder zu irgendwelchen Festen zeigten.

Wobei eine zu große Leibesfülle in diesen Zeiten ein eher seltenes Problem war. Niemand wusste, wie es Frau Bruckhoff gelang, derart beleibt zu sein und zu bleiben. Obwohl es Bauern deutlich besser ging als anderen Leuten, verfügten sie doch nicht unbegrenzt über Nahrungsmittel. Lina Bruckhoff hatte schon früher immer gesagt, es sei ein Drüsenproblem, und vielleicht war es tatsächlich so.

Von Viktoria sanft in die Richtung geschubst, die sie für die richtige hielt, entschied Frau Bruckhoff sich für ein wadenlanges Kleid mit Dreiviertel-Ärmeln und einem kleinen Stehkragen in einer gedeckten Farbe. Mabelle ahnte, warum Viktoria das mit der Farbe so vage hielt. Der Ballen Batist, den sie im Auge hatte, war schon hell gefärbt, und man wusste nie genau, was dabei herauskam, wenn sie versuchten, ihn mit eingeweckten Blaubeeren, Rotkohl oder roten Zwiebeln dunkler zu färben.

Obwohl sie sich eigentlich nicht selbst etwas ausgesucht, sondern genau das bestellt hatte, was Viktoria ihr vorgegeben hatte, verließ Frau Bruckhoff mit einem glücklichen Lächeln die Villa.

»Ich freue mich auf mein neues Kleid«, erklärte sie, als Viktoria ihr in der Haustür die Hand schüttelte. »Zum Maifest kann ich es dann aber anziehen, oder?«

Bedenklich wiegte Viktoria den Kopf. »Wir haben noch eine Menge Bestellungen, die wir vor Ihrer abarbeiten müssen, Frau Bruckhoff. Wir werden uns bemühen, Ihr Kleid noch vor dem 1. Mai fertigzustellen, aber es muss gerecht zugehen, das verstehen Sie doch?«

Zögernd nickte die Frau, und ihr Doppelkinn wackelte. »Und wann ist die erste Anprobe?«

»Wir sagen Ihnen Bescheid.« Viktoria schob die Haustür

ein kleines Stück weiter zu, sodass Frau Bruckhoff nichts anderes übrig blieb, als über die Schwelle zu treten.

»Puh«, machte Viktoria, als ihre Kundin endlich fort war.

»Mabelle grinste. »Da wirst du eine Menge Stoff heranschaffen müssen. Das ist die einzige dicke Frau, die ich seit Jahren gesehen habe.«

»Aber ein ganzer Schinken ist auch eine wirklich gute Bezahlung«, sagte Viktoria.

Gemeinsam kehrten sie in den Salon zurück, wo Mabelle das Geschirr aufs Tablett stellte, während Viktoria ihre Entwürfe einsammelte und wieder in die Mappe schob.

Dies war eine gute Gelegenheit, ihrer Schwester die Frage zu stellen, die ihr schon seit Wochen auf der Seele brannte, doch Mabelle zögerte. Es konnte sein, dass sie Viktoria auf etwas stieß, was sie besser nicht mitbekommen sollte. Aber sie musste es einfach wissen!

»Sag mal.« Sie rückte Tasse, Eierbecher und Milchkännchen auf dem Tablett in eine Reihe.

»Ja?« Viktoria sah sie prüfend an.

Offenbar musste sie sich mehr Mühe geben, ihre Frage beiläufig klingen zu lassen. Und plötzlich hatte Mabelle einen Einfall.

»Ich glaube, wir müssen den großen Wandschrank im ehemaligen Büro verrücken. Du weißt ja, dass es da auch durch die Decke geregnet hat. Die Papiere im Schrank sind zwar trocken geblieben, aber die Rückwand ist feucht. Also könnten sie auf Dauer schimmeln.«

»Tatsächlich? Seit wann fällt dir denn so was auf?« Mit Schwung klappte Viktoria ihre Mappe zu und runzelte die Stirn. Sie war wirklich nervtötend misstrauisch.

Mabelle schnaubte verächtlich. »Bilde dir bloß nicht ein, dass du die Einzige von uns bist, die erwachsen geworden ist! *Grandmère* hat gesagt, das mit den Kundinnen und dem Kaffee mache ich richtig gut. Dass ich Verantwortung übernehmen kann und so. Ich bin fast siebzehn, vergiss das nicht.«

»Wie sollte ich das vergessen, wenn du es jeden zweiten Tag erwähnst?« Viktoria lächelte sie an.

»Wegen des Schranks«, setzte Mabelle neu an. »Wir sollten ihn von der Wand abrücken. Aber das schaffen wir nicht allein.«

»Warum nicht? Wenn wir alle anfassen.« Viktoria war schon auf dem Weg zur Tür.

»Sonst hat doch immer Karl solche schweren Sachen gemacht«, fuhr Mabelle in einem Ton fort, von dem sie hoffte, dass er gleichgültig klang, oder jedenfalls nicht so, als wäre ihr das Thema oder gar der Mann irgendwie wichtig.

»Ich glaub nicht, dass wir ihn dazu brauchen. Zu fünft schieben wir den Schrank durchs ganze Haus, wenn es sein muss. Fünf Frauen sind stärker als ein Mann, meinst du nicht?«

»Keine Ahnung.« Mabelle zuckte mit den Schultern. »Karl war schon ewig nicht hier«, platzte sie heraus. »Ich dachte, ihr zwei seid irgendwie zusammen. Jedenfalls ein bisschen.«

Viktoria fuhr so schwungvoll herum, dass sie Mabelle, die ihr zur Tür gefolgt war, beinahe die Meissner-Tasse vom Tablett gerissen hätte.

»Ein bisschen zusammen gibt es nicht.« Der Blick, den sie Mabelle zuwarf, war fast drohend. »Ich weiß auch gar nicht, wie du darauf kommst. Karl und ich waren nie zusammen und werden es auch nie sein.«

»Ich hab gesehen, wie ihr euch geküsst habt.« Mabelle war nicht bereit, sich von ihrer Schwester einschüchtern zu lassen.

Viktoria öffnete den Mund, um zu protestieren, schloss ihn aber sofort wieder. Natürlich war ihr klar, dass sie nichts bestreiten konnte, was Mabelle mit eigenen Augen gesehen hatte. Also entschied sie sich dafür, mit den Schultern zu zucken und zu murmeln: »Das hatte nichts zu bedeuten. Wir haben wohl beide für kurze Zeit gedacht, das mit uns könnte funktionieren. Aber es war eben ein Irrtum. Warum interessiert dich das eigentlich?« Jetzt war offenes Misstrauen in Viktorias Blick.

»Wegen des Schranks«, behauptete Mabelle mit ernster Miene. »Es soll doch nicht schimmeln.«

»Wir versuchen heute Nachmittag, ihn wegzuschieben.« Endlich drückte Viktoria die Klinke herunter und ging hinaus in die Halle. Mit dem Tablett in den Händen blieb Mabelle ihr auf den Fersen.

»Glaubst du, dass du den Stoffballen wirklich bekommst? Vierhundert Zigaretten sind eine Menge.«

»Hast du eine bessere Idee?« Viktoria sagte das auf eine Weise, als wäre sie ganz sicher, dass ihre kleine Schwester niemals einen Einfall hätte, der sie weiterbringen konnte.

Wortlos folgte Mabelle ihr in die Küche. Sie hatte es satt, wie ein Kind behandelt zu werden. Und sie hatte sehr wohl eine Idee, wie sie an Stoff kommen konnten. Richtig tollen Stoff.

Was Karl betraf, hatte Viktoria sowieso keine Ahnung. Schlimm genug, dass sie einen wunderbaren Mann wie ihn einfach laufen ließ, nachdem er sie schon geküsst hatte. Das würde ihr nicht passieren. Sie würde Viktoria und dem Rest der Familie schon zeigen, dass sie mit ihren fast siebzehn Jahren nicht nur erwachsen war, sondern sehr viel mehr schaffte, als sie alle ihr zutrauten.

Sie dachte an die alten Papiere, die sie in dem großen Schrank im ehemaligen Büro gefunden hatte, als sie auf der Suche nach ihren Schulbüchern gewesen war. Als Erstes würde sie einen Brief schreiben. Das hatte damals mit ihrer *Grandmère* auch sehr gut geklappt. Anfangs hatte sich Viktoria natürlich dauernd Sorgen gemacht, jemand könnte herausfinden, dass ihre Großmutter keine Zuzugsgenehmigung hatte. Aber mittlerweile hatte sie sich beruhigt und wenn jemand fragte, konnten sie immer noch sagen, dass Louise nur für ein paar Tage zu Besuch war. Das mit den Lebensmittelmarken, die Louise nicht bekam, war auch kein Problem, weil sie als Bezahlung für die Kleider so viele Nahrungsmittel eintauschen konnten.

Da Frieda kurz vor Louises Ankunft bei ihnen einquartiert worden war, war es nun auch ziemlich eng, wenn sie alle in der Küche saßen. Dennoch hatten sich alle maßlos gefreut, als Louise eines Abends vor der Tür stand. Und jetzt hätten sie gar nicht mehr gewusst, wie sie ohne sie zurechtkommen sollten. Allerdings dachte niemand mehr daran, dass sie das alles Mabelle zu verdanken hatten. Dieses Mal würde sie dafür sorgen, dass sie sie ernst nehmen mussten. Sie war erwachsen, und das würde sie ihnen beweisen.

12

Swing, amerikanischer Jazzclub, München, April 1946

Viktoria starrte unschlüssig die Tür an, durch die soeben ein amerikanischer Offizier mit einer jungen Frau am Arm verschwunden war. Annedore und Viktoria hatten den Zug nach München um kurz nach sechs genommen. Viktoria hatte zwar den zerknüllten Zettel mit dem Namen und der Anschrift des Clubs, aber weder Annedore noch sie kannten sich in München aus. Wenn sie noch vor sieben Uhr am Hauptbahnhof ankämen, hätten sie genügend Zeit, das amerikanische Tanzlokal zu finden. Viktorias Plan war, etwa um acht Uhr dort zu sein und gegen zehn wieder zu gehen. Zwei Stunden mussten reichen, um jemanden zu finden, der ihr helfen konnte und wollte. Der letzte Zug nach Bernried, von wo aus sie zu Fuß gehen mussten, fuhr um elf.

»Hast du die Einladung?« Annedore hüpfte vor Aufregung neben ihr auf und ab, und ihre Augen leuchteten vor freudiger Erwartung.

Als Viktoria mit ihr über ihren Plan gesprochen hatte, war Annedore sofort bereit gewesen, sie zu begleiten. Viktoria hätte nicht gewagt, der Freundin diesen Vorschlag zu machen, war nun aber sehr erleichtert, nicht allein gehen zu müssen.

»Meinst du wirklich?«, hatte sie dennoch gesagt, als Annedore energisch erklärt hatte, sie würde sie begleiten. »Ich würde mich freuen, wenn du mitkämst, aber ich sollte wahrscheinlich besser allein fahren. Immerhin bist du verheiratet. Da ist es nicht passend in so einen Club zu gehen. Die Amerikaner dort werden vielleicht erwarten, dass wir mit ihnen tanzen.«

»Das ist doch gar kein Problem. Du bist meine Anstandsdame, und ich bin deine«, hatte Annedore fröhlich erwidert. »Außerdem lasse ich mir die Gelegenheit bestimmt nicht entgehen, endlich mal in so einen Club zu kommen. Lukas geht nicht mit mir tanzen. Und seit er die Stelle in München hat, sitze ich die ganze Woche allein da und langweile mich. Da kann er mir ja wohl eine kleine Abwechslung nicht verbieten. Ich werde es ihm aber nicht unbedingt auf die Nase binden und meinen Eltern natürlich auch nicht.«

»Als er nicht gearbeitet hat, weil er in der Nähe keine Stelle fand, hat dir das auch nicht gefallen«, gab Viktoria zu bedenken.

»Ich beklage mich ja nicht«, behauptete Annedore in mürrischem Ton. »Allerdings glaube ich, dass jemand wie Lukas eine bessere Stellung finden könnte als auf dem Bau, wo er dann auch noch mit drei anderen Männern in einem Bauwagen hausen muss. Ich wäre gern mit nach München gezogen. In eine hübsche kleine Wohnung. Das wäre schön und aufregend gewesen. Aber so …«

Viktoria hatte sich die Bemerkung verkniffen, dass Lukas sicher auch lieber als Ingenieur arbeiten und in einer netten Wohnung leben würde. Es war ohnehin klar, dass Annedore sich das Eheleben anders vorgestellt hatte. Jedenfalls schien sie nicht einmal besorgt zu sein, sie könnten Lukas in München über den Weg laufen. Was bei der Größe der Stadt wohl auch sehr unwahrscheinlich war.

»Welche Einladung?«, erkundigte Viktoria sich verdutzt. Gerade näherten sich auf der anderen Straßenseite drei Männer in Uniform dem Eingang des Clubs. Bevor sie durch die Tür traten, nahmen alle drei ihre Mützen ab. Sie waren groß und breitschultrig und wirkten aus der Ferne recht attraktiv. Laut redend und lachend verschwanden sie durch die Tür.

»Der Zettel mit Namen und Adresse des Clubs, den dir letztes Jahr auf der Straße im Dorf der amerikanische Soldat gegeben hat. Das ist eine Einladung. Ich glaube, die brauchen wir, um überhaupt reinzukommen. Jedenfalls hat mir Gerda erzählt, dass sie damals von dem GI, der jetzt ihr Freund ist, einen Zettel bekommen hat, den sie am Eingang des Clubs vorzeigen musste.«

Viktoria fischte das zerknickte Blatt aus ihrer Manteltasche. »Das kann ja wohl keine Einladung sein.«

»Eigentlich sollen die Besatzer keinen Kontakt mit deutschen Frauen haben«, erzählte Annedore und fügte mit gesenkter Stimme hinzu: »Das funktioniert aber nicht. Die GIs sind einsam und verlieben sich reihenweise in deutsche Fräuleins. Also wurde das Fraternisierungsverbot gelockert. Und damit die deutschen Frauen nicht einfach so in die amerikanischen Clubs kommen, haben die zuständigen Offiziere das mit den Einladungen erfunden. Wenn ein GI auf dich aufmerksam geworden ist und dich gern wiedersehen möchte, gibt er dir diesen Zettel. Und damit kommst du dann rein.«

»Aber dieser Soldat hat ja nur ganz kurz mit mir geredet, und das ist schon ewig her.« Viktoria war es von Anfang an unheimlich gewesen, in den amerikanischen Club zu gehen, und jetzt, wo sie davorstand, wurde es nicht besser.

Annedore lachte. »Du machst dir mal wieder völlig unnötig einen Kopf. Du musst den ja nicht gleich heiraten. Und er dich auch nicht. Ich habe gehört, die GIs verteilen die Einladungen sehr großzügig. Weil sie es schön finden, wenn genug Frauen zum Tanzen und zum Reden da sind. Gerda sagt, so ein Amerikaner, das ist gar kein Vergleich mit einem deutschen Mann. Die Amis tragen eine Frau auf Händen.«

Viktoria unterdrückte einen Seufzer. Sie wollte nicht auf Händen getragen werden, sie wollte einfach nur genügend Zigaretten, um damit einen Stoffballen zu bezahlen. Und sie hatte keine Ahnung, wie sie es anstellen sollte, an diese Zigaretten zu kommen. Aber sie wollte es wenigstens versuchen. Wenn sie keinen Stoff hatten, konnten sie keine Kleider mehr nähen, was besonders schlimm war, weil sie zusätzliche Lebensmittel für ihre Großmutter brauchten, die schließlich keine Lebensmittelmarken bekam.

»Dann lass uns reingehen.« Nach einem mehr oder weniger entschlossenen Schritt auf den Eingang zu blieb Viktoria schon wieder stehen. »Aber wir haben nur eine Einladung. Vielleicht darfst du gar nicht mit rein.«

»Die freuen sich, wenn du eine Freundin mitbringst.« Offenbar hatte Annedore sich ausgiebig mit Gerda Siebers, die inzwischen mit ihrem amerikanischen Freund verlobt war, über das Thema unterhalten.

»Meinst du, ich finde jemanden, der die Zigaretten gegen ein hübsches Kleid für seine deutsche Freundin oder seine amerikanische Ehefrau eintauscht?«, fragte sie Annedore, als sie die Tür schon fast erreicht hatten.

»Ich meine, du findest einen GI, der dir die Zigaretten schenkt, ohne dass du ein Kleid dafür nähen musst«, erwiderte Annedore und lachte.

»Niemand schenkt mir ohne Gegenleistung vierhundert Zigaretten.« Und die Gegenleistung, die wohl die meisten der Männer da drinnen im Sinn hatten, würden sie von Viktoria nicht bekommen, so viel stand fest.

Annedore klopfte energisch an die verschlossene Tür des Clubs. Offenbar konnte sie es gar nicht abwarten, da hineinzugehen, während Viktoria am liebsten weggelaufen wäre. Sofort schwang die breite Tür auf, und ein Uniformierter grinste sie an. Amerikaner schienen ständig zu lächeln, und Viktoria wusste nicht, ob sie das seltsam und angenehm finden sollte.

Bei Karl fand sie das fröhliche Gesicht allerdings noch irritierender. Es passte nicht zu der Art von Leben, die sie alle führten. In letzter Zeit sah sie Karl allerdings kaum noch. An dem Abend, an dem er beim Abschiedskuss seine Hand auf ihre Brust gelegt hatte, war die Erkenntnis übermächtig gewesen, dass sie ihn weder liebte noch verliebt in ihn war.

»Es tut mir leid, Karl, das mit uns geht nicht«, hatte sie, ohne auch nur eine Sekunde zu überlegen, hervorgestoßen und war vor ihm zurückgewichen.

Sie hatte die Wut in seinen Augen gesehen. Für eine Sekunde nur, dann war wieder die heitere Maske wie eine zweite Haut über sein Gesicht geglitten.

Seltsamerweise kam er immer noch gelegentlich zu Besuch und half den Frauen. Er war freundlich zu Viktoria, benahm sich ihrer Mutter und ihrer Großmutter gegenüber untadelig und ignorierte auch weiterhin Mabelles schwärmerischen Augenaufschlag.

Das laute Lachen, in das Annedore neben ihr ausbrach, riss Viktoria aus ihren Gedanken. Ihre Freundin schäkerte mit dem Soldaten, der den Eingang bewachte, als hätte sie ihr Leben lang nichts anderes getan, als auf Englisch Scherze zu machen.

»Das ist Tom«, stellte sie ihren neuen Bekannten Viktoria vor. »Er kommt aus New York, stell dir das mal vor. Und das ist Viktoria, Tom. Du darfst sie Vicky nennen.«

»Hi, Vicky.« Wieder ein typisch amerikanisches Lachen. Dann beteuerte Tom, wie sehr er sich freute, sie zu sehen, und klang dabei vollkommen ehrlich.

Viktoria erklärte, sich ebenfalls zu freuen, und stellte fest, dass es ihr gar nicht so schwerfiel, sich mit ihrem Schulenglisch zu verständigen. Also fragte sie Tom auch gleich, ob Georgie aus Montana da sei, der sie hierher eingeladen habe.

Tom runzelte die Stirn. »Georgie … Georgie«, murmelte er vor sich hin und kratzte sich im Nacken. Schließlich erklärte er, er kenne drei oder vier Männer mit dem Namen George, die auch Georgie gerufen wurden oder sich selbst so nannten. Aber wo sie herkämen, wusste er nicht so genau.

»Wir gehen einfach rein und sehen uns um«, schlug Annedore ungeduldig vor. »Es gibt ja auch noch andere schöne Namen.«

Woraufhin Tom augenzwinkernd erklärte, dass er in zwei Stunden Feierabend hätte und dann noch einen Drink im Club nehmen würde.

»Er ist nett, aber … ich weiß nicht«, sagte Annedore mit gesenkter Stimme, während sie an der Garderobe ihre Mäntel auszogen. Eine junge Frau begrüßte sie freundlich auf Deutsch und schob ihnen zwei Kreise aus silberfarbenem Metall entgegen, die Viktoria sich sofort als auffällige Verzierung an einem roten oder blauen Kleid vorstellte. Es war Verschwendung, etwas so Hübsches als Garderobenmarken zu verwenden.

»Viel Spaß«, wünschte ihnen die Garderobiere, deren Namensschild verriet, dass sie Hilde hieß.

»Danke.« Annedore steckte die Metallmarke in ihre kleine schwarze Handtasche, zog Viktoria zu einem Samtvorhang, durch den laute Musik drang, und schob sie in einen schwach erleuchteten Saal.

Gonna take a sentimental journey, schallte es ihnen entgegen, und im unruhigen Schein der Scheinwerfer, deren Lichtkegel durchs Dämmerlicht tanzten, bewegten sich einige Paare über das Parkett.

Auf der kleinen Bühne bearbeiteten vier Männer in Uniform mit Inbrunst ihre Instrumente. Es gab einen Trompeter, einen Saxofonspieler, einen Pianisten und einen Schlagzeuger. Der Trompeter trat ab und zu ans Mikrofon und sang ein paar Zeilen, begeistert unterstützt von zahlreichen Stimmen aus dem Saal.

Viktoria schrak zusammen, als sie am Arm berührt wurde. Sie drehte den Kopf und sah direkt in ein freundliches Männergesicht. »Hi, ich bin Dave. Darf ich einladen auf ein Drink?«

Er sprach sogar Deutsch. Wenigstens die paar Worte. Unsicher wandte Viktoria sich zu Annedore um, doch die entschwand gerade in Richtung Bar, hinter der ein Mann schwungvoll mit Flaschen hantierte. Sein Gesicht war so dunkel, dass es im schwachen Licht kaum zu erkennen war. Nur das Weiße in den Augen blitzte gleichzeitig mit den funkelnden Gläsern auf dem Regal hinter ihm auf, wenn die Scheinwerfer die Bar streiften.

»Wir haben Wein«, brachte Dave sich mit einem lockenden Angebot in Erinnerung. »Süßen roten Wein.«

»Ich …« Viktoria zögerte, bis ihr klar wurde, dass sie genau deswegen hergekommen war: Sie wollte jemanden finden, der freundlich zu ihr war und ihr auf irgendeine Weise zu einer Menge Zigaretten verhelfen konnte.

Höflich reichte Dave ihr seinen Arm, sie hakte sich ein, und er führte sie am Rand der Tanzfläche entlang zu einem kleinen Tisch in der Nähe der Bar. Dort lehnte inzwischen Annedore und unterhielt sich mit dem Soldaten hinter der Theke.

Dave rückte Viktoria einen Stuhl zurecht und ließ sich mit ihr gegenüber an dem runden Tischchen nieder. Dann winkte er mit stolzer Miene die Ordonnanz herbei, die an den Tischen bediente.

Viktoria schaute sich um und stellte fest, dass außer Annedore und ihr vielleicht noch zehn oder zwölf Frauen im Raum waren. Einige von ihnen saßen ebenfalls mit einem Uniformierten an einem der Tische. An den anderen Tischen waren die amerikanischen Soldaten unter sich. Die meisten der Frauen befanden sich auf der kleinen Tanzfläche vor der Bühne und tanzten mit ihren Partnern.

Es dauerte nur zwei Minuten, bis Dave ein Glas mit Whiskey auf Eis und Viktoria ihren Wein bekam. Er hob sein Glas und prostete ihr zu.

»Ich bin Dave«, wiederholte er auffordernd.

»Viktoria.« Sie bemühte sich um ein Lächeln. Dave war

freundlich und höflich, aber sie fühlte sich trotzdem nicht wohl. Nervös sah sie immer wieder zu Annedore hinüber. Ihre Freundin wurde an der Bar mittlerweile rechts und links von je einem Amerikaner flankiert, die offenbar um ihre Gunst buhlten.

»Wir trinken Bruderkuss.« Erneut hob Dave sein Glas und winkelte dabei den Arm an, offenbar, damit Viktoria ihren hindurchschieben konnte.

Lächelnd schüttelte sie den Kopf. »Das macht man bei uns erst, wenn man sich gut kennt. Und wir zwei kennen uns seit ungefähr zehn Minuten.«

»Okay.« Daves enttäuschte Miene wich in Sekundenschnelle wieder einem freundlichen Ausdruck. »Du warst schon hier? Oder erste Mal?«

»Erstes Mal«, antwortete sie brav.

»Du magst Musik? Gibt hier Swing und Jazz.« Dave deutete auf die kleine Bühne, wo die Musiker inzwischen *Rum and Coca-Cola* zum Besten gaben. Manchmal hörten sie in der Villa abends im Rundfunkgerät Musik, wenn die Stromstunden günstig lagen. Doch die Melodien aus dem kleinen Radio klangen ganz anders als hier, obwohl Viktoria die Lieder erkannte.

Sie nickte als Antwort auf Daves Frage.

»Tanzen?« Unvermittelt sprang der junge Mann auf und streckte ihr die Hand hin.

Zögernd legte sie ihre Finger auf seine Handfläche, ließ sich hochziehen und auf die Tanzfläche führen. Dave war ein guter Tänzer. Er führte sie elegant um die anderen Paare herum und ließ seine Hände dort, wo sie hingehörten. Ab und zu lächelte er sie an. Und Viktoria stellte zu ihrem Erstaunen fest, dass ihr das Tanzen Spaß machte.

Erst nach fünf oder sechs Tänzen, als sie völlig außer Atem war, kehrten sie an ihren Tisch zurück, und Dave bestellte ihr ein weiteres Glas Wein.

Mit einem raschen Blick überzeugte sich Viktoria, dass Annedore noch an der Bar stand. Einer ihrer Verehrer war verschwunden, doch der andere harrte immer noch neben ihr aus, und gleichzeitig redete und lachte sie auch mit dem dunkelhäutigen Mann hinter der Bar.

Viktoria warf einen heimlichen Blick auf ihre Armbanduhr. Wenn sie wie geplant um zehn Uhr gehen wollten, hatten sie noch eine gute Stunde Zeit. Ob sie jetzt schon nach den Zigaretten fragen konnte? Aber wie sollte sie das anstellen? Sie konnte Dave schlecht erklären, dass sie mal eben vierhundert Zigaretten brauchte. Oder doch?

»Du noch nicht gehen«, bat er mit besorgter Miene. »Oder du versprichst, bald kommst du wieder. Ich muss nachher arbeiten in Lager. Jeden Abend Sachen zählen, die da liegen. Aber ist noch Zeit.«

Lager. Das klang gut. Nach den Erzählungen, die man überall hörte, kam jeder amerikanische Soldat an Zigaretten, Schokolade und andere begehrte Dinge. Und jemand, der im Lager eines Tanzlokals ein und aus ging, hatte natürlich erst recht keine Probleme, vierhundert Zigaretten zu verschenken, wenn er es wollte. Nur, wie brachte sie ihn dazu, das zu wollen?

Sie räusperte sich. »Hast du eine Frau oder eine Verlobte in Amerika?«

Sein Kopfschütteln war heftig und sehr nachdrücklich. »Ich habe keine. Suche eine nette und hübsche Frau. Kann sein, eine Frau wie dich.«

»Und eine Schwester? Eine Mutter hast du doch bestimmt.«

Dieses Mal nickte er und sah sie dabei etwas verwirrt an. »Zwei Schwestern, eine Mutter.«

»Hättest du keine Lust, deiner Mutter ein hübsches Kleid zu schicken? Ich entwerfe und nähe Kleider. Das sind Einzelstücke und …«

»Wieso?«, unterbrach Dave sie mit gerunzelter Stirn.

»Ich möchte dir das Kleid als Gegenleistung für vierhundert Zigaretten anbieten«, platzte Viktoria heraus.

»Ich brauche kein Kleid, ich wünsche mir schönes Fraulein.« Dave runzelte die Stirn. Nach einer kurzen Denkpause fügte er traurig hinzu: »Aber du willst kein schöne Mann.«

»Tut mir leid. Ich kenne dich doch kaum.« Viktoria war ratlos.

»Wenn du nett zu mir bist und wir Freund und Freundin, bekommst du Zigaretten. Viele Zigaretten und Strumpf und Chocolate und was du wünschst. Ich brauche Freundin, kein Kleid. Du bekommst Kleid von mir.«

»Es tut mir leid«, wiederholte Viktoria. »Aber ich brauche die Zigaretten schon sehr bald. So schnell können wir nicht Freund und Freundin werden.«

»Wie bald?« Daves Stimmung schien zwischen Hoffnung und Ärger zu schwanken.

»Jetzt.«

»Jetzt Zigaretten, aber kein Küssen, kein Freundin? Nichts? Nur Zigaretten?« Das freundliche Lächeln war vollkommen aus Daves Gesicht verschwunden.

Hilflos zuckte Viktoria mit den Schultern. »Kennst du vielleicht Georgie aus Montana?«

»No. Absolutely not.« Plötzlich schien Dave sein Deutsch verlernt zu haben. Er verschränkte die Arme vor der Brust, lehnte sich auf seinem Stuhl zurück und schaute an Viktoria vorbei hinüber zur Bühne.

»I am sorry.« Viktoria stand auf und verharrte einen Moment zögernd neben dem Tisch. Da Dave sich aber nicht rührte und sie nicht einmal ansah, stieß sie ein knappes »Danke« hervor und ging zur Bar.

Annedore bemerkte sie erst, als sie sie am Arm berührte, so sehr war sie in ihre Unterhaltung mit dem Barmann vertieft. Dann wandte sie den Kopf und sah Viktoria fragend an. »Hat's geklappt?«

Die schüttelte den Kopf. »War wohl auch eine blöde Idee. Er hat mir so viele Zigaretten angeboten, wie ich will, wenn ich erst mal seine Freundin bin«, erzählte Viktoria mit gesenkter Stimme. »Ich glaube, ich habe ihn schrecklich beleidigt.«

»Magst du ihn denn gar nicht leiden?«, flüsterte Annedore. »Du könntest doch wenigstens so tun, als ob du …«

»Auf keinen Fall. Lass uns gehen.« Sie würde sich nicht verkaufen, und sie würde auch nicht die Hoffnungen eines möglicherweise wirklich netten Mannes enttäuschen. Unauffällig sah Viktoria sich um. Dave war verschwunden. »Komm, lass uns gehen.«

»Ich unterhalte mich gerade so gut«, protestierte Annedore. »Und ausgetrunken habe ich auch noch nicht.« Sie deutete auf ein Wein- und ein Whiskeyglas, die jeweils halb geleert vor ihr standen.

»*Wonna drink*, Fraulein?«, erkundigte sich in diesem Moment eine tiefe Männerstimme bei Viktoria.

Entsetzt schüttelte sie den Kopf und murmelte einen Dank. Wahrscheinlich war es feige, nicht noch einen Versuch oder auch mehrere zu machen, ob einer der Soldaten bereit war, Zigaretten gegen ein hübsches Kleid zu tauschen. Es war jedoch nicht fair, den einsamen Männern Hoffnung zu machen und sie dann derart vor den Kopf zu stoßen, indem sie mit dem Wunsch nach Zigaretten herausrückte.

Annedore hatte sich wieder dem Mann hinter der Bar zugewandt und redete so leise mit ihm, dass Viktoria sie nicht verstand. Dann nahm sie Viktoria beim Arm und zog sie zum Ausgang.

Sie gingen zur Garderobe, wo Viktoria sich mit leisem Bedauern von der hübschen Silbermarke trennte und in ihren Mantel schlüpfte.

»Komm mit, ich zeige dir was«, raunte Annedore geheimnisvoll, als sie draußen vor dem Club standen.

»Was denn noch? Ich möchte nach Hause.« Missmutig folgte sie Annedore um die Ecke des Gebäudes, in dem der Club untergebracht war. »Wo willst du denn hin?«

»Pst«, machte Annedore und öffnete eine hohe, eiserne Pforte, die protestierend quietschte. Nun standen sie auf einem dunklen Hinterhof, in dem es aus mehreren Mülltonnen unangenehm roch. Es gab keine Beleuchtung, nur aus den nach hinten gelegenen, vergitterten Fenstern fiel mattes Licht in den Hof. Dorthin zog Annedore die widerstrebende Viktoria.

»Ich habe Billie ein bisschen ausgehorcht. Guck mal da rein.« Auffordernd deutete Annedore auf das Fenster, unter dem sie standen.

Viktoria stellte sich auf die Zehenspitzen, war aber immer noch zu klein, um durch die Fensteröffnung zu sehen. Sie legte die Hände um zwei der dicken schwarzen Gitterstäbe und zog sich daran hoch, während sie sich mit den Füßen an der Mauer abstützte. Der Anblick, der sich ihr bot, ließ sie nach Luft schnappen. Im Licht einer Leuchtstofflampe sah sie lange Reihen von Regalen, gefüllt mit Flaschen, Dosen, und so dicht vor ihr, dass sie sie fast hätte mit den Fingerspitzen berühren können, wäre das Fenster geöffnet gewesen, lagerten zahllose längliche Großpackungen mit Zigaretten. *Chesterfield*, *Camel*, *Lucky Strike*, sie konnte sogar die Aufdrucke der Markennamen auf den Packungen lesen. Bei dem Gedanken, dass mit zwei dieser Schachteln all ihre Probleme gelöst wären, wurde ihr ganz schwindelig. Sie ließ das Gitter los und wäre auf ihren hohen Absätzen fast rückwärts umgekippt, als sie wieder auf dem Boden stand. Im letzten Augenblick hielt sie sich an Annedores Schulter fest. Gleichzeitig stieß sie atemlos hervor: »Woher weißt du von diesem Lager?«

»Hab ich doch gesagt. Von Billie«, erklärte Annedore in

einem so selbstverständlichen Ton, als hätte sie ihr Leben lang nichts anderes gemacht, als Männer hinter der Bar auszuhorchen. »Ich hab ihn ganz harmlos gefragt, wohin er immer verschwindet, wenn er mit einer frischen Flasche oder ein paar Packungen Erdnüssen wieder auftaucht. Billie ist ein schrecklich netter Kerl.«

»Meinst du, er würde mir die Zigaretten geben?« Vor Aufregung konnte Viktoria kaum sprechen.

»Er hat mir auch erzählt, dass die Lagerbestände jeden Abend kurz vor Schluss nachgezählt werden und dass er sowieso nicht stehlen würde.«

Dave! Er war derjenige, der abends im Lager Inventur machte, und das wohl aus gutem Grund. Viktoria schluckte.

»Billie und ich haben auch darüber gesprochen, dass eine Menge Frauen von den amerikanischen Soldaten Zigaretten und andere Sachen wollen und dass die Männer lernen mussten, sich nicht ausnutzen zu lassen«, erzählte Annedore weiter. Im Gegensatz zu Viktoria hatte sie offenbar die Zeit im Club gut genutzt.

»Nur die, die Billie wirklich mag und die ihn mag, kann alles haben. Und er hat mir das hier geschenkt.« Annedore griff in ihre kleine schwarze Handtasche und holte ein Päckchen Zigaretten hervor. Zehn Stück. Lange nicht genug für den Stoffballen, den Viktoria kaufen wollte, aber immerhin genug für anderthalb Kilo Brot oder fünfzehn Gramm Bohnenkaffee.

»Vielleicht kann man da irgendwie reinkommen.« Viktoria ging zu der niedrigen Tür und drückte auf die Klinke. Natürlich abgeschlossen.

Sie sah sich suchend um. Ihr Herz klopfte so stark, dass sie das Gefühl hatte, es wollte aus ihrer Kehle springen und in diesen dunklen Hof hüpfen. Aber sie kümmerte sich einfach nicht darum. Irgendeine Möglichkeit musste es geben, an die Zigaretten zu kommen, die sie so dringend brauchte. Sie musste nur ein bisschen Mut haben und schnell und leise sein.

Sie hatte noch nie in ihrem Leben gestohlen, nicht einmal in den vergangenen harten Jahren. Aber da drinnen lagen bergeweise Zigaretten, vor denen sie nur zwei Stangen brauchte. Selbst wenn Dave nachher beim Zählen bemerkte, dass sie fehlten, würde das niemandem wehtun.

»Komm.« Sie deutete auf einen niedrigen Busch, der dicht an der Mauer wuchs, die den Hof an drei Seiten umgab. »Wir verstecken uns da hinten und warten, bis jemand rauskommt. Die müssen irgendwann mal Müll rausbringen. Dann versuche ich, durch die Hintertür reinzukommen.«

»Das klappt doch nie!« Annedore schüttelte den Kopf. Zum ersten Mal an diesem Abend wirkte sie ängstlich. »Ich glaube, wenn man sie bestiehlt, können die Amis ziemlich unangenehm werden. Ich dachte eher, du versuchst, jemanden zu bezirzen, und vielleicht guckt er mal einen Moment weg oder so …«

»Nein«, sagte Viktoria nachdrücklich. »Ich versuche, so reinzukommen. Hier im Hof ist es dunkel und die Mülltonnen stehen weit weg von der Tür. Wenn tatsächlich jemand Abfall rausbringt, könnte es funktionieren. Wenn du Angst hast, kannst du ja nach Hause fahren.«

Zu ihrer Erleichterung schüttelte Annedore den Kopf. »Ich lass dich doch hier nicht allein.«

Sie huschten quer über den Hof zu den Büschen und drückten sich in den schmalen Spalt zwischen der ungepflegten kleinen Hecke und dem hohen Bretterzaun. Dann warteten sie. Viktoria starrte die niedrige Hintertür so angestrengt an, dass ihr die Augen tränten.

»Der Zug um halb elf ist jetzt weg«, stellte Annedore nach langem Schweigen fest. »Ich glaub, meine Beine sind eingeschlafen. Ich spüre sie gar nicht mehr.«

»Tut mir leid«, erwiderte Viktoria wortkarg. Auch ihre Beine waren vom langen Hocken längst gefühllos.

In diesem Moment öffnete sich die Tür, und ein Rechteck aus Licht fiel auf den gepflasterten Boden des Hinterhofs.

13

Swing, amerikanischer Jazzclub, München, April 1946

Viktoria hielt die Luft an und verfolgte mit gespanntem Blick den Mann in Uniform, der sich zügig von der offenen Tür entfernte. Tatsächlich brachte jemand den Abfall nach draußen, was in einem Lokal wie diesem sicher mehrmals am Abend geschah. Zum Glück standen die Mülltonnen – vielleicht wegen des unangenehmen Geruchs, den sie verströmten – vom Gebäude aus gesehen fast am anderen Ende des Hofs. Nun hatte der Soldat die großen runden Behälter erreicht. Sie hörte das Knirschen des Metalls, als er einen der Deckel hob. Er wandte der offenen Tür den Rücken zu und würde für einen Augenblick beschäftigt sein.

Viktoria stemmte sich hoch. Kurz meinte sie, ihre tauben Beine würden unter ihr nachgeben. Sie stützte sich am Zaun ab, fixierte das helle Rechteck in der Dunkelheit und konzentrierte sich.

»Was ist?«, hörte sie von unten Annedore flüstern.

Für eine Antwort war keine Zeit. Sie stieß sich von den rauen Brettern ab und rannte los. Damit der Soldat das Klappern ihrer Absätze nicht hörte, musste sie auf Zehenspitzen laufen. Dennoch erreichte sie innerhalb weniger Sekunden die Tür, trat in den erleuchteten Lagerraum und huschte hinter das nächstbeste Regal. Hier hockte sie sich wieder hin. Ihr Herz schlug so laut, dass es in ihren Ohren wie eine endlose Abfolge von Trommelwirbeln klang. Fast bildete sie sich ein, jeder, der den Raum betrat, müsste diesen Lärm hören, doch das war natürlich Unsinn.

Angespannt lauschte sie nach draußen und meinte, die sich über den Hof nähernden Schritte des Mannes zu hören. Doch plötzlich war da ein anderes Geräusch, das ihren Atem zum Stocken brachte. Ganz in ihrer Nähe bewegte sich jemand, ging zwischen den Regalen herum, schob etwas auf den Brettern zurecht und raschelte mit Papier. Es klirrte leise, und die Schritte kamen auf sie zu.

Viktoria senkte den Kopf und machte sich hinter den großen Kartons mit der Aufschrift *Corned Beef* so klein wie möglich. Gleichzeitig versuchte sie, in alle Richtungen zu lauschen. War der Soldat, der den Müll nach draußen gebracht hatte, auch schon wieder im Lager? Wenn einer der beiden Männer in den schmalen Gang trat, wo sie zwischen den beiden Regalen hockte, musste er sie unweigerlich sehen. Sie versuchte, sich an die Berichte zu erinnern, die sie über Einbrüche und Plünderungen in der Zeitung gelesen hatte. Was machten die Amerikaner mit derartigen Übeltätern? Sie hatte nie darauf geachtet, welche Strafen in solchen Fällen verhängt wurden. Wie hätte sie darauf kommen sollen, dass sie irgendwann einmal in ein amerikanisches Militärlager einbrechen würde? Ihr wurde ganz schlecht, als ihr plötzlich klar wurde, dass die Besatzer ein solches Verhalten nicht milde lächelnd durchgehen lassen würden.

Vorsichtig hob sie den Kopf, um über einen der Kartons hinweg zu schauen. Vielleicht gelang es ihr, ungesehen wieder nach draußen zu verschwinden. Sie konnte nur den oberen Rand der Tür zum Hof sehen, die sich genau in diesem Moment schloss. Der Schlüssel wurde umgedreht und eine fröhliche Männerstimme rief: *»Dave? Are you here?«*

Dave? War er jetzt schon hier, um die Bestände zu zählen? Der Club schloss doch erst um Mitternacht. Wenn ausgerechnet er sie erwischte, war das möglicherweise noch schlimmer, als wenn irgendein anderer Soldat sie hier fand. Der hätte vielleicht Mitleid mit ihr und ließe sie laufen. Dave war jedoch wütend auf sie gewesen, er fand sie berechnend und mochte sie wahrscheinlich nicht mehr.

Sie hörte seine Stimme, als er antwortete, doch das furchtbare Pochen in ihren Ohren war so laut, dass sie ihn nicht verstand.

Die beiden Männer redeten sehr schnell auf Englisch miteinander. Viktoria hörte sie in den Waren herumkramen. Fingen sie jetzt etwa an, die Bestände zu zählen? Dann würden sie früher oder später auch in die Ecke kommen, in der sie sich versteckte.

Unvermittelt schlug eine Tür zu, offenbar die, die ins Innere des Gebäudes führte. Waren sie beide weg? Vorsichtig atmete Viktoria durch und richtete sich auf. Weil ihre Beine schon wieder oder immer noch taub waren, stützte sie sich dabei an einem der Kartons ab. Sie war davon ausgegangen, dass eine mit Dosen gefüllte Kiste schwer sein musste. Das stellte sich als Irrtum heraus. Mit lautem Scheppern fiel der Karton herunter. Der Deckel klappte auf, und die wenigen Dosen, die sich noch in der Schachtel befunden hatten, rollten über den Steinboden.

Viktoria schlug sich die Hand vor den Mund, um ihren entsetzten Aufschrei zu unterdrücken. Sie konnte immer noch hoffen, dass durch die geschlossene Tür und wegen der Musik in der Bar niemand der Lärm gehört hatte. Hastig bückte sie sich, um die Dosen einzusammeln und zurück in den Karton zu legen. Die Gestalt, die zwischen den Regalen auftauchte, sah sie zunächst nur als Schatten aus dem Augenwinkel. Sie nahm all ihren Mut zusammen und wandte den Kopf.

»Dave«, flüsterte sie kraftlos. »Ich dachte … du bist rausgegangen.«

»Vicky«, erwiderte er mit leiser Stimme und ernster Miene. Sein Lächeln war verschwunden.

»Ich …« Sie wusste nicht weiter. Langsam legte sie die letzte Dose in den Karton und richtete sich auf. »Es tut mir leid.«

Wie oft hatte sie sich eigentlich schon bei diesem Mann entschuldigt?

Er kam langsam auf sie zu, kniff die Augen zusammen und betrachtete sie im unbarmherzigen Licht der Leuchtstoffröhren. Unvermittelt ging Viktoria die Frage durch den Kopf, wieso es hier die ganze Zeit Strom gab. Konnten die Besatzer die Stromzuteilungen so regeln, dass ihre Gebäude immer welchen bekamen? Oder hatten sie irgendwelche Geräte, mit denen sie ihren eigenen Strom produzieren konnten? Und wieso dachte sie ausgerechnet jetzt über diese vollkommen unwichtige Frage nach?

Nachdem sie einander eine gefühlte Ewigkeit angestarrt hatten, hob Dave die linke Hand, legte sie in Viktorias Nacken und zog ihren Kopf mit einem Ruck an sich heran. Gleichzeitig presste er die Lippen auf ihren Mund. Viktorias Protestlaut erstarb in ihrer Kehle.

Sein Kuss war kurz und heftig. Als er sie freigab, sahen sie einander erneut an. Viktoria atmete heftig. Wenn sie um Hilfe riefe, würde man herausfinden, dass sie sich ins Lager geschlichen hatte, um zu stehlen.

»*Fourhundred cigarettes?*«, fragte Dave nach einer Weile.

Verblüfft nickte sie.

Er wandte sich um, ließ sie stehen und machte sich in einem anderen Regal zu schaffen. Gleich darauf tauchte er von der anderen Seite wieder auf und drückte ihr zwei der länglichen Schachteln in die Hand, in denen sich jeweils zwanzig Zehnerpäckchen mit Zigaretten befanden.

»Warum …?«, stieß sie hervor.

»Wir haben Date. Wir lernen kennen. Okay?« Unvermittelt war sein Lächeln wieder da.

Sie nickte. Was blieb ihr anderes übrig? Wenn sie nicht tat, was er wollte, riskierte sie, dass er sie verriet. Außerdem hielt sie bereits die Zigaretten in der Hand, die sie für den dringend benötigten Stoff brauchte. Nachdem es so erstaunlich einfach gewesen war, sie zu bekommen, hatte sie nicht vor, sie wieder herzugeben. Immerhin hatte Dave sie gegen ihren Willen geküsst. Immer noch spürte sie in ihrem Bauch die Angst, die seine unerwünschte Berührung in ihr ausgelöst hatte. Und natürlich wollte er mehr. Wie die Verabredung mit ihm seiner Vorstellung nach enden sollte, war ihr klar.

Dave drehte sich auf dem Absatz um und ließ sie stehen. Sie warf einen raschen Blick in Richtung Hintertür, doch sie würde nicht schnell genug sein, denn die Tür war abgeschlossen, und sie wusste nicht einmal, ob der Schlüssel steckte. Gleich darauf kehrte Dave mit einem Schreibblock und einem Stift zurück.

»Dein Adress.« Er hielt ihr Block und Kugelschreiber hin. »Ich hab frei *Saturday* … Sonnabend?«

Sie überlegte kurz, dann griff sie nach Papier und Stift und schrieb quer über die Seite: *Lessingstraße 38, München.* Dabei hoffte sie, dass es diese Straße oder zumindest diese Hausnummer nicht gab. Der Gedanke, dass die Bewohner des betreffenden Gebäudes ihretwegen Ärger bekommen könnten, behagte ihr nicht. Aber auf die Schnelle fiel ihr kein Straßenname ein, der für einen Amerikaner plausibel klang, aber mit einiger Sicherheit nicht wirklich existierte.

Dave sah ihr über die Schulter und nickte. »Und dein Name?«

»Vicky. Das habe ich dir doch schon gesagt.«

»Der ganz Name«, forderte er sie energisch auf und ließ ihre Hand mit dem Stift, den sie ihm zurückgeben wollte, in der Luft hängen.

Vicky Kröger kritzelte sie hastig, weil ihr Leonores Nachname als Erstes einfiel. In der Lessingstraße würde Dave keine Vicky Kröger antreffen, und da er keine Ahnung hatte, in welchem Ort sie wirklich wohnte, würde er sie nicht finden.

Dave schien gar nicht auf den Gedanken zu kommen, sie

könnte ihn hereinlegen. Zufrieden nickend nahm er Block und Kugelschreiber entgegen.

»Ich bin gleich fertig und bring dich nach Hause.«

Ihr Herz sank in die zitternden Knie. Jetzt wurde es wirklich kompliziert. Sie konnte vielleicht in irgendein Mietshaus schlüpfen, in dem sie gar nicht wohnte, aber wie sollte sie zur Lessingstraße finden, die es womöglich gar nicht gab?

»Meine Eltern sehen es nicht gern, wenn ich mit einem jungen Mann unterwegs bin, den ich ihnen noch nicht vorgestellt habe. Die Nachbarn reden, wenn ich von einem Fremden nach Hause gebracht werde.«

»Aber sehen *parents* gern, wenn du bist allein im Dunkeln in Stadt?« Er runzelte die Stirn.

»Ich bin nicht allein unterwegs. Meine Freundin wartet draußen.«

Gerade öffnete Dave den Mund, wahrscheinlich, um zu erklären, dann würde er eben ihre Freundin auch nach Hause bringen, als die Tür aufgerissen wurde und eine laute Männerstimme seinen Namen ins Lager rief.

Er antwortete und legte sich gleich darauf den Zeigefinger auf die Lippen. Als ob sie Wert darauf gelegt hätte, sich bemerkbar zu machen. Im nächsten Moment hatte er schon den schmalen Gang zwischen den Regalen verlassen, wohl um zu verhindern, dass sein Kamerad sie entdeckte. Viktoria duckte sich wieder hinter die Kartons und hörte, wie die Männer sich erneut in ihrem rasend schnellen Amerikanisch unterhielten, von dem sie kaum etwas verstand.

Redend und lachend bewegten sich die Männer durch den Raum, kamen jedoch nicht in ihre Nähe. Dann fiel die Tür zu, und es war still. Aus irgendeinem Grund hatte Dave zusammen mit dem anderen Soldaten das Lager verlassen. Vielleicht um sicherzugehen, dass dieser Viktoria nicht entdeckte.

Auf Zehenspitzen schlich sie zur Tür zum Hof und stellte erleichtert fest, dass der Schlüssel von innen steckte. Sekunden später trat sie aufatmend nach draußen und zog vorsichtig die Tür hinter sich ins Schloss.

»Gott sei Dank!« Annedore kam hinter den Büschen hervor und fiel ihr erleichtert um den Hals. »Ich dachte schon, die hätten dich erwischt.«

»Komm. Wir müssen weg hier.« Erst jetzt wurde Viktoria bewusst, dass sie die ganze Zeit die kostbaren Schachteln mit den Zigaretten fest umklammert hatte. Sie öffnete die obersten Knöpfe ihres Mantels, schob ihren Schatz hinein und schloss die Knöpfe wieder.

»Du hast die Zigaretten«, stellte Annedore begeistert fest. »Wie hast du …«

»Später!« Viktoria strebte mit schnellen Schritten dem Bahnhof entgegen. Sie hatte nicht vor, Annedore zu erzählen, was im Lager zwischen Dave und ihr passiert war. Erstens war Annedore nicht sonderlich verschwiegen, und zweitens konnte sie selbst die Geschichte umso schneller vergessen, wenn sie nie wieder darüber sprach.

Erst als das Bahnhofsgebäude schon in Sicht war, erzählte sie kurz und knapp, dass sie ertappt worden war, sich aber durch einen Trick herausgeredet hatte. »Das Wichtigste ist, dass ich jetzt den wunderschönen Stoff kaufen und mehr schöne Kleider nähen und verkaufen kann«, schloss sie ihre kurze Erzählung.

»Welchen Trick denn?« Natürlich wollte Annedore es genauer wissen, doch Viktoria wollte nicht länger darüber reden. Der Gedanke an Dave machte ihr Angst. Sie hatte ihn zunächst enttäuscht, als er bemerkt hatte, dass sie eigentlich nur wegen der vielen Zigaretten, die sie brauchte, mit ihm getanzt und getrunken hatte. Und als er sie anschließend im Lager beim Stehlen erwischt hatte, hatte sie ihn eiskalt belogen und ihm für die Verabredung eine falsche Adresse genannt. Andererseits hatte er sie gegen ihren Willen geküsst und sie praktisch zu dem Rendezvous erpresst. Er konnte nicht wirklich erwarten, dass sie mit ihm ausging und sich anschließend zu noch mehr Dingen drängen ließ, die sie nicht wollte, um zu erreichen, dass er sie nicht verriet.

Es war besser, wenn Annedore nicht die ganze Geschichte erfuhr. Viktoria würde ihr ohnehin einschärfen müssen, mit niemandem, möglichst auch nicht mit Lukas, darüber zu sprechen, dass sie aus einem amerikanischen Lager Zigaretten gestohlen hatte. Außerdem wollte Viktoria das alles möglichst schnell aus ihren Gedanken verdrängen und nicht noch ausführlich darüber reden. Morgen würde sie die Zigaretten gegen den Stoffballen eintauschen und ein paar wunderschöne Kleider entwerfen, die aus diesem Batist entstehen sollten. Und da sie Dave niemals wiedersehen würde, würde die Erinnerung an die unangenehmen Minuten zwischen den Lagerregalen, an den erzwungenen Kuss des Amerikaners und die Angst, die sie ausgestanden hatte, bald verblassen.

14

Villa Rabenfels, Anfang Mai 1946

»Ist er nicht wunderschön?« Viktoria hatte den Stoffballen auf den großen Küchentisch gelegt, den sie als Zuschneide- und Zeichentisch verwendeten, nachdem er jedes Mal nach dem Essen sorgfältig mit heißem Wasser und Seife abgewaschen worden war. Sie wickelte ein Stück von dem hellgrauen Stoff mit den winzigen weißen Blüten ab und strich es glatt.

Zum ersten Mal seit sie mit dem Entwerfen und Nähen von Kleidern angefangen hatte, besaß sie einen ganzen Ballen nagelneuen Batist, der für mindestens vier oder fünf Kleider reichen würde. Mit Ausnahme des französischen Stoffs, den Lukas für Annedore mitgebracht hatte, waren all ihre Modelle bisher aus gefärbten Tischtüchern oder Laken und Gardinen entstanden. Aus alten Wolldecken hatten sie einige Wintermäntel und warme Jacken genäht. Aber das hier war etwas ganz anderes. Verliebt strich sie über den zarten Batist.

»Für die Kleider aus diesem Stoff musst du doppelt so viel berechnen wie für die, die wir aus Tischtüchern genäht haben«, erklärte Louise, die den dicken Ballen ebenfalls mit leuchtenden Augen betrachtete. »Oder du tauschst die Kleider nur gegen ganz besondere Dinge ein.«

»Das sehen wir dann.« Momentan war Viktoria viel zu sehr damit beschäftigt, sich die Schnitte vorzustellen, die sie für diesen Stoff entwerfen würde.

Die Tür flog auf, und Mabelle stürmte ins Zimmer. Ihre blonden Locken wippten, ihre Augen leuchteten, im Arm hielt sie wie einen überlebensgroßen Säugling – einen Stoffballen.

Viktoria riss erstaunt die Augen auf. »Wo hast du den denn her?«

»Geschenkt bekommen.« Mit einem dumpfen Aufschlag landete der Stoff neben dem, den Viktoria so mühsam besorgt hatte. Er war cremefarben mit einer Bordüre aus zarten goldbraunen Ranken. »Und hier sind passende Knöpfe und passendes Garn.« Mit einem triumphierenden Lächeln schwenkte Mabelle eine Papiertüte durch die Luft.

»Zeig.« Mittlerweile schnappte Viktoria nach Luft wie ein Fisch auf dem Trockenen. Sie griff nach der Tüte, rollte den oberen Rand auf und sah hinein. Tatsächlich lagen in dem Beutel mehrere Rollen helles Garn und mindestens zwei Dutzend perlmuttfarbene Knöpfe in zwei verschiedenen Größen.

»Ich glaub, es ist Seide. Französische Seide.« Mabelle wippte auf den Zehenspitzen und genoss es sichtlich, dass sämtliche Anwesenden sie sprachlos anstarrten. Zufällig waren alle Bewohnerinnen der Villa in der Küche versammelt, nur Leonore fehlte. Wie meistens machte sie sich im Garten zu schaffen.

Viktoria rieb den cremefarbenen Stoff zwischen den Fingern. Er fühlte sich tatsächlich an wie Seide. Doch von einer Sekunde auf die andere wich ihre freudige Überraschung blankem Entsetzen. Einen ganzen Ballen reiner Seide bekam man nicht einfach so geschenkt. Das wusste Viktoria nur zu gut.

Dass Frau Burger ihr den Stoff für vierhundert Zigaretten überlassen hatte, grenzte schon an ein Wunder und war wohl nur der jahrelangen erfolgreichen Geschäftsbeziehung zu verdanken. Viktoria war sicher, dass Frau Burger auch jemanden hätte finden können, der ihr noch mehr für den Stoff gegeben hätte. Doch schon vor zwanzig Jahren hatte die Inhaberin des Kurzwarenladens im Dorf die ersten Hemden und Schürzen verkauft, die damals Louise und Claire genäht hatten. Das waren die Anfänge der Hemdennäherei Haynbach gewesen.

»Was hast du für den Stoff getan?«, fuhr Viktoria ihre jüngere Schwester an.

»Was meinst du?« Mabelle sah sie ehrlich erstaunt an.

»Wo kommt der Stoff her? Und was hast du gemacht, um ihn zu bekommen?« Einen ganzen Ballen Seide konnten nur die Amerikaner haben. Und Mabelle war schon immer begeistert von dem Gedanken gewesen, dass eine hübsche Frau von einem amerikanischen GI fast alles bekommen konnte.

»Was hast *du* denn gemacht, um diesen blöden Stoff zu bekommen?«, schoss Mabelle zurück.

Zu ihrem Entsetzen spürte Viktoria, dass sie rot wurde. »Ich habe ihn gegen Zigaretten eingetauscht. Das wisst ihr doch.«

»Ich habe mich aber, ehrlich gesagt, auch gewundert, woher du plötzlich so viele Zigaretten hattest«, mischte sich Louise ein.

»Ich habe euch doch erklärt, dass das eine komplizierte Tauscherei mit jemandem war, den Annedore kennt und der wiederum einen GI kennt und so weiter«, wiederholte Viktoria die wirren Andeutungen, in die sie sich bei Fragen nach der Herkunft der vierhundert Zigaretten gerettet hatte.

»Klingt komisch«, stellte Mabelle fest und verschränkte die Arme vor der Brust. »Bei mir war es dagegen gar nicht kompliziert. Ich habe unseren Großeltern geschrieben, wie es uns geht, was wir machen und wovon wir leben. Eben kam ein Paket. Mein Name stand drauf, und das da war drin.« Sie deutete mit großartiger Geste auf den Stoffballen.

»*Wem* hast du geschrieben?« Claire war von ihrem Stuhl aufgesprungen.

»Meinen Großeltern, den Eltern meines Vaters.« Mit Nachdruck warf Mabelle den Kopf in den Nacken. »Und kommt mir nicht damit, dass ich das nicht darf. Es sind meine Großeltern, und ich habe ein Recht, ihnen zu schreiben.«

»Aber woher hast du denn die Adresse? Ich habe sie irgendwo notiert, wüsste aber gar nicht mehr, wo.« Claire runzelte die Stirn. »Nachdem Helmuts Eltern auch auf die Anzeige von Mabelles Geburt nicht reagiert hatten, haben wir beschlossen, dass wir sie einfach vergessen. Es hat mich traurig gemacht, dass seine Eltern ihn verstoßen haben, weil er als Sohn eines Grafen mich, eine französische Näherin, geheiratet hat. Es wäre nicht so schlimm gewesen, dass sie an seiner Stelle seinen jüngeren Bruder Albrecht zum Erben gemacht haben. Aber dass sie jeden Kontakt mit Helmut abgelehnt und nicht einmal reagiert haben, wenn wir ihnen eine Geburtsanzeige ihrer Enkelkinder schickten – das war traurig für Helmut.« Erschrocken sah Viktoria, dass in den Augen ihrer Mutter Tränen funkelten.

»Ich habe die Adresse in dem alten Büroschrank gefunden, als ich meine Schulbücher gesucht habe«, verkündete Mabelle. »Onkel Ludwig war ein sehr ordentlicher Mensch und hatte eine Liste seiner Verwandten, mit Adressen und Geburtstagen und allem. Und unsere Großmutter väterlicherseits war ja nun mal seine Schwester.« Vor Eifer leuchteten ihre Augen wie Aquamarine, hinter denen jemand Kerzen entzündet hatte. »Also habe ich unseren Großeltern geschrieben. Erzählt, dass ich ihre jüngste Enkelin bin, dass es auch noch Viktoria gibt und Richard, der in Kriegsgefangenschaft ist. Und natürlich, dass unser Vater …«

Mabelle stockte und warf ihrer Mutter einen besorgten Blick zu. Doch Claire schien gar nicht zuzuhören. Sie saß ganz still da und starrte in die Luft. Wahrscheinlich war sie in Gedanken in der Vergangenheit.

»Aber was haben sie dir geantwortet? Was stand in ihrem Brief?« Alle Köpfe wandten sich Claire zu, deren Stimme ungewohnt laut durch die große Küche hallte.

»Nichts.« Mabelle zuckte mit den Schultern. »Es kam nur das große Paket mit der Seide und der Tüte mit Garn und Knöpfen. Und als Absender stand Schloss Haynbach drauf.«

»Die Seide ist jedenfalls wunderschön«, stellte Viktoria fest und strich verträumt über den glänzenden Stoff. »Wo sie die wohl in diesen Zeiten herhaben?«

»Sie wohnen nur einen Katzensprung von der französischen Grenze entfernt«, erklärte Louise in fast ärgerlichem Ton. Sie hatten schon öfter darüber gesprochen, ob Louise nicht ins Elsass fahren sollte, dessen Bürgerin sie schließlich offiziell war, um dort Stoff zu besorgen. Aber die Bahnverbindungen waren schlecht, die Fahrkarten kosteten eine Menge Geld, und sie brauchten französische Währung, um die Ballen zu bezahlen.

»Was soll das jetzt bedeuten? Wollen sie wieder Kontakt mit uns? Dann schreibt man doch einen Brief.« Viktoria schüttelte irritiert den Kopf.

»Vielleicht wussten sie nach all der Zeit nicht, was sie schreiben sollten. Sie kennen uns ja auch gar nicht. Und vielleicht schämen sie sich auch, weil sie so gemein zu Papa und eigentlich zu uns allen waren.« Plötzlich wurde Mabelle blass und presste sich die Hand auf den Magen.

»Was ist denn, Kind?« Besorgt musterte Louise ihre Enkelin.

»Mir ist so komisch … schlecht.« Mabelle schaute sich suchend um, und Viktoria stellte sich schützend vor die beiden kostbaren Stoffballen.

Im nächsten Moment stürzte Mabelle quer durch die Küche auf einen leeren Eimer zu, der in der Ecke stand. Sie beugte sich darüber und gab würgend ihren Mageninhalt von sich. Sofort war Louise an ihrer Seite, streichelte beruhigend ihren Rücken und sorgte dafür, dass ihre kinnlangen Locken ihr nicht ins Gesicht fielen.

»Was haben wir denn gestern Abend gegessen?« Ratlos sah Claire ihre ältere Tochter an.

»Linseneintopf. Wie meistens. Mir geht es gut.«

»Mir auch«, erklärte Frieda, ängstlich dreinblickend. »Aber

vielleicht kommt das ja noch. Vor fünf Minuten hat Mabelle auch noch ganz gesund ausgesehen.«

»Bestimmt hat sie sich im Dorf mit irgendwas angesteckt«, mutmaßte Viktoria. »Sie war gestern wieder drei Stunden unterwegs, als sie im Laden nach Brot anstehen musste.«

Mabelle hatte sich inzwischen wieder aufgerichtet, aus dem Wasserkrug etwas in ein Glas gegossen und ihren Mund ausgespült.

»Leg dich am besten hin. Ich koche dir Tee.« Noch immer streichelte Louise beruhigend Mabelles Rücken.

»Ich bin doch gerade erst aufgestanden.« In Mabelles Gesicht kehrte langsam die Farbe zurück. »Mir geht es schon wieder gut. Bestimmt ist mir das Essen nicht bekommen.«

»Wir haben aber alle das Gleiche gegessen. Oder hast du gestern im Dorf etwas zu dir genommen?«

Mabelle wurde rot. »Ein bisschen Schokolade. Hat mir jemand geschenkt.«

»Wer?«, riefen sie alle wie aus einem Mund und starrten Mabelle erschrocken an.

Sie brach in lautes Gelächter aus, das jedoch nicht sonderlich echt klang. »Guckt nicht so seltsam. Jedenfalls niemand, der mich wie eine streunende Katze vergiften will. Wenn, dann war die Schokolade höchstens schon ein bisschen schlecht. Obwohl sie lecker war. Vielleicht hätte ich auch gar nicht gemerkt, wenn sie verdorben gewesen wäre. Schließlich hatte ich schon ewig keine mehr gegessen.«

»Von *wem* hast du das Zeug bekommen?« Claire klang erstaunlich energisch.

»Ich lege mich doch ein bisschen hin und trinke Tee.« Mabelle verließ eilig die Küche.

Merkwürdig, dachte Viktoria, und an den Gesichtern ihrer Mutter und ihrer Großmutter konnte sie erkennen, dass sie sich ebenfalls ihre Gedanken machten. Ob es dabei vorrangig um die Eltern ihres Vaters und ihr seltsames Verhalten oder um Mabelles Unwohlsein und die geheimnisvolle Schokolade ging, wusste sie nicht. Wahrscheinlich um beides.

15

Bernried, Starnberger See, Juni 1946

Es war ein warmer Juninachmittag, als Richard in Bernried aus dem Zug stieg. Er kannte die kleine Stadt seit seiner frühen Kindheit, war hier zur Schule gegangen und hatte allein und gemeinsam mit seinen Freunden lange Streifzüge durch die Straßen unternommen. Doch die Häuser, an denen er vorbeikam, die Wege, die er entlanglief, und die Plätze, die er überquerte, erschienen ihm fremd. Der Grund war nicht, dass einige Gebäude ganz oder teilweise zerstört waren, und die Menschen, denen er begegnete, verhärmt aussahen und viel schlechter gekleidet waren als während der ersten Kriegsmonate, als er zuletzt hier gewesen war. Auch seine jahrelange Abwesenheit war nicht der Grund für dieses Gefühl der Fremdheit.

Es lag daran, dass er nicht mehr derselbe Richard war wie der Junge, der früher durch Bernried gelaufen war. Der morgens unwillig in die Schule gegangen und nach Unterrichtsschluss mit seinem besten Freund Volkart fröhlich losgestürmt war, auf der Suche nach kleinen Abenteuer und hübschen Mädchen.

Zusammen mit ihm würde er nie wieder etwas erleben oder auch nur eine Straße entlanggehen. Volkart hatte das erste Kriegsjahr nicht überlebt. Richard war fast genau sechs Monate lang an seiner Seite marschiert und hatte neben ihm gekämpft. Bis die Salve aus einem feindlichen Maschinengewehr den Freund durchlöchert hatte. Richard hatte nur wenige Meter entfernt von ihm gestanden, aber nur einen leichten

Streifschuss abbekommen. Er hatte Volkart nicht mehr helfen können, und doch träumte er manchmal davon, wie er ihn rettete. Wie er ihn auf seinen Armen durch die feindlichen Linien trug und in Sicherheit brachte.

Es war ein langer beschwerlicher Weg aus dem russischen Lager in Lebedjan zurück nach Hause gewesen. Und er hatte keine Ahnung, was ihn hier erwartete. Er wusste nicht, wie es um die Villa Rabenfels stand oder wie seine Mutter und seine Schwestern die letzten Kriegsmonate und die Zeit danach erlebt hatten. Auch für die Frauen zu Hause hatte der Krieg genug Schrecken bereitgehalten, und für einige von ihnen war die Begegnung mit den Besatzungssoldaten noch furchtbarer gewesen als alles zuvor. Wenn es auch meistens nicht die Amerikaner waren, die sich so brutal aufführten, was ihn einigermaßen beruhigte, da seine Familie in der amerikanischen Besatzungszone lebte.

Nervös tastete er in der Tasche seiner zerlumpten Jacke nach einer Zigarette, doch da war schon lange keine mehr. An der Front hatte er sich innerhalb von wenigen Tagen das Rauchen angewöhnt. Es half ein kleines bisschen gegen die Furcht, aber auch gegen den Hunger, wenn die Versorgungskompanie irgendwo im Morast stecken geblieben oder in einen Hinterhalt geraten war. Im Lager hatte es natürlich keine Zigaretten gegeben. Geblieben war der Drang, sich eine anzuzünden, wenn die Nervosität in ihm hochstieg oder die Einsamkeit wie ein eisiger Klumpen auf seinen Magen drückte.

Mittlerweile hatte er den Stadtrand von Bernried erreicht. Noch eine gute halbe Stunde zu gehen. Hinter den letzten Häusern beschrieb die schmale Straße eine großzügige Kurve. Von dort aus würde er den Hügel sehen können, auf dem die Villa Rabenfels thronte – wenn sie noch stand. In Bernried selber schienen nicht allzu viele Häuser durch Bombeneinschläge zerstört zu sein, doch das Haus seiner Familie stand weithin sichtbar auf der Hügelkuppe nicht weit vom Seeufer. Ein hervorragendes Ziel für einen Bombenangriff.

Wieder zuckte seine Hand zur Jackentasche, und wieder konnte er nur die Lippen spitzen und die Atemluft auspusten, als wäre es der Rauch einer Zigarette. Eine hübsche junge Frau im hellen Sommerkleid, die ihm mit einem Korb über dem Arm entgegenkam, wechselte hastig auf die andere Straßenseite und ging an ihm vorbei, ohne ihn anzusehen.

Er legte die Hand gegen seine linke Wange und betastete mit den Fingerspitzen die Narbe. Es war ein kleiner Krater. Ein fast kreisrundes Loch, aus dem sie ihm im Feldlazarett den Granatsplitter herausoperiert hatten. In der Spiegelscherbe, die sein Bettnachbar im Lager besessen und sorgfältig vor den Wachen versteckt hatte, hatte Richard gesehen, dass der kleine Krater immer noch rot und entzündet war. Wenn er darauf drückte, tat es höllisch weh, und die Wange fühlte sich geschwollen an. Kein Wunder, dass die junge Frau einen zweiten Blick in sein Gesicht gemieden und einen großen Bogen um ihn gemacht hatte, als wäre er ein Monster.

Früher hatte er große Chancen bei den Frauen gehabt, doch das war nun vorbei. Selbst wenn die Entzündung irgendwann abklang, würden sie sich vor ihm ekeln, würden ihn nicht ansehen und erst recht nicht berühren wollen. Er konnte ja selbst seinen Anblick kaum ertragen.

Da diese allzu sichtbare Verletzung aber nicht seine einzige war, musste er vielleicht sogar froh sein, dass sich die Frauen fortan von ihm fernhalten würden.

Als er den Blick hob, sah er den Hügel und auf dem Hügel die Villa. Ein kleiner Teil des Gewichts auf seiner Brust fiel ab. Am Westflügel und am hinteren Teil des Gebäudes meinte er, große, dunkle Flächen zwischen den Dachziegeln zu erkennen. Vielleicht täuschte er sich aber auch, denn von hier unten und aus der Entfernung konnte er das Dach nur undeutlich sehen.

Er beschleunigte seinen Schritt und versuchte, nicht darüber nachzudenken, was er tun würde, falls seine Familie nicht da war. Falls ihnen etwas Schreckliches zugestoßen war, von dem er nichts wusste. Er hatte seine Mutter und seine Schwester seit der Trauerfeier zu Ehren seines Vaters, für die er drei Tage Sonderurlaub bekommen hatte, nicht gesehen. Kurz darauf waren die drei Frauen weiter aufs Land, ins Allgäu, gezogen, weil die Bombenangriffe in Bernried und Umgebung zugenommen hatten. Seitdem hatten sie sich nur per Feldpost geschrieben, und aus dem Lager hatte er ihnen eine einzige Karte mit einem Lebenszeichen senden dürfen, von der er nicht einmal wusste, ob sie sie bekommen hatten. Russischen Kriegsgefangenen wurde keine Post von der Familie zugestellt.

Wieder kam ihm auf der schmalen Straße eine junge Frau entgegen. Ihr blondes Haar leuchtete in der Sonne wie pures Gold. Auch sie trug ein helles Kleid und war groß und schlank. Wer war in diesen Zeiten nicht schlank oder gar dünn?

Dieses Mal war er es, der die Straßenseite wechselte und den Kopf abwandte, als er ihre leichten Schritte rasch näher kommen hörte. Es war unhöflich, sie nicht zu grüßen. Vielleicht kannte er sie, wie viele Leute in dem kleinen Dorf am Fuß des Hügels, wo sie wahrscheinlich wohnte. Dieser Gedanke war umso schlimmer für ihn. Denn wenn sie nun sein verunstaltetes Gesicht sah, würde sie noch mehr erschrecken, falls sie wusste, wie er früher ausgesehen hatte.

Er fixierte eine kleine Baumgruppe am Straßenrand und beschleunigte seinen Schritt. Als er und die junge Frau auf gleicher Höhe waren, nahm er aus dem Augenwinkel wahr, wie sie abrupt stehen blieb, und hörte, wie sie einen unterdrückten Schrei ausstieß.

»Bist du es, Richard?«

Er zögerte kurz und blieb dann auch stehen. Es dauerte

zwei oder drei weitere Sekunden, bis er realisierte, dass er die Stimme kannte und wusste, zu wem sie gehörte. Dann fuhr er herum und starrte das schöne blonde Mädchen an.

»Mabelle?« Bevor er sein Erstaunen darüber kundtun konnte, wie erwachsen sie geworden war, flog sie auf ihn zu und hing an seinem Hals.

»Richard! Ich bin ja so froh, dass du wieder da bist. Sooo froh.« Was sie sonst noch sagte, ging in einer Mischung aus Lachen und Schluchzen unter.

Er legte die Arme um ihren schmalen Körper und wunderte sich kurz, dass sie kein bisschen vor ihm zurückgeschreckt war. Hatte sie vor lauter Freude und Überraschung die schreckliche Narbe in seinem Gesicht nicht gesehen?

Doch auch als sie nach einer Weile den Kopf in den Nacken legte und zu ihm aufblickte, ließ sie sich nichts anmerken. Verlegen trat er einen Schritt zurück.

»Warum hast du nicht geschrieben, dass du kommst? Wir hätten ein Willkommensfest organisiert«, sprudelte sie hervor. »Konntest du nicht schreiben? Natürlich konntest du nicht! In so einem Lager gibt es bestimmt kein Papier und keine Umschläge und natürlich auch kein Postamt. Ich bin dumm. Das liegt an der Freude. Entschuldige, Richard.« Sie kicherte nervös.

»Wie geht es Mama und Vicky?«, erkundigte er sich nach einer Weile.

»Gut. Na ja …« Sie stockte und kaute auf ihrer Unterlippe. »Vicky geht es gut. Sie entwirft Kleider, und *Grandmère* und Frieda und manchmal auch Leonore nähen sie dann. *Grandmère* ist zu uns gezogen, dafür habe ich gesorgt«, verkündete sie stolz. »Ich helfe auch mit und kümmere mich um die Frauen, wenn sie kommen, um sich einen Schnitt auszusuchen.«

»Und was macht Mama?«, drängte er, weil ihm aufgefallen war, dass sie Claire nicht erwähnt hatte.

»Sie näht auch manchmal. Aber nicht so oft. Du weißt ja … Als die Nachricht kam, dass Papa gefallen ist, war sie so schrecklich traurig. Ein bisschen besser ist es geworden, aber meistens ist sie ganz still. An manchen Tagen ist sie dann ganz überraschend fast so wie früher. Aber das kommt nicht so oft vor. Und dann wieder gibt es ganz schlimme Tage … Wenigstens bleibt sie nicht mehr den ganzen Tag im Bett.« Mabelle hatte ihre Neuigkeiten so hastig hervorgestoßen, dass sie nach Luft schnappen musste.

»Und die Villa?« Er deutete hinauf zur Hügelkuppe. »Wenigstens steht sie noch.«

»Hm.« Seine Schwester und verzog das Gesicht. »Wir haben nur drei Zimmer und die Küche, die wir bewohnen können. Das Dach ist kaputt, und der Regen läuft an manchen Stellen bis ins Erdgeschoss durch. Dann ist noch Frieda bei uns einquartiert worden, und Leonore wohnt auch bei uns. Als es im Winter so schrecklich kalt war, haben wir im Herd in der Küche eine Menge Möbel verheizt. Wir mussten welche von unten nehmen, weil oben alles nass ist, und dann brennt das Holz natürlich nicht. Es gibt zwar noch ein paar alte Bäume im Park, doch wir wussten nicht, wie wir die fällen sollten, und irgendwie wollte das auch keiner. Gardinen und Tischtücher haben wir auch nicht mehr. Die hat Viktoria alle zerschnitten.«

»Zerschnitten?«

Mabelle kicherte. »Für Kleider. Jetzt haben wir aber richtigen Stoff. Aber das ist eine ganz andere Geschichte. Die erzählen wir dir später.«

»Die Tischtücher werde ich nicht vermissen. Kann mich gar nicht erinnern, wann ich zuletzt an einem Tisch mit einem weißen Tuch darauf gesessen habe.«

»Ich komme mit zurück zur Villa. Die Gesichter der anderen möchte ich sehen.« Mabelle hakte sich bei ihm unter, und sie setzten sich wieder in Bewegung.

»Wo wolltest du denn hin?«, erkundigte sich Richard mit einem Blick auf den leeren Korb an ihrem Arm.

»Mal wieder vor dem Laden Schlange stehen.« Sie seufzte. »Das ist jetzt meine ständige Aufgabe, weil ich nicht so gut nähen kann. Macht mir sowieso keinen Spaß. Schlange stehen allerdings auch nicht. Am Ende bekommt man dann doch oft nichts. Heute soll es Butter geben. Ich hätte wohl auch gleich morgens um sieben loslaufen sollen, aber weil man dann auch meistens leer ausgeht, mach ich das nicht mehr. Ist auch nicht so schlimm, weil wir durch die Sache mit den Kleidern viele Lebensmittel als Bezahlung bekommen. Oder Zigaretten und solche Sachen, die man gut eintauschen kann.«

»Gibt es im Dorf einen Schwarzmarkt?«, fragte Richard erstaunt.

»Einen ganz kleinen. Man muss wissen, zu wem man gehen muss. Aber in Bernried bekommen wir für Zigaretten und Silberbesteck alles, was wir brauchen. Man darf sich nur nicht erwischen lassen. Vicky lässt mich nicht allein hingehen, obwohl ich keine Angst habe und bestimmt die Tauschware mindestens so schnell verschwinden lassen kann wie sie, wenn die Polizei kommt.«

Ein oder zwei Minuten gingen sie schweigend nebeneinander her. Dann drückte Mabelle seinen Arm, in den sie sich eingehängt hatte. »Ich freue mich so sehr, dass du wieder da bist, Richard. Wir können doch immer noch über alles sprechen, nicht wahr?«

»Natürlich. Was hast du denn auf dem Herzen?« Prüfend schaute er sie von der Seite an. »Irgendwelche Sorgen und Probleme?«

»Irgendwie schon. Obwohl es eigentlich keine Sorge ist, sondern eine Freude. Aber ich weiß nicht, was Vicky dazu sagen wird und *Grandmère*. Die beiden sind immer so streng zu mir und verstehen mich manchmal gar nicht. Und Mama sagt sowieso nicht viel. Obwohl sie dazu vielleicht doch etwas sagen würde.« Seine kleine Schwester seufzte aus tiefstem Herzen.

»Wozu denn?«, erkundigte Richard sich leicht alarmiert.

»Ich werde heiraten«, platzte Mabelle heraus.

16

Villa Rabenfels, Juni 1946

Claire atmete tief durch, als es an der Tür läutete und Mabelle in die Halle eilte, um zu öffnen.

Die Familie hatte sich für die Unterhaltung, die sie an diesem Nachmittag zu führen hatten, im großen Salon versammelt. Vormittags hatte Viktoria schon eine Kundin beraten, sodass das Zimmer untadelig aufgeräumt war und niemand auf die Idee gekommen wäre, dass hier nachts zwei Frauen schliefen.

Mabelle hatte die Bombe an dem Tag platzen lassen, an dem Richard aus der Kriegsgefangenschaft zurückgekehrt war. Die Freude über die unerwartete Heimkehr ihres Sohnes hatte den Schock gemildert, aber dennoch lastete die Wahrheit, die sie erfahren hatte, wie ein Stein auf Claires Seele. Immer wieder fragte sie sich, ob es an ihr lag. Daran, dass sie in Gedanken so oft in der Vergangenheit geweilt oder sogar körperlich abwesend gewesen war, wenn sie sich tagelang in ihrem Bett verkrochen hatte.

Mabelle war jung, viel zu gefühlvoll und viel zu naiv. Claire hatte geglaubt, Viktoria würde auf ihre jüngere Schwester aufpassen, aber was erwartete sie eigentlich noch von ihrer Ältesten, die ganz nebenbei die Familie mit ihren Modellkleidern ernährte? Sie, Claire, war Mabelles Mutter, und sie hätte bemerken müssen, was vorging.

Als Mabelle an Karl Katschmareks Seite den Salon betrat, strahlte sie wie die Sonne an diesem klaren Sommertag. Es war, als hätte sie Karl dieses ständige Lächeln abgeguckt. Ihre

Kleine schien nicht einen Moment daran zu zweifeln, dass ein wunderbares Schicksal sie erwartete.

Karl hingegen wirkte angesichts der drei Haynbach-Frauen, die nebeneinander auf dem Sofa saßen und ihm mit versteinerten Mienen entgegenblickten, leicht verunsichert. Richard hatte seinen Platz in einem der tiefen Sessel seitlich vom Tisch. Auch er musterte Karl, dessen Lächeln an diesem Tag deutlich schmaler ausfiel als sonst, mit finsterem Blick.

»Ich habe dir gesagt, du sollst die Finger von ihr lassen!«, fuhr Viktoria ihn sofort an, als er ins Zimmer trat.

Damit hatte er offenbar gerechnet, denn er sah sie kühl und ruhig an. »Mabelle weiß sehr genau, was sie will. Du kannst nicht von mir erwarten, dass ich eine so reizende Frau wegstoße.«

Er ließ sich neben Mabelle auf einem der beiden Stühle nieder, die für die Angeklagten auf der gegenüberliegenden Seite des Tisches standen.

»Hör auf, über mich zu reden, als wäre ich fünf«, fauchte Mabelle ihre Schwester an. »Ich bin erwachsen, und ich werde bald Mutter sein.«

Bei diesen Worten stießen Mabelles Großmutter, ihre Mutter und ihre Schwester gleichzeitig tiefe Seufzer aus.

Viktoria achtete nicht auf Mabelles Worte und wandte sich wieder an Karl: »Sie hat dich armen, hilflosen Mann also verführt?«

»Nein. Ich bin verliebt in Mabelle, und sie musste nicht viel tun, um mich für sich zu gewinnen.« Karl erwiderte gelassen Viktorias funkelnden Blick. »Sieh sie dir doch an.«

Claire kniff die Augen zusammen. Wollte er Viktoria damit verletzen und ihr klarmachen, dass ihre kleine Schwester reizvoller war als sie?

Sie wandte sich ihrer Ältesten zu: »Hast du etwas von der Sache gewusst? Oder geahnt?«

Viktoria verzog den Mund. »Mabelle war von Anfang an

verrückt nach ihm. Aber er … Eine Zeit lang dachte ich, aus uns könnte etwas werden, doch das war ein Irrtum. Das habe ich ihm gesagt, und da hat er sich wohl an Mabelle herangemacht. Es tut mir leid. Ich hatte keine Ahnung, dass sie sich heimlich getroffen haben.«

»Du kannst nichts dafür. Es war nicht deine Aufgabe, auf Mabelle aufzupassen.« Wieder spürte Claire die Schuld, die sie auf sich geladen hatte, als sie sich derart in ihrem Kummer vergraben und ihre Töchter sich selbst überlassen hatte.

»Du bist also immer zu ihm gegangen, wenn wir dachten, du stehst vor dem Dorfladen stundenlang in der Schlange«, fasste Louise die Situation zusammen. »Deshalb hast du so gut wie nie etwas mit nach Hause gebracht.«

Mabelle zuckte mit den Schultern. »Wir hatten doch genug zu essen. Das blöde Brot mag sowieso niemand.«

»Ich möchte hiermit in aller Form um Mabelles Hand anhalten«, mischte Karl sich ein. »Sie erwartet ein Kind von mir, und ich werde mich meiner Verantwortung stellen.«

»Das will ich auch hoffen.« Richards Stimme war tief und streng.

Claire atmete tief durch. Es war ein gutes Gefühl, ihren Sohn wieder hier zu haben. Er war nun der Mann im Haus, und er würde Karl Respekt einflößen, wenn der schon keine Angst vor der wütenden Viktoria hatte.

»Sie werden Mabelle so bald wie möglich heiraten.« Richard machte eine Pause. »Wenn sie das möchte.«

»Natürlich möchte ich das. Ich liebe ihn. Und ich freue mich auf unser Kind.« Mabelle schien das Tribunal, das man in der Villa einberufen hatte, um die Situation zu klären, regelrecht zu genießen. Sie saß kerzengerade auf ihrem Stuhl, und Claire wusste, dass sie sich sehr erwachsen vorkam. Obwohl ihr Verhalten natürlich weder erwachsen noch vernünftig gewesen war. Mit siebzehn ein Kind von einem Mann zu bekommen, der fast zehn Jahre älter war als sie und als

Flüchtling in einer winzigen Kammer im Dorf hauste, der keinen Beruf hatte und über den niemand etwas wusste, war kein sonderlich kluger Plan.

Andererseits ... Claire spürte, wie ihre Mundwinkel sich zu einem wehmütigen Lächeln hoben. War es bei ihr nicht ganz ähnlich gewesen? Ihre Liebe zu Helmut war auch nicht standesgemäß gewesen, sie hatte mit achtzehn Jahren Richard zur Welt gebracht – und sie hatte es keine Sekunde bereut, sich auf Helmut eingelassen zu haben.

»Dann lasst uns ein Datum für die Verlobung festlegen und auch gleich über die Hochzeit sprechen«, sagte sie in entschiedenem Ton.

*

Die Verlobungsfeier sollte auf der Terrasse an der Rückseite der Villa stattfinden. Mit Viktorias, Leonores und Friedas Hilfe war es Mabelle gelungen, eine festliche Stimmung zu schaffen. Auf dem Esstisch standen zahlreiche kleine Blumensträuße, der Platz der beiden Hauptpersonen des Abends war mit einem Kreis aus roten Blütenblättern markiert, und am Rand der Terrasse flackerten zwei Dutzend Kerzen in alten Einmachgläsern.

Zum Glück hatten sie durch die Kleider, die Viktoria pausenlos entwarf und verkaufte, genug begehrte Waren zum Tauschen, vor allem Zigaretten. Deshalb gab es nicht nur Kerzen in Hülle und Fülle, sondern auch ein richtiges Festmahl. Von Bauersfrauen ließen sich die von Haynbachs die Modelle gern mit Fleisch, Wurst, Kartoffeln und Gemüse bezahlen. Selbst an Wochentagen aßen sie jetzt manchmal Frikadellen oder Bratwurst.

Die Gäste waren für achtzehn Uhr geladen, aber Mabelle war schon um siebzehn Uhr fertig angezogen, frisiert und geschminkt. Seit feststand, dass sie bald heiraten würde, ließ sie sich nichts mehr verbieten, schon gar nicht die Benutzung von Lippenstift und Puder.

Nervös zupfte sie an dem Kleid herum, das Viktoria als Verlobungsgeschenk für sie entworfen hatte. Es war aus der Seide genäht, die ihre Großeltern geschickt hatten. Louise hatte beim Zuschneiden darauf geachtet, dass man es an der Taille auslassen konnte, denn es würde schon sehr bald zu eng werden.

»Du kannst es höchstens noch zwei Monate tragen«, hatte ihre Großmutter gesagt. »Aber wenn das Kind da ist, wird es schon bald wieder passen. Und falls du doch nicht wieder ganz so schlank wirst wie jetzt, macht das nichts, weil ich ja Nahtzugaben gemacht habe.«

Wenn sie an diese Worte dachte, schnaubte Mabelle leise vor sich hin. *Natürlich* würde sie dafür sorgen, dass sie ihre schmale Taille wiederbekam, wenn das Kind auf der Welt war. Schließlich hatte sie nicht vor, mit kaum achtzehn Jahren als fette Matrone durch die Gegend zu laufen.

Ob sie sich auf ihr Kind freuen sollte, wusste sie nicht. Sie konnte sich nicht vorstellen, Mutter zu sein. Doch sie war stolz, sich heute zu verloben und schon sehr bald zu heiraten. Dann würde sie selbst über ihr Leben bestimmen dürfen – jedenfalls soweit ihr Ehemann sie ließ. Und dazu würde sie Karl schon bringen. Schließlich liebte er sie ebenso wie sie ihn. Das mit Viktoria war eine kleine Verirrung gewesen. Ein Irrtum, den er sehr schnell eingesehen hatte.

Obwohl Viktoria ihn gar nicht mehr hatte haben wollen, war sie fast durchgedreht, als sie erfahren hatte, dass Mabelle in anderen Umständen war – und von wem. Wahrscheinlich nur Neid, vermutete Mabelle. Dabei hatte sie immer gedacht, dass Viktoria sich für nichts anderes interessiere als für ihre Modellzeichnung und die Kleider, die daraus entstanden. Wenn sie so weitermachte, würde sie nie einen Mann finden.

Schließlich war sie schon zweiundzwanzig und hatte nicht mal einen Freund.

Auf Mabelles Drängen hatte Karl zugegeben, dass Viktoria und er sich ein paarmal geküsst hatten. »Aber sie ist nicht halb so leidenschaftlich wie du, meine Schöne«, hatte er hinzugefügt, und deshalb hatte sie ihm sofort verziehen.

Richard kam auf die Terrasse geschlendert und steckte sich eine Zigarette an. Als er Mabelle bemerkte, lächelte er sie an.

Seit er aus dem Krieg zurück war, fand Mabelle es wieder viel schöner in der Villa Rabenfels. Was vielleicht auch daran lag, dass ihre Mutter fast wieder die Alte war.

Als Claire ihren Sohn zum ersten Mal nach seiner Gefangenschaft gesehen hatte, war sie in Tränen ausgebrochen und hatte sich fast eine Stunde lang nicht beruhigen können, während Louise und Viktoria vor Freude abwechselnd gelacht, geweint und durcheinandergeredet hatten. Mabelle hatte dabei mitgemacht. Obwohl sie Richard als Erste aus der Familie schon draußen auf der Straße getroffen hatte, war sie noch Tage später ganz aufgeregt gewesen, ihren großen Bruder wiederzuhaben. Genau wie der Rest der Familie.

Ganz besonders liebte Mabelle ihn dafür, dass er rechtzeitig da gewesen war, um ihr beizustehen, während Viktoria einen hysterischen Anfall gehabt hatte, Claire völlig fassungslos und Louise höchst empört gewesen war. Mabelle hätte es nicht noch länger aufschieben können, ihrer Familie zu erklären, dass sie ein Kind erwartete und bald heiraten würde.

Was Viktoria betraf, so schien der Name des Bräutigams sie fast noch mehr aufzuregen als die Tatsache, dass ihre jüngere Schwester in Umständen war.

Tagelang hatte sie ständig wiederholt: »Ich habe ihm x-mal gesagt, er soll die Finger von Mabelle lassen. Sie ist doch viel zu jung.«

In Wirklichkeit war sie aber bestimmt nur eifersüchtig.

Schließlich hatte sie Karl selbst schon geküsst. Wie konnte er da so ein unpassender Mann zum Heiraten sein?

»Wie gefällt dir mein Kleid?«, fragte Mabelle. Sie drehte sich im Kreis, sodass die glänzende Seide um ihre Beine schwang, die in nagelneuen Nylonstrümpfen steckten. Viktoria hatte einen Teil der Zigaretten, die sie für eines der Batistkleider bekommen hatte, gegen ein halbes Dutzend Strümpfe eingetauscht, und jede Frau in der Villa hatte ein Paar bekommen, um sie bei der Verlobungsfeier zu tragen.

Theoretisch gab es für die Kleidermarken auch Nylonstrümpfe, aber bisher hatten sie im Laden nicht ein einziges Paar ergattert.

»Wunderschön«, stellte Richard angesichts ihres Kleides erwartungsgemäß fest. »Kein Wunder, dass die Frauen Schlange stehen, um eines von Viktorias Modellen zu bekommen. Aber dir steht so etwas natürlich besonders gut.« Er zwinkerte ihr zu, zog ein letztes Mal an seiner Zigarette und drückte sie in dem Aschenbecher aus, den er vom Tisch genommen hatte.

Mabelle strahlte und hauchte ihm einen Kuss auf die Wange.

Plötzlich sah Richard sie ernst an. »Willst du ihn wirklich heiraten? Wahrscheinlich solltest du es, da du ja nun ein Kind von ihm bekommst. Aber du bist noch so jung, und wenn du dir nicht sicher bist, dass du dein Leben mit Karl Katschmarek verbringen willst, könnten wir das Kind auch gemeinsam hier in der Villa großziehen. Mama und *Grandmère* helfen dir sicher. Und das bisschen Gerede, das es geben wird, hört bald auf. Wir sind schließlich immer noch die Leute, die in der Villa oben auf dem Hügel wohnen.«

»Ich kann doch keine *ledige Mutter* sein!« Mabelle schüttelte heftig den Kopf. »Und *natürlich* liebe ich ihn. Ich liebe ihn ganz *schrecklich*. Wenn ich ihn sehe, klopft mein Herz wie verrückt, und ich bekomme keine Luft mehr.«

Frieda tauchte auf. Sie trug ein großes Holzbrett mit einem frisch gebackenen, herrlich duftenden Brot darauf und stellte es mitten auf den langen Tisch. Als sie Richard sah, lächelte sie scheu und guckte gleich wieder weg.

Neugierig ließ Mabelle den Blick zwischen ihrem Bruder und dem Flüchtlingsmädchen hin und her wandern. Ihr war nicht entgangen, dass Frieda vom ersten Moment an für Richard geschwärmt hatte. Das merkte man daran, dass sie jedes Mal rot wurde, wenn er ins Zimmer kam. Aber natürlich war sie viel zu jung für die Liebe – wenn auch nicht an Jahren, da sie ja nur zwei Monate jünger war als Mabelle selbst. Aber sie verhielt sich kein bisschen erwachsen, sondern war noch ein regelrechtes *Kind.*

Das bemerkte natürlich auch Richard, der Frieda kaum beachtete. Nur diese komische Angewohnheit, mit der Hand die Narbe an seiner Wange zu bedecken, sobald jemand in die Nähe kam, der nicht zur Familie gehörte, zeigte er bei Frieda auch. Bei Leonore war es nicht ganz so schlimm, aber die war schließlich auch früher das Stubenmädchen gewesen. Viktoria sagte zwar dauernd, dass das inzwischen vollkommen egal sei, aber natürlich erinnerten sie sich alle noch daran, und es war wohl auch für sie selbst ein merkwürdiges Gefühl, dass sie jetzt so etwas wie eine Freundin für ihre früheren Herrschaften sein sollte.

Leonore zahlte einem kleinen Betrag für das Zimmer, das sie sich mit Frieda teilte, und auch für ihr Essen. Allerdings bekam sie das Geld dafür von Viktoria für ihre Arbeit im Haus und im Garten und weil sie manchmal auch beim Nähen half. Also war eigentlich alles wie früher.

Während Frieda um den gedeckten Tisch ging und die Gläser und Bestecke nachpolierte, zog Mabelle Richards Hand von seinem Gesicht, stellte sich auf die Zehenspitzen und hauchte einen Kuss auf die Narbe.

»Man sieht sie kaum noch«, sagte sie leise. Das war natürlich übertrieben, aber sie kam sich sehr erwachsen vor, als sie versuchte, Richard auf diese Weise zu trösten.

Er lachte bitter auf. »Das ist lieb von dir, Mabelle. Aber dummerweise hängt in meinem pompösen Schlafgemach ein großer Spiegel.«

Mabelle biss sich auf die Unterlippe. Warum hatte niemand daran gedacht, den Spiegel aus dem kleinen Garderobenraum neben dem Eingang zu nehmen? Dort hatten sie nach einigem Hin und Her ein Klappbett für ihren Bruder aufgestellt, das Viktoria irgendwo gegen etwas Silberbesteck eingetauscht hatte. Es gab kein freies Zimmer mehr für Richard, und die Frauen schliefen schon immer zu zweit in einem Raum auf unbequemen Sofas.

Zwar war das Dach jetzt einigermaßen dicht, aber wo es durchgeregnet hatte, waren Wände und Böden auch im Erdgeschoss immer noch nass. Es roch muffig und dauerte lange, bis es trocknete. An manchen Stellen war die Tapete verschimmelt.

Mabelle kontrollierte diese Räume regelmäßig und sorgte dafür, dass bei schönem Wetter die Fenster weit geöffnet waren, damit die Feuchtigkeit endlich verschwand. Schließlich brauchten Karl und sie nach ihrer Hochzeit ein eigenes Zimmer. Besser noch einen eigenen Wohnraum und ein Schlafzimmer. Und wenn es im Herbst kühl würde, könnte Richard auch nicht mehr im winzigen Garderobenraum bleiben, der nur durch einen dicken Vorhang von der zugigen Halle getrennt war und nicht mal ein Fenster hatte.

»Wann kommt Karl?«, erkundigte sich Richard nach einem Blick auf seine Armbanduhr.

»Ich hoffe, bald. Damit wir die Gäste gemeinsam begrüßen können.« Nervös tippte Mabelle mit der Fußspitze auf den Boden.

Wenig später erschienen ihre Großmutter, ihre Mutter und ihre Schwester auf der Terrasse. Leonore und Frieda hatten für den heutigen Abend das Kochen übernommen, damit die Familie in Ruhe feiern konnte. Allerdings hatten alle am Vortag bei den Vorbereitungen geholfen, sodass am Festabend nicht mehr so viel zu tun sein würde und sowohl das Flüchtlingsmädchen als auch das ehemalige Stubenmädchen mit am Tisch sitzen konnten, nachdem sie die einzelnen Gänge aufgetragen hatten.

»Wo bleibt denn Karl?«, erkundigte Viktoria sich ebenfalls. Und es gelang ihr zu Mabelles Erstaunen sogar, nicht allzu missbilligend zu klingen, als sie den Namen ihres künftigen Schwagers aussprach.

Jetzt wurde Mabelle doch langsam nervös. Was sollte sie tun, wenn Karl nicht bald auftauchte? Es wurde jetzt schon langsam peinlich, denn in einer knappen halben Stunde würden die ersten Gäste kommen. Es sollte nur eine kleine Feier werden, aber Mabelle hatte ein paar ehemalige Schulfreundinnen eingeladen, um ihnen ihren Triumph vorzuführen, und Annedore und Lukas sollten auch mitfeiern.

Als sie durch die offenstehenden Glastüren die Haustürglocke hörte, atmete sie heimlich auf. Normalerweise ging Karl außen ums Haus herum, wenn er wusste, dass sie bei schönem Wetter draußen saßen, aber vielleicht wollte er an diesem Tag hochoffiziell durch die Vordertür hereinkommen.

Fröhlich lief sie durch die Halle und riss die Tür auf. Draußen stand eine etwa dreißigjährige Frau mit tiefen Kerben zwischen Nasenflügeln und Mundwinkeln. Aus nebelgrauen Augen starrte sie Mabelle finster an.

»Soll hier heute eine Verlobung stattfinden?«, fragte die Fremde barsch.

Mabelle runzelte die Stirn. »Ich wüsste nicht, was Sie das angeht. Eingeladen sind Sie jedenfalls nicht.« Unhöflich sein konnte sie auch.

Die Frau kniff die Lider zusammen, als könnte sie Mabelle

dann besser sehen. »Sind Sie das etwa? Wollen Sie sich heute mit Karl Katschmarek verloben, Sie armes Kind?«

Jetzt reichte es Mabelle. Sie auch noch als armes Kind zu bezeichnen, war ja wohl die Höhe.

»Erstens bin ich kein Kind und zweitens schon gar nicht arm«, erklärte sie hoheitsvoll. »Und ja – ich werde mich heute mit Karl verloben. Haben Sie was dagegen?«

Die Frau lachte freudlos auf. »Das kann man wohl sagen. Ich bin Magda Katschmarek, und Karl ist mein Mann.«

Mabelle musste kurz schlucken, fing sich aber schnell wieder. Noch so eine eifersüchtige Frau, die Karl unbedingt für sich haben wollte. »Das hätten Sie wohl gern!« Sie musterte die Fremde von Kopf bis Fuß. Mit so einer hässlichen Frau würde Karl sich ohnehin niemals einlassen. Alt war sie auch noch.

»Dachte ich mir, dass Sie mir nicht glauben.« Die Frau zog einen Ausweis aus der Tasche und reichte ihn Mabelle. Tatsächlich zeigte das Foto die Fremde, und ihr Name war Magda Katschmarek.

In diesem Moment tauschte Richard auf. »Was ist denn hier los?«

Wortlos reichte Mabelle ihm den Ausweis der Fremden, die so hieß wie der Mann, mit dem sie sich an diesem Abend verloben wollte. Durch die Tränen, die ihr in die Augen gestiegen waren, konnte sie ihren Bruder kaum noch erkennen.

»Kommen Sie herein«, forderte Richard Magda Katschmarek auf und führte sie in den Salon. Mabelle folgte ihnen wie in Trance.

»Wo ist Karl?«, fuhr sie die Frau an, nachdem Richard die Tür hinter ihnen geschlossen hatte. »Er kann das bestimmt erklären. Wahrscheinlich ist der Ausweis gefälscht oder …«

»Karl ist feige. Er traut sich nicht her, weil er weiß, dass ich Ihnen die Wahrheit sagen werde.« Die Frau ließ sich auf dem Stuhl nieder, den Richard ihr anbot. Er setzte sich ebenfalls, Mabelle blieb mit vor der Brust gekreuzten Armen neben der Tür stehen.

»Erzählen Sie, was Sie uns zu sagen haben«, forderte Richard die Besucherin auf.

»Im Grunde ist es ganz einfach. Ich habe Karl kurz vor dem Krieg in Danzig kennengelernt. Später habe ich bezweifelt, dass es ein Zufall war. Karl liebt Frauen aus wohlhabenden Familien. Und obwohl er aus einfachen Verhältnissen stammt, kannte er eine Menge davon.« Die verhärmt wirkende Frau sah sich in dem großen Salon um.

Mabelle verzog verächtlich den Mund, sagte aber nichts.

»Erst später habe ich erfahren, dass er vor unserer Hochzeit schon mit zwei Töchtern aus reichem Hause verlobt war, die aber wohl noch rechtzeitig erkannt haben, was er wirklich von ihnen wollte. Ich habe es nicht bemerkt. Erst als er mein ganzes Erbe verspielt und für teure Luxusgegenstände ausgegeben hatte, habe ich begriffen, worum es ihm wirklich ging.« Magda Katschmarek verzog das Gesicht, als hätte sie Zahnschmerzen.

Weil ihre Knie plötzlich ganz weich waren, lehnte Mabelle sich an die Wand. Sie war immer noch nicht bereit, die seltsame Geschichte zu glauben, die die Frau ihnen erzählte. Karl liebte sie doch. Und sie ihn.

»Ich erwarte ein Kind von ihm«, flüsterte sie.

Magda Katschmarek sah Mabelle mitleidig an. »Ich habe eine Tochter von Karl, und ich werde ihn nicht aufgeben. Nach Kriegsende hat er keine Suchanzeige für uns, seine Familie, aufgegeben. Wir waren aus Danzig geflohen, aber ich habe ihn über das Rote Kreuz gefunden, weil er dumm genug war, sich ein Zimmer zuweisen zu lassen. Er hat mich mein Vermögen gekostet. Nun bin ich arm, aber ich werde dafür sorgen, dass er bei mir und bei seiner Tochter bleibt. Er ist mein Mann und gehört mir.«

Entsetzt starrte Mabelle die Frau an. Plötzlich war ihr entsetzlich übel. Noch viel übler als sonst immer morgens nach dem Aufstehen. Sie riss die Tür auf und rannte quer durch die Halle ins Bad, wo sie sich minutenlang übergab, bis sie nur noch grüne Galle hervorwürgte. Dann spülte sie sich den Mund aus und starrte lange die Fremde im Spiegel an, die mit stumpfem Blick zurückstarrte. Anschließend schlich sie durch die Halle in den kleinen Salon. Dort zerrte sie ihre Bettdecke aus dem Schrank, wo sie tagsüber ihren Platz hatte, warf sie aufs Sofa und versteckte sich darunter, so wie Claire es früher an so vielen Tagen getan hatte.

Irgendwann hörte sie, wie leise die Tür geöffnet wurde. Sie hob eine Ecke der Decke und schielte darunter hervor. Als sie ihre Mutter sah, warf sie das Federbett ab, sprang auf und warf sich Claire in die Arme, die diese gerade noch rechtzeitig ausbreiten konnte.

»Mama«, schluchzte sie. »Ich hab ihn so geliebt. Und jetzt hat er schon eine Frau. Er hat mich die ganze Zeit belogen, und ich werde eine ledige Mutter.«

Claire hielt sie ganz fest und strich ihr wieder und wieder beruhigend übers Haar.

»Ist Magda wieder weg?«, fragte Mabelle schluchzend. »Ich will sie nicht mehr sehen. Sie kann nichts dafür, aber sie hat mein Glück zerstört.«

»Das hat Karl getan. Und es ist gut, dass seine Frau noch rechtzeitig gekommen ist, um Schlimmeres zu verhindern.«

»Ich hätte so gern wenigstens noch Verlobung gefeiert«, weinte Mabelle.

»Das glaubst du jetzt. Aber dann wäre alles noch viel schrecklicher geworden. Richard begleitet Magda Katschmarek ins Dorf. Er wird mit Karl sprechen, falls der wenigstens dazu genug Mut hat und sich nicht vor deinem Bruder versteckt.«

»Was will Richard ihm denn sagen?« Mabelle hatte einen

Schluckauf und konnte kaum noch sprechen, während sie sich immer noch Schutz suchend an ihre Mutter schmiegte.

»Er wird Karl sagen, dass er sich nie mehr bei uns blicken lassen soll und dass du abstreiten wirst, dass er der Vater des Kindes ist.« Claire streichelte immer noch Mabelles Locken, die sie an diesem Morgen besonders lange gebürstet hatte, damit sie an ihrem Verlobungstag schön glänzten.

»Aber ich will keine ledige Mutter sein und das Kind allein großziehen«, jammerte Mabelle.

»Du bist nicht allein, mein Kind. Du hast deine Familie, und wir stehen zu dir.«

»Es ist trotzdem furchtbar. Die Leute im Dorf werden über mich reden und mich auslachen.« Mit dem Handrücken wischte Mabelle sich übers Gesicht, aber es kamen immer mehr Tränen. Ihre Mutter reichte ihr wortlos ein Taschentuch.

»Das spielt keine Rolle«, sagte Claire dann energisch. »Wichtig sind die Menschen, die in der Not an deiner Seite sind und dir helfen. Die anderen musst du einfach ignorieren.«

Das klang sehr vernünftig, und wahrscheinlich hatte ihre Mutter recht. Doch Mabelle konnte nicht aufhören zu weinen. Ihre Zukunft, die vor einer Stunde noch hell und aufregend vor ihr gelegen hatte, erschien ihr nun wie ein finsteres Tal, aus dem sie nie wieder herausfinden würde.

17

Villa Rabenfels, April 1947

Viktoria richtete sich in ihrem Bett auf und lauschte in die Dunkelheit. Sylvie schrie. Mit ihren knapp drei Monaten war sie noch ein winziges Persönchen, hatte dafür jedoch eine sehr kräftige Stimme. Wenn sie sich nachts meldete, hörte sie jeder in der Villa. Nur Mabelle nicht. Die schlief direkt neben ihrer kleinen Tochter so fest, dass irgendjemand erst zu ihr gehen und sie wachrütteln musste, damit sie sie stillte.

Seufzend schlug Viktoria die Bettdecke zurück und tappte barfuß durch die Halle. Seit Richard es in die Hand genommen hatte, das Haus wieder in Ordnung zu bringen, hatten sie deutlich mehr Platz. Die Zimmer im Erdgeschoss waren fast alle wieder bewohnbar. Sie aßen nicht mehr in der Küche, sondern wie früher im Speisezimmer. Zudem hatte nun jeder von ihnen ein eigenes Schlafzimmer, auch Frieda. Leonore war vor einigen Wochen zu ihrer Mutter nach München gezogen, wo dieser eine Einzimmerwohnung zugewiesen worden war und Leonore nun als Serviererin in einem Café arbeitete.

Mabelle schlief mit ihrer Tochter, die in einer dunklen Januarnacht geboren worden war, im ehemaligen Frühstückszimmer. Es lag nach Osten und hatte herrliche Morgensonne.

Vor der Tür, hinter der der Säugling immer lauter schrie, traf Viktoria auf ihre Mutter.

»Sie wacht wieder nicht auf«, flüsterte Claire, als ginge es darum, Mabelle auch jetzt nicht zu wecken. Vielleicht wollte sie aber auch Richard und Louise nicht stören, aber Letztere war sicher längst wach.

Claire drückte die Klinke herunter und ging ins Zimmer. Obwohl sie nun beruhigt hätte zurück in ihr Bett gehen können, folgte Viktoria ihr. Sie war jetzt ohnehin munter, und, obwohl sie es ungern zugab, war sie beim Anblick des kleinen Wesens jedes Mal fast zu Tränen gerührt.

»Mabelle?«, flüsterte Claire, während sie auf Zehenspitzen das Zimmer durchquerte, in dem eine kleine Tischlampe brannte. Zum Glück hatten sie nur noch selten Stromsperre, und wenn es stockdunkel war, wachte Mabelle erst recht nicht auf.

Während ihre Mutter an die Wiege trat, in der schon ihre drei Kinder geschlafen hatten, eilte Viktoria schnurstracks zum Bett ihrer Schwester.

»Mabelle«, rief sie. »Deine Tochter hat Hunger!«

»Hm?« Mabelle wehrte die lästige Hand an ihrer Schulter ab und drehte sich auf die andere Seite. Früher hatte sie immer über den festen Schlaf ihrer Schwester gelacht, doch seit Mabelle Mutter war, fand Viktoria es mehr als lästig, dass immer mindestens ein Familienmitglied aufstehen musste, um sie zu wecken, wenn ihre kleine Tochter sich nachts meldete.

»Hier ist deine Sylvie.« Immer noch sprach Claire aus unerfindlichen Gründen mit gesenkter Stimme. Sie hatte den Säugling in die Decke aus der Wiege gewickelt und hielt sie im Arm.

»Hmm«, machte Mabelle, blinzelte und schloss die Augen wieder.

Viktoria wurde energisch. Sie packte ihre Schwester bei den Schultern, zog sie hoch, drückte ihren Oberkörper nach vorn, sodass sie sich nicht wieder hinlegen konnte, und stopfte ihr das dicke Kopfkissen in den Rücken.

Jetzt saß Mabelle im Bett, schien aber immer noch zu

schlafen, denn ihre Augen waren geschlossen, und ihr Kopf fiel nach vorn.

»Sylvie hat Hunger!«, schrie Viktoria sie an.

»Was?« Erschrocken riss die junge Mutter die Augen auf.

»Du musst deine Tochter stillen«, teilte Claire ihr freundlich mit und half ihr, die Knöpfe ihres Nachthemds zu öffnen, bevor sie ihr die schreiende Sylvie in den Arm legte.

Gleich darauf kehrten Ruhe und Frieden ein. Nur das leise Schmatzen des zufrieden nuckelnden Kindes war zu hören.

Claire und Viktoria standen neben Mabelles Bett und sahen auf die junge Mutter und ihre Tochter hinunter. Gerührt betrachtete Viktoria das winzige Händchen, das sich gegen Mabelles Brust stemmte, als wollte es die Milch herauspressen.

»Geh ruhig ins Bett, Mama«, sagte sie. »Ich wechsele Sylvies Windel.«

»Das kann ich doch machen«, widersprach Claire. »Du hast morgen früh eine Kundin.«

»Jetzt bin ich sowieso wach.« Viktoria lächelte sie an. »Und außerdem sitzt du meistens schon an der Nähmaschine, bevor ich überhaupt aufgestanden bin.«

»Irgendwann muss Mabelle lernen, sich allein um ihr Kind zu kümmern. Wenigstens nachts.« Es wäre nicht nötig gewesen, dass Claire flüsterte, denn Mabelle schlief längst wieder, mit dem Säugling an ihrer Brust.

*

Als Viktoria gegen sieben Uhr morgens das Speisezimmer betrat, traf sie nur ihre Mutter und ihren Bruder an. Da Claire immer als Erste auf war, hatte es sich ergeben, dass meist sie das Frühstück zubereitete. Es war nicht so üppig wie vor dem Krieg, aber manchmal gab es eine Schüssel mit Rührei und gebratenem Speck. Und immer standen frisch gebackenes

Brot, Butter, Marmelade und etwas Käse, oft auch ein bisschen Obst, auf dem Tisch.

Langsam wurde es einfacher, Nahrungsmittel zu bekommen. Nach wie vor erhielten sie aber die meisten der begehrten Lebensmittel im Tausch gegen die Kleider, die sie in immer größerer Zahl nähten, ohne jemals die Nachfrage befriedigen zu können.

Viktoria gefiel der Gedanke, dass inzwischen in der Umgebung von Rabenfels viele Frauen stolz ihre Modelle trugen. Und wer es sich leisten konnte, war bereit, sich ein Kleid von Viktoria von Haynbach etwas kosten zu lassen.

Manchmal hatte sie ein schlechtes Gewissen, weil sie für die Kleider so gut bezahlt wurden. Was vor allem bedeutete, dass sie Nahrungsmittel bekamen, die für Leute, die darauf angewiesen waren, mit ihren Lebensmittelmarken im Laden einzukaufen, unerreichbar waren. Doch sie beruhigte sich mit dem Gedanken, dass niemand satter wurde, wenn sie auf die Würste, die Schinken und das eingekochte Fleisch verzichtete, die ihr für die Kleider angeboten wurde. Dann würden die Frauen, die ihr diese Sachen für die Kleider gaben, ihre Leckereien eben selbst essen.

Auf dem niedrigen Büfett an der Wand hatte Claire an diesem Morgen einen kleinen Teller mit in Scheiben geschnittener Mettwurst, ein Stück Butter, ein Glas Apfelgelee und einen halben Laib Brot aufgebaut. Dazu gab es Bohnenkaffee, so wie früher auch. Manchmal kam Viktoria das Leben schon wieder fast normal vor.

Sie nahm sich Brot, Butter und etwas Gelee und setzte sich zu ihrer Mutter und ihrem Bruder an den Tisch. »Wo ist *Grandmère?*«, erkundigte sie sich. Mabelle schlief um diese Zeit ohnehin noch.

»Sitzt schon an der Nähmaschine. Du weißt doch, dass Frau Mayerhoff heute ihr Kleid abholen will. Louise war noch nicht mit dem Kragen zufrieden. Ich glaube, sie hat ihn noch mal aufgetrennt.« Claire ließ sich nicht anmerken, ob sie das angemessen fand.

Manchmal hatte Viktoria ein schlechtes Gewissen. Schließlich wusste sie sehr genau, wie anstrengend es war, sich den ganzen Tag über den feinen Stoff zu beugen und darauf zu achten, dass die Nähte ja nicht schief wurden, weil sie dann mühsam wieder aufgetrennt werden mussten. Früher hatte Louise als erfolgreiche Schneiderin selbst Kleider entworfen, doch nun erklärte sie selbst ihre Ideen für altmodisch.

»Wer so wunderbare Entwürfe zeichnet wie du, sollte seine Zeit nicht mit Nähen verschwenden«, erklärte ihre Mutter energisch, als hätte sie Viktorias Gedanken erraten.

Als es klopfte und gleich darauf Lukas eintrat, spürte sie, dass sie rot wurde. Hastig beugte sie sich über ihre Tasse und rührte darin herum, obwohl sie den Kaffee schwarz trank.

Zum Glück tauchte in diesem Moment auch ihre Großmutter zum Frühstück auf, die die Türklingel offenbar von ihrer Nähmaschine weggelockt hatte, und Viktoria konnte sich damit beschäftigen, ihr einen Teller zu holen und Brot abzuschneiden.

Richard begrüßte Lukas erfreut. Die beiden Männer hatten sich schnell angefreundet.

»Was habt ihr zwei heute vor?«, erkundigte sich Viktoria so beiläufig wie möglich und versuchte, das seltsame Summen in ihrem Bauch zu ignorieren.

»Wir räumen das Trümmergrundstück weiter auf.« Richard schob auffordernd den Stuhl an seiner Seite für Lukas zurecht. Der näherte sich nur zögernd dem Tisch.

»Ich dachte, wir brechen gleich auf, damit wir möglichst viel schaffen.«

»Ein Stück Brot kannst du ruhig vorher noch essen. Dann hast du nachher mehr Kraft«, scherzte Richard.

»Wenn ich darf?« Lukas schaute erst Louise und dann

Claire fragend an. Viktoria streifte er nur mit einem flüchtigen Blick.

»Wir freuen uns immer über nette Gäste«, sagte Louise lächelnd. »Und Sie sind uns jederzeit willkommen.«

»Nun ja, Richard hat mich eingestellt, um die Näherei neu aufzubauen und die Maschinen, soweit es möglich ist, wieder in Gang zu bringen. Dazu gehört nicht, dass Sie mich hier durchfüttern.«

»*Taratata*«, sagte Louise fröhlich. Das war Französisch und hieß so viel wie papperlapapp, wusste Viktoria. »Greifen Sie zu.«

Seit sie wieder im Speisezimmer aßen, gab es immer Platz für unerwartete Gäste. Es war wie vor dem Krieg. Damals hatten sie ein offenes Haus geführt, wie ihre Mutter es genannt hatte, und es war ein gutes Gefühl, es nun wieder so halten zu können.

Viktoria lehnte sich lächelnd auf ihrem Stuhl zurück. Auch wenn Lukas' Anwesenheit sie ein bisschen nervös machte, war es schön, ihn öfter zu sehen.

Richard hatte sehr schnell herausgefunden, dass Lukas nicht nur ein halbes Ingenieurstudium aufzuweisen hatte, sondern auch sehr geschickt mit den Händen war. Er hatte keine Scheu, sich schmutzig zu machen, räumte mit Elan den Schutt der zerbombten Näherei weg und schaffte es, Nähmaschinen zu reparieren, die in einem traurigen Zustand unter Balken und Beton hervorgeholt wurden.

»Was denkt ihr, wann der erste Teil des neuen Gebäudes eingeweiht werden kann?«, erkundigte Viktoria sich, nachdem sie Lukas Kaffee eingegossen hatte.

Sie hatten gemeinsam beschlossen, dass auf dem Grundstück der Näherei zunächst nur ein relativ kleines Gebäude entstehen sollte, das Platz für fünf bis sechs Nähmaschinen und zwei Zuschneidetische bot. Zudem waren ein Lager, ein Büro und ein kleines Atelier für Viktoria geplant. Auf diese

Weise würde es einfacher sein, das Baumaterial zu beschaffen, und auch der Bau selbst würde nicht so viel Zeit beanspruchen. Später konnten je nach Bedarf weitere Produktionsräume hinzugefügt werden.

»Wir hoffen, dass wir es bis zum Herbst schaffen, wenn wir zwei oder drei Maurer finden.« Richard stand auf. »Wenn ihr mich bitte kurz entschuldigt. Ich muss noch einen wichtigen Brief schreiben. Wegen der Baugenehmigung.«

Louise und Claire sprangen fast gleichzeitig ebenfalls auf und verkündeten, dass sie dringend das Kleid für die junge Frau Schramm fertig nähen mussten. Sie hatte ihnen im Tausch gegen zwei Kleider und eine passende Jacke, die sie zu beiden tragen konnte, eine voll funktionsfähige Nähmaschine angeboten. Von diesem Geschäft waren die Frauen begeistert. Viktoria hatte es seltsam gefunden, dass Frau Schramm für zwei Kleider eine Nähmaschine hergeben wollte, auf der sie sich Dutzende von Kleidern hätte nähen können.

»Du tust ja gerade, als wäre jeder in der Lage, sich elegante Schnitte auszudenken, so wie du«, hatte Louise streng gesagt. »Und so ordentliche Nähte, saubere Knopflöcher und feine Stickereien wie wir bekommt auch nicht jeder hin.«

Unbehaglich rutschte Viktoria auf ihrem Stuhl herum, als sie sich plötzlich mit Lukas allein am Tisch wiederfand. Auch sein Räuspern klang verlegen. Als sie in seine Richtung schaute, begegneten sich ihre Blicke, verhakten sich für Sekunden und glitten wieder aneinander vorbei. Viktoria starrte das Gemälde von Onkel Ludwig an der Wand hinter Lukas an und rührte in ihrer Tasse, obwohl es längst nichts mehr zu rühren gab.

Sie konnte sich nicht erinnern, wann sie zuletzt mit Lukas allein gewesen war. Das hatten sie beide für lange Zeit erfolgreich vermieden. Wenn ihr eine gute Begründung eingefallen wäre, um das Zimmer so schnell wie möglich zu verlassen, hätte sie es getan. Aber es war unhöflich, einen Gast allein am

Tisch sitzen zu lassen. Außerdem wäre Lukas sofort klargewesen, dass sie die Flucht vor ihm ergriff, was ebenso peinlich war wie das Alleinsein mit ihm.

»Was denkst du, wie viele Nähmaschinen du wieder so herrichten kannst, dass sie für uns taugen?«, fiel ihr nach einer weiteren Schweigeminute ein, die sich wie Blei auf ihrer Brust angefühlt hatte.

»Wir haben fünf Maschinen aus den Trümmern geholt, von denen ich glaube, dass ich sie reparieren kann.« Sein Lächeln sorgte dafür, dass ihr heiß wurde.

Wie jedes Mal, wenn sie ihn sah, erinnerte sie sich energisch daran, dass er Annedores Mann war. Sie schaute haarscharf an seinem rechten Ohr vorbei und blickte ernst drein.

»Das ist gut.«

»Freust du dich schon darauf, in dein neues Modeatelier einzuziehen? Richard hat mir erzählt, dass deine Kleider unglaublich erfolgreich sind.« Lukas führte die Tasse zum Mund, trank einen Schluck und stellte sie wieder ab. Sein Blick irrte im Zimmer umher und streifte dabei immer wieder ihr Gesicht.

»Es stimmt, dass es mit den Kleidern ganz gut klappt, aber wer weiß, wie es weitergeht, wenn die Frauen wieder schöne Sachen in den Geschäften kaufen können.« Viktoria zuckte mit den Schultern.

»So schön wie deine Kleider?« Sie meinte, aus dem Augenwinkel Lukas' Lächeln zu sehen, wagte aber nicht, ihn anzuschauen.

»Wir müssen abwarten, wie sich alles entwickelt. Ich würde gern weiter Kleider entwerfen, aber wenn unsere Zukunft wieder ausschließlich bei Hemden und Blusen liegt, finde ich mich auch damit ab.« Das Brot, von dem sie einen Bissen nahm, schmeckte salzig, die Marmelade, mit der sie es bestrichen hatte, süß. So kam ihr zurzeit ihr Leben vor.

»Darf ich dich etwas fragen?« Das kam zögernd, sie jedoch

nickte sofort. Jede Unterhaltung erschien ihr besser als peinliches Schweigen.

»Du bist doch schon sehr lange mit Annedore befreundet.« Er schob den Teelöffel weiter an den Rand seiner Untertasse.

Viktoria betrachtete den kleinen Silberlöffel, einen der wenigen, die sie im Winter 45/46 nicht gegen Lebensmittel eingetauscht hatten. Zwischen Lukas' schmalen und gleichzeitig kräftigen Fingern wirkte er winzig. Nur zu gut erinnerte sie sich daran, wie Lukas ihre Hand gehalten hatte, als sie auf dem zugefrorenen See geschlittert waren. Sein Griff war fest gewesen, und sie hatte sich sicher gefühlt – als könnte ihr nichts passieren, solange er ihre Finger mit seinen umschlang.

»Seit unserer Schulzeit«, antwortete sie auf seine Frage und sah ihm entschlossen in die Augen.

»Vielleicht kannst du mir einen Rat geben. Ich hatte die Hoffnung, dass Annedore in der nächsten Zeit vielleicht ...« Er stockte und schien zu überlegen, ob er weitersprechen sollte.

»Annedore wünscht sich ein Kind«, half sie ihm aus, weil sie ahnte, worauf er zu sprechen kommen wollte. »Und dann auch wieder nicht. Es ist sicher nicht ungewöhnlich, dass eine Frau in manchen Momenten vor der Verantwortung zurückschreckt.«

»Aber irgendetwas fehlt ihr.« Er klang verzweifelt.

Viktoria nickte. Sie wusste nur zu genau, dass Annedore mit ihrem Leben unzufrieden war. Das konnte ihr jeder anmerken, der sie auch nur ein bisschen kannte. Das eine oder andere Mal hatte sie sich mit der Freundin darüber unterhalten, was sie sich wünschte und wie sie sich früher ihr Leben erträumt hatte. Doch Annedore konnte nicht genau erklären, was sie vermisste und gern geändert hätte. Immer wieder erwähnte sie die beengten Verhältnisse, in denen sie mit ihren Eltern und Lukas lebte, aber das allein konnte es nicht sein –

dann hätten die meisten Menschen in diesen Nachkriegsjahren ständig unzufrieden sein müssen.

»Lukas …«, hatte Annedore ein oder zwei Mal während dieser Unterhaltungen gesagt. Nur seinen Namen, nicht mehr. Und sobald Viktoria nachgefragt hatte, was sie an ihrem Mann störte, war ihr nichts Konkretes eingefallen. »Er könnte irgendwie … anders sein. Vielleicht ein bisschen fröhlicher. Manchmal finde ich ihn richtig trübsinnig.«

»Er hat im Krieg schlimme Dinge gesehen. Redet ihr darüber?«, hatte Viktoria sie gefragt.

»Genau das meine ich! Ich will nicht ständig Trübsal blasen.« Annedore hatte das Gesicht verzogen.

»Es gibt Tage, da spricht sie kaum noch mit mir«, sagte Lukas nun mit bedrückter Miene. »Wenn sie denkt, ich merke es nicht, sieht sie mich ganz seltsam an. Ich will mich nicht hinter dem Rücken meiner Frau über sie beschweren. Ich wüsste nur gern, was ich tun kann, damit es ihr besser geht. Vielleicht kannst du mir einen Rat geben.«

»Ich glaube, sie wünscht sich Abwechslung und Romantik. Fröhlichkeit.« Viktoria zog die Schultern hoch und ließ sie wieder fallen.

Lukas rieb sich nachdenklich die Nase. »Fröhlichkeit? Ich fürchte, ich kann nicht auf Befehl fröhlich sein.«

Sie tauschten einen ratlosen Blick.

»Ich könnte sie wieder einmal ausführen«, überlegte Lukas laut. »Als ich vor ein paar Wochen mit ihr in ein Tanzlokal in Bernried gehen wollte, war sie allerdings nicht sonderlich begeistert und bekam in letzter Minute Kopfschmerzen. Wenn sie ausgeht, besucht sie am liebsten ihre Freundin Christel. Hinterher ist sie immer gut gelaunt.«

Viktoria sah Lukas prüfend an. Sie hatte nicht gewusst, dass Annedore so viel Kontakt mit Christel hatte.

»Annedore liebt weiße Blumen und Nougat«, fiel Viktoria ein. »Darüber würde sie sich freuen.«

»Das habe ich schon ausprobiert. Es war sehr schwierig, weiße Rosen zu besorgen, aber Annedore beschwerte sich darüber, dass sie viel dringender neue Schuhe braucht. Die habe ich ihr inzwischen aber auch gekauft.«

Viktoria schüttelte ungläubig den Kopf. »Hast du schon mal versucht, mit der Faust auf den Tisch zu schlagen?«, platzte sie heraus.

Zu ihrem Erstaunen lachte er auf. »Das mache ich zwischendurch immer wieder mal, wenn ihre Launen mir zu viel werden, aber das funktioniert auch nicht. Dann streiten wir uns, ihre Eltern mischen sich ein, aber besser wird es dadurch auch nicht.« Er zog die Stirn kraus und überlegte. »Mehr Platz würde helfen, glaube ich. Dadurch, dass meine Schwiegereltern sich meistens auf Annedores Seite stellen, werden unsere Probleme nicht gerade kleiner. Richard hat mir erzählt, dass die Zimmer hier oben im Haus bald bewohnbar sein werden. Dann bekommt ihr weitere Einweisungen, nehme ich an. Hättest du was dagegen, wenn ich mich darum bemühe, dass Annedore und ich hier einziehen können?«

Die Vorstellung, mit ihm unter einem Dach zu leben, ihn täglich zu sehen und zu sprechen, nahm ihr fast den Atem. Sie wusste nicht, ob vor Angst oder vor Freude.

»Sicher kannst du das versuchen«, sagte sie schnell, als sie bemerkte, dass sie lange nachdenklich geschwiegen hatte und er sie mit wachsender Unsicherheit anschaute.

Sein Blick blieb fragend, und sie fügte hastig hinzu: »Ich … Wir würden uns freuen. Es ist doch viel angenehmer, mit Freunden zusammenzuwohnen als mit vollkommen Fremden. Obwohl wir natürlich Frieda sehr ins Herz geschlossen haben, die ja auch mal eine Fremde war.«

»Annedore freut sich sicher, Wand an Wand mit ihrer Freundin zu leben.«

Viktoria nickte stumm. Auch Lukas sagte nichts mehr.

Das Ticken der Wanduhr schien von Sekunde zu Sekunde lauter zu werden.

»Oder meinst du, wir sollten das lieber lassen?«, sagte er nach einer Weile. »Vielleicht ist es ja doch nicht gut, wenn wir uns zu häufig begegnen.«

Sie starrte ihn kurz an und sah wieder weg.

»Ich weiß gar nicht, wovon du redest«, antwortete sie mit tonloser Stimme.

Er öffnete den Mund, um etwas zu erwidern, doch in diesem Moment trat Richard ins Zimmer.

»Erledigt«, verkündete er zufrieden. »Wir können uns dann auf den Weg machen, Lukas.«

Sofort sprang Lukas auf, verabschiedete sich von Viktoria und folgte ihrem Bruder hinaus in die Halle.

Als hinter den beiden Männern die Tür ins Schloss gefallen war, atmete sie erleichtert auf.

18

Villa Rabenfels, Juni 1948

»Komm her, mein Schatz«, rief Claire und hockte sich im Salon vor die bodentiefen Fenster.

Mit einem Jauchzer lief Sylvie in die ausgebreiteten Arme ihrer Großmutter.

»Mama, Mama«, rief sie laut und fasste Claire in die Haare, die sie seit einigen Monaten kurz geschnitten und zu Wasserwellen gelegt trug.

Die Friseurin in Bernried hatte sich erstaunt geäußert, weil sie in den dunklen Haaren einer Frau von über vierzig normalerweise sehr viel mehr silberne Strähnen fand. Claires neue Frisur schimmerte in einem warmen Braun, und nur wer aus der Nähe sehr genau hinsah, entdeckte hier und da ein einzelnes graues Haar. An diesem Morgen hatte Claire eines an ihrer linken Schläfe gefunden und es mit einem energischen Ruck ausgerissen, um es anschließend erstaunt zu betrachten. Seit wann interessierte sie sich wieder für ihr Aussehen und bemerkte ein graues Haar nicht nur, sondern riss es sogar ganz automatisch aus?

Zum Friseurbesuch hatten ihre Töchter sie überredet, die beide fanden, dass sie unbedingt eine neue Frisur brauchte. Seit Helmuts Tod war sie nicht mehr beim Friseur gewesen und hatte ihre immer länger werdenden Haare im Nacken zu einem schlichten Dutt geschlungen.

»Wie eine Oma«, hatte Mabelle immer wieder gesagt.

Und Claire hatte, mal ungeduldig und mal lachend, erwidert, dass sie schließlich eine Oma sei. Bis sie selbst genug von ihrer altmodischen Frisur gehabt hatte. Erst im Nachhinein hatte sie begriffen, dass ihr Friseurbesuch ein weiterer Schritt in ein neues Leben gewesen war. Sehr langsam hatten sich die dunklen Wolken verzogen, die sie seit dem Tag umgeben hatten, als die Nachricht von Helmuts Tod sie erreichte. Zunächst hatte es sie viel Kraft gekostet, wieder am Leben ihrer Familie teilzunehmen – sich am Esstisch den Anschein zu geben, dass sie der Unterhaltung folgte, sich regelmäßig morgens an die Nähmaschine zu setzen und sich um ihre Töchter zu kümmern, wie es eine Mutter tat. Besonders Mabelle hatte sie gebraucht, nachdem der Vater ihres Kindes sich als Betrüger entpuppt hatte und innerhalb weniger Stunden mit seiner Ehefrau auf Nimmerwiedersehen aus dem Dorf verschwunden war.

Mabelle hatte sich nach der missglückten Verlobung wochenlang die Augen ausgeheult, und das Unglück ihrer Jüngsten hatte Claire endgültig aus ihrem eigenen Kummer gerissen. Sie hatte Mabelle viele Stunden im Arm gehalten und ihr immer wieder gesagt, dass sie ein wunderbares Kind zur Welt bringen würde, das zu einem aufrechten von-Haynbach-Mann oder einer stolzen von-Haynbach-Frau heranwachsen würde.

Und wenn sie nun die kleine Sylvie sah, wusste sie, dass sie recht gehabt hatte. Die Kleine war Mabelle wie aus dem Gesicht geschnitten. Und wenn sie mit all der Liebe und der Aufrichtigkeit großgezogen wurde, die es seit ihrer Hochzeit mit Helmut in ihrer Familie gegeben hatte, konnte Sylvie kein leichtfertiger, betrügerischer Mensch werden, wie es ihr Vater war.

Es tröstete Claire, dass ihr geliebter Mann, der sie viel zu früh verlassen hatte, auf diese Weise sein Vermächtnis hinterließ. Seine Liebe, die er ihr so großzügig geschenkt hatte und die sie wieder spüren konnte, seit ihr Herz aus der dunklen Trauer erwacht war, würde sie nun wieder ihrer Familie schenken und vor allem an Helmuts Enkelin weitergeben, die er leider nicht mehr kennengelernt hatte.

»Mama«, wiederholte Sylvie und grub ihre kleinen Finger noch tiefer in Claires Haare, was wahrscheinlich der Wasserwelle für diesen Tag den Garaus machte.

»Da drüben sitzt deine Mama.« Verlegen deutete Claire auf Mabelle, die mit einem Heft an dem kleinen Schreibtisch saß, eifrig Zahlen notierte und nichts von dem, was um sie herum vorging, zu hören schien. »Ich bin die Großmama.«

»Mama.« Sylvie pikste mit ihrem winzigen Zeigefinger gegen Claires Brust.

»Sie glaubt, du bist ihre Mama«, sagte Mabelle, ohne sich umzudrehen.

»Wenn sie ein bisschen älter ist, wird sie ganz genau wissen, wer ihre Mutter ist. Sie ist noch so klein und hat so viele Frauen um sich, die sie lieb haben und sich um sie kümmern, dass sie wohl manchmal ein bisschen durcheinander kommt«, sagte Claire entschuldigend.

»Aber du kümmerst dich am meisten um sie«, stellte Mabelle gelassen fest und wandte sich nun doch um. »Und dafür bin ich dir sehr dankbar, wie du weißt.«

Seit Sylvie zahnte und nachts oft anfing zu weinen, schlief sie in Claires Zimmer. Mabelle wachte immer noch nur sehr schwer auf, sodass Claire ohnehin stets als Erste an Sylvies Bettchen gewesen war – oft gemeinsam mit Viktoria. Manchmal hatte sich sogar Richard zu ihnen gesellt, der ebenfalls von dem Geschrei wach geworden war. Während der Rest der Familie sich beriet, wie man der Kleinen helfen könnte, rührte Mabelle sich nur selten in ihrem Bett. Claire hatte dann regelmäßig die weinende Sylvie mitgenommen, sie herumgetragen, ihr Brotkanten zum Beißen angeboten und sie den Rest der Nacht bei sich im Bett schlafen lassen. Deshalb war es schon nach kurzer Zeit vernünftiger erschienen, Sylvies Bettchen in

Claires Zimmer zu stellen. Auch Mabelle hatte nichts dagegen einzuwenden gehabt.

»Wenn du nicht Tag und Nacht für Sylvie da wärst, könnte ich mein Fernabitur gar nicht schaffen«, fügte Mabelle hinzu. »Wie sollte ich mit müdem Kopf diese schrecklichen Mathematikaufgaben lösen?«

Mabelle hatte energisch erklärt, sie werde als ledige Mutter auf keinen Fall zurück in ihre alte Schule in Bernried und auch in kein anderes Gymnasium in der Umgebung gehen. Dort werde man sich garantiert das Maul über sie zerreißen. Daraufhin hatte Richard einen der neuen Fernkurse fürs Abitur vorgeschlagen. Viele ehemaligen Gymnasiasten, die wegen der Wirren der letzten Kriegsjahre ihren Abschluss nicht gemacht hatten und nun teilweise schon dem Schulalter entwachsen waren, wählten diesen Weg.

Der Kurs würde erst im Herbst beginnen, doch Mabelle lernte schon jetzt eifrig anhand ihrer alten Schulbücher. Sie hatte erklärt, sie wolle nicht die Einzige unter den drei Geschwistern sein, die kein Abitur hatte.

Claire setzte sich mit Sylvie auf dem Arm in einen Sessel und ließ die Kleine auf ihren Knien wippen. Auch wenn sie nicht vorhatte, Mabelle ihr Kind streitig zu machen – es war ein wunderbares Gefühl, die lebhafte Anderthalbjährige um sich zu haben und auch nachts für sie da zu sein, wenn sie weinte. Auf diese Weise blieb Claire einfach keine Zeit mehr, sich in dunklen Gedanken zu vergraben.

Frieda, die mit einer Näharbeit auf dem Schoß auf dem Sofa neben dem großen Eichenholzschrank saß, warf einen Blick auf die Wanduhr. »Sie müssten bald wiederkommen. Soll ich schon Kaffee kochen?«

»Dafür ist nachher noch genug Zeit, dann helfe ich dir«, sagte Viktoria freundlich und beugte sich sofort wieder über ihren unvermeidlichen Zeichenblock.

Obwohl Frieda jetzt in der Näherei angestellt war und ein

Gehalt bekam, von dem sie Miete für ihr Zimmer zahlte, betrachteten die von Haynbachs sie immer noch als Familienmitglied. Sie half im Haushalt, zahlte etwas Kostgeld und aß dafür mit am großen Tisch im Speisezimmer.

Da die Frauen alle mit der Näharbeit ausgelastet waren, hatte Claire eine Zugehfrau für die grobe Putzarbeit eingestellt. Das Kochen hatte Claire mittlerweile allein übernommen. Sie blieb wegen Sylvie tagsüber in der Villa, erledigte leichte Hausarbeit und bereitete das Abendessen für alle vor, während der Rest der Familie bis abends in der Näherei war, die sie im Januar neu eröffnet hatten.

In dem flachen Gebäude, das einer großen Garage ähnelte, arbeiteten neben Louise und Viktoria fünf Näherinnen und eine Zuschneiderin, die wie Louise gelernte Schneiderin war. Und Frieda war inzwischen so geschickt mit Nadel und Faden, aber auch an der Nähmaschine, dass sie Louise als Aufsicht der Näherinnen vertrat, wenn sie nicht da war.

Viktoria verbrachte die meiste Zeit in einem Raum, den sie ihr Atelier nannte. Dort standen ihr Zeichentisch und eine Schneiderpuppe, an der sie Stoff abstecken konnte. Sie entwarf weiterhin Kleider, nun aber auch die Hemden, die wieder unter dem Namen *Haynbach-Hemden* verkauft wurden. Außerdem stellte sie die Schnittmuster für ihre Modellkleider und die Hemden her, indem sie die einzelnen Teile im richtigen Maßstab auf Papier zeichnete.

Ein weiterer kleiner Raum diente Richard als Büro. Dort erledigte er die Buchhaltung, kümmerte sich um den Einkauf, die Kalkulation und die Planung weiterer Anbauten, die sie früher als erwartet benötigen würden.

Die Tür zum Salon wurde aufgestoßen, und Annedore trat ein. Sie warf einen finsteren Blick in die Runde und ließ sich in den nächstbesten Sessel fallen. »Warum ist Lukas noch nicht wieder da?«

»Weil Richard auch noch nicht da ist«, erwiderte Mabelle in einem ähnlich genervten Ton.

»Es kann doch nicht ewig dauern, ein bisschen Geld abzuholen.« Annedore rollte mit den Augen, eine ihrer Lieblingsbeschäftigungen in diesen Tagen.

Claire hatte schon oft gedacht, dass der Einzug von Viktorias ehemaliger Freundin in die Villa sich nicht gerade als Gewinn entpuppt hatte. Die früher so muntere Annedore gab sich meistens mürrisch. Wäre ihr Ehemann nicht so ein außergewöhnlich freundlicher Mensch gewesen, hätte man sie sofort an die Luft setzen müssen, was sie aber natürlich nach einer Einweisung durch das Wohnungsamt sowieso nicht durften.

Wie auf Bestellung waren aus der Halle Männerstimmen zu hören, und die Frauen im Salon richteten sich gespannt auf. Sogar die fleißige Frieda ließ die fast fertige ärmellose Bluse sinken, die sie sich aus einem von Viktorias Stoffresten genäht hatte. Er war übrig geblieben, als Viktoria für die Frau des neugewählten Bürgermeisters ein Kleid entworfen hatte, das diese bei seiner Amtseinführung tragen wollte. Rauchblaue Seide mit winzigen himmelblauen Blüten. Frieda war außer sich vor Freude gewesen, als Viktoria ihr den Stoff geschenkt hatte. Er reichte knapp für eine Bluse ohne Ärmel, und das auch nur, weil Frieda so schmal und klein war.

Die Tür ging auf, und Richard trat ein, dicht gefolgt von Lukas. Die beiden Männer unterhielten sich angeregt. Seit Lukas und Annedore zwei Zimmer im ersten Stock der Villa bewohnten, verbrachten Richard und Lukas auch einen Teil ihrer Freizeit zusammen. In der Näherei waren sie weiterhin ein gutes Gespann. Lukas arbeitete als technischer Leiter und hielt die Maschinen in Ordnung. Nebenbei hatte er beachtliches Verkaufstalent als Reisender bewiesen. Mit Lukas besprach Richard ausführlich die Pläne für die baldige Erweiterung des Fabrikationsgebäudes, beriet sich über eine Erweiterung des

Kundenstamms und versuchte, weitere Lieferanten für gutes und günstiges Material aufzutun.

Viktoria war oft bei ihren Besprechungen dabei. Louise, als gelernte Schneiderin, wurde hinzugezogen, wenn es um Fragen der Herstellung ging, obwohl Viktoria sich mit diesen Dingen inzwischen auch schon sehr gut auskannte.

»Endlich!« Es gelang Annedore mühelos, ihren Ausruf nicht freudig, sondern anklagend klingen zu lassen.

Lukas sah sie kurz an und schaute wieder weg. Man merkte ihm an, dass die ständige schlechte Laune seiner Frau ihm zu schaffen machte. Dennoch tadelte er sie nie vor anderen. Allerdings hatte er eine gewisse Fähigkeit entwickelt, ihr Gemecker zu ignorieren.

»Es war praktisch das ganze Dorf da. Zumindest jeder Haushaltsvorstand. Ihr könnt euch vorstellen, wie lang die Schlange vor dem Rathaus war.« Selbst die Tatsache, dass sie deutlich länger als zwei Stunden anstehen mussten, hatte Richard nicht die Stimmung verdorben. Seit Bekanntgabe des kurz bevorstehenden Datums der Währungsreform in zahlreichen Rundfunksendungen und Aushängen hatte er fast ununterbrochen gelächelt.

»Endlich können wir in der Firma und auch privat zuverlässig planen«, hatte er erleichtert gesagt. Zwar wusste die Bevölkerung schon seit März, dass in der Trizone, den drei westlichen Besatzungszonen, eine Währungsreform durchgeführt werden sollte. Es hatte jedoch immer wieder geheißen, dass die Beratungen im Alliierten Kontrollrat zu den näheren Umständen der Verteilung und des Umtauschs alten Geldes sich im Kreis drehten.

Durch die Umstellung auf neues Geld sollte die Menge des sich im Wirtschaftskreislauf befindlichen Bargelds deutlich verringert werden. Der Wert von Reichsmark und Rentenmark, die beide im Umlauf waren, verringerte sich stetig, die Inflationsrate stieg. Dieser Umstand machte es Arbeitnehmern und Unternehmern schwer, Anschaffungen zu tätigen und ihre Zukunft zu planen. Aus genau diesem Grund hatte Richard sich so sehr darüber gefreut, als am 18. Juni für den übernächsten Tag die Durchführung der Währungsreform verkündet worden war. Nun war es also so weit. Sämtliche Frauen im Zimmer starrten die Aktentasche an, die Richard in der Hand hielt.

»Haben Sie auch das Geld für mich bekommen?«, erkundigte Frieda sich ängstlich. Da sie nicht mit Richard verwandt war, hatten sie nicht gewusst, ob er als einziger männlicher von Haynbach in der Familienvilla auch für sie das »Kopfgeld« abholen durfte. Für seine Großmutter, Mutter und Schwestern stand ihm dieses Recht zu, doch Frieda war nur Mieterin in der Villa, und deshalb hatten sie gemeinsam gerätselt, ob sie am Ende doch selbst ins Rathaus gehen müsste. Davor fürchtete Frieda sich, wie sie alle wussten. Das Flüchtlingsmädchen war in der Familie und auch bei der Arbeit in der Näherei aufgeblüht, hatte aber immer noch Angst vor unbekannten Menschen und Situationen.

Richard nickte ihr beruhigend zu und stellte seine Aktentasche auf den Tisch. Gleichzeitig zog Lukas einen braunen Umschlag aus der Innentasche seiner Jacke und ging damit zu Annedore.

»Das hier gehört uns.« Er wedelte mit dem Kuvert. Plötzlich flatterte ein Geldschein durch die Luft. Annedore streckte die Hand aus und fing ihn auf.

»Fängst du schon an, mit dem neuen Geld herumzuwerfen?«, fragte sie ihn bissig.

»Ich dachte, ich überhäufe dich heute mal mit Reichtümern.« Er lachte, klang aber verlegen.

Annedore antwortete nicht, griff jedoch nach dem Kuvert, um sich das neue Geld anzusehen.

Richard hatte inzwischen seine Aktentasche auf den großen Kaffeetisch gestellt und geöffnet. »Hier nun also unsere

Erstausstattung mit D-Mark«, verkündete er. »Vierzig Mark für jeden. Ein Zwanziger, zwei Fünfmarkscheine, drei Zweimarkscheine, drei Einmarkscheine und vier Einhalbmarkscheine. Nächsten Monat werden für jede Person noch einmal zwanzig Mark ausgezahlt.«

Er verteilte die Scheine in mehreren kleinen Stapeln auf dem Tisch, und bis auf Annedore standen alle darum herum und bewunderten das neue Geld.

»Das alte Bargeld melde ich dann morgen bei einer Hauptumtauschstelle in München. So sehr ich als Geschäftsmann die Währungsreform begrüße, habe ich doch ein ziemlich mulmiges Gefühl, wenn ich mir vorstelle, dass wir pro hundert Reichsmark, die wir auf unserem Geschäftskonto haben, 6,50 D-Mark bekommen. Natürlich kommt es auf die Kaufkraft an, aber es klingt durchaus so, als würde ein nicht unerheblicher Verlust mit der Währungsreform einhergehen. Zum Glück haben wir im vergangenen Monat noch einiges Material und eine weitere Nähmaschine gekauft und ohnehin das meiste von dem ersparten Geld für den Neubau ausgegeben.«

»Es ist ein Neuanfang. Dieser Gedanke gefällt mir«, erklärte Viktoria munter. »Das Geld, das wir von jetzt an verdienen, wird nicht von Woche zu Woche an Wert verlieren. Dann können wir hoffentlich bald das Näherei-Gebäude erweitern. Ich wünsche mir einen Vorführraum, in dem ich meine Kundinnen empfangen kann.«

Wie es seine Gewohnheit war, runzelte Richard leicht die Stirn, während er kurz nachdachte. »Sollst du haben«, sagte er dann. »Wir werden das bei den Planungen des Anbaus berücksichtigen.«

Claire wusste, dass er versuchte, Viktoria fast jeden Wunsch zu erfüllen, der ihre Arbeit betraf. Immerhin brachten ihre Kleider zurzeit weitaus mehr ein als die Hemden, die sie in der Näherei herstellten.

»Ich koche dann jetzt Kaffee«, ließ sich Frieda vernehmen.

»Und ich hole eine von den letzten Flaschen Sekt aus der Zeit vor dem Krieg aus dem Keller«, verkündete Richard. »Wir sollten auf den Neuanfang anstoßen. Ich wollte schon lange vorschlagen, dass wir als Schild für das neue Gebäude *Modehaus Haynbach* in Auftrag geben und das dann auch als Firmennamen eintragen lassen. Wie klingt das für dich, Vicky?«

»Gut!« Wieder lächelte Viktoria fröhlich. »Und wenn der Vorführraum so groß wäre, dass ich dort regelmäßig in einer Modenschau meine neuen Modelle vorstellen könnte?«

Dieses Mal legte Richard seine Stirn in deutlich tiefere Falten. »Das hört sich für mich nun doch etwas übertrieben an.«

»Für mich klingt es toll!« Mabelle verdrehte schwärmerisch die Augen. »Meine Schwester wird eine große Modeschöpferin, wie Dior in Paris.«

»Dior mit seinen Wespentaillen und den furchtbar weiten Röcken macht Kleider, für die man zwanzig Meter Stoff braucht und die im Alltag gar nicht tragbar sind«, sagte Viktoria kühl und setzt selbstbewusst hinzu. »Das kann ich besser.«

»Trotzdem müssen wir nicht gleich einen Laufsteg in unsere Näherei bauen.«

Claire lehnte sich in ihrem Sessel zurück und betrachtete stolz ihre Kinder. In diesem Moment wusste sie, dass sie alle drei ihren Weg machen würden. Richard und Viktoria wussten schon genau, in welche Richtung es gehen sollte. Und Mabelle würde es sicher bald herausfinden.

Was den Bau des erweiterten Näherei-Gebäudes und eines Raums für Modenschauen betraf, war das letzte Wort noch nicht gesprochen. Das wusste Claire, wenn sie in Viktorias entschlossen funkelnde Augen sah.

19

Modehaus Haynbach, Stadtrand von Starnberg, Dezember 1948

»Wirklich ganz zauberhaft. Meine Freundin hat nicht übertrieben.« Sibille Schönwald nippte an ihrem Sektglas und ließ den Blick durch Viktorias nagelneuen Vorführraum wandern. »Ein bisschen wie in Paris, nicht wahr? Waren Sie schon mal dort?«

Viktoria zögerte und entschloss sich dann, bei der Wahrheit zu bleiben. »Ich war noch nie in Frankreich, aber ich habe die Pariser Mode sehr genau studiert«, erklärte sie, verriet aber nicht, dass sie sehr bewusst ihren eigenen Stil pflegte. Die Mode von Christian Dior und seinen Kollegen war einfach nicht alltagstauglich für die Frauen aus Bernried und Starnberg, die ihre Kundschaft darstellten. Natürlich trugen die meisten von ihnen Viktorias Kleider nicht zur Arbeit. Doch selbst wenn sie zu Einladungen und Abendveranstaltungen gingen, wollten sie sich bewegen können und nicht in den Stoffmassen mehrere Lagen weiter Röcke und Unterröcke untergehen. Zudem verlangten die meisten Modelle Diors von ihren Trägerinnen eine Taille, die sie mit ihren Händen umspannen konnten. Und das setzte in fast allen Fällen ein starres Korsett voraus, in dem man kaum Luft bekam.

Deshalb nahm Viktoria in Ansätzen die Pariser Mode auf, doch ihre weiten Röcke ließen den Frauen Bewegungsfreiheit und ermöglichten ihnen, sich problemlos zu setzen und auch einmal schneller zu gehen. Ihre Taillen waren eng, aber die Frauen sollten dennoch durchatmen können.

»Möchten Sie dieses Modell einmal anprobieren?« Sie nahm ein Kleid von der chromblitzenden Kleiderstange, die sie neben der Sitzecke hatte anbringen lassen, in der sie die Kundinnen Platz nehmen ließ. »Der Samt kommt direkt aus Frankreich. Wir haben dort eine Bezugsquelle, wo jemand persönlich die Qualität des Materials prüft und uns nur beste Ware schickt.«

Frau Schönwald strich mit den Fingerspitzen über den schweren Stoff. »Meinen Sie, das Kleid steht mir? So auf dem Bügel kann ich mir gar nicht vorstellen, wie es angezogen wirkt. Können Sie nicht schnell für mich reinschlüpfen? Ich habe gehört, in den Pariser Modesalons gibt es Vorführdamen. Ich weiß ja auch gar nicht, ob das Kleid meine Größe hat.«

Mühsam unterdrückte Viktoria einen Seufzer. »Falls es nicht wie angegossen passt, ändern wir es selbstverständlich«, erklärte sie und ging auf die Bemerkung, sie solle ihre eigene Vorführdame sein, vorsichtshalber nicht ein.

Gleichzeitig warf sie heimlich einen Blick auf die Wanduhr. Bis Weihnachten waren es nur noch drei Wochen, und bis dahin mussten noch fünf Kleider fertig werden. Von dreien davon existierten bisher nicht einmal die Schnittvorlagen. Sie musste unbedingt jemanden einstellen, am besten eine gelernte Schneiderin, die ihr diese Arbeit abnahm. Sie hatte mehr als genug mit den Entwürfen und der Betreuung der Kundinnen zu tun. Letzteres hätte sie auch gern jemand anders überlassen, doch sie wollten alle persönlich mit der Frau sprechen, deren Name auf dem Etikett stand, das sie seit einigen Monaten hinten in die Kleider nähten. *Viktoria von Haynbach – exklusive Mode mit Stil.*

Zum Glück konnte sie sich wenigstens auf ihre Näherinnen verlassen, allen voran Frieda, die notfalls bis Mitternacht oder länger blieb, wenn ein Kleid fertig werden musste. Dafür zeigte Viktoria sich erkenntlich, indem sie Überstunden großzügig bezahlte. Sie wusste, dass Frieda auf eine eigene kleine Wohnung sparte, für die sie natürlich auch Möbel brauchte.

Louise half nur noch gelegentlich aus. Sie war mittlerweile über sechzig, und ihre Augen machten ihr zu schaffen. Dennoch konnte Viktoria sich auf die Hilfe ihre Großmutter verlassen, wenn der Zeitplan eng wurde. Auch Claire war natürlich in der Lage, feine Nähte und Knopflöcher mit der Hand anzufertigen, aber sie konnte nur im Notfall aushelfen. Sie war mit ihren Aufgaben in der Villa ausgelastet und ging darin auf, sich um die kleine Sylvie zu kümmern, während Mabelle sich in ihre Bücher vertiefte.

Viktorias Kleider waren zu ihrem eigenen Erstaunen immer noch äußerst gefragt, obwohl die Läden inzwischen wieder eine größere Auswahl an Fertigmode anboten. Die Frauen waren bereit, viel Geld für ein Modell von Viktoria von Haynbach zu zahlen. Die Herstellung dieser Kleider war jedoch sehr arbeitsintensiv. Bis auf die Innennähte musste alles mit der Hand genäht werden. Sie hatte jedoch noch nie einen Grund gehabt, sich über die Qualität der Säume zu beschweren, die ihre Näherinnen in tage- und wochenlanger Arbeit mit der Hand fertigten. Die Stiche waren winzig klein und gleichmäßig, wie es sich gehörte. Viktoria war sicher, dass auch in den Pariser Modehäusern keine exakteren Säume zu finden waren.

»Ich weiß nicht.« Frau Schönwald wiegte bedenklich den Kopf. »Ich dachte eher an eine leuchtende Farbe. Rot oder vielleicht Gelb.«

Dieser Gedanke stimmte Viktoria bedenklich. »Ehrlich gesagt …« Sie räusperte sich und hob das mitternachtsblaue Kleid vor ihrer Kundin hoch. »Ich kann mir kaum eine Frau vorstellen, der dieses Kleid so schmeicheln würde wie Ihnen. Sie würden es perfekt zur Geltung bringen, was für mich natürlich auch sehr wichtig ist, weil ich möchte, dass meine Modelle so getragen werden, wie es ihnen zukommt.« Aufmerksam beobachtete sie die Reaktion ihrer Kundin.

Frau Schönwald spitzte den Mund, als würde sie von einem sauren Apfel probieren. »Kann ich noch ein Schlückchen Sekt haben?«

Wieder musste Viktoria einen Seufzer zurückhalten. Dies war offensichtlich eine jener Kundinnen, die es genossen, umworben und bedient zu werden, möglicherweise aber gar nicht vorhatten, ein Kleid zu kaufen. Mittlerweile kannte sie auch diesen Typ Frau. Es gab die Kurzentschlossenen und Begeisterungsfähigen, die ernsthaft Interessierten, aber wenig Entschlussfreudigen – und die Frauen, die nur mal aus Neugier vorbeikamen und sowieso nicht bereit oder in der Lage waren, so viel Geld für ein Kleid auszugeben, wie Viktoria für ihre Modelle verlangte.

»Es tut mir leid. Ich fürchte, die Flasche ist leer, und ich muss erst neuen Sekt besorgen lassen«, schwindelte Viktoria. Sie hatte heute keine Zeit mehr für dieses Spiel.

»Nun, wenn das so ist …« Mit beleidigter Miene stand Sibille Schönwald aus einem der schicken kleinen Cocktailsessel auf, von denen Viktoria zehn Stück gekauft und in ihrem Vorführraum in Grüppchen verteilt hatte.

»Es tut mir leid«, sagte Viktoria hilflos. Offenbar war sie doch nicht so geschickt vorgegangen, wie sie gehofft hatte. »Wir können gern einen neuen Termin vereinbaren. Vielleicht nach Weihnachten. Dann kann ich Ihnen sicher einige neue Modelle zeigen, vielleicht auch in leuchtenden Farben.«

»Ich fürchte, ich benötige noch vor Weihnachten ein neues Kleid.« Frau Schönwald warf den Kopf in den Nacken und rauschte durch die gläserne Eingangstür in die hereinbrechende Dämmerung des Dezembernachmittags.

»Auch gut«, murmelte Viktoria vor sich hin und ging nach nebenan in ihr Atelier.

Kaum hatte sie sich an den Zeichentisch gesetzt und nach

dem Bleistift gegriffen, hörte sie von draußen das feine Glöckchen über der Tür. Sie hatte für diesen Tag keinen Termin mehr vereinbart, aber manchmal schauten Kundinnen auch spontan vorbei.

Bevor sie jedoch nachsehen konnte, wer gekommen war, trat Lukas in die offene Tür. Ihr Herz tat, was es immer machte, wenn sie ihn unverhofft sah: Es schien einen Schlag auszusetzen und rast dann los wie ein Wildpferd auf der Flucht. Was umso irritierender war, als er ihr in der Villa ständig über den Weg lief.

»Ach, du bist es.« Sie ließ sich zurück auf ihren Stuhl sinken und bemühte sich, tief und gleichmäßig zu atmen. Dabei hoffte sie, dass er das Glühen ihrer Wangen nicht bemerkte.

»Richard schickt mich«, sagte er hastig. »Wegen des weiteren Ausbaus des Vorführraums. Ich soll mich nach deinen Wünschen erkundigen, Maß nehmen und eventuell Handwerker beauftragen, wenn ich die Arbeiten nicht selbst durchführen kann.«

»Oh«, machte sie, erhob sich und ging, gefolgt von Lukas, wieder nach nebenan.

»Ich habe Bilder von Vorführräumen in Paris gesehen, in denen die Mannequins eine Treppe herunterkommen, bevor sie vor den Gästen im Saal auf und ab gehen«, erzählte sie ein wenig atemlos. »Ich hätte auch gern eine Treppe.«

»Dieses Gebäude ist ebenerdig …«, sagte er fragend, denn natürlich wusste er genau, dass sie sich bereits über die Verwirklichung ihres Wunsches Gedanken gemacht hatte.

Viktoria ging zur Rückwand des großen Raumes. »Wir könnten hier hinten eine Art Podest einbauen. Darunter würden wir eine Menge Stauraum bekommen, und oben hätten wir so etwas wie eine Bühne. Den hinteren Teil des Podests hängen wir mit einem Vorhang ab, das wird der Umkleideraum für die Vorführdamen. Sie können dann durch den Vorhang hinaus aufs Podest treten und die Treppe in den Saal hinuntergehen. So hätten die Kundinnen Gelegenheit, die Wirkung der Kleider aus der Ferne zu sehen. Meinst du, der Raum ist hoch genug? Bekommen wir vier oder fünf Stufen hin oder vielleicht sogar sechs?«

Nach ihrer langen Rede atmete sie tief durch und wartete gespannt auf seine Antwort.

»Sicher ginge das.« Er nickte. »Es wäre natürlich keine Treppe wie die in der Villa, aber die Höhe des Raumes und des Podests reicht auf jeden Fall für sechs Stufen.«

»Ja? Das wäre wirklich wunderbar.« Sie musste sich zusammennehmen, um ihm nicht vor Begeisterung um den Hals zu fallen. »Ich sehe alles schon vor mir!«

»Du bist ehrgeizig«, stellte er fest. »Sehr ehrgeizig.«

Erschrocken sah sie ihn an. »Nein! Ich möchte nur, dass die Kundinnen einen guten Eindruck bekommen. Vom Modehaus, von meinen Kleidern …«

»Was ist schlecht an Ehrgeiz?«, unterbrach er sie. »Du willst erfolgreich sein und arbeitest hart dafür. Ich bewundere das.«

»Wirklich?«, fragte sie zweifelnd. »Ehrgeiz klingt so … ich weiß nicht. Geiz ist ein hässliches Wort. Und Ehre – na ja. Allerdings wünsche ich mir tatsächlich Erfolg. Ich werde nie an die Pariser Modeschöpfer heranreichen. Aber hier ist ja auch nicht Paris, sondern Starnberg.«

»Warum schwindelst du?« Seine Stimme war sanft, fast liebevoll. Doch seine Worte ließen sie zusammenzucken.

»Was meinst du?«

»Du weißt genau, wie begabt du bist. Du hast kurz nach dem Krieg aus Bettlaken, Gardinen und Tischtüchern todschicke Kleider genäht und deine Familie damit ernährt. Und jetzt das hier. Ich bewundere dich zutiefst.«

Hastig wandte sie den Kopf ab und tat, als würde sie noch einmal die Wand betrachten, wo das Podest stehen sollte. Ihre

Wangen brannten so heftig, dass sie wahrscheinlich knallrot war.

»Du denkst immer noch an eine richtige Modenschau, nicht wahr?«

Zögernd nickte sie. »Das ist vielleicht tatsächlich ein bisschen übertrieben und … ehrgeizig.«

»Deine Modenschau wird ein voller Erfolg, das weiß ich«, sagte er mit fester Stimme. »Und du weißt, dass du es kannst: eine eigene Kollektion entwerfen und erfolgreich machen. Sag mir, wie ich dich unterstützen kann.«

Sprachlos starrte sie ihn an und vergaß vor lauter Überraschung wegzusehen, als ihre Blicke sich trafen.

»Warum willst du das tun?«, erkundigte sie sich nach einer langen Pause.

»Ich arbeite für ein Modehaus und halte es für meine Pflicht zu verstehen, wie diese Branche funktioniert.« Er lächelte. »Und ich habe Augen im Kopf. Deine Kleider sind wunderschön. Du bist eine Künstlerin.«

Seine Worte trafen sie mitten ins Herz. Woher wusste Lukas, wovon sie insgeheim träumte, was sie aber nicht auszusprechen wagte? Ihre Mutter und ihre Großmutter halfen ihr bei ihrer Arbeit. Aber sie schienen nicht zu verstehen, dass sie mehr wollte, als erfolgreich Kleider zu verkaufen. Sie wollte eine eigene Kollektion und einen berühmten Namen.

»Danke«, flüsterte sie und sah ihn plötzlich ganz verschwommen, weil ihr Tränen in die Augen getreten waren.

»Wofür? Ich sage nur die Wahrheit.« Auch er hatte seine Stimme gesenkt. »Ich wusste vom ersten Moment an, dass du ein ganz besonderer Mensch bist. Damals hatte ich noch keine Ahnung von deiner Fähigkeit, Schönheit zu erschaffen. Ich habe nur gesehen, dass in dir eine Flamme brennt. Dass du funkelst und sprühst.«

»Nicht!«, flehte sie und wollte ihn bitten aufzuhören. Seine Worte zogen sie zu ihm hin wie ein Magnet. Und das durfte nicht sein. Doch es war längst zu spät. Plötzlich lag sie in seinen Armen und wusste nicht, ob sie einen Schritt auf ihn zu gemacht oder ob er die Hände nach ihr ausgestreckt hatte. Vielleicht beides. Und nun hielt er sie, und sie spürte seine Wärme und seine Stärke, roch seine saubere Haut, die den Duft nach Kernseife und frischer Luft verströmte.

Nicht, wollte sie erneut sagen, doch das Wort erstarb in ihrer Kehle. Ihr Verstand sagte ihr zwar, dass sie keinen Schritt weitergehen durften, aber ihr Körper war ganz anderer Meinung.

Und so küsste sie den Mann ihrer Freundin zum zweiten Mal, obwohl sie schon beim ersten Mal beschlossen hatte, dass das nie wieder geschehen durfte. Und schlimmer noch – sie genoss diesen Kuss und erwiderte seine Zärtlichkeit voller Inbrunst.

Als sie sich endlich heftig atmend voneinander lösten, starrten sie sich sekundenlang an, als könnten sie beide nicht begreifen, was soeben geschehen war.

Dann schüttelte Viktoria heftig den Kopf. »Wir waren uns doch einig, dass das nicht wieder passieren sollte«, flüsterte sie heiser.

Er nickte stumm.

Bevor sie dazu kam, ihm und sich selbst zu erklären, dass das nun aber wirklich das letzte Mal gewesen sein musste, küsste sie ihn schon wieder. Und es fühlte sich seltsam richtig an, obwohl es so falsch war.

Endlich gelang es Viktoria, all ihre Vernunft zusammenzunehmen und ihn von sich zu schieben.

»Es tut mir leid«, sagte er und fügte mit fester Stimme hinzu: »Nein. Ich bereue es nicht. Es war wunderschön, und ich werde es nie vergessen. Aber es darf niemals wieder geschehen. Nicht noch einmal. Annedore erwartet ein Kind. Sie hat es mir gestern Abend gesagt.« Er lächelte ein wenig schief.

»Das freut mich«, stieß Viktoria mit enger Kehle hervor. »Ihr habt so lange darauf gewartet.«

»Ja.« Sein Blick war seltsam traurig. »Ich habe Annedore ein Versprechen gegeben und werde zu ihr stehen.« Er atmete tief durch und sah Viktoria entschlossen in die Augen.

»Das habe ich nie bezweifelt.« Sie nickte ernst und hielt seinem Blick stand, der eine kleine Ewigkeit lang fragend auf ihr ruhte. Dann warf sie den Kopf in den Nacken und zwang sich zu seinem Lächeln.

»Es ist besser, wenn du jetzt gehst. Ich habe noch schrecklich viel zu tun. Über die genauen Maße für das Podest und die Stufen sprechen wir ein andermal.«

Lukas nickte und machte einen Schritt in Richtung Tür. »Ich fahre zurück in die Villa. Soll ich Richard sagen, dass du später abgeholt werden möchtest? Oder rufst du an?«

Vor einigen Wochen hatte Richard zwei Wagen angeschafft, die hauptsächlich für Firmenangelegenheiten benutzt wurden, vor allem von Richard und Lukas, die sich häufig zwischen der Villa und der Näherei hin und her bewegten. Aber auch Besuche bei Stofflieferanten oder bei Geschäften, die daran interessiert waren, Ware in Kommission zu nehmen – seien es Hemden oder Modellkleider –, waren mit dem Auto leichter zu bewerkstelligen. Viktoria hatte von ihrem Vater fahren gelernt, kurz bevor er im letzten Kriegsjahr noch eingezogen worden war, aber keine Fahrerlaubnis erworben. Das würde sie so schnell wie möglich nachholen.

Viktoria überlegte und schüttelte dann den Kopf. »Ich gehe zu Fuß. Nachdem ich den ganzen Tag hier drinnen verbracht habe, tut mir ein Abendspaziergang gut.«

»Der Weg ist weit, und du solltest nicht so spät allein durch die Stadt laufen, zumal die Straßen hier draußen nicht sonderlich belebt sind«, gab Lukas zu bedenken.

»Ich habe keine Angst«, behauptete Viktoria entschieden.

»Mir wäre wohler …«, begann Lukas, doch ihr Blick brachte ihn zum Schweigen.

»Bitte«, sagte sie. »Du musst dir jetzt Sorgen um das Wohlergehen deiner Frau machen und um sonst niemanden.«

»Natürlich.« Mit einem Ruck wandte er sich ab und ging zum Ausgang.

Es schmerzte sie, ihn wegzuschicken, und doch wusste sie, dass sie es tun musste.

Als er in der Tür stand, hob er kurz die Hand und drehte leicht den Kopf in ihre Richtung, vermied es jedoch, sie noch einmal direkt anzusehen.

Dann war er fort, und sie ging zurück an ihren Zeichentisch. Auf ihren Lippen brannten noch immer seine Küsse, aber sie versuchte, nicht mehr an ihn zu denken. Mit einer energischen Bewegung griff sie nach ihrem Stift. Zum Glück hatte sie genug Arbeit, um sich abzulenken.

20

Modehaus Haynbach, Stadtrand von Starnberg, März 1949

»Ich hätte aber gern ein Kleid aus diesem Stoff.« Annedore deutete zielsicher auf die teure französische Seide, die in der vergangenen Woche auf dem Umweg über Schloss Haynbach das Modehaus erreicht hatte.

Nachdem ihre Großmutter Eveline den ersten Stoffballen an Mabelle geschickt hatte, hatte auch Viktoria ihr geschrieben, sich für die wunderbare Seide bedankt und sich nach den Maßen der Gräfin von Haynbach erkundigt, um ein Kleid für sie zu entwerfen und nähen zu lassen.

Es hatte lange gedauert, bis eine Antwort gekommen war, und Viktoria hatte schon die Hoffnung aufgegeben, noch etwas von ihren Großeltern zu hören. Es war ihr nicht um weitere Stoffe gegangen, obwohl sie nie zuvor etwas so wunderbar Leichtes und Glattes in der Hand gehabt hatte wie die Seide, die die Gräfin ihnen zum Geschenk gemacht hatte. Von ihrer Mutter wusste Viktoria, dass das Schloss ihrer Großeltern nur wenige Kilometer von der französischen Grenze entfernt lag.

Man hatte damals Louise und ihre Tochter Claire ins Haus kommen lassen, um Kleider für die Gräfin zu nähen. So hatte die Liebe zwischen Viktorias Vater Helmut und Claire begonnen. Eine Liebe, die Helmuts Eltern offenbar bis heute nicht akzeptiert hatten. Viktoria hatte die geschenkte Seide als ersten Schritt zur Versöhnung angesehen und gehofft, die Familie würde nach langer Zeit wieder zusammenfinden. Aber das lange Schweigen, das auf ihren Brief an die Großmutter folgte, schien ihr eine andere Sprache zu sprechen.

Dann erhielt sie doch noch eine Antwort. Das Schreiben war kurz und knapp, aber immerhin waren es ein paar persönliche Worte, während der Stoffballen ohne einen begleitenden Brief angekommen war. Die Gräfin schrieb, sie würde sich über ein Kleid freuen, ganz besonders freue es sie aber, dass Viktoria offensichtlich das Talent ihrer Großmutter geerbt hatte. Außerdem schickte Gräfin Eveline ihre Maße und einen weiteren Stoffballen.

Bevor Viktoria ein Kleid speziell für ihre Großmutter entwarf, fragte sie sowohl Louise als auch Claire nach Kräften aus. Sie wollte wissen, wie die Gräfin vor vielen Jahren ausgesehen hatte und welcher Typ sie jetzt, als Dame von über sechzig Jahren, wohl war. Darüber konnten Louise und Claire natürlich nur Mutmaßungen anstellen, aber für Viktoria war es wichtig, sich ein Bild von der Frau zu machen, für die sie ein Kleid entwarf. Das war nicht nur bei ihrer Großmutter so, aber ganz besonders bei ihr.

Nach reiflicher Überlegung und nach allem, was sie von ihrer Mutter und ihrer Großmutter gehört hatte, entschied Viktoria, dass die Gräfin, nun ja, eine Gräfin war. Eine Dame mit Stil und Eleganz, die sehr wenig von ihrem Inneren preisgab. So war auch das Kleid, das sie für Eveline von Haynbach entwarf. Es bestach durch einen gleichzeitig schlichten und raffinierten Schnitt und elegante Details, verriet aber nichts über persönliche Eigenheiten, sondern wahrte das Geheimnis seiner Trägerin.

Nachdem die Gräfin das sorgfältig in Seidenpapier und eine der langen, flachen Schachteln mit dem Aufdruck *Modehaus Haynbach* verpackte Kleid erhalten hatte, schrieb sie dieses Mal sofort. Sie lobte Viktorias Arbeit und erkundigte sich, welche Stoffe sie ihr schicken konnte, um das Fortkommen des Modehauses zu fördern.

Es freute Viktoria, dass der Gräfin das Kleid so gut gefallen hatte, doch es schmerzte sie, wie wenig persönlich sie dennoch reagierte. Sie verhielt sich wie eine begeisterte Kundin, nicht wie eine stolze Großmutter.

Also teilte Viktoria ihr mit, dass sie zwar großes Interesse an den wunderbaren französischen Stoffen habe, diese aber nicht ständig als Geschenk annehmen könne. Tatsächlich einigte man sich auf regelmäßige »Lieferungen« der Gräfin von Haynbach, die vom Modehaus Haynbach zum Selbstkostenpreis abgenommen wurden.

Viktoria stellte sehr bald fest, dass ihre Großmutter väterlicherseits ein wirklich gutes Händchen für Qualität und einen ausgezeichneten Geschmack bei der Auswahl von Farben und Mustern hatte.

Alle paar Wochen schrieb Viktoria der Gräfin einen Brief, in dem sie sich für ihre Mühe bedankte, unterrichtete sie über kleine Erfolge des Modehauses – und hoffte jedes Mal aufs Neue, eine etwas persönlichere Nachricht als Antwort zu erhalten. Aber diese war bislang ausgeblieben.

»Ich habe schon mehrere Bestellungen für Kleider aus diesem Stoff, unter anderem auch von der Frau von Landrat Schilling.« Viktoria lächelte Annedore entschuldigend an.

Vor allem wollte sie ein Modell für ihre erste eigene Kollektion aus diesem Stoff fertigen lassen. Doch von ihren Plänen für die Kollektion wusste noch niemand – außer Lukas, der ihr das mit der Kollektion auf den Kopf zu gesagt hatte. Ehrgeizig hatte er sie genannt und ihr erklärt, es sei nichts Schlimmes, sondern etwas Gutes, wenn sie Pläne machte und sie dann auch verfolgte. Dennoch wollte sie abwarten, ob sie genügend Kleider für eine Kollektion zusammenbekam. Bei dem Gedanken, möglicherweise Hohn und Spott zu ernten, wurde ihr ganz schlecht.

Sie holte eine Musterkarte mit einem hellen Batist hervor, der mit winzigen dunkelblauen Punkten übersät war, und zeigte sie Annedore. »Wie wäre es damit? Das ist für den Alltag viel praktischer, und die Farbe wird dir wunderbar stehen.«

»Pünktchen und Anton, oder was?«, maulte Annedore. »Wenn ich mich schon in eine Tonne verwandele, möchte ich auf keinen Fall eine gepunktete Tonne sein.«

Viktoria unterdrückte einen Seufzer. Als sie ihrer Freundin angeboten hatte, ihr ein Umstandskleid zu entwerfen, hatte sie bereits geahnt, dass das keine einfache Angelegenheit werden würde. Es gab Frauen, die ihre gesamte Schwangerschaft glückselig lächelnd verbrachten – Annedore gehörte definitiv nicht dazu. Sie war noch unleidlicher als vorher. Nun hofften alle Bewohner der Villa Rabenfels auf ein Wunder, das möglicherweise mit der Geburt des Kindes eintreten würde. Viktoria hoffte vor allem für Lukas, dass Annedore zu einer glücklichen Mutter würde. Auch wenn sie manchmal sehen konnte, dass es in ihm brodelte, wenn Annedore ihn wegen irgendeiner Kleinigkeit anfuhr, verhielt er sich doch die meiste Zeit bewundernswert ruhig oder tat zumindest so, als würde er ihr Genörgel nicht hören. Claire pflegte zu sagen, Lukas sei seiner schwangeren Frau gegenüber so etwas wie ein Heiliger.

Nur Viktoria wusste, dass es Momente gab, in denen Lukas' Verhalten wenig heilig war. Manchmal, wenn sie nicht aufpasste, überfiel sie aus dem Hinterhalt die Erinnerung an seine Küsse. Sie wusste, zu welcher Leidenschaft er fähig war, und ahnte erst recht, wie schwierig es für ihn sein musste, an Annedores Seite zu leben.

Immerhin erwartete seine Frau ein Kind von ihm, also musste es zwischen ihnen so etwas wie körperliche Gefühle geben.

Seit jenem dunklen Dezemberabend war zwischen Viktoria und Lukas nichts mehr vorgefallen, dessen sie sich hätten schämen müssen. Dennoch hatte Viktoria ihrer Freundin gegenüber ein schlechtes Gewissen, und sie wusste, dass es Lukas ebenso ging. Deshalb gaben sie sich beide große Mühe,

Annedores Launen auszuhalten, und meistens gelang es auch Viktoria.

Sie atmete tief durch. »Welcher Stoff gefällt dir denn besser als der mit den Punkten?«

»Habe ich doch schon gesagt.« Starrsinnig wie ein Kind deutete Annedore wieder auf die französische Seide.

Viktoria wusste zwar, dass sie noch genug von dem Seidenstoff übrighatte, doch sie war nicht bereit, Annedore ein seidenes Kleid zu entwerfen, das sie zur chemischen Reinigung bringen musste. Ein Umstandskleid musste leicht sauber zu halten sein. Außerdem wollte sie den wunderschönen Stoff nicht für ein Kleid verschwenden, das naturgemäß nicht wirklich elegant aussehen konnte. Schon gar nicht an einer Frau, die nicht gerade das Sinnbild einer glücklich strahlenden Schwangeren war.

Das konnte sie Annedore natürlich nicht sagen, aber sie konnte immerhin entscheiden, welchen Stoff sie ihr für ein geschenktes Kleid zur Verfügung stellte und welchen nicht.

»Fragen wir doch Lukas, was ihm an dir gefallen würde«, schlug sie vor.

Sie hatte darauf gedrängt, an genau diesem Nachmittag Annedores Maße zu nehmen und den Schnitt zu besprechen, weil sie gewusst hatte, dass Lukas den Vorhang vor dem Umkleideraum auf dem Podest anbringen wollte. Solche einfachen Arbeiten verrichtete er allein. Das sparte Handwerkerkosten, und er war in praktischen Dingen sehr geschickt. Also hatte sie ihn gebeten, Annedore im Wagen mitzubringen, dann würde sie nicht unversehens mit ihm allein sein, wenn die Näherinnen Feierabend machten.

Nun saß Annedore seit einer Stunde in Viktorias Atelier, und sie waren bei der Auswahl des Stoffes noch keinen Schritt weitergekommen.

Für ihre Kundinnen, aber auch als Hilfe beim Entwerfen neuer Kleider, fertigte Viktoria von allen verfügbaren Stoffen

Musterkarten an. Nun schob sie Annedore den Korb mit den Karten hin, um einen erneuten Versuch zu unternehmen, endlich einen Stoff für ihr Kleid zu finden.

»Lukas hat keine Ahnung von Frauenkleidern«, schmetterte Annedore den Vorschlag ab, ihren Mann zu fragen. Doch Lukas hatte wohl seinen Namen gehört, denn er streckte den Kopf durch die offene Tür. Von der Arbeit standen seine Haare wirr in alle Richtungen ab, als hätten zärtliche Hände sie ihm zerzaust.

Viktorias Herz machte einen Hüpfer und sprang ihm direkt vor die Füße. Doch natürlich ließ sie sich nichts anmerken. Jedenfalls hoffte sie das.

»Wir brauchen Hilfe bei der Auswahl des Stoffs für Annedores Kleid.« Sie zeigte auf den Korb mit den Musterkarten.

»Ich weiß durchaus, was mir gefällt«, ließ sich Annedore sofort vernehmen.

Irritiert sah Lukas erst seine Frau, dann Viktoria an.

»Es ist so, dass ich von dem Seidenstoff, den Annedore gern hätte, erstens nicht genug habe, und zweitens muss man ihn chemisch reinigen lassen. Das ist für ein Umstandskleid sehr unpraktisch. Deshalb suchen wir nun einen Kompromiss.«

Wortlos hob Lukas den Korb vom Boden auf und stellte ihn an den Rand des Zeichentisches, hinter dem Viktoria saß. Er ließ seine schmalen Hände zwischen die Karten gleiten, nahm zwei oder drei in die Hand, um sie prüfend zu betrachten, und hob dann eine heraus. Zwischen seinen Fingern hielt er den hellen Batist mit den kleinen blauen Punkten.

»Der gefällt mir. Und er würde dir gut stehen, Annedore.«

Wütend sprang Annedore auf. »Habt ihr euch abgesprochen? Wie kommt ihr beide darauf, mich mit einem albernen Pünktchenkleid losschicken zu wollen, wenn ich sowieso schon aussehen werde wie ein Walross?«

Viktoria und Lukas tauschten einen entsetzten Blick. Wieso unterstellte Annedore ihnen eine geheime Absprache?

»Magst du den Stoff nicht?«, erkundigte Lukas sich überflüssigerweise.

»Nein! Ich mag den Stoff nicht! Und ich weiß wirklich nicht, warum jeder mich da hineinstecken will.« Annedore schnaubte wütend.

»Wenn es unbedingt Seide sein soll, könnte ich den Stoff bezahlen«, schlug Lukas vor.

»Es ist keine Preisfrage. Von diesem Stoff ist einfach nicht genug da.« Viktoria zuckte mit den Schultern und bemühte sich, den Ausdruck des Bedauerns auf ihr Gesicht zu zwingen.

Im Gegensatz zu Lukas fand sie nicht, dass Annedore, wenn sie nur laut genug schrie, immer bekommen sollte, was sie wollte. Zwar hatte auch sie Annedore gegenüber ein schlechtes Gewissen, aber ein Seidenkleid machte die Küsse nicht ungeschehen.

»Soll das Kleid hell oder dunkel sein?«, fing sie ganz von vorn an wie bei einer schwierigen Kundin.

»Ungefähr so.« Annedore beugte sich vor und fischte ein weiteres Mal die französische Seide aus dem Korb, die ein ins Bläuliche schimmerndes Meergrün zeigte.

»Grün also«, stellte Viktoria ungerührt fest und griff nach grasgrüner Baumwolle mit einer weißen Bordüre, die sich etwa alle vierzig Zentimeter im Querverlauf wiederholte.

Zu ihrem Erstaunen nickte Annedore. »Wenn ich die Seide nicht haben kann, nehme ich den.«

»Wirklich?« Viktoria war äußerst überrascht, dass es plötzlich so einfach war. »Dann kombinieren wir diesen Stoff mit Weiß. Ein weißes Oberteil, auch der Rock bis zur Hüfte weiß, der Rest in Grün mit Bordüre.«

»Ich möchte das ganze Kleid aus diesem Stoff.«

»Glaubst du nicht, das wird etwas zu … lebhaft?« Annedores Wahl erstaunte offenbar auch Lukas, der mehr von Kleidern verstand, als man einem Mann gemeinhin zutraute.

Prompt verdrehte seine Frau die Augen. »Seit wann hast du Ahnung von Mode?«

»Wie du möchtest. Dann nähe ich das ganze Kleid aus dem grünen Stoff mit der Bordüre«, sagte Viktoria ergeben und auch ein winziges bisschen schadenfroh. Natürlich würde sie versuchen, den Schnitt so zu gestalten, dass die Bordüren und die kräftige Farbe nicht allzu erschreckend wirkten, denn sonst würde Annedore in diesem Kleid während der letzten Monate vor der Geburt ihres Kindes sehr viel mehr nach Tonne aussehen als in dem Batist, den sie so empört abgelehnt hatte. Aber sie wollte es schließlich nicht anders.

Nachdem er verkündet hatte, dass er noch eine gute halbe Stunde brauchen würde, ging Lukas wieder an seine Arbeit. Viktoria warf mit einigen Strichen ein locker fallendes Kleid mit ausgestelltem Saum, einem Bindegürtel unter der Brust und einer raffinierten Kragenlösung aufs Papier. Zunächst gefiel Annedore der Kragen nicht, doch eine Auswahl von zwei weiteren Ausschnittlösungen sorgte dafür, dass sie den Schick der schräg verlaufenden Linie erkannte.

Tatsächlich kam Lukas nach fast genau dreißig Minuten, um Annedore abzuholen und mit ihr im Wagen nach Hause zu fahren. Als sie allein war, atmete Viktoria auf. Es war bereits nach achtzehn Uhr, sie hatte keine Termine mehr und konnte sich nun drei oder vier Stunden auf ihre Kollektion konzentrieren.

Sie war so vertieft in ihre Arbeit, dass sie die Geräusche von nebenan mit Verzögerung wahrnahm. Dann jedoch hielt sie mit dem Stift in der Luft über dem Blatt inne und lauschte. Da waren Schritte auf dem Holzboden zu hören. Jemand durchquerte langsam den Vorführraum, blieb auf Höhe der drei Schaufensterpuppen stehen, als würde er die Kleider betrachten, die darauf ausgestellt waren, und ging langsam weiter.

»Richard?«, rief Viktoria fragend und hoffte, dass es tatsächlich ihr Bruder war und nicht etwa Lukas.

Oder hatte sie vergessen, die Tür nach draußen abzuschließen? Das passierte ihr häufig, wenn sie abends allein war. Vielleicht hatte sich eine späte Kundin in den erleuchteten Vorführraum locken lassen. Allerdings klangen die Schritte eher nach denen eines Mannes.

»Richard?«, rief sie noch einmal und lauschte angespannt in die Stille. Plötzlich wurde ihr bewusst, dass sie allein in dem großen Gebäude war, vor dessen Fenstern mittlerweile undurchdringliche Dunkelheit lag. Das Modehaus befand sich gut hundert Meter von den umliegenden Betrieben entfernt, deren Arbeiter und Angestellte um diese Zeit längst Feierabend gemacht hatten.

»Lukas?« Hatte er nicht gesagt, sie solle abends nicht allein durch die dunklen Straßen gehen? Vielleicht war er gekommen, um sie abzuholen. Doch warum antwortete er nicht?

Langsam stand sie auf. Mittlerweile schlug ihr das Herz bis zum Hals. Irgendetwas stimmte da nicht. Sie trat hinter dem großen Tisch hervor und ging langsam auf die Tür zu, die nur angelehnt war.

»Hallo? Wer ist da?« Obwohl sie sich bemühte, energisch zu klingen, konnte sie hören, dass ihre Stimme zitterte.

Kurz bevor sie die Tür erreicht hatte, schwang sie langsam auf. Mit angehaltenem Atem starrte Viktoria auf die größer werdende Öffnung. Ihre Augen brannten vor Anstrengung.

»Hi, sweetheart.« Der Mann in der offenen Tür war groß und breitschultrig. Als sie ihn erkannte, schnappte sie nach Luft.

»Wo kommst du her?«, stieß sie hervor. Eigentlich hatte sie fragen wollen, wie er sie gefunden hatte und was er wollte, doch ihr Kopf war vollkommen leer und schien nicht richtig zu funktionieren.

»Von draußen.« Dave lächelte, als hätten sie sich gestern erst gesehen und er käme auf einen Höflichkeitsbesuch vorbei. »Ich habe gewartet, bis du allein bist.«

»Warum?« Nur mühsam brachte sie das Wort durch ihre enge Kehle.

»Ich habe dir eine Menge Zigaretten gegeben, und du hast mir ein Date versprochen. Aber die Adresse, wo ich dich abholen sollte, gab es gar nicht.« Er machte einen großen Schritt und blieb direkt vor ihr stehen.

»Dein Deutsch ist seitdem sehr viel besser geworden.« Sie quälte sich ein Lächeln ab.

»Ich hatte viel Zeit, deine Sprache zu lernen. Sehr viele Monate. Jahre. Und nun ist für dich die Zeit gekommen, dein Versprechen einzulösen.« Schwer legte er die Hände auf ihre Schultern und zog sie so dicht an sich heran, dass sie kaum noch Luft bekam.

»Ein Date heißt ausgehen. Ich habe damals zugestimmt, mit dir auszugehen. Nicht mehr«, stellte sie richtig. Die Luft in ihrer Lunge reichte kaum zum Sprechen. Sie keuchte atemlos.

»Ich bin Amerikaner. Ich weiß, was ein Date bedeutet und wie es endet. Mit Küssen und mehr.« Sein Atem strich über ihre Lippen, und sie wandte hastig das Gesicht ab. Von dem Pfefferminzgeruch wurde ihr übel.

»Mehr habe ich nie versprochen.« Sie schüttelte den Kopf und versuchte, sich aus seinem Griff zu befreien, aber er hatte nicht die geringste Mühe, sie zu halten und noch fester an sich zu drücken.

»Egal, was du meinst, versprochen zu haben, du hast *nichts* gehalten.« Er klang immer noch seltsam freundlich, was ihr aus irgendeinem Grund noch mehr Angst machte. »Und nun bestimme ich, was der Preis für die vierhundert Zigaretten ist.«

»Die Zeiten haben sich geändert. Vierhundert Zigaretten sind gar nicht mehr so schrecklich viel wert«, versuchte sie ihn abzulenken. »Aber ich bin bereit, einen guten Preis zu zahlen. Was hältst du von 40 D-Mark. So viel hat jeder Deutsche bei der Währungsreform bekommen. Das ist eine Menge Geld für ein paar Zigaretten.«

»Ich will kein Geld, und das weißt du auch.« Er schob sie rückwärts zu ihrem Zeichentisch und hob sie mit einem Ruck hoch, sodass sie den Boden unter den Füßen verlor und auf der Tischkante saß.

»Bitte, Dave. Es tut mir leid. Ich habe mich mit der Adresse geirrt.«

»Als würdest du deine eigene Adresse nicht kennen. Du wolltest mich reinlegen. Vielleicht wäre dir das auch gelungen, wenn ich dich nicht neulich zufällig in Starnberg gesehen hätte. Ich habe einen kleinen Ausflug zum See gemacht und bin in die Stadt gegangen, um Zigaretten zu besorgen, weil ich meine vergessen hatte. Ist das nicht lustig? Zigaretten.« Sein Kichern jagte ihr einen eisigen Schauer über den Rücken. »Da sah ich dich die Straße entlanggehen und bin dir gefolgt. Bis hierher bin ich dir gefolgt. Und heute bin ich wiedergekommen. Was für ein Glück, dass du allein bist. Außer dir ist niemand mehr da.« Wieder lachte er leise, und sie spürte, wie sich die kleinen Härchen an ihrem Körper aufrichteten.

»Wenn du mir etwas tust, melde ich dich deinen Vorgesetzten«, drohte sie ihm. Als sie das Funkeln in seinen Augen sah, wurde ihr klar, dass sie einen Fehler gemacht hatte.

»Falls du noch dazu kommst, *irgendjemandem irgendetwas* zu melden.« Er grinste sie breit an.

Prüfend kniff sie die Augen zusammen. Wahrscheinlich wollte er ihr nur Angst machen. Sie hatte ihn verärgert, das war sogar irgendwie verständlich. Aber im Grunde mochte er sie. Hatte sie von Anfang an gemocht und sich mit ihr verabreden wollen.

»Du willst also ein Date?«, setzte sie neu an. »Wie wäre es mit Samstag? Wir könnten tanzen gehen.«

Er runzelte die Stirn und schien zu überlegen. »Ich weiß nicht nur, wo du arbeitest, ich weiß jetzt auch, wo du *wirklich* wohnst«, sagte er dann. »Dahin bin ich dir auch gefolgt.«

»Ich lebe mit meiner Familie zusammen, mit meiner Mutter, meiner Großmutter, meiner Schwester und meinem Bruder«, erklärte sie hastig. »Ich glaube nicht, dass du Lust hast, mich zu Hause abzuholen.«

»Ich habe nichts gegen nette Familien. Meine fehlt mir sehr.« Wieder war seine Stimme viel zu sanft, aber Viktoria hatte beschlossen, keine Angst mehr zu haben. »Auf eine Verabredung mit dir lege ich sowieso keinen Wert mehr. Wahrscheinlich willst du mich nur wieder reinlegen.«

»Wie soll ich dich hereinlegen, wenn du ganz genau weißt, wo du mich finden kannst? Wir verabreden uns, ich komme zum vereinbarten Treffpunkt und verbringe den Abend mit dir.« Sie versuchte, von der Tischkante zu rutschen, doch er hielt sie weiter fest. Als direkt neben ihnen das Telefon schrillte, zuckten sie beide zusammen. Dave hatte unbewusst seinen Griff gelockert, und es gelang ihr, mit einem Ruck den Arm zu heben und nach dem Hörer zu greifen.

»Richard?«, rief sie in die Muschel, denn sie hoffte inständig, dass es ihr Bruder war, der so spät noch anrief.

»Hier ist Lukas«, kam es zurück. »Ich wollte dich bitten, meinen Notizblock mitzubringen. Ich muss ihn im Vorführraum liegengelassen haben.«

Dave machte Anstalten, ihr den Hörer wegzunehmen, aber sie umklammerte ihn mit aller Kraft. »Kannst du mich bitte abholen, Lukas? Sofort?«, keuchte sie.

Was Lukas antwortete, erfuhr sie nicht, denn Dave entriss

ihr den Hörer und knallte ihn auf die Gabel. In seinen Augen schimmerte Wut.

»Er wird gleich hier sein«, sagte sie. »Mit dem Auto braucht er nur fünf Minuten.« Sie war sicher, dass Lukas kommen würde. Er musste bemerkt haben, dass etwas nicht stimmte. Lukas fiel jede noch so leichte Färbung ihrer Stimme auf.

Die eisige Faust der Angst, die ihren Magen umklammert hatte, löste sich etwas, und es gelang ihr, Daves Blick sekundenlang zu erwidern. Hinter seiner Stirn schien es zu arbeiten.

»Freitagabend um sieben Uhr am Marienbrunnen hier in Starnberg.« Endlich nahm er die Hände von ihren Schultern und trat zurück, sodass sie von der Tischkante rutschen konnte. »Wenn du nicht kommst, komme ich zu dir. Irgendwann, wenn du wieder mal allein bist. Oder ich klingele einfach an eurer Haustür und lerne deine Familie kennen.« Offenbar ging er davon aus, dass sie ihren Angehörigen nichts von ihrem Besuch im Jazzclub erzählt hatte. Und natürlich hatte er recht.

»Was willst du am Marienbrunnen?« Sie strich sich die Haare aus dem Gesicht, die ihr in die Augen gefallen waren.

»Wir treffen uns, haben unser Date. Denn du hast mich hereingelegt, und das solltest du wiedergutmachen. Wenn du nicht kommst …« Dieses Mal beendete er den Satz nicht, sondern drehte sich um und verschwand im Vorführraum.

Sie hörte, wie seine Schuhsohlen über das Parkett quietschten und anschließend die Tür nach draußen zufiel.

Eilig folgte sie ihm und drehte den Schlüssel im Schloss um. Dann sah sie durchs Fenster nach draußen, doch von Dave war nichts mehr zu sehen.

Mit weichen Knien kehrte sie an ihren Zeichentisch zurück und schob ihre Entwürfe zu einem Stapel zusammen. Als es gleich darauf von draußen energisch an die Tür klopfte, fuhr sie zusammen. Vorsichtig sah sie hinaus in den Vorführraum und erkannte durch die Glasfront Lukas.

Sie schloss ihm auf und fiel ihm mit einem unterdrückten Aufschrei um den Hals. »Danke, dass du so schnell gekommen bist.«

Erst als sie seinen Körper dicht an ihrem spürte und sein Atem ihr Ohr streifte, wurde ihr bewusst, dass sie schon wieder etwas tat, das sie nie wieder hatte tun wollen. Kurz verharrte sie noch in der tröstenden Umarmung, dann löste sie sich zögernd von ihm.

»Was war denn los? Du klangst am Telefon völlig verängstigt.« Er trat einen Schritt zurück und ließ den Blick suchend durch den Raum wandern.

»Es ist alles in Ordnung«, behauptete sie, und endlich gelang es ihr, wieder durchzuatmen. »Draußen haben ein paar Halbstarke Bier getrunken und herumgeschrien. Ich hatte Sorge, sie könnten die Scheiben einwerfen.«

Sie hatte nicht vor, Lukas von Dave zu erzählen und warum er da gewesen war. Außer Annedore wusste niemand, dass sie sich in ein Lager der Army geschlichen hatte, um Zigaretten zu stehlen. Und auch Annedore hatte keine Ahnung, wie sie sich mit einem falschen Versprechen aus der Situation gemogelt hatte, als sie entdeckt worden war. Es war ihr immer noch peinlich, daran zu denken.

Sie hatte sich allein in diese Situation gebracht, und sie würde sie auch allein klären. Vielleicht gab Dave sich ja tatsächlich mit einem Date und ein oder zwei Küssen zufrieden. Vielleicht würde sie auch gar nicht zu dem Treffen gehen. Sie musste in Ruhe darüber nachdenken. Er hatte keine Beweise für ihren Diebstahl. Abgesehen davon, dass er ihr selbst die Zigaretten gegeben und sie damit hatte gehen lassen. Doch wenn er beschloss, sie seinen Vorgesetzten zu melden, würde man ihm sicher mehr glauben als ihr.

Plötzlich wurde ihr bewusst, wovor sie sich am meisten

fürchtete: dass bei einer Untersuchung ihre Familie in die Sache hineingezogen würde. Wenn die Militärpolizei ins Haus käme und ihre Mutter und ihre Großmutter befragte … Louise lebte immer noch illegal in der Villa. Und sie alle würden sich erinnern, dass Viktoria plötzlich vierhundert Zigaretten besessen hatte. Entweder musste sie ihre Familie einweihen und sie alle bitten zu lügen – oder sie musste die Sache mit Dave allein klären.

»Tut mir leid, dass du so spät noch mal aus dem Haus musstest. Annedore fand das sicher nicht gut. Ich habe wirklich übertrieben wegen der jungen Männer da draußen. Sie waren vollkommen harmlos, glaube ich.«

»Vielleicht siehst du jetzt endlich ein, dass es nicht gut ist, den weiten Weg zur Villa im Dunkeln allein zu gehen«, sagte er streng.

Sie nickte folgsam. »Ich bin dann hier fertig. Wir können fahren.«

»Ich bin mit dem Fahrrad da. In der Eile konnte ich den Garagenschlüssel nicht finden, und Richard wollte ich nicht aufscheuchen.«

»Oh«, machte sie. »Dafür warst du aber sehr schnell da.«

»Ich bin wie ein Verrückter gefahren, weil ich dachte, du bist in Gefahr.«

Erst jetzt bemerkte sie, wie zerzaust seine Haare waren. Und auf seiner Stirn glitzerten von der anstrengenden Fahrt durch die Dunkelheit noch ein paar kleine Schweißtropfen.

»Das tut mir schrecklich leid. Ich wollte dir keinen Schrecken einjagen.«

»Schon gut.« Er nahm den Notizblock, wegen dem er sie – zum Glück – angerufen hatte, von einem der Tischchen und ging zum Lichtschalter, um die Deckenbeleuchtung zu löschen. »Lass uns gehen. Oder möchtest du auf meinem Gepäckträger fahren? Dann sind wir schneller.«

»Fahren wir.« Sie lächelte. Es war ein milder, sternenklarer

Vorfrühlingsabend, und sie freute sich auf die Fahrt mit Lukas' Fahrrad. Gleichzeitig hatte sie ein schlechtes Gewissen, denn so etwas gehörte auch zu den Dingen, die sie sich verboten hatte.

21

Villa Rabenfels, März 1949

Am späten Freitagnachmittag schaute Viktoria in den großen Standspiegel in ihrem Zimmer und zupfte nervös ihr schwarzes Kleid zurecht. Sie hatte beschlossen, zu dem Treffen mit Dave zu gehen. Tatsächlich blieb ihr kaum eine andere Wahl. Da er wusste, wo er sie finden konnte, würde er sonst früher oder später vor der Tür der Villa stehen. Und wenn sie etwas nicht wollte, dann, dass er ihrer Großmutter und ihrer Mutter Angst machte.

Mit dem Lippenstift zog sie die geschwungene Linie ihres Mundes nach und tupfte die überflüssige Farbe mit einem Tüchlein ab. Im nächsten Moment überlegte sie es sich anders und wischte sich die Lippen energisch ab. Sie wollte um keinen Preis verführerisch auf Dave wirken. Deshalb hatte sie beschlossen, in einem der Kleider zu der Verabredung zu gehen, die sie im Modehaus trug, wenn sie Kundinnen empfing: dunkel, mit elegantem Schnitt und doch so unauffällig, dass sie neben den Modellen, die sie den Damen zeigte, fast unsichtbar wurde.

Sie fuhr sich flüchtig mit dem Kamm durch die Haare, strich die dunklen Wellen hinter die Ohren und verließ mit einem Seufzer ihr Zimmer. Im Flur begegnete sie Richard. Mittlerweile war die Villa vollkommen wiederhergestellt, und sie bewohnten alle ihre alten Zimmer im ersten Stock. Auch der große und der kleine Salon, das Speisezimmer und das Arbeitszimmer im Erdgeschoss wurden wieder so genutzt, wie es vor dem Krieg gewesen war. Nur das nach Osten liegende

Frühstückszimmer, in dem früher Claire ihre Korrespondenz und andere schriftliche Arbeiten erledigt und wo manchmal im kleinen Kreis tatsächlich gefrühstückt worden war, wurde nun von Frieda bewohnt.

Seit mehr als zwei Jahren suchte Frieda nach einer eigenen kleinen Wohnung, die sie mittlerweile von ihrem Gehalt gut hätte bezahlen können. Doch ebenso wie Lukas und Annedore, die immer noch in zwei Zimmern im ersten Stock lebten, fand sie kein eigenes Heim. Die Wohnraumknappheit war groß, und die wenigen frei werdenden oder neu entstandenen Wohnungen bewirtschaftete der Staat. Das bedeutete, sie wurden denjenigen zugewiesen, die kein Dach über dem Kopf hatten oder jedenfalls nicht komfortabel in einer Villa über dem Starnberger See untergekommen waren.

»So früh schon aus dem Atelier zurück?«, stellte Richard lächelnd fest, als er sie sah. »Das ist gut. Du solltest dich wirklich ab und zu einmal ausruhen.«

»Ich …« Sie zögerte. Wenn sie mit Richard sprach, fand er vielleicht einen Weg, ihr zu helfen. »Ich bin verabredet.«

Erstaunt zog er die Brauen hoch. Viktoria ging nur selten aus. Ihr Leben spielte sich zwischen Modehaus und Villa ab, und wenn sie tatsächlich etwas freie Zeit hatte, machte sie einen Spaziergang am See oder las in einem Buch.

»Mit einem Mann?«, erkundigte er sich interessiert.

Sie nickte, holte tief Luft und sagte, bevor sie es sich anders überlegen konnte: »Ich fände es gut, wenn du mich begleiten würdest.«

Wenn sie Richard die Wahrheit sagte, würde er dafür sorgen, dass Dave sie in Ruhe ließ. Er konnte sicher irgendetwas tun, damit der Amerikaner nicht an der Tür der Villa klingelte oder gar die Militärpolizei schickte, die Louise, Claire und Mabelle in Angst und Schrecken versetzen würden.

Während sie nebeneinander den Flur entlang zur Treppe gingen, lachte Richard leise. »Du gibst es wohl nicht auf. Ich habe kein Interesse daran auszugehen. Falls du versuchen willst, mich zu verkuppeln, lass es endlich. Ich habe euch, meine Familie, und meine Arbeit. Mehr brauche ich nicht.« Gedankenverloren strich er sich über die Wange, in der immer noch deutlich der Krater zu sehen war. Nicht mehr rot und entzündet, aber wohl in Richards Augen so entstellend, dass er sich für unzumutbar hielt, wenn es um die Liebe einer Frau ging.

Viktoria hatte ihm schon mehr als einmal gesagt, dass er immer noch ein gut aussehender Mann war. Sie hätte ihm auch erzählen können, dass Frieda seit seiner Rückkehr bis über beide Ohren in ihn verliebt war. Doch ausgerechnet an diesem Abend konnte und wollte sie Richards Problem nicht lösen.

»Eigentlich wollte ich …«

Richard blieb vor der obersten Stufe stehen und wandte sich ihr zu. »Ich habe wirklich andere Dinge im Kopf, Viktoria. Wir brauchen dringend die Baugenehmigung für den Anbau an die Hemdennäherei, eine Stofflieferung verzögert sich, und ich bin mit der Buchhaltung im Rückstand. Aber ich freue mich, dass du dich heute Abend mal amüsieren wirst. Viel Spaß. Ich nehme an, du nimmst den Wagen. Der Schlüssel hängt am Haken neben der Tür.« Damit wandte er sich ab und lief die Treppe hinunter.

Viktoria hatte vor wenigen Wochen den Führerschein gemacht. Da sie zu Lebzeiten ihres Vaters schon mit ihm das Autofahren geübt hatte, war sie schon nach wenigen Fahrstunden in der Lage gewesen, die Fahrprüfung abzulegen. Als männlicher Haushaltsvorstand hatte Richard ihr die offizielle Erlaubnis erteilen müssen, den Führerschein zu machen, denn sie hatte weder einen Ehemann noch einen Vater.

Sie schaute Richard hinterher und dachte, dass sie ihn hätte bitten sollen, sie zum Marienbrunnen, dem Treffpunkt mit Dave, zu fahren. Aber dann hätte er wieder nur einen Trick vermutet, ihn aus dem Haus und in die Arme einer Frau zu locken. Ohnehin musste er bis über beide Ohren in Arbeit stecken, denn sonst hätte er sie gefragt, ob der Mann, mit dem sie sich verabredet hatte, ein Bekannter und der Ort ihres Treffens sicher war.

Viktoria ging in den kleinen Garderobenraum, um ihren Mantel anzuziehen und den Hut aufzusetzen. Das Unbehagen in ihrer Magengegend fühlte sich an, als hätte sie eine riesige Portion Vanilleeis viel zu hastig hinuntergeschlungen.

Der Treffpunkt, den Dave vorgeschlagen hatte, war unter Liebespaaren beliebt. Sie hoffte inständig, dass er deshalb diesen Ort gewählt hatte – weil er immer noch das versprochene Date wollte, ein romantisches Treffen zu zweit. An einem Freitagabend würden sie sicher nicht das einzige Paar sein, das dort den gemeinsamen Abend begann, vielleicht mit einem Spaziergang zu einem in der Nähe liegenden Lokal. Und falls Dave doch anderes im Sinn hatte, würde sie sich zu verteidigen wissen. Sie vergewisserte sie sich, dass die lange, spitze Hutnadel griffbereit in ihrer Handtasche steckte. Dann nahm sie den Autoschlüssel vom Haken und verließ das Haus. Sie hatte sich die Suppe eingebrockt, und nun würde sie die Angelegenheit auch selbst wieder in Ordnung bringen. Sie war erwachsen.

Viktoria erreichte den Marienbrunnen fünf Minuten vor der vereinbarten Zeit. Nachdem sie den Wagen in der Nähe geparkt hatte, lief sie unruhig vor dem Brunnen auf und ab, in dessen halbkreisförmiges Becken leise das Wasser plätscherte. Die Sonne war vor einer knappen halben Stunde untergegangen, die Dämmerung sank in die Zweige der umstehenden Bäume. Viktoria umklammerte mit einer Hand die Herzmuschel, die sie immer noch stets bei sich trug, mit der anderen den Autoschlüssel. Wenn Dave sie bedrängte, würde sie zum Auto laufen und wegfahren. Nur im Notfall wollte sie die

Hutnadel verwenden, mit der sie ihn notfalls töten konnte, wie sie wusste.

In der Nähe wartete ein junger Mann auf seine Verabredung. Als die Frau in einem hellen Mantel kam, eilte er ihr entgegen. Die beiden küssten sich und gingen davon.

Mit pochendem Herzen stand Viktoria im Licht einer Straßenlaterne und versuchte, sich damit zu beruhigen, dass Dave zwar wütend war, weil sie ihn hereingelegt hatte, aber dennoch kein brutaler Mann oder schlechter Mensch zu sein schien. Sie würde mit ihm reden, würde den Abend mit ihm verbringen und ihm noch einmal Geld für die Zigaretten anbieten.

In der Nähe wurde eine Autotür geöffnet und leise wieder geschlossen, doch niemand kam. Beobachtete er sie aus der Dunkelheit?

Ein weiterer Blick auf ihre Armbanduhr zeigte ihr, dass er mittlerweile zehn Minuten überfällig war. Sie beschloss, wieder nach Hause zu fahren. Wahrscheinlich hatte Dave nie vorgehabt zu kommen. Der Gedanke, dass sie sich vor diesem Treffen fürchten würde oder davor, was er tun könnte, wenn sie nicht kam, genügte ihm vielleicht als Rache. Sie packte den Autoschlüssel fester und machte ein paar Schritte in Richtung des Wagens, der hinter einer niedrigen Hecke parkte.

Als Dave aus dem Schatten trat, schrak sie zusammen.

»Du hast Angst vor mir«, stellte er interessiert fest.

Sie antwortete nicht und schluckte heftig.

Als er sie mit einem Ruck an sich zog und ihr einen kurzen, aber nachdrücklichen Kuss auf die Lippen drückte, stieß sie an seinem Mund einen protestierenden Laut aus. Zu ihrer Erleichterung ließ er sie sofort wieder los.

»Eines muss man dir lassen, du bist nicht feige. Erst die Nummer mit dem Lager, in das du dich geschlichen hast, und jetzt hast du tatsächlich den Mumm, hier aufzutauchen.«

Sie warf den Kopf in den Nacken und sah ihn im Licht der

Laterne an. »Ich schulde dir ein Date. Wohin willst du mich ausführen?«

Zu ihrer Erleichterung hörte sie hinter der Hecke das leise Husten eines Mannes. Da kam jemand, wahrscheinlich zu einem Rendezvous am Brunnen.

Dave beantwortete ihre Frage mit einem Schulterzucken. »Ich weiß nicht, ob ich mich damit noch aufhalten will. Ein Drink, ein Essen, tanzen gehen – das tut man doch alles nur, um zum Ziel zu gelangen.«

»Zum Ziel?« Sie starrte mit brennenden Augen zur Hecke hinüber. Obwohl sie sicher war, dass sie etwas gehört hatte, das leise Husten, vielleicht auch Schritte, tauchte dort niemand auf, um beim Brunnen auf seine Verabredung zu warten. Jemand, der ihr im Notfall hoffentlich helfen würde.

Dave sagte nichts, betrachtete sie nur stumm.

Entschlossen griff Viktoria in ihre Handtasche und holte den Briefumschlag hervor, den sie zu Hause vorbereitet hatte. Dabei berührte sie mit ihren Fingerspitzen die Hutnadel. Vorsichtshalber knipste sie den Verschluss der kleinen Tasche nicht wieder zu.

»Was ist das?« Misstrauisch betrachtete er das Kuvert, ohne es zu nehmen.

»Sieh nach«, forderte sie ihn auf.

»Das muss ich nicht. Du versuchst schon wieder, die Zigaretten zu bezahlen. Doch das war nicht unsere Abmachung.« Er verschränkte die Arme vor der Brust.

»Was willst du von mir?«, fragte sie, als sie das Schweigen und die Spannung nicht mehr aushielt.

»Liebe«, sagte er nach einer langen Pause.

»Wie meinst du das?«, flüsterte sie.

»Ich weiß nicht.« Er hob die Schultern in seiner Uniformjacke und ließ sie wieder fallen. »Ich habe mich schrecklich gefühlt, als mit klar geworden ist, wie du mich reingelegt hast. Und ich will, dass du das wiedergutmachst.«

»Du kannst Liebe nicht erzwingen.« Ihre Lippen waren so steif, dass sie kaum die Worte formen konnte.

»Viele deutsche Fräuleins bezahlen mit Liebe für die Dinge, die wir ihnen bieten können«, sagte er mit monotoner Stimme und betrachtete dabei den Sternenhimmel über ihrem Kopf. »Ich kann dir noch mehr schenken. Du musst mir nur sagen, was du dir wünschst.«

Die Wut war so plötzlich da, dass sie nicht mehr Nachdenken konnte. »Ich brauchte damals die Zigaretten, aber jetzt brauche ich nichts mehr von dir«, zischte sie ihn an. »Ich kann mir alles selbst kaufen, denn ich verdiene viel Geld. Was bildest du dir überhaupt ein? Glaubst du, du kannst mich für ein paar Zigaretten und ein bisschen Schokolade kaufen?«

Als sie sah, wie er seine Hände zu Fäusten ballte und ihr einen eiskalten Blick zuwarf, begriff sie, dass es ein großer Fehler gewesen war, so mit ihm zu reden.

»Natürlich bin ich dir sehr dankbar, dass du mir damals geholfen und mich nicht verraten hast«, setzte sie hastig hinzu.

»Du warst mir nicht dankbar.« Er schüttelte nachdrücklich den Kopf. »Wärst du es gewesen, hättest du mir keine falsche Adresse gegeben, sondern wärst mit mir ausgegangen. Mehr wollte ich damals nicht. Aber du hast die Zigaretten genommen und dich über mich lustig gemacht.«

»Ich wollte dich nicht verletzen«, beteuerte sie und krampfte ihre Hand so fest um die Muschel in ihrer Tasche, dass die scharfen Kanten sich in ihre Handfläche bohrten. »Ich hatte Angst, du würdest etwas von mir verlangen, das ich dir nicht geben konnte.«

»Du bist eine dumme, selbstsüchtige Frau. Aber so darfst du nicht mit mir umgehen. Ich wollte nett zu dir sein, und du hast mit falschen Karten gespielt.« In seinen Zügen, die ihr an dem Abend, an dem sie ihn kennengelernt hatte, ganz sympathisch erschienen waren, spiegelten sich Wut und Verletzung.

»Wenn du mehr Geld willst … Ich könnte …« Das war ein weiterer großer Fehler gewesen, denn sie sah, wie der Zorn sein Gesicht verzerrte.

Bevor sie begriff, dass er nicht länger mit ihr reden, dass er nun handeln würde, hatte er sie schon mit einem heftigen Ruck an sich gezogen und drückte seinen Mund so fest auf ihren, dass es schmerzte, weil ihre Zähne sich in die Innenseiten ihrer Lippen gruben. Dennoch gab sie nicht nach, hielt den Mund fest geschlossen und stemmte die Hände gegen seine Brust. Gleichzeitig tastete sie mit der Schuhspitze nach seinen Füßen. Als sie ihr Ziel gefunden hatte, bohrte sie ihren Absatz entschlossen in die Oberseite seines Schuhs.

Ihre Absätze waren nicht besonders hoch oder spitz, aber ihr entschlossener Angriff schien ihn zu überraschen, und er ließ sie abrupt los.

Viktoria sprang zurück und versetzte ihm eine kräftige Ohrfeige.

Er verzog das Gesicht, legte die flache Hand gegen seine Wange, ließ sie aber sofort wieder sinken. »*Stop it, woman*«, sagte er mit tiefer, drohender Stimme. Gleichzeitig kniff er die Augen zu schmalen Schlitzen zusammen und sah sie wütend an.

Heftig atmend machte Viktoria einen weiteren Schritt rückwärts. Obwohl die Angst sich mit heißen Krallen in ihre Eingeweide bohrte, erwiderte sie entschlossen seinen Blick. Als Dave sie am Ärmel packte, fuhr sie ihm mit den Fingernägeln über den Handrücken. Fast war sie erstaunt, als er sie daraufhin wieder losließ. Allerdings nur kurz, denn im nächsten Moment umschlang er sie fest mit beiden Armen, sodass sie ihre Hände nicht mehr heben konnte.

Sie zappelte und versuchte, ihr Knie hochzubekommen, um es ihm in den Schritt zu rammen, doch er ließ ihr nicht genügend Bewegungsfreiheit, hielt sie fest umklammert und an seinen Körper gedrückt. Nur ihren Kopf konnte sie noch bewegen. Sie riss ihn zur Seite, als Dave schon wieder Anstalten machte, seinen Mund auf ihren zu pressen. Gleichzeitig machte er sich mit einer Hand an den Knöpfen ihres Mantels zu schaffen.

Sie keuchte und kämpfte und stieß zwischendurch kurze, abgehackte Schreie aus. Der Gedanke an die Hutnadel huschte durch ihren Kopf. Sie hatte nicht damit gerechnet, dass sie keine Zeit mehr haben würde, sie hervorzuholen. Aus irgendeinem Grund hatte sie nicht gedacht, dass sie sie wirklich brauchen würde. Sie hatte geglaubt, dass Dave ihr nur Angst einjagen wollte, sie letztlich aber mit ihm reden könnte. Weil er eigentlich ein netter Mann war und sie mochte.

Plötzlich näherten sich schnelle Schritte auf dem knirschenden Kies.

Dave schien nichts bemerkt zu haben. Er zerrte so heftig an ihrem Mantelkragen, dass der oberste Knopf absprang. Gleichzeitig murmelte er unverständliche Worte auf Amerikanisch vor sich hin.

Die Gestalt, die sich im Schatten der Bäume eilig genähert hatte, kam direkt hinter Daves Rücken schlitternd zum Stehen. Gleich darauf wurde Dave von ihr weggerissen und in Richtung des Brunnenbeckens geschleudert. Er fiel hin, rappelte sich aber sofort wieder auf.

»Lukas!« Gleichzeitig mit seinem Namen löste sich ein Schluchzer aus Viktorias Kehle. Noch nie in ihrem Leben war sie so erleichtert gewesen, einen Menschen zu sehen, dem sie vertrauen konnte.

»Alles in Ordnung?«, erkundigte er sich und legte ihr kurz die Hand auf die Schulter.

Sie nickte wortlos. Daraufhin drehte Lukas sich auf dem Absatz um und stürzte auf Dave zu, der gerade wieder auf seinen Füßen stand.

Da die beiden Männer sich nun außerhalb des Lichtscheins der Laterne befanden und die Bäume tiefe Schatten warfen, erkannte sie nur vage ihre Silhouetten. Es sah so aus, als hätte Lukas Dave beim Kragen gepackt und würde ihn heftig schütteln.

»Lukas. Lass ihn!«, rief sie und eilte über den Kies, dessen Steinchen unter ihren glatten Sohlen zur Seite sprangen. Sie musste verhindern, dass er den Amerikaner ernsthaft verletzte. Immerhin war Dave ein Angehöriger der Army, und es konnte böse ausgehen, wenn er behauptete, Lukas habe ihn grundlos verprügelt. Außerdem würde dann doch noch die Sache mit den Zigaretten ans Licht kommen und ihre Familie befragt werden. Wenn sie das hätte riskieren wollen, hätte sie sich die Ängste dieses Abends sparen können.

»Aufhören!«, rief sie und lief zu der Stelle, wo die beiden aufeinandergetroffen waren.

Lukas ließ Dave nicht los, wandte ihr aber den Kopf zu.

»Der Kerl hat Prügel verdient. Und Schlimmeres«, keuchte er.

»Er ist wütend auf mich, weil ich vierhundert Zigaretten aus dem Lager des Jazzclubs gestohlen habe.« Das war eine sehr vereinfachte Zusammenfassung der Ereignisse und natürlich keine Entschuldigung für Daves Verhalten, aber ihre Worte hatten die erhoffte Wirkung.

Lukas Arme sanken herab, er trat einen Schritt zurück, ließ Dave aber nicht aus den Augen.

»Wieso hast du Zigaretten gestohlen?«

»Es ist schon fast zwei Jahre her und war ein bisschen komplizierter. Eigentlich hat Dave sie mir gegeben. Aber ich wollte sie stehlen, und er hat mich erwischt.«

Im schwachen Licht sah sie, wie Lukas irritiert den Kopf schüttelte. »Und wieso hast du dich heute mit ihm getroffen? Du musst wahnsinnig sein.«

»Wahrscheinlich. Es tut mir leid. Ich wollte nicht, dass meine Großmutter und meine Mutter in die Sache hineingezogen werden.« Sie konnte selbst hören, dass sie ziemlich kläglich klang.

»Der Kerl wollte dich …« Lukas beendete den Satz nicht, sondern packte Dave, der vorsichtig ein paar Schritte zurückgegangen war, wohl um unauffällig zu verschwinden, wieder beim Kragen.

»Du darfst ihm nichts tun. Bitte!«, flehte sie. »Wir bekommen schrecklichen Ärger. Und ich will auf keinen Fall, dass du meinetwegen im Gefängnis landest.«

»Ich bin furchtbar wütend. Auf dich, weil du so unvorsichtig warst, und auf ihn. Am meisten auf ihn.« Mit der Faust drehte Lukas den Kragen von Daves Uniformjacke so fest zusammen, dass der Amerikaner nach Luft rang.

»Wo kommst du überhaupt her?« Viktoria sah sich suchend um, als könnte sie so die Antwort auf ihre Frage finden.

»Ich habe gesehen, dass du das Haus verlassen hast, und bin dir gefolgt. Als du mich am Mittwochabend in die Näherei gerufen hast, wusste ich, dass etwas nicht stimmt. Zum Glück bist du eine furchtbar schlechte Lügnerin, Viktoria. Und während der folgenden Tage warst du blass und unglücklich. Als du heute Abend aufgebrochen bist … Allein dein Gang. Ich wusste, dass du keinen fröhlichen Abend vor dir hattest.«

»Danke«, sagte sie leise und schob die Hand tastend in ihre Manteltasche. Manchmal glaubte sie tatsächlich, dass Lukas' Muschel sie beschützte.

»Du fährst jetzt nach Hause, und ich rede noch ein paar Worte mit unserem Freund hier.« Energisch deutete Lukas zu dem kleinen Parkplatz hinter der Hecke, wo sie den Wagen abgestellt hatte.

»Aber … du tust ihm nichts?«

»Jedenfalls nicht, wenn er sich benimmt.« Immer noch hielt Lukas die Vorderseite von Daves Kragen so fest umklammert, dass dieser ächzend nach Luft schnappte. »Ich werde nur eine sehr ernste Unterhaltung mit ihm führen.« Lukas wedelte mit seiner freien Hand in Richtung Parkplatz.

Zögernd ging Viktoria ein Stück zurück, um ihre Handtasche vom Boden aufzusammeln. Sie öffnete sie, zog den Umschlag hervor und brachte ihn Lukas.

»Sorg dafür, dass er das annimmt.« Da Lukas keine Hand frei hatte, weil er Dave festhielt, schob sie das Kuvert in seine Jackentasche. »Das ist der Preis für die Zigaretten und noch ein bisschen mehr. Ich will sie bezahlen.«

Lukas nickte stumm, und sie ging folgsam zu Richards Auto, mit dem sie gekommen war. Daneben parkte der zweite Firmenwagen, den offenbar Lukas benutzt hatte, um ihr zu folgen. Sie schloss auf, setzte sich hinein, startete aber nicht den Motor, sondern lauschte angespannt nach draußen.

Lukas weiß, was er tut. Er ist klug, und er hat einen mörderischen Krieg überlebt, also wird er auch mit Dave fertig. Wieder und wieder sagte sie sich in Gedanken, dass nach dieser Unterhaltung zwischen Dave und Lukas alles gut sein würde – und hoffte inständig, dass es nicht aus dem Ruder lief.

Nach fast zehn Minuten sah sie im Rückspiegel, dass Lukas sich näherte. Sie atmete tief durch und stieg wieder aus. Auf den ersten Blick konnte sie keine Verletzungen erkennen. Keine blutige Nase, kein blaues Auge. Selbst sein Scheitel war kaum verrutscht.

Er sah sie und lächelte, als käme er von einem kleinen Spaziergang zurück. »Warum bist du nicht nach Hause gefahren? Nie tust du, was man dir sagt oder was vernünftig wäre.«

Sie erwiderte nichts, starrte ihn nur fragend an.

»Er wird dich ab sofort in Ruhe lassen. Sonst bekommt er ein wirkliches Problem mit mir.« Lukas zog den Schlüssel aus der Tasche und öffnete die Tür des zweiten Wagens.

»Aber …« Sie machte keine Anstalten, sich wieder hinter das Steuer zu setzen.

«Mehr musst du nicht wissen. Und ich auch nicht. Wir reden einfach nie mehr darüber. Steig jetzt ein, ich fahre hinter dir her.«

»Danke«, flüsterte sie so leise, dass er sie vielleicht gar nicht gehört hatte. Doch sie wusste, dass er ihre tiefe Dankbarkeit spürte.

Lukas wartete neben dem Wagen, bis sie wieder in Richards Auto eingestiegen war und den Motor gestartet hatte. Als sie aus der Parkbucht auf die Straße gefahren war, stand der zweite Wagen schon fast hinter ihr. Nur einen kurzen Moment fragte sie sich noch, ob Dave sie aus der Dunkelheit beobachtete, dann fuhr sie los. Auf dem Weg zur Villa Rabenfels folgten ihr die Scheinwerfer von Lukas' Wagen wie zwei Augen, die über sie wachten.

22

Modehaus Haynbach, Stadtrand Starnberg, August 1949

»Ich präsentiere Anfang Oktober die Winterkollektion«, verkündete Viktoria mit Nachdruck und wunderte sich, dass weder Mabelle noch Annedore, die sie in ihrem Vorführraum besuchten, protestierten. Vielleicht hatten sie auch nicht zugehört. Mabelle war damit beschäftigt, die Kleider zu betrachten, die an einer Stange an der Rückwand des Ateliers hingen, während Annedore unbeteiligt in die Luft starrte.

»In Paris und den anderen Modemetropolen wird im Herbst die Frühjahr/Sommer-Kollektion für das nächste Jahr gezeigt«, fuhr Viktoria fort. »Später kann ich mich nach diesem Rhythmus richten, aber ich glaube nicht, dass die Frauen hier schon so weit in die Zukunft planen wollen. Sie kaufen sich im Herbst Wintersachen und nicht die Kleidung für den nächsten Sommer. Und die paar Geschäfte, die unsere Modelle in Kommission nehmen, sind vollkommen zufrieden, wenn sie sich jetzt im Herbst die Wintermode aussuchen können.«

»Na klar. Warum auch nicht?« Mabelle zuckte mit den Schultern, nahm ein mokkafarbenes Kostüm vom Ständer und hielt es vor sich in die Luft. »Das ist schick. Aber in Rot fände ich es schicker.«

»Guck mal das rote Abendkleid mit dem tiefen Rückenausschnitt. Wie gefällt dir das?« Viktoria deutete auf das Ende der langen Kleiderstange, wo eines der Prunkstücke ihrer Kollektion unter einer Hülle aus Gaze hing.

Mit einem entzückten Aufschrei stürzte Mabelle sich auf das Kleid. »Darf ich das anprobieren?«

»Lieber nicht. Der Stoff ist schrecklich empfindlich. Wenn er einen Fleck bekommt oder eine der Nähte ausreißt, wird es schwierig, das wieder hinzubekommen. Es sind nur noch zwei Wochen bis zur Modenschau. Ich weiß ohnehin nicht, wie ich bis dahin alles schaffen soll.«

»Deshalb sind wir ja hier«, sagte Mabelle beruhigend, und Viktoria hätte fast laut aufgelacht. Ihre Schwester konnte wirklich gut mit Kundinnen umgehen, aber wenn es darum ging, eine Naht nachzubessern, ein Kleid zu bügeln oder dergleichen, hatte Viktoria längst gelernt, das besser selbst zu machen, wenn die Alternative war, ihre Schwester darum zu bitten.

Mabelle bereitete sich auf ihr Abitur vor, das sie im kommenden Frühjahr ablegen wollte. Was sie hinterher mit ihrem Leben anfangen würde, war noch nicht klar. Auf jeden Fall interessierten sie weder die Hemdennäherei noch Viktorias Modehaus. Sie liebte zwar schöne Kleider, aber nur, wenn sie sie selbst anziehen konnte.

Das rote Abendkleid hatte Viktoria für sich selbst entworfen. Sie würde es bei der Modenschau tragen. Schließlich war es nicht ganz gleichgültig, was die Modeschöpferin selbst anhatte, wenn sie sich zum Abschluss vor ihren Zuschauern verbeugte. Falls es überhaupt Applaus gab. Wie immer, wenn ihr der Gedanke kam, ihre lang ersehnte Modenschau könnte ein kompletter Misserfolg werden, stieg Panik in Viktoria auf und schnürte ihr die Kehle zu.

Mühsam verdrängte sie die Vorstellung, dass die geladenen Gäste noch während der Schau aufstanden und gingen, und konzentrierte sich wieder auf die Dinge, die erledigt werden mussten.

»Gleich kommt ein Mädchen, das sich als Mannequin bewerben will. Kannst du bitte mal das dunkelgrüne Jackenkleid heraussuchen?«, bat sie ihre Schwester.

»Darf ich dabei sein, wenn du sie begutachtest?« Eifrig

schob Mabelle die Bügel über die Stange und fischte schließlich das grüne Kleid heraus.

»Nur wenn du deinen vorlauten Mund hältst«, sagte Viktoria streng.

Sie einigten sich darauf, dass Mabelle und Annedore als Zuschauerinnen in der ersten Reihe neben dem langen Läufer sitzen würden, den die Mädchen entlanglaufen sollten, nachdem sie möglichst graziös die Treppe vom Podest in den Saal hinuntergeschritten waren. Leider war der Laufsteg nicht erhöht, doch da der Vorführraum ohnehin nur Platz für höchstens hundert Gäste bot, würden dennoch alle gut sehen können. Und vor und nach ihrem Weg durch den Saal standen die Mannequins oben auf dem Podest, sodass alle Zuschauer einen Gesamteindruck von den Kleidern gewinnen konnten.

Viktoria konnte sich für ihre erste Modenschau keine professionellen Mannequins leisten. Deshalb hatte sie eine kleine Zeitungsanzeige aufgegeben und Aushänge in mehreren Modegeschäften gemacht. Sie rief interessierte Frauen auf, sich bei ihr zu melden.

»Wie viele Mannequins hast du denn schon gefunden?«, erkundigte sich Mabelle neugierig, während sie zwei Stühle neben dem Läufer zurechtrückte. Annedore ließ sich mit einem Seufzer auf einen davon sinken.

Mit dem Fortschreiten ihrer Schwangerschaft wurde Annedore nicht nur zunehmend behäbiger, sondern schien auch immer tiefer in Trübsinn zu verfallen. Ein oder zwei Mal hatte Viktoria sie gefragt, ob ihr etwas besondere Sorgen bereite und ob sie ihr helfen könne. Annedore hatte nur gereizt erklärt, so eine Schwangerschaft sei nicht gerade ein Spaß. Sie habe ständig Sodbrennen, geschwollene Beine und alle möglichen anderen Beschwerden. Ob das wirklich die Gründe für ihr stummes Brüten und ihr stundenlanges Verschwinden war, das sie mit langen Spaziergängen am See begründete, wusste Viktoria nicht.

»Ich habe mir schon mindestens zehn oder zwölf junge Frauen angesehen, aber bisher sind nur zwei davon in die engere Wahl gekommen.« Viktoria strich sich nervös eine widerspenstige Strähne aus der Stirn. Sie musste unbedingt einen Friseurtermin vereinbaren, doch selbst dazu fehlte ihr die Zeit.

»Wieso ist es so schwierig, Frauen zu finden, die in einem Raum auf und ab gehen können?«, ließ sich Annedore missmutig vernehmen.

»Du wirst lachen. Es gibt nicht wenige, die über ihre eigenen Füße stolpern, wenn sie versuchen, auch nur ein bisschen graziös zu gehen. Und dann müssen sie noch die Treppe bewältigen.« Viktoria verzog das Gesicht. Sie hatte es sich tatsächlich nicht so schwierig vorgestellt, ein paar Frauen zu finden, die nett anzusehen waren und ihre Kleider so tragen konnten, dass sie in den Kundinnen den Wunsch weckten, ebenso auszusehen.

Als vor der Glastür ein Schatten auftauchte, wandten sie alle drei gleichzeitig die Köpfe. Draußen stand ein sehr großes, sehr blondes Mädchen von etwa achtzehn Jahren und starrte ängstlich durch die Glasscheibe in den Vorführraum.

Viktoria beeilte sich, sie hereinzuholen, bevor sie am Ende wieder ging.

»Sind Sie Claudia Brunner?«, erkundigte sie sich.

Das Mädchen nickte. Sie war sehr blass, hatte riesige hellblaue Augen und war dünner, als es der Mode entsprach, die in Richtung üppigerer Frauen tendierte. Dennoch gefiel sie Viktoria.

»Kommen Sie rein. Ich bin Viktoria von Haynbach.« Sie schüttelte Claudia die Hand, griff nach dem Jackenkleid, das sie über einen der kleinen Sessel gelegt hatte, und deutete auf das Podest.

»Da oben hinter dem Vorhang können Sie sich umziehen. Dann kommen Sie aus der Kabine, drehen sich einmal um sich selbst, gehen die Treppe hinunter und einmal auf dem Läufer hin und her. Dann wieder nach oben, noch einmal drehen und in der Kabine verschwinden.«

»Jetzt sofort?« Die Angst in Claudia Brunners Augen war unverkennbar.

»Nur Mut. Wir beißen nicht.« Viktoria lächelte aufmunternd.

Claudia nahm das Kleid, stieg mit staksigen Schritten die Stufen hinauf und verschwand hinter dem Vorhang.

Während sie warteten, rückte Viktoria sich ebenfalls einen Stuhl am Rand des improvisierten Laufstegs zurecht. »Gefällt sie euch?«, fragte sie nach einer Weile mit gesenkter Stimme, als sich oben immer noch nichts tat.

Annedore zuckte mit den Schultern, doch Mabelle hielt natürlich mit ihrer Meinung nicht hinter dem Berg. »Sie sieht ein bisschen aus wie eine Giraffe«, stellte sie fest. »Man guckt hin, guckt wieder weg und schaut dann doch ein zweites Mal hin.«

Nach etwa fünf Minuten wurde der Vorhang von einer schmalen, blassen Hand zögernd zurückgeschoben, und Claudia tauchte in dem grünen Jackenkleid wieder auf. Viktoria sah auf den ersten Blick, dass es zu weit war, aber das konnte man ändern. Damit die Kleider an die Figur des jeweiligen Mannequins angepasst werden konnten, hatte sie das Innenfutter noch nicht fest vernäht und für großzügige Nahtzugaben gesorgt. Bei Claudia würde sie den Saum herauslassen müssen, weil das Mädchen so groß war.

Mit einem hilfesuchenden Blick stand Claudia auf dem Podest und starrte hinunter in den Saal.

»Bitte drehen«, rief Viktoria ihr zu. »Und dann die Treppe runter.«

Claudia riss beide Arme über den Kopf, als hätte ihr jemand einen Gewehrlauf in den Rücken gebohrt, und wirbelte zwei Mal herum. Dann eilte sie die Stufen herunter.

»Nicht so schnell«, rief Viktoria, doch da hatte das Mädchen schon den halben Saal durchquert.

»Ich zeig es ihr.« Fröhlich sprang Mabelle auf, lief zu Claudia, hakte sie unter und zog sie wieder die Treppe hinauf.

»Mach es genauso wie ich«, forderte sie das verblüffte Mädchen auf, als sie nebeneinander auf dem Podest standen. Dann breitete sie die Arme aus, hielt ihre Hände mit leicht gekrümmten Fingern graziös in die Luft und drehte sich langsam um die eigene Achse. Als Viktoria sah, wie ihre Schwester mit ein paar Gesten ihr schlichtes perlgraues Kleid mit dem roten Gürtel zu einem begehrenswerten Kleidungsstück machte, stockte ihr der Atem.

»Jetzt du.« Mabelle blieb stehen und sah Claudia von der Seite an. Die hob die Arme, wie Mabelle es ihr vorgemacht hatte. Zwar ließ sie die Hände hängen wie ausgewrungene Lappen und drehte sich immer noch viel zu schnell, der Fortschritt war dennoch gewaltig.

Mabelle zeigte es nochmals, und Claudia machte es nach – längst nicht so perfekt wie ihre Lehrerin, aber wieder ein bisschen besser.

»Was sagst du dazu? Woher kann Mabelle das? Soweit ich weiß, hat sie noch nie eine richtige Modenschau gesehen«, raunte Viktoria ihrer Freundin zu.

Annedore sah ebenfalls verblüfft aus, zuckte aber, wohl aus reiner Gewohnheit, nur mit den Schultern.

Inzwischen zeigte Mabelle dem nicht mehr ganz so verschüchterten Mädchen, wie man die Stufen hinunterging, ohne den Eindruck zu erwecken, auf der Flucht vor einem Rudel Wölfe zu sein. Dann spazierte sie mit leicht schwingenden Hüften auf dem Läufer entlang, drehte sich vor Viktoria lächelnd im Kreis und bedeutete Claudia, es ihr nachzumachen.

Obwohl das strohblonde Mädchen längst nicht so graziös wirkte wie Mabelle, schien sie lernfähig zu sein. Und das

Kleid, das nicht besonders gut saß, wirkte an ihrem hochgewachsenen, schmalen Körper edel und teuer.

»Wenn Sie versprechen, zu allen Proben zu erscheinen, engagiere ich Sie für die Modenschau. Ich nehme an, Sie sind noch unter einundzwanzig, dann brauche ich eine schriftliche Zustimmung von Ihren Eltern.«

Viktoria schüttelte Claudia die Hand und schickte sie zum Umziehen zurück in die Kabine. Das Mädchen schien äußerst erstaunt zu sein, dass sie tatsächlich engagiert werden sollte.

»Woher kannst du das?«, wandte Viktoria sich dann an ihre Schwester.

»Keine Ahnung. Ich habe schon Modezeitschriften mit Fotos gesehen. Ist ja auch nicht so schwer, hin und her zu gehen.«

»Und warum hast du mir nicht gesagt, dass du bei meiner Modenschau gern Kleider präsentieren möchtest? Ich bin ehrlich gesagt gar nicht auf den Gedanken gekommen. Obwohl … wenn ich dich so ansehe.« Viktoria war so an die strahlende Schönheit ihrer Schwester gewöhnt, dass sie ihr im Alltag gar nicht auffiel.

»Will ich doch gar nicht.« Mabelle zuckte unschlüssig mit den Schultern.

»Du könntest am Ende der Schau die Braut sein. Und ich zahle dir extra was, wenn du mit den anderen Mannequins übst«, lockte Viktoria.

Mabelle kicherte. »Ich als jungfräuliche Braut? Ich habe ein Kind, wie du dich vielleicht erinnerst.«

»Du hast aber wieder eine tolle Figur. Und du wärst eine wunderschöne Braut. Du weißt doch, dass jede Modenschau in Paris mit der Präsentation eines Brautkleids endet?«

Mabelle bemühte sich, gelangweilt dreinzublicken, aber Viktoria entging nicht, dass ihre Augen funkelten.

»Brautkleider sind weiß. Ich mag rot«, erklärte sie bockig.

»Du darfst während der Schau alle roten Kleider tragen.

Nur das Abendkleid nicht, das ist für mich. Und das Brautkleid ist nun mal weiß. Das werden wir auch deinetwegen nicht ändern.«

»Na gut,« Mabelle strahlte Viktoria an.

»Morgen um drei ist deine erste Anprobe«, sagte Viktoria. »Und Ihre auch«, fügte sie an Claudia gewandt hinzu, die in ihrem eigenen Kleid wieder aufgetaucht war.

»Die gestrenge Chefin.« Mabelle legte den Kopf in den Nacken und lachte. Dann flüsterte sie Claudia verschwörerisch etwas ins Ohr. Die lachte ebenfalls, wenn auch eher unterdrückt.

Zwei Minuten später verließen Mabelle und Claudia gemeinsam das Modehaus. Durch die Glastür konnte Viktoria sehen, dass sie eifrig redend die Straße entlanggingen.

Viktoria streifte die Gazehülle wieder über das Jackenkleid und wandte sich Annedore zu. »Holt Lukas dich nachher ab? Sonst könnte ich dir ein paar Zeitschriften geben. Ich habe noch eine Menge zu tun.«

»Ich muss mit dir reden, sonst platze ich«, stieß Annedore in bitterem Ton hervor.

Entsetzt starrte Viktoria sie an. »Was meinst du?«, stieß sie hervor und musste sofort an Lukas' Küsse denken, die zu vergessen ihr trotz all ihrer Bemühungen nicht gelang.

Mühsam wuchtete Annedore sich von ihrem Stuhl hoch und kam auf Viktoria zu. Ihre Hand lag auf ihrem geschwollenen Bauch, ihr Blick war verzweifelt.

»Das Kind ist vielleicht nicht von Lukas.«

Das kam so unvermittelt, dass Viktoria zusammenzuckte, als hätte ihr jemand einen Stock auf den Kopf geschlagen.

»Wer …?«, stieß sie hervor und konnte den Blick nicht von Annedores rundem Bauch lösen.

»Das spielt keine Rolle. Ich war so unzufrieden mit meinem Leben und mit Lukas auch, und mit ihm war es leicht und schön und fröhlich. Und jetzt habe ich alles kaputtgemacht. Wenn Lukas herausfindet, dass das Kind nicht von ihm ist …« Sie stockte und biss sich auf die Unterlippe.

»Aber Lukas könnte der Vater sein?«, vergewisserte sich Viktoria und bemerkte plötzlich, dass ihre Schultern so verkrampft waren, als würde sie eine schwere Last tragen.

»Das kommt darauf an.« Das Lachen, mit dem Annedore ihre Worte begleitete, klang bitter.

»Was willst du tun?« Forschend sah Viktoria ihre Freundin an. Es gab eine Menge Männer, die ein Kind großzogen, dessen Vater sie nicht waren, was sie aber nicht bemerkten.

»Beten, dass das Kind von Lukas ist. Sonst bricht mein ganzes Leben in sich zusammen.« Plötzlich war Annedore bis in die ungeschminkten Lippen hinein blass.

»Dieser andere Mann. Würde *er* sich nicht um dich kümmern? Seid ihr nicht ineinander verliebt?« Viktoria spürte ihren Herzschlag bis hinauf in die Kehle. Sie versuchte, nicht daran zu denken, und doch war da die Vorstellung, dass Annedore ihren Mann verließ, um mit einem anderen zu leben. Dann wäre Lukas frei.

»Ich kann nicht richtig mit ihm zusammen sein. Er … Das geht nicht. Ich bin mit Lukas verheiratet.«

»Natürlich.« Viktoria verschluckte die Bemerkung, dass das Annedore nicht von einer Affäre abgehalten hatte. Gleichzeitig musste sie daran denken, dass vielleicht auch sie eine Schuld traf. Wenn Lukas und sie nicht diese verbotenen Gefühle füreinander entwickelt hätten, wäre vielleicht die Ehe zwischen Annedore und ihm weniger problematisch gewesen. Dann hätte Annedore sich nicht mit einem anderen Mann trösten müssen und wäre jetzt nicht so verzweifelt.

»Ich musste mit jemandem reden. Und du bist schon so lange meine Freundin.« Trostsuchend berührte Annedore Viktorias Schulter.

Stumm nahm sie ihre Freundin in den Arm und fühlte sich mehr denn je wie eine Verräterin. Als sie sich wieder voneinander lösten, wischte Annedore sich mit dem Handrücken über die feuchten Augen.

»Irgendwie tröstet es mich, dass jetzt jemand mein Geheimnis kennt. Ich bin manchmal so schrecklich verzweifelt.«

»Alles wird gut«, sagte Viktoria und quälte sich ein Lächeln ab. »Er wird das Kind lieben und es mit dir großziehen, auch wenn es vielleicht nicht seines ist.«

»Nein, das glaube ich nicht.« Annedore schüttelte den Kopf und ging hinaus auf die Straße, wo soeben Lukas mit dem Wagen vorfuhr, um sie abzuholen.

Irritiert sah Viktoria ihr hinterher. Wieso war sie so fest davon überzeugt, dass Lukas das Kind eines anderen nicht akzeptieren würde, wenn sie offenbar gar nicht vorhatte, ihm ihren Betrug einzugestehen? Denn dann hätte sie es ihm doch schon längst sagen können.

Mit einem Seufzer ging Viktoria zur Tür und drehte den Schlüssel um. Obwohl sie Dave seit jenem Abend am Marienbrunnen tatsächlich nie mehr gesehen hatte, genau wie Lukas es ihr damals versprochen hatte, vergaß sie nie, die Tür abzuschließen, wenn sie allein war.

23

Modehaus Haynbach, Oktober 1949

Mit einem unterdrückten Ächzen schleppte Lukas die dicke Teppichrolle durch den Raum. Viktoria hatte kurzfristig beschlossen, dass der Läufer, der ihren Laufsteg darstellte, von der Treppe aus schräg zur gegenüberliegenden Ecke führen sollte. Das ließ den Raum eleganter wirken, fand sie.

»Warte. Ich helfe dir.« Sie eilte hinter Lukas her und umschlang das Ende der Rolle mit beiden Armen. Sie brachten den Läufer zum Fuß der Treppe, ließen ihn fallen und krochen dann nebeneinander auf Händen und Knien über den Boden, während sie den schmalen Teppich vor sich ausrollten.

»Verrätst du mir endlich, was du damals zu Dave gesagt hast?« Sie hatte das schon sehr lange wissen wollen, aber nie eine Gelegenheit gehabt, sich danach zu erkundigen. Schließlich vermied sie nach Kräften, mit Lukas allein zu sein.

»Ich habe ihm gesagt, ich bringe ihn um, wenn er sich dir noch einmal nähert«, sagte er und lachte leise.

»Das hast du nicht gesagt!« Sie lachte ebenfalls.

»Wir haben doch abgemacht, nicht darüber zu sprechen.« Ungeduldig schubste er die Teppichrolle vor sich her, sodass sie kaum nachkam.

»Aber …«, fing sie an zu protestieren.

»Hat er dich seitdem je wieder belästigt? Oder hattest du Ruhe vor ihm?«

»Ich habe ihn seit dem Abend nicht wiedergesehen, und er

hat sich auch nicht bei mir gemeldet. Kein Anruf, kein Brief, nichts. Genau deshalb frage ich mich …«

»Hör auf, dich zu fragen. Und frag mich erst recht nicht.« Er klang fast wütend.

»Habe ich mich damals überhaupt richtig bei dir bedankt?«

»Hast du. Und jetzt konzentrier dich auf den Läufer. Sonst hat er nachher Dellen und wir müssen ihn noch mal aufrollen und von vorn anfangen.«

Viktoria gab der Teppichrolle einen kräftigen Stoß. Stumm begannen sie wieder, die Rolle durch den Raum zu schubsen.

»Ich habe vor ein paar Tagen die Anzahlung für ein Haus geleistet«, sagte Lukas unvermittelt. »Es muss noch einiges renoviert werden, aber Annedore und ich werden möglichst bald einziehen. Noch vor der Geburt unseres Kindes.«

Viktoria war so überrascht, dass sie sich auf den Boden setzte und den Teppich vergaß. »Ihr wollt aus der Villa ausziehen?«

»Das wollen wir doch schon lange«, sagte er mit sanfter Stimme. »Aber es war schwierig, ein Haus oder eine Wohnung zu finden. Vielleicht funktioniert es zwischen Annedore und mir besser, wenn wir für uns sind.«

»Natürlich«, beeilte sie sich zuzustimmen. »Das geht nur jetzt sehr schnell.« Hektisch rollte sie das letzte Stück Teppich aus, sodass Lukas kaum hinterherkam.

Dann sprang sie auf, klopfte sich den Rock ab und sah auf die Uhr. »Schaffst du das mit den Stühlen allein? In schrägen Reihen, von hier nach da. Die fünf Dutzend Stühle, die ich ausgeliehen habe, stehen hinten im Lager.« Mit beiden Armen zeigte sie, wie sie sich die Stuhlreihen vorstellte. »Die Mannequins kommen gleich zur Anprobe, und wir wollen heute zum ersten Mal die Schau durchprobieren.«

Viktoria war auf der Flucht, und sie hatte eine Menge guter Ausreden, um sich vor Lukas in ihrem Atelier zu verstecken. Sie hatte sich der Tür zugewandt, aber ihre Beine wollten sich nicht in Bewegung setzen. Sie stand einfach nur da und starrte Lukas an. Plötzlich flüsterte sie seinen Namen. Er kam ohne ihr Zutun über ihre Lippen. Es passierte einfach.

Mit einem Ruck hob er den Kopf und sah sie quer durch den großen Raum an.

»Viktoria.« Auch er sprach ganz leise, und dennoch fühlte sie all seine Sehnsucht und seinen Schmerz, als hätte er ihn ihr direkt ins Ohr gebrüllt.

Sie machte einen Schritt in seine Richtung, er kam auf sie zu, und plötzlich standen sie so dicht voreinander, dass sie seinen Atem auf ihrem Gesicht spürte.

»Es tut mir leid«, sagte er, und in seinen Augen konnte sie nun das lesen, was sie auch in seiner Stimme hörte.

»Was tut dir leid? Du kannst doch nichts dafür.« Sie wollte die Hand heben, wollte die Traurigkeit aus seinen Zügen fortstreicheln, doch sie hatte kein Recht, ihn zu berühren.

»Ich habe geheiratet, ohne auf die Frau zu warten, die ich wirklich liebe. Und nun mache ich Annedore unglücklich und dich vielleicht auch.«

Sein Gesicht verschwamm vor ihren Augen, und sie wollte sich abwenden, damit er sie nicht weinen sah, aber er legte die Hände auf ihre Schultern und hielt sie fest.

»Ich wünsche dir sehr, dass du bald einen Mann findest, den du liebst, der frei für dich ist und mit dem du ein wunderbares Leben führen kannst.«

Sie schüttelte den Kopf. »Ich will keinen anderen Mann.« Als sie seinen erschrockenen Blick sah, verbesserte sie sich hastig: »Für einen Mann ist in meinem Leben gar kein Platz. Ich habe vor, jedes Jahr zwei Kollektionen herauszubringen und so bald wie möglich ein Modehaus in München zu eröffnen.« Ihre Kleider waren etwas, woran sie sich festhalten konnte. Etwas, das ihr Freude bereitete und sie von dem

Schmerz ablenkte, der sich bei Lukas' Anblick jedes Mal wie eine spitze Nadel in ihr Herz bohrte.

»Du wirst eine sehr, sehr erfolgreiche Modeschöpferin werden. Aber du bist auch eine wunderbare Frau, und deshalb solltest du nicht einsam sein.« Mit der Spitze seines Zeigefingers zeichnete er die Linie ihrer Lippen nach. Sie hielt die Luft an und schloss die Augen.

Als sie blinzelnd die Lider öffnete, erstarrte sie. Über seine Schulter konnte sie durch die Glastür nach draußen sehen. Soeben hielt Richards Wagen vor dem Eingang, alle Türen gingen gleichzeitig auf, und außer Richard stiegen Louise, Claire, Mabelle und die kleine Sylvie aus. Abrupt wich sie zurück. Lukas Arme fielen von ihren Schultern, und seine Hände hingen an seinen Seiten herunter wie plötzlich nutzlos gewordene Gegenstände.

Viktoria ging zur Tür, ihrer Familie entgegen. Sylvie hüpfte auf sie zu und schlang die Ärmchen um ihren weiten Rock.

»Tante Viktoria«, krähte sie mit ihrem hellen Stimmchen. »Mama sagt, wenn du es erlaubst, darf ich die Sssau sehen.« Sie konnte noch kein »Sch« aussprechen, war aber für ihr Alter ein sehr gesprächiges Kind.

Automatisch glitt Viktorias Blick zu ihrer Mutter. Obwohl Sylvie manchmal auch Mabelle »Mama« nannte, meinte sie meistens Claire. In diesem Fall nickten beide.

»Sie schläft sowieso momentan abends nie vor zehn Uhr ein, auch wenn sie um acht im Bett liegt«, sagte Claire mit gesenkter Stimme und einem unterdrückten Seufzer. »Offenbar ist sie eine Nachteule, genau wie Mabelle.«

Zögernd nickte Viktoria. Ein lebhaftes Kind von dreieinhalb Jahren am Rand ihrer ersten Modenschau macht die Angelegenheit nicht gerade entspannter für sie.

»Was haltet ihr davon, wenn Sylvie als Blumenmädchen vor mir hergeht, wenn ich das Brautkleid vorführe? Sie könnte

Rosenblätter streuen. Rote Rosenblätter.« Mabelle strahlte in die Runde.

»Mit Blumen werfen?« Die Kleine reckte sich auf die Zehenspitzen. »Au ja!«

Viktoria sagte gar nichts und hoffte, dass ein Kind in dem Alter spätestens nach vierundzwanzig Stunden vergessen hatte, worüber in seiner Gegenwart gesprochen worden war.

Die Tür ging auf, und drei der vier Mannequins, die sie für die Schau engagiert hatte, kamen lebhaft schwatzend herein. Offenbar hatten sie denselben Bus genommen.

»Wo ist Claudia?«, erkundigte sich Viktoria alarmiert. Die große Blonde war neben Mabelle diejenige, die nach Viktorias Ansicht die Kleider am wirkungsvollsten präsentierte. Leider brachte sie von allen Amateur-Mannequins auch das wenigste Selbstbewusstsein mit.

»Ich kann das nicht«, sagte sie immer wieder, obwohl sie ihre Sache während Proben meistens recht gut machte. Deshalb ließ die Angst, Claudia könnte im entscheidenden Moment die Nerven verlieren oder schon vorher das Handtuch werfen, Viktoria nicht los.

Was Mabelle betraf, hatte der erste Eindruck nicht getrogen. Sie war ein Naturtalent, und wer sie in einem von Viktorias Modellen die Treppe herunterschreiten und durch den Vorführraum gleiten sah, konnte sie sich problemlos auf einem Laufsteg in Paris vorstellen. Jedenfalls konnte Viktoria das. Nicht, dass sie schon eine Modenschau in Paris gesehen hätte. Es war nur einfach so, dass sie es *liebte*, wie ihre Kleider an Mabelle aussahen und wie sie sich darin bewegte. Viktoria war überzeugt, dass ihre Schwester in den Kundinnen den Wunsch wecken würde, in genau dem Kleid, das Mabelle anhatte, ebenso wie die große, schöne Frau mit dem strahlenden Lächeln dahinzuschweben.

»Ich glaube, Claudia wollte mit dem Fahrrad kommen«,

verkündete Mabelle. »Sie hat günstig ein Gebrauchtes bekommen.«

Tatsächlich fuhr in diesem Moment jemand in Schlangenlinien die Straße entlang auf das Modehaus zu. Entsetzt schloss Viktoria für einen Moment die Augen und schickte ein stummes Stoßgebet zum Himmel. Als sie die Lider wieder öffnete, sprang Claudia gerade in voller Fahrt von einem klapprigen, alten Fahrrad. Offenbar konnte sie weder richtig fahren, noch wusste sie, wie man das Rad zum Stehen brachte. Aber sie war unverletzt angekommen, immerhin.

»Lukas!« Viktoria ignorierte ihr Herzklopfen, während sie sich im Vorführraum nach ihm umsah. »Ist die Musiktruhe schon angeschlossen?«

Die Mädchen sollten die Kleider zu Musik vorführen. Viktoria hoffte, dass es den Mannequins dadurch leichter fiel, sich geschmeidig und graziös zu bewegen.

»Mache ich gleich«, rief Lukas, der soeben ein paar Stühle aus dem Lager hereintrug.

Viktoria wandte sich um und sah gerade noch, wie Sylvie oben auf dem Podest hinter dem Vorhang verschwand, wo sich bereits die Kleider befanden, die mittlerweile für die einzelnen Mädchen geändert worden waren.

Sie schrie erschrocken auf. »Hat Sylvie saubere Hände?«

Wenn es so weiterginge, würde sie übermorgen Abend nur noch ein zitterndes Nervenbündel sein.

Mabelle fing ihre kleine Tochter ein, und Claire beteuerte gleichzeitig, dass sie Sylvie vor dem Aufbruch in der Villa gründlich die Hände gewaschen hatte.

Dann stand Viktoria mit der Stoppuhr in der Hand auf dem Podest und versuchte herauszufinden, wie lange die einzelnen Mädchen zum Umziehen brauchten. Wenn ein Mannequin seinen Auftritt beendet hatte, musste das nächste bereit sein.

Die Mädchen verschwanden in dem schmalen Raum hinter dem Vorhang, der sich über die ganze Länge des Podests erstreckte. Für jede von ihnen gab es einen kleinen Schminktisch und einen Kleiderständer mit fünf Haken. Louise und Claire sollten Make-up und Frisuren überprüfen, wo es nötig war, beim Umziehen helfen und kontrollieren, ob alles richtig saß.

Viktoria würde, oben auf dem Podest stehend, die Kleider ansagen. Wenn sie daran dachte, wurde ihr schon jetzt vor Aufregung leicht übel.

Automatisch wanderte ihr Blick hinunter in den Saal. Als hätte er ihren Blick auf seinem Rücken gespürt, wandte Lukas sich von der Musiktruhe ab, an der er sich gerade zu schaffen machte, und sah zu ihr nach oben. Sie nickte ihm zu. Er würde sich während der Schau um Musik, Beleuchtung und alle technischen Probleme, die auftreten könnten, kümmern. Der Gedanke, dass er in ihrer Nähe sein würde, beruhigte sie.

»Hast du mittlerweile eine Antwort von der Gräfin bekommen?« Claire war hinter dem Vorhang hervorgekommen und riss Viktoria mit ihrer Frage aus ihren Gedanken.

Sie nickte. »Sie hat geantwortet. Aber sie wird nicht kommen.«

Immer noch schickte Eveline Gräfin von Haynbach jeden Monat zwei Ballen französischen Stoff, den sie auf der anderen Seite der Grenze besorgen ließ und manchmal sogar höchstpersönlich in Frankreich auswählte. Das Modehaus erstattete ihr die Kosten, und als Dank für ihre Mühe – und weil Eveline schließlich ihre Großmutter war – hatte Viktoria ihr im Laufe der Zeit aus besonders schöner französischer Seide schon drei Kleider genäht.

Jedes Mal bedankte Eveline sich in wohlgesetzten Worten und lobte das Kleid, das Viktoria mit größter Sorgfalt für sie entworfen und dessen Herstellung sie besondere Aufmerksamkeit gewidmet hatte. Doch dies tat die Gräfin weiterhin im Ton einer zufriedenen Kundin. Ein Außenstehender hätte den

Briefen niemals entnehmen können, dass sie eine nahe Verwandte der Modeschöpferin war.

Niemals enthielten die Schreiben eine persönliche Mitteilung, obwohl sich Viktoria in ihren schriftlichen Nachrichten immer höflich nach Evelines Gesundheitszustand und dem des Grafen erkundigte. Einmal hatte sie sogar gewagt, nach ihrem Onkel Albrecht zu fragen, dem Bruder ihres verstorbenen Vaters. Doch Eveline ging auf diese Themen nicht ein, tat, als hätte Viktoria ihr diese Fragen nie gestellt.

Als der Karton mit den Einladungskarten für die Modenschau geliefert worden war, hatte Claire sie gefragt, ob sie nicht eine davon nach Schloss Haynbach schicken wollte. Viktoria, die eben noch begeistert die geprägte Schrift und die auf die Vorderseite gedruckte Zeichnung eines ihrer Abendkleider bewundert hatte, hatte ihre Mutter erschrocken angeschaut.

»Ist das nicht zu aufdringlich?«

»Ich denke eher, es wäre unhöflich, sie nicht einzuladen«, hatte Claire erwidert.

Wie meistens, hatte es eine Weile gedauert, bis von Schloss Haynbach eine Antwort kam. Die Absage war höflich formuliert – und wie immer vollkommen unpersönlich. Die Gräfin wünschte ihr nicht einmal viel Erfolg.

Tröstend berührte Claire die Schulter ihrer Tochter und verschwand wieder hinter dem Vorhang. Dann tauchte Mabelle in dem roten Kleid auf, in dem sie die Schau eröffnen sollte. Sie sah wunderschön aus, doch Viktoria hatte keine Zeit, sie zu bewundern, denn im gleichen Moment fiel Sylvie von der Treppe und stimmte ein lautes Geschrei an. Claire stürmte aus der Kabine herbei, gefolgt von sämtlichen Mannequins in verschiedenen Stadien der Bekleidung. Die Großmutter stellte schnell fest, dass dem Kind nichts Ernsthaftes passiert war. Dennoch dauerte es eine Weile, bis sich alle beruhigt hatten und die Probe fortgesetzt werden konnte.

24

Modehaus Haynbach, Oktober 1949

Eine halbe Stunde vor Beginn der Modenschau war Viktoria so angespannt, dass es ihr nicht gelang, den Knopf an einem der Kleider fester anzunähen. Frieda, die ebenfalls erschienen war, um zu helfen, nahm ihr wortlos das Kleid aus der Hand und hatte die Aufgabe innerhalb von einer Minute erledigt.

Die Mannequins waren aufgeregt, aber pünktlich erschienen, nur Claudia war mal wieder noch nicht da.

»Hoffentlich kommt sie nicht mit dem Fahrrad«, murmelte Viktoria vor sich hin.

»Oder am Ende gar nicht«, fügte Louise hinzu.

Auch die zahlreichen Proben hatten Claudia ihr heftiges Lampenfieber nicht nehmen können. Die anderen Mädchen waren ebenfalls nervös, Claudia aber hatte am ganzen Körper gebebt, wenn sie hinter dem Vorhang hervortrat, als noch überhaupt keine Zuschauer da gewesen waren.

»Eben ist eine Journalistin von der *Süddeutschen Zeitung* gekommen. Sie fragt, ob sie dir vor der Schau ein paar Fragen stellen darf.« Fragend sah Claire ihre Tochter an. Auch sie hatte vor Aufregung kreisrunde rote Flecke auf den Wangen.

Die Liste mit Viktorias Text für die Ansagen der Modelle begann in ihrer zitternden Hand unüberhörbar zu rascheln. Wieso wunderte sie sich über Claudias Angst? Ihr selbst ging es schließlich auch nicht anders. Selbst Mabelle wirkte etwas hektisch, schien aber von allen Beteiligten noch die Ruhigste zu sein. Allerdings waren sie wenigstens alle anwesend.

»Kannst du sie fragen, ob das mit dem Interview nicht

auch nach der Schau geht? Ich habe noch so viel zu erledigen.« Vor allem konnte sie keinen klaren Gedanken fassen. »Gib der Journalistin bitte einen Ablaufplan mit den Namen der Modelle. Und frag Richard, ob er am Eingang die Gäste begrüßen kann. Wir müssen jetzt die Türen öffnen.«

Wenn Claudia nicht bald käme, müssten sie ihre Kleider aus dem Ablaufplan streichen, denn die anderen Mannequins konnten sie schon deshalb nicht tragen, weil sie, bis auf Mabelle, mindestens einen halben Kopf kleiner waren. Und Mabelle hatte eine schmalere Taille und mehr Busen.

Irgendwo im Hintergrund erhob die kleine Sylvie ihre Stimme zu einem wütenden Gekreische. Louise hatte ihr auf die Schnelle ein weißes Kleidchen mit rosa Schleife in der Taille und einem breiten rosafarbenen Band für die Haare genäht.

Obwohl Viktoria besorgt wegen des Plans war, Sylvie als Blumenmädchen auftreten zu lassen, hatte sie sich letztlich mit dem Gedanken angefreundet. Die Vorstellung, Mabelle als wunderschöne Braut mit ihrer süßen Tochter als Blumenmädchen über den Läufer schweben zu sehen, gefiel ihr. Weniger gefiel ihr die Möglichkeit, dass Sylvie im unpassendsten Moment einen ihrer berüchtigten Wutanfälle bekommen und sich mitsamt ihrem Blumenkorb auf den Boden werfen könnte. Aber darüber wollte sie sich jetzt keine Gedanken machen.

Als Claudia von der Tür her auf sie zukam, atmete sie auf. Allerdings schlug ihre Erleichterung in Sekundenschnelle in blankes Entsetzen um, als sie den unsicheren Schritt ihres Mannequins bemerkte. Dann stand das Mädchen vor ihr, und Viktoria bemerkte die leichte Fahne.

»Haben Sie getrunken?«, herrschte sie Claudia an.

Die lächelte breit und zeigte mit Daumen und Zeigefinger einen winzigen Abstand. »Nur ganz bisschen. Zur Beruhigung«, nuschelte sie.

»Kann jemand eine große Kanne starken Kaffee kochen?«, rief Viktoria in den Raum, und Frieda lief sofort los.

Wahrscheinlich hätte Viktoria beschließen sollen, dass ein beschwipstes Mannequin nicht bei ihrer Modenschau mitlaufen durfte, aber an Claudia sahen die Kleider fast so elegant aus wie an Mabelle. Und wenn sie nicht teilnahm, konnten einige besonders schöne Modelle nicht vorgeführt werden.

Viktoria brachte Claudia persönlich in den Umkleideraum, wo die anderen Mädchen schon die Kleider für ihren ersten Auftritt trugen.

Viktoria würde sich nun auch hier hinter dem Vorhang verborgen halten, bis die Schau begann. Das rote Abendkleid, das sie tragen wollte, hing unter seiner Gazehülle an einem der Kleiderständer.

»Etwas leiser bitte, die ersten Zuschauer sind schon im Vorführraum«, rief sie mit gesenkter Stimme in das lebhafte Stimmengewirr. Sofort wurde es totenstill, und alle sahen sie erschrocken an, als hätte sie den Zeitpunkt für die Vollstreckung des Todesurteils verkündet.

»Ist es schon so weit?«, flüsterte Lisa mit weit aufgerissenen Augen.

»Bald haben wir es geschafft«, gab Louise genau die richtige Antwort. »Dann feiern wir.«

Frieda tauchte mit der Kaffeekanne und einem großen Becher auf. Claire war inzwischen damit beschäftigt, die kichernde Claudia in das helle Batistkleid zu befördern, das als zweites Modell nach Mabelles »Sonnenuntergang im Dezember« auf dem Ablaufplan stand.

Mabelle stand bereits fertig umgezogen, frisiert und geschminkt am Vorhang und linste durch einen Spalt in den Vorführraum. »Es sind schon mindestens fünfzig Leute da«, flüsterte sie. »Hauptsächlich Frauen, manche haben ihre Männer mitgebracht. Und sie sehen alle aus, als hätten sie Geld.«

»Viel wichtiger ist, ob jemand von den Modeläden kommt,

denen ich eine Einladung geschickt habe.« Viktoria drängte sich neben ihre Schwester und versuchte, einzelne Gesichter zu erkennen, aber das war schwierig. »Eine Reporterin ist jedenfalls schon da.« Ihr Herz klopfte vor Aufregung so stark, als würde eine Herde Wildpferde durch ihre Brust galoppieren. Sie konnte nur hoffen, dass die Zuschauer im Saal den Tumult durch den dünnen Stoff des Abendkleids nicht sehen würden, wenn sie nachher vor dem Vorhang stand und die Kleider ansagte.

Sie beeilte sich, sich ebenfalls umzuziehen, und richtete vor dem Spiegel noch einmal ihr Haar, das nach einem Friseurbesuch am Vormittag in großzügigen, mahagonifarben schimmernden Wellen bis fast auf ihre Schultern fiel.

Der weite Rock des Abendkleids hatte eine winzige geheime Tasche, in die sie nun heimlich die Herzmuschel schob, nachdem sie sie eine Weile fest in der Hand gehalten hatte.

Inzwischen waren alle Mannequins fertig angezogen, auch Claudia. Claire hatte ihre halblangen hellblonden Haare im Nacken eingeschlagen und oben auf dem Kopf zu zwei Victory Rolls gesteckt, wie sie in Amerika modern waren und auch in Deutschland von immer mehr Frauen getragen wurden. Das wirkte gleichzeitig frech und elegant.

Viktoria beobachtete, wie Claudia auf den Schuhen mit den hohen Absätzen, die sie passend zum Kleid tragen sollte, immer noch etwas schwankte. Entschlossen griff sie nach der Kaffeekanne, füllte den großen Keramikbecher noch einmal bis zum Rand und brachte ihn dem Mädchen.

»Das trinken Sie aus, bevor Sie nach draußen gehen«, sagte sie streng.

»Darf ich mal?« Mabelle drängelte sich an Viktoria und Claudia vorbei zum Spiegel, um ihren Lippenstift zu überprüfen. Gleichzeitig griff Claudia gehorsam nach dem Kaffee und führte ihn zum Mund.

Wie es geschehen war, wusste später niemand genau. Vielleicht hatte Claudia ohne Zutun der Umstehenden den Kaffee zum Überschwappen gebracht. Oder Mabelle war gegen Claudias Arm gestoßen. Möglicherweise hatte sogar die nervöse Viktoria selbst etwas damit zu tun gehabt. Plötzlich schrie Mabelle auf und presste sich die Hand gegen die Hüfte. Als sie sie wieder wegnahm, kam als Echo ihres Schreis ein entsetztes Stöhnen aus den Kehlen sämtlicher anderer Mädchen. Auch Viktoria, ihre Mutter und ihre Großmutter ächzten auf.

Trotz ihres Schrecks nahm Viktoria wahr, dass draußen im Vorführraum das Stimmengewirr für einen Moment aussetzte und gleich darauf lebhafter als zuvor wieder einsetzte. Offenbar hatte man das Geschrei hier drinnen draußen deutlich gehört.

»Pst!«, machte sie hektisch und presste sich den Zeigefinger gegen die Lippen. Das war gar nicht mehr nötig, denn inzwischen starrten alle sprachlos den unübersehbaren Kaffeefleck auf dem Rock des roten Cocktailkleids an.

»Was machen wir jetzt?« Louise fand als Erste die Sprache wieder. »Fangen wir mit Claudia an? Oder schicken wir Mabelle mit dem Kleid zur Eröffnung raus, das sie als Nächstes anziehen sollte?«

»Ich muss nachdenken.« Angestrengt runzelte Viktoria die Stirn und legte den Zeigefinger gegen die Nasenspitze. Eine erfolgreiche Modenschau begann immer mit einem besonderen Kleid. Sie fand, dass alle ihre Kleider etwas Außergewöhnliches hatten, doch die meisten davon waren Nachmittagskleider oder Kostüme. Schließlich musste sie daran denken, wer die Kleider kaufen und tragen sollte. Auch wohlhabende Frauen liefen nicht ständig in Abendkleidern herum.

Die Schau jedoch mit einem Nachmittagskleid zu eröffnen, war schlichtweg … langweilig.

»Zieh das Kleid aus, schnell«, forderte sie Mabelle auf. »Ich kann es retten. Wir haben noch zehn Minuten.«

»Aber Viktoria! Kaffee bekommst du nicht ohne Weiteres

raus. Und selbst wenn. Man würde immer noch den feuchten Fleck sehen«, versuchte Claire, sie von ihrem Vorhaben abzubringen, während Mabelle gehorsam aus dem Kleid schlüpfte und alle anderen Mädchen stumm im Kreis um sie herumstanden.

»Ich brauche eine Nadel und passendes rotes Garn. Schnell.« Viktoria riss Mabelle das Kleid aus den Händen und warf es auf einen kleinen Tisch in der Ecke. Dort breitete sie den Rock aus und raffte die Stelle mit dem Fleck so zusammen, dass er nicht mehr zu sehen war.

»Aber Viktoria, dadurch ist das Kleid an einer Seite viel kürzer als an der anderen.« Claire schaute ihr irritiert über die Schulter.

»Es ist asymmetrisch – niemand wird darauf kommen, dass es ursprünglich nicht so gewollt war.« Von der Innenseite des Rocks nähte Viktoria den befleckten Stoff, der verschwinden sollte, mit großen Stichen fest. Dann entfernte sie die Stoffblüte vom Ausschnitt des Cocktailkleids und steckte sie über die geraffte Stelle an der Hüfte. Wortlos reichte sie das Kleid Mabelle, die wieder hineinschlüpfte.

»Unglaublich! Es sieht fast noch besser aus als vorher.« Louise betrachtete überrascht das Modell »Abendrot«, das immer noch perfekt saß und nun an einer Seite bis zur Wade reichte, an der anderen jedoch nur knapp das Knie bedeckte. Aus einem normalen Tellerrock war ein immer noch perfekt fallender, asymmetrischer Rock mit einem besonderen Hingucker über der linken Hüfte geworden.

»Dann fangen wir jetzt an.« Viktoria stieß ein glückliches Lachen hervor. Zu ihrem eigenen Erstaunen war ein großer Teil ihrer Anspannung verschwunden.

Alle würden ihr Bestes geben, und wenn ihre Kleider den Zuschauern nicht gefielen, konnte sie es jetzt auch nicht mehr ändern. Heimlich tastete sie noch einmal nach der Herzmuschel in der kleinen Tasche ihres Rocks. Dann atmete sie tief durch und trat durch den Vorhang hinaus auf das Podest, um ihre Gäste zu begrüßen.

*

Eine Stunde später stand Viktoria in der kleinen Teeküche, um eine weitere Sektflasche aus dem Kühlschrank zu holen. Die Modenschau war ohne weitere Pannen verlaufen. Es hatte für fast jedes der Modelle Interessenten gegeben, für einige Kleider auch mehrere. Mabelle war eine wunderschöne Braut gewesen und Sylvie das niedlichste Blumenkind überhaupt. Die Modejournalistin war nach dem Interview, das Viktoria ihr im Anschluss an die Schau gegeben hatte, zufrieden nach München zurückgefahren. Und nun feierten sie.

Aus dem Vorführraum drangen Gekicher und Stimmengewirr bis zu Viktoria in die Teeküche. Richard hatte Claire und Sylvie im Wagen nach Hause gefahren und war dann zurückgekommen, um mit den anderen anzustoßen. Die Stimmung war ausgelassen und die Erleichterung, dass alles so gut geklappt hatte, allen Beteiligten anzumerken.

»Ich bin so froh, dass keine von uns die Treppe runtergefallen ist«, verkündete Mabelle ein ums andere Mal.

»Und ich bin noch viel froher, dass das rote Cocktailkleid den Leuten trotzdem so gut gefallen hat.« Claudia war inzwischen wieder ganz nüchtern und rührte auch den Sekt nicht an. Sie hatte sich schon ein halbes Dutzend Mal bei Viktoria entschuldigt und hörte erst damit auf, als diese ihr strengstens verbot, noch ein einziges Mal das Malheur mit dem Kaffee zu erwähnen, zumal ja gar nicht feststand, wer den Fleck auf Mabelles Eröffnungsmodell verursacht hatte.

»Ich hätte von vornherein auf die Idee mit der Raffung kommen sollen. So musste erst ein Fleck her. Im Grunde sollte ich mich bei Ihnen bedanken. Und jetzt reden wir nicht mehr davon«, hatte Viktoria energisch gesagt.

Sie erinnerte sich noch einmal an den lebhaften Schlussapplaus und löste lächelnd die Drähte über dem Korken der Sektflasche.

»Kann ich helfen?«

Als sie direkt hinter sich Lukas' Stimme hörte, fuhr sie herum. »Ich hab dich gar nicht kommen hören.«

»Tut mir leid. Ich wollte dich nicht erschrecken.« Er nahm ihr die Flasche aus der Hand und zog den Korken heraus, ohne dass die Hälfte vom Sekt herausspritzte, wie es Viktoria oft passierte.

»Ich dachte, du wärst schon nach Hause gefahren, weil ich dich vorhin gar nicht mehr gesehen habe.«

»Ich habe Annedore zur Villa gebracht und bin zurückgekommen, weil ich noch ein paar Sachen wegräumen will. Ich habe gesehen, dass du morgen schon wieder Termine mit Kundinnen hast. Da sollte es hier ordentlich aussehen.«

»Danke«, sagte Viktoria leise.

»Und ich wollte die Gelegenheit nutzen, um mich von dir zu verabschieden.« Er betrachtete die offene Sektflasche einen Moment, stellte sie auf den kleinen Tisch und hob dann mit einem Ruck den Kopf, um Viktoria anzusehen.

Sie erschrak fast, als sie das Feuer sah, das in seinen Augen brannte. Fast so, als hätte er Fieber. Sofort erinnerte sie sich an ihre erste Begegnung mit ihm, die so lange her zu sein schien. Damals hatte sie nicht geahnt, dass sie Lukas wiedersehen und sich rettungslos in ihn verlieben würde. Und dass es eine verbotene Liebe sein würde, die ihr nichts als Schmerz bereiten würde und gegen die sie nun schon seit Jahren vergeblich ankämpfte.

»Verabschieden?« Fragend sah sie ihn an.

»Dies war mein letzter Arbeitstag im Modehaus Haynbach. Ich kann so nicht weitermachen.« Sekundenlang hielten seine dunklen Augen ihren Blick fest und brannten sich tief in ihr Herz.

»Was meinst du? Wir brauchen dich hier. Richard braucht dich.« *Ich brauche dich.* Doch das sprach sie nicht aus.

»Die Arbeiten am Anbau der Hemdennäherei sind so gut wie beendet, und die Einrichtung ist auch fast fertig. Ich habe eine neue Stelle gefunden. Dort kann ich als Bauingenieur arbeiten, obwohl ich vor dem Krieg keinen Abschluss gemacht habe.«

»So plötzlich«, flüsterte sie. »Das kommt sehr plötzlich.«

»Ich hatte mit Richard vereinbart, dass ich bis nach deiner Modenschau bleibe. Und dass wir vorher nichts davon erzählen, dass ich gehen werde. Weil es Unruhe gebracht hätte und alle schon genug mit den Vorbereitungen für deinen großen Abend zu tun hatten.

»Das mit der Stelle, das freut mich für dich«, stieß sie hervor und hatte das Gefühl, dass die Worte kaum durch ihre Kehle passten. »Aber wir sehen uns doch noch in der Villa, bis euer Haus fertig ist und du mit Annedore ausziehst. Noch ein, zwei Wochen?«

»Ich habe meine Sachen gepackt und werde heute Abend nicht zurück in die Villa kommen. Es ist praktischer, wenn ich in dem neuen Haus wohne, während ich da alles in Ordnung bringe. Außerdem habe ich es von dort nicht so weit zu meiner neuen Arbeitsstelle. Annedore wohnt noch bei euch, bis ich das Notwendigste gerichtet habe. Das ist in ihrem Zustand bequemer für sie. Dann folgt sie mir in unser neues Haus.« Er wich ihrem Blick aus.

»Ich hätte es gern früher gewusst«, sagte sie und fixierte die Sektflasche, weil es so wehtat, ihn anzusehen.

»Wir waren uns doch einig darüber, dass es besser ist, wenn wir uns so selten wie möglich über den Weg laufen«, erinnerte er sie.

»Ja«, musste sie zugeben. »Aber … Aber es ist trotzdem traurig.«

»Ich weiß.«

Sie standen einander in dem engen Raum gegenüber. Zwischen ihnen war nicht einmal ein halber Meter Platz. Lukas streckte den Arm aus und strich vorsichtig über Viktorias Handrücken. Ihre Finger hatten sich ohne ihr Zutun in die dünne Seide ihres roten Abendkleids gekrallt, als könnte sie dort Halt finden. Sie spürte unter der dünnen Schicht aus Seide die Umrisse der Muschel. Manchmal brachte sie doch kein Glück. Viktoria ließ den Stoff los und legte ihre Finger in seine.

Stumm hielten sie einander bei der Hand.

»Wie weit liegt euer neues Haus von Rabenfels entfernt?«

»Eine Stunde Autofahrt.«

»Das ist weit«, flüsterte sie, und er nickte.

Sie wussten beide, dass sie sich nie mehr zufällig sehen würden, und schon gar nicht allein. Wenn das Kind da war, würde Viktoria manchmal Annedore besuchen, und vielleicht würde er dann auch dort sein. Aber einen Moment wie diesen würde es nicht mehr geben. Und das war gut so. Genau das hatten sie schließlich gewollt.

Viktoria spürte, wie ihr Herz, das eben noch weit vor Glück über die erfolgreiche Modenschau gewesen war, auf die Größe einer Erbse zusammenschrumpfte.

»Ich wünsche dir alles Glück dieser Welt. Erfolg brauche ich dir nicht zu wünschen, den wirst du haben. Aber Glück wünsche ich dir. Und Liebe.« Er hob ihre Hand an seine Brust und presste sie gegen seinen warmen Körper. Unter ihren Fingerspitzen spürte sie seinen kräftigen Herzschlag.

»Ich wünsche dir auch, dass du glücklich wirst«, flüsterte sie. »Werde glücklich, Lukas.«

Plötzlich war sein Gesicht so dicht vor ihrem, dass sie die kleinen goldenen Feuer in seinen braunen Augen erkannte. Sie spürte die Wärme seines Atems auf ihrer Haut – und fühlte das Brennen seiner Lippen auf ihrem Mund.

Für einen Moment schwankte der Boden unter ihren Füßen, und ihre Knie drohten nachzugeben, doch er hielt sie fest, presste sie an sich, als wollte er sie nie wieder loslassen.

Aber dann gab er sie frei, und sie erschauderte, als sie seine Wärme nicht mehr spürte.

»Leb wohl, Viktoria.« Mit diesen Worten verschwand er durch die offene Tür.

Sie sah ihn an diesem Abend nicht wieder.

25

Villa Rabenfels, Oktober 1949

»Wach auf, Viktoria! Bitte, wach auf!«

Die eindringlich geflüsterten Worte drangen erst nach einer Weile durch ihren tiefen Schlaf in ihr Bewusstsein vor. Sie schreckte hoch und sah im Mondlicht, das durch einen Spalt im Vorhang in ihr Zimmer fiel, eine Gestalt, die sich über ihr Bett beugte.

Hektisch tastete Viktoria nach der kleinen Lampe auf ihrem Nachttisch, konnte aber den Einschaltknopf nicht finden. Sie rappelte sich im Dämmerlicht hoch und setzte sich aufrecht im Bett hin.

»Irgendwas stimmt nicht. Alles ist nass, und es zieht immer so komisch durch meinen Bauch.«

»Annedore? Hast du Wehen?« Viktoria strampelte ihre Bettdecke weg, stand auf und tappte barfuß zur Tür. Hier fand sie den Lichtschalter sofort, und es war plötzlich so hell, dass sie blinzeln musste. Dennoch erkannte sie, dass Annedore in gebückter Haltung neben ihrem Bett stand und sich beide Hände auf den Bauch presste.

Sie eilte zu ihr, nahm sie beim Arm, führte sie zu dem Sessel am Fenster und wollte sie darauf niederdrücken.

»Ich will da nicht sitzen«, jammerte Annedore im Ton eines verängstigten Kindes. »Ich will zu einem Arzt. Ins Krankenhaus.«

»Hast du Wehen?«, wiederholte Viktoria. Jetzt bemerkte sie erschrocken, dass der untere Teil von Annedores weißem

Nachthemd klatschnass an ihren Beinen klebte. Das war allerdings kein Blut. Wenigstens das nicht.

»Mein ganzes Bett ist nass, und ich weiß überhaupt nicht, was los ist. Das Kind soll doch erst in drei Wochen kommen. Vorher wollte ich in unser Haus ziehen. Ich bin in dem Krankenhaus in München angemeldet. Kannst du mich da hinbringen? Bitte!«

»Doch nicht bis nach München! Das ist viel zu weit. Am Ende wird dein Kind im Auto geboren. Du gehörst in das nächstgelegene Krankenhaus, nach Starnberg.«

»Ich wecke Richard, er kann uns zur Klinik fahren, dann kann ich mich unterwegs um dich kümmern. Meine Mutter sollten wir auch mitnehmen, sie hat drei Kinder und kennt sich mit Geburten aus«, beschloss sie, während sie eilig in ihre Kleidung schlüpfte. Es war ihr deutlich lieber, nicht allein mit einer Frau unterwegs zu sein, die jeden Moment ihr Kind zur Welt bringen konnte.

»Nein. Bitte nicht!« Annedore stand schwankend da, hielt ihren Bauch fest, als würde er sonst herunterfallen, und ächzte zwischen ihren Worten leise. »Ich will nicht, dass außer dir noch jemand dabei ist.«

»Warum denn nicht?« Ungeduldig stopfte Viktoria ihre Bluse in den Rock und schloss die Schnalle des breiten Gürtels. »Richard fährt sicherer als ich, und er kennt sich besser in Starnberg aus. Ich weiß nicht mal genau, wie man zum Krankenhaus kommt. Und meine Mutter …«

»Nur du«, beharrte Annedore verbohrt. »Bitte!«

»Zieh dir erst einmal was an. Ich helfe dir.«

Sie wollte Annedore zur Tür schieben, aber diese umklammerte ihren Arm und hielt sie fest. »Bitte! Versprich mir, dass du sonst niemanden weckst und mich allein in die Klinik fährst. Niemand sonst soll wissen, dass das Kind kommt.«

Verblüfft starrte Viktoria sie an. »Du kannst das doch ohnehin nicht geheim halten. Was ist mit Lukas?«

»In unserem neuen Haus gibt es noch kein Telefon. Es reicht, wenn er es morgen erfährt.«

»Das macht alles keinen Sinn«, murmelte Viktoria vor sich hin. Als sie jedoch mit einem Blick auf die Uhr festgestellt hatte, dass es zwei Uhr morgens war, beschloss sie, dass es tatsächlich besser war, wenn sie Richard nicht auch noch aus dem Bett holte.

Während sie Annedore in ihrem Zimmer half, das nasse Nachthemd auszuziehen und eines ihrer weiten Kleider überzustreifen, krümmte die Freundin sich plötzlich vor Schmerzen und bohrte ihre Nägel in Viktorias Arm.

Viktoria stützte sie und fühlte sich sehr hilflos. Sie hatte keine Ahnung, was bei einer Geburt genau vor sich ging und wie lange es dauerte, bis das Kind zur Welt kam. Bei dem Gedanken, allein mit Annedore auf menschenleerer nächtlicher Straße im Auto unterwegs zu sein, erschauderte sie. Was, wenn sie es nicht bis ins Krankenhaus schafften?

»Ich wecke meine Mutter«, sagte sie energisch. »Sie muss mitkommen. Während ich fahre, kann ich mich nicht um dich kümmern.«

»Ich dachte, du bist meine Freundin«, zischte Annedore sie an und klang plötzlich gar nicht mehr jämmerlich. »Ich habe dir etwas anvertraut, und jetzt willst du dafür sorgen, dass deine ganze Familie es erfährt.«

»Das hat doch damit gar nichts zu tun! Ich werde niemandem sagen, dass Lukas wahrscheinlich nicht der Vater ist. Trotzdem brauchen wir vielleicht Hilfe.«

»Fahr mich einfach ins Krankenhaus.« Annedore stützte sich auf eine Stuhllehne und beugte sich vor. »Wir könnten schon fast da sein, wenn du nicht so ein Theater machen würdest.«

Viktoria gab es auf, holte eine Jacke für Annedore aus dem Schrank und half ihr hinein. Dann gingen sie die Treppe hinunter in die Halle. Der Wagenschlüssel hing wie immer an dem kleinen Haken neben der Garderobe. Als Viktoria danach griff, zitterte ihre Hand ein wenig, doch sie atmete tief durch und versuchte, sich zu beruhigen. Sie musste nur aufpassen, dass sie sich im Dunkeln nicht verfuhr und Annedore so schnell wie möglich im Krankenhaus ablieferte. Nach allem, was sie gehört hatte, konnte eine Geburt einen ganzen Tag oder noch länger dauern. Sie hatte also eine gute Chance, die Klinik noch rechtzeitig zu erreichen.

Fünf Minuten später steuerte sie den Benz die Auffahrt hinunter und durch das offene Tor auf die Landstraße, die durch das Dorf Rabenfels weiter in Richtung Starnberg führte. Zunächst konnte sie den gewohnten Weg zum Modehaus nehmen, musste aber gleich am Ortsrand rechts abbiegen.

Annedore saß stumm neben ihr. Nur ab und zu stöhnte sie leise auf. Daraufhin fragte Viktoria sie zwei oder drei Mal, ob alles in Ordnung sei, und bekam nur ein unwilliges Brummen zur Antwort. Also konzentrierte Viktoria sich aufs Fahren und versuchte, gar nicht mehr hinzuhören, wenn Annedore ächzte und stöhnte.

Die Lichtkegel der Scheinwerfer huschten über das dunkle Band der Straße und über niedrige Buschgruppen an der Böschung. Den ganzen Weg über begegnete ihnen kein einziger anderer Wagen.

Als die ersten Häuser von Starnberg auftauchten, beugte Viktoria sich hinter dem Steuer vor und spähte mit zusammengekniffenen Augen in die Dunkelheit. Musste sie gleich die erste Straße rechts nehmen oder die Abzweigung dahinter? Vielleicht war es auch egal, und sie kam auf beiden Wegen zum Krankenhaus.

»Kannst du nach einem Hinweisschild Ausschau halten? Oder kennst du vielleicht den Weg zur Klinik?«, fragte sie hoffnungsvoll Annedore, doch sie reagierte nicht. Als Viktoria ihr einen Seitenblick zuwarf, saß sie kreidebleich und mit fest geschlossenen Augen da. Ihr Gesicht glänzte matt, als wäre es schweißbedeckt.

»Annedore?« Panik stieg in Viktoria auf. Was sollte sie tun, wenn Annedore ohnmächtig wurde und dringend Hilfe brauchte, Viktoria aber in den dunklen Straßen den Weg in die Klinik nicht fand?

»Annedore?«, wiederholte sie, als sich neben ihr nichts rührte. »Ist alles in Ordnung?«

»Nichts ist in Ordnung. Fahr einfach«, stieß Annedore hervor. Wenigstens sagte sie überhaupt noch etwas.

In diesem Moment sah Viktoria ein Hinweisschild. Fast hätte sie vor Erleichterung aufgeschrien. Die Klinik lag in zweihundert Metern Entfernung direkt um die Ecke.

Zwei Minuten später hielt sie auf einem Parkplatz neben dem Eingang. Annedore saß wie erstarrt auf ihrem Sitz und rührte sich nicht.

»Wir sind da. Komm, ich bringe dich rein.« Viktoria sprang aus dem Wagen, lief zur Beifahrertür, riss sie auf und packte Annedore am Arm. Diese ließ sich widerstandslos herausziehen und wankte, von Viktoria gestützt, in die Halle des Krankenhauses.

In einem Glaskasten neben der Tür saß eine Art Nachtportier und las Zeitung. »Meine Freundin bekommt ein Kind«, rief Viktoria ihm zu. »Wo müssen wir hin?«

»Zweiter Stock, dann den Gang lang rechts, durch die Tür, links und dann wieder rechts«, leierte der Mann herunter, ohne auch nur den Blick von seinem Zeitungsartikel zu heben.

»Wo ist der Fahrstuhl?« Hektisch sah Viktoria sich um. Annedore hing immer schwerer an ihrem Arm.

»Heute Nacht außer Betrieb«, kam es zurück.

Auch das noch! Jetzt hatte sie das Krankenhaus gefunden, und nun würden sie sich entweder in dem unübersichtlichen

Gebäude verlaufen oder es gar nicht erst ins richtige Stockwerk schaffen.

Doch dann zog sie entschlossen Annedores Arm über ihre Schultern und marschierte los. Irgendwie fand sie das Treppenhaus, und sie brachten die endlos erscheinende Treppe hinter sich. Erstaunlicherweise fanden sie im zweiten Stock auf Anhieb die Entbindungsstation. Als ihnen dort eine Schwester mit weißem Häubchen entgegenkam, wäre Viktoria vor Erleichterung fast in Tränen ausgebrochen.

»Meine Freundin bekommt ihr Kind«, rief sie der Frau entgegen. Die Schwester warf ihr einen tadelnden Blick zu und schüttelte heftig den Kopf.

»Doch! Sie hat Schmerzen, und alles war nass und …«

»Schreien Sie nicht so herum. Es ist mitten in der Nacht. Sie wecken ja das ganze Krankenhaus«, fuhr die Schwester sie an. »Mitkommen.«

Sie wurden in ein Untersuchungszimmer mit einer Liege geführt, auf die Annedore sich legen durfte.

»Sie warten draußen. Kann dauern.« Die Schwester schob Viktoria zur Tür.

Aufatmend ließ Viktoria sich auf einem der harten Stühle im Gang nieder. Wenigstens war Annedore jetzt in fachkundigen Händen. Sie konnte nur hoffen, dass die Leute hier mit den Patienten freundlicher umgingen als mit den Angehörigen.

Nach erstaunlich kurzer Zeit öffnete sich die Tür und die Schwester tauchte wieder auf. »Es wird noch eine Weile dauern, aber die Wehen haben eingesetzt, und die Fruchtblase ist ja auch schon geplatzt«, teilte sie Viktoria in leidenschaftslosem Ton mit.

»Und was muss ich jetzt tun? Soll ich warten? Ich weiß nicht, wie ich den Vater des Kindes erreichen soll. Er ist gerade umgezogen und hat kein Telefon und …«

»Das wird sich finden. Frau Schneider sagte, sie will nicht, dass hier draußen die ganze Zeit jemand herumläuft und wartet, bis das Kind endlich da ist. Das macht sie nervös. Und, mal ehrlich, es hilft ihr ja auch nicht. Wir machen das schon. Wenn das Kind da ist, melden wir uns. Frau Schneider wird ja wohl auch wissen, wie wir den Vater benachrichtigen können.« Wieder einer jener strengen Blicke, die die Schwester so hervorragend beherrschte. Dabei zog sie ihre hellblonden, fast unsichtbaren Augenbrauen so weit hoch, dass sie fast den Ansatz ihrer streng zurückgekämmten Haare im gleichen Farbton erreichten.

»Ich rufe morgen früh an und frage, ob alles gut gegangen ist«, sagte Viktoria schüchtern. Sie war sich selten in ihrem Leben so überflüssig vorgekommen.

»Wird länger dauern. Versuchen Sie es mittags.« Mit einem Ruck wandte die Schwester sich um und wollte wieder im Zimmer verschwinden.

»Bitte sagen Sie Annedore … Frau Schneider, ich wünsche ihr alles Gute und denke an sie, und es wird schon gut gehen«, rief Viktoria ihr hinterher.

»Ruhe!«, zischte die Schwester sie erneut an. Dann war sie fort.

*

Als Viktoria nach wenigen Stunden unruhigen Schlafs am nächsten Morgen im Krankenhaus anrief, sagte man ihr tatsächlich, das Kind sei noch nicht da, es könne aber nun nicht mehr lange dauern.

Im Speisezimmer traf sie ihre Mutter beim Frühstück an und erzählte ihr, dass sie Annedore nachts in Krankenhaus gebracht hatte.

»Eigentlich sollte es doch erst in drei Wochen so weit sein.« Claire runzelte die Stirn. »Ich glaube, Lukas und Annedore wollten schon in ihrem eigenen Haus wohnen, wenn sie mit dem Kind aus der Klinik kommt.«

»Es dauert ja noch eine Weile, bis Mutter und Kind entlassen werden. Bis dahin ist Lukas sicher so weit, dass sie zu ihm ziehen können.« Viktoria nahm sich eine Scheibe Brot und bestrich sie mit Butter. Sie war sich nicht sicher, wie sie mit dem Gedanken umgehen sollte, dass Annedore möglicherweise mit dem Neugeborenen in die Villa zurückkehrte und Lukas sie dann zumindest ständig besuchen würde.

Seit ihrem Abschied nach der Modenschau hatte sie ihn nicht mehr gesehen. Auch wenn es schmerzte, war es doch einfacher, mit ihren Gefühlen umzugehen, wenn sie ihm nicht ständig begegnete.

»Weiß Lukas denn, dass das Kind kommt?«, erkundigte sich Claire und nahm einen Schluck Kaffee.

»Annedore will nicht, dass jemand in irgendeinem Warteraum auf und ab läuft, während sie im Kreißsaal ist. Sie hat gesagt, das mache sie nervös.«

»Nervös?« Claire lachte überrascht auf. »Soweit ich mich erinnere, hat eine Frau während einer Entbindung andere Sorgen, als sich vom Gedanken an jemanden, der in einem anderen Zimmer wartet, nervös machen zu lassen. Ich fand es eher beruhigend, Helmut in der Nähe zu wissen. Bei Richards Geburt war er nicht im Haus, und ich wollte ihn unbedingt sehen.« Ein Schatten glitt über ihr Gesicht.

Viktoria kannte die Geschichte von dem schweren Unfall, den ihr Vater gehabt hatte, als er mit seinem Automobil auf dem Weg zu Richards Geburt von der Straße abgekommen war. Sie legte ihre Hand über die ihrer Mutter und streichelte sie tröstend. Sie wusste, dass Claire in diesem Moment in Gedanken bei ihrem Mann war.

»Selbst wenn ich wollte, ich könnte Lukas nicht benachrichtigen, weil ich nicht weiß, wie ich ihn erreichen soll«, sagte sie nach einer Weile.

»Richard hat die Telefonnummer der Firma, wo Lukas jetzt arbeitet. Du kannst sie dir geben lassen. Wir sollten ihm auf jeden Fall Bescheid sagen«, entschied Claire.

Viktoria nahm den Bus zum Modehaus und musste sich beeilen, weil sie die erste Kundin für neun Uhr erwartet. Richard war mit dem Wagen unterwegs. Er hatte von einem Termin in einem Münchner Kaufhaus gesprochen, das möglicherweise sein Angebot um *Haynbach-Hemden* erweitern wollte. Wahrscheinlich würde er erst nachmittags in die Näherei kommen. Dann musste sie ihn sofort bitten, Lukas wegen der Entbindung Bescheid zu sagen. Vermutlich wäre das Kind sicher schon seit Stunden da, aber sie wusste keine andere Möglichkeit, Lukas zu benachrichtigen. Und Annedore schien es ja ganz recht zu sein, dass vorerst weder er noch jemand von den von Haynbachs in der Klinik war. Und wenn das Kind erst einmal geboren war und die Mutter sich etwas erholt hatte, blieb noch genug Zeit, sie zu besuchen und das Neugeborene zu bewundern.

Die Vormittagsstunden vergingen wie im Flug. Viktoria hatte alle Hände voll zu tun und zusätzlich einen Termin mit einer schwierigen Kundin, die sich erst nach stundenlangem Hin und Her für ein weinrotes Jackenkleid mit weißen Paspeln entschied.

»Ich rufe Sie an, wenn wir das Kleid nach Ihren Maßen geändert haben. Dann machen wir einen Termin für die Anprobe, Frau Klussmann.« Lächelnd schüttelte sie der Dame die Hand und begleitete sie zur Tür.

Im selben Moment, in dem Frau Klussmann ins Freie trat, drängte Lukas sich an ihr vorbei durch die Tür. Erschrocken trat Viktoria zur Seite, während ihre Kundin empört vor sich hin murmelnd davonging.

»Ich habe im Krankenhaus angerufen.« Er klang ebenfalls atemlos, als hätte er den ganzen Weg von München nach

Starnberg zu Fuß zurückgelegt. Sein Wagen stand jedoch auf dem Parkplatz.

»Ist etwas schiefgegangen? Ist Annedore etwas passiert? Oder dem Kind?«

Lukas ging mit langen Schritten zu dem kleinen Sessel, auf dem eben noch Frau Klussmann gesessen hatte, und ließ sich darauf fallen. Als er den Kopf hob und sie ansah, erschrak sie über den Ausdruck in seinen Augen. Was war denn nur los? Sie setzte sich auf den Sessel ihm gegenüber und sah ihn fragend an.

»Ich habe gegen Mittag in der Villa angerufen. Weil ich schon gestern nicht mit Annedore gesprochen hatte und wissen wollte, wie es ihr geht. Deine Mutter sagte mir, dass du sie nachts ins Krankenhaus gebracht hast.«

»Ja. Aber ich wusste nicht, wie ich dich erreichen konnte. Richard ist geschäftlich unterwegs. Ich wollte ihn bitten, dich an deinem Arbeitsplatz anzurufen, wenn er wiederkommt. Nun sag doch endlich, was mit Annedore ist!« Sie presste die Hand auf ihre Brust, weil ihr Herz viel zu schnell schlug.

»Das Kind ist da. Ein kleiner Junge. Als ich das erste Mal mit der Klinik telefonierte, sagte man mir, Mutter und Kind seien wohlauf.«

»Aber das ist doch wunderbar!« Viktoria war so angespannt, dass sie auf der Kante des Sesselchens balancierte.

»Dann habe ich noch mal angerufen, und da hieß es, der Vater habe Annedore und das Kind abgeholt.«

»Aber …« Sie starrte ihn entsetzt an. »Der Vater des Kindes? Das haben sie gesagt?«

Er nickte und presste für einen Moment die Lippen so fest aufeinander, dass sie ganz weiß wurden. »Natürlich wollten sie sie so kurz nach der Geburt nicht gehen lassen. Aber er, der angebliche Vater, hat gesagt, dass er sich um sofortige medizinische Versorgung kümmert. Und gegen ihren Willen konnten sie sie nicht zwingen, im Krankenhaus zu bleiben.«

Viktoria runzelte angestrengt die Stirn. »Aber wieso haben sie sie mit ihm gehen lassen. Er konnte doch gar nicht beweisen, dass er der Vater ist. Schließlich ist sie mit dir verheiratet.«

Lukas lachte bitter auf. »Sie sagten mir, sie hätten keinen Zweifel an seiner Vaterschaft gehabt. Schließlich war er schwarz. Genau wie das Kind.«

Viktoria presste sich erschrocken die Hand vor den Mund und ließ sie sofort wieder sinken.

»Darum war sie so überzeugt davon, dass du das Kind nicht akzeptieren könntest, wenn es nicht deines ist! Weil du sofort sehen würdest, dass du nicht der Vater bist«, entfuhr es ihr.

Lukas sprang auf und funkelte sie wütend an. »Du hast gewusst, dass sie ein Kind von einem anderen bekommt und mir kein Wort gesagt?«

»Sie war sich nicht sicher, von wem das Kind ist. Dass das Kind vielleicht schwarz sein würde, wusste ich auch nicht. Aber jetzt ahne ich, wer der Vater sein könnte.«

»Ach, das weißt du auch noch. Und ich bin der einzige Idiot in dem Spiel? Unglaublich!« Er drehte sich auf dem Absatz um und stürmte ohne ein weiteres Wort aus dem Haus.

26

Swing, amerikanischer Jazzclub, München, November 1949

Der Abend Anfang November, an dem Viktoria all ihren Mut zusammennahm und nach München fuhr, war feucht und nebelig. Richard sah es nicht gern, dass sie bei diesem Wetter den Wagen nahm, doch sie behauptete, sie sei mit einer alten Freundin aus ihrer kurzen Zeit an der Münchner Universität verabredet und könne dieses Treffen nicht verschieben.

Als sie vor dem Jazzclub parkte, schlug ihr das Herz bis zum Hals. Einen Moment saß sie noch im Wagen, umklammerte mit beiden Händen das Lenkrad und wünschte sich, sie könnte einfach nach Hause zurückfahren. Doch sie musste herausfinden, ob der Mann hinter der Bar, mit dem Annedore sich während ihres ersten und einzigen gemeinsamen Besuchs so angeregt unterhalten hatte, noch hier arbeitete und ob er Annedores Geliebter und der Vater ihres Kindes war.

Annedore war seit über zwei Wochen verschwunden. Niemand hatte etwas von ihr gehört. Jedenfalls glaubte sie das, denn auch mit Lukas hatte sie seitdem nicht mehr gesprochen. Ohnehin nahm Viktoria an, dass sich Annedore, wenn überhaupt, eher in der Villa Rabenfels gemeldet hätte als bei ihrem Ehemann, der nun wusste, dass sie ihn hintergangen hatte.

Mit einer entschlossenen Bewegung stieß Viktoria die Autotür auf, stieg aus, schloss den Wagen ab und ging auf die Beleuchtung über dem Eingang zum Jazzclub zu, die milchiggelb durch die Nebelfetzen leuchtete. Dabei hoffte sie inständig, dass Dave ihr da drinnen nicht über den Weg liefe. Dieses

Mal würde Lukas ihr nicht helfen, so viel stand fest. Dennoch musste sie wenigstens versuchen herauszufinden, ob mit Annedore und ihrem Kind alles in Ordnung war oder ob sie Hilfe brauchte.

Mit der Hand auf der Klinke der Eingangstür atmete sie noch einmal tief durch und trat dann ein. Dieses Mal stand kein Soldat im Eingangsbereich, um Einladungen zu kontrollieren. Die junge Frau an der Garderobe war jedoch noch dieselbe wie damals.

»Hilde?«, fragte Viktoria. Sie erinnerte sich sogar an ihren Namen.

Die Garderobiere lächelte freundlich, während sie Viktorias Mantel nahm. »Sie waren schon mal hier, aber das ist ziemlich lange her. Leider erinnere ich mich nicht an Ihren Namen. Hier gehen so viele Menschen ein und aus.«

»Das ist kein Problem. Für mich ist es viel leichter. Ich heiße Viktoria.« Viktoria erwiderte das Lächeln und nahm die Metallmarke entgegen, die sie ebenfalls schon von ihrem ersten Besuch her kannte. Dann wollte sie den Musikklängen folgen und durch die dicken Samtvorhänge gehen, überlegte es sich aber anders und wandte sich noch einmal Hilde zu. »Sagen Sie … Der Mann hinter der Bar. Ich erinnere mich nicht an seinen Namen. Es ist auch schon mehr als drei Jahre her, seit ich hier war. Er war dunkelhäutig und …«

»Sie meinen Billie. Ein wirklich netter Kerl. Alle mochten ihn sehr, aber er arbeitet schon lange nicht mehr hier im Club. Soweit ich gehört habe, hat er irgendeinen Job in der Verwaltung bekommen. Genaueres weiß ich nicht.«

»Und wenn ich ihn sprechen müsste, haben Sie eine Ahnung, wie ich ihn dann erreichen könnte?«

»Das weiß ich leider auch nicht. Man könnte irgendwo in der Verwaltung anrufen und nach ihm fragen. Aber ich habe keine Nummer oder so.«

»Kennen Sie Billies Nachnamen?«

Die junge Frau zuckte mit den Schultern. »Tut mir leid. Hier reden sich alle nur mit Vornamen an. Könnte sein, dass die Soldaten untereinander ihre Nachnamen kennen. Da müssten Sie mal drinnen fragen.«

Viktoria verspürte keine große Lust, nun doch noch in den Club zu gehen, wandte sich aber wieder dem Vorhang zu.

»Sagen Sie … Viktoria …« Hildes Stimme hielt sie zurück.

»Ja?« Fragend sah Viktoria sie an.

»Ich erinnere mich, dass ich damals gesehen habe, wie Sie mit Dave tanzten. Sie haben auch lange mit ihm am Tisch gesessen. Hat man Sie nach seinem Tod auch befragt?«

»Nach seinem Tod?« Ein seltsames Gefühl durchfuhr Viktoria. Es war nicht nur ein Schreck, sondern ein heftiges Unbehagen, das ihr beinahe Übelkeit verursachte.

»Es tut mir leid«, sagte Hilde schließlich. »Wissen Sie es denn nicht? Er wurde ermordet.«

»Wann?« Viktoria brachte die Frage nur mühsam heraus, weil sie plötzlich nicht mehr richtig atmen konnte.

»Das ist schon länger her. Ein paar Monate oder so. Erst war er verschwunden, und niemand wusste, was los war. Dann fanden ihn Spaziergänger irgendwo außerhalb der Stadt.« Vor lauter Eifer, ihr Wissen weiterzugeben, bekam Hilde rote Bäckchen.

»Außerhalb? Wissen Sie, wo genau?« Ganz sicher war Viktoria nicht, ob sie die Antwort hören wollte, trotzdem musste sie fragen.

»Ich glaube, in Richtung Starnberg.«

Für einen Moment wurde Viktoria schwarz vor Augen, und sie musste sich am Rand des Tresens festhalten, hinter dem Hilde stand. In ihrem Kopf hallte Lukas' Antwort auf ihre Frage wider, was er zu Dave gesagt hatte, damit er sie in Zukunft in Ruhe ließ. *Ich habe ihm gesagt, ich bringe ihn um, wenn er sich dir noch einmal nähert.*

Aber Dave war seit jenem Abend nie wieder in ihrer Nähe

aufgetaucht. Also konnte es doch nicht sein, dass Lukas tatsächlich …

»Ist Ihnen nicht gut? Möchten Sie sich einen Moment setzen?« Hilde deutete auf den Holzstuhl in der Ecke. »Soll ich Ihnen ein Glas Wasser holen?«

»Vielen Dank. Es geht schon.« Sie musste sich zusammenreißen.

»Haben Sie ihn gut gekannt? Dave, meine ich.« Mitleidig betrachtete die Garderobiere sie.

»Nein. Ich habe nur ein oder zwei Mal mit ihm gesprochen.« Viktoria holte die Metallmarke aus ihrer Tasche, legte sie auf den Tresen und hoffte, dass Hilde das leichte Zittern ihrer Finger nicht bemerkt hatte.

»Wollen Sie schon wieder gehen?« Die junge Frau nahm Viktorias Mantel vom Haken, an den sie ihn gerade erst gehängt hatte.

Viktoria nickte stumm.

»Es ist schrecklich traurig, wenn jemand so jung stirbt. Und dann noch durch einen Mord. Ich habe geweint, als ich es gehört habe. Er war immer freundlich zu mir. Und selbst wenn er ein mürrischer Kerl gewesen wäre … Man darf ihn doch nicht einfach umbringen. Nicht wahr?«

»Nein, das darf man nicht.« Viktoria schlüpfte in ihren Mantel, ließ aber die Knöpfe offen, denn ihre Hände bebten immer noch. Sie schob sie in die Manteltaschen und ballte sie zu Fäusten.

»Hat die Polizei denn herausgefunden, wer ihn getötet hat?« Es war schwierig, gegen das heftige Flattern des Pulses in der Kehle anzusprechen. Sie hoffte, dass der Mord an Dave längst aufgeklärt war. Es konnte unmöglich sein, dass Lukas … An dieser Stelle konnte sie nicht weiterdenken.

Hilde schüttelte den Kopf. »Ich glaube nicht. Jedenfalls hab ich nichts davon gehört.«

Viktoria ging zur Tür. »Auf Wiedersehen, Hilde. Und vielen Dank.«

Als sie wieder im Wagen saß, hatte sie Schwierigkeiten, mit ihrer zitternden Hand den Zündschlüssel ins Schloss zu schieben. Sie musste sofort zu Lukas fahren und mit ihm reden.

Inzwischen kannte sie die Adresse des Hauses, das er für Annedore und sich gekauft hatte und in dem er nun allein lebte.

Es kam ihr wie eine Ewigkeit vor, als sie im Dunkeln durch die Straßen der Siedlung fuhr und nach dem Haus suchte. Dann fand sie es endlich und war sich nicht sicher, ob sie es schaffen würde, an seiner Tür zu läuten und ihm die Frage zu stellen, die ihr auf der Seele brannte.

In dem kleinen, quadratischen Häuschen mit dem steilen Dach, das genauso aussah, wie Kinder ein Haus zeichneten, brannte Licht. Er war also daheim.

Sie gestattete sich nicht, den Moment hinauszuzögern, in dem sie ihm gegenüberstehen würde, sondern stieg sofort aus.

Er öffnete innerhalb von Sekunden, als hätte er hinter der Tür auf ihr Klingeln gewartet. Einen Moment sahen sie einander stumm an, dann trat er beiseite. »Komm rein.«

Sie ging an ihm vorbei, wartete, bis er die Haustür geschlossen hatte, und folgte ihm dann durch eine offen stehende Tür in eine kleine Küche. Hier war es warm und gemütlich. Die Hängelampe über dem Tisch warf goldgelbes Licht auf einen Teller mit einem angebissenen Käsebrot und einem Stück Tomate.

»Möchtest du Hagebuttentee? Etwas anderes habe ich nicht im Haus.« Seine Stimme war seltsam spröde. Wahrscheinlich war er immer noch wütend auf sie, weil sie ihm Annedores Geheimnis nicht verraten hatte.

Sie musste sich räuspern, bekam aber trotzdem keinen Ton heraus und schüttelte nur stumm den Kopf, während sie sich auf die Kante des zweiten Stuhls am Tisch setzte. Des Stuhls, der wohl für Annedore bestimmt gewesen war und der jetzt jeden Morgen und jeden Abend leer blieb.

»Hast du etwas von Annedore gehört?«, fragte er, nachdem sie eine Weile verzweifelt nach einem Anfang gesucht hatte.

»Nein. Aber ich war im Jazzclub, wo ich Dave damals kennengelernt und die Zigaretten von ihm bekommen habe.«

»Warum?« Ehrlich erstaunt sah er sie an.

»Damals hat Annedore mich begleitet. Es war in der Zeit, als du die Woche über in München gewohnt hast.«

»Und?« Sein Blick wurde dunkler, und sie rutschte unruhig auf der harten Sitzfläche des Holzstuhls herum.

»Ich glaube, damals hat sie den Vater ihres Kindes kennengelernt. Hinter der Bar arbeitete ein dunkelhäutiger Mann. Sie hat sich fast den ganzen Abend mit ihm unterhalten. Aber ich hatte keine Ahnung, dass sie ihn später wiedergetroffen hat.« Sie stockte, aber er sah sie nur wortlos an, als würde er auf weitere Erklärungen warten. Seine braunen Augen wirkten kalt und leblos. Sie konnte sich nicht erinnern, dass er sie jemals auf diese Weise angeschaut hatte. Sein Blick war immer warm und freundlich gewesen, manchmal liebevoll.

»Er heißt Billie. Seinen Nachnamen kenne ich nicht, und er arbeitet nicht mehr in dem Club. Die Garderobiere sagte mir, er hätte jetzt wohl eine Stelle in der Verwaltung. Ich weiß nicht, ob das hilfreich ist …« Wieder wusste sie nicht weiter.

»Ich habe nicht vor, überall nach meiner Ehefrau und ihrem Geliebten zu suchen, falls du das meinst.« Er zuckte mit den Schultern, als wäre ihm egal, was passiert war, doch sie konnte den Schmerz in seinem Gesicht sehen. Aber auch die Wut, die Hilflosigkeit und die Einsamkeit, die er in dieser Situation empfinden musste. Annedore war seine Familie gewesen. Außer ihr hatte er keine Angehörigen mehr. Auch Viktoria hatte ihn enttäuscht. Doch das konnte sie nicht ändern. Sie würde sich immer wieder so verhalten, wie sie es getan hatte. Annedore hatte sich ihr anvertraut, und sie hatte sie nicht verraten können und dürfen.

Es war an der Zeit, ihm die Frage zu stellen, wegen der sie eigentlich gekommen war. Sie stieß die Luft in einem Schwall aus ihrer Lunge und sprach es dann einfach aus: »Dave ist tot. Er wurde ermordet. Hast du etwas damit zu tun?«

Er sah sie so fassungslos an, dass es ihr kalt den Rücken herunterlief. Erst als sie diesen Blick spürte wie einen Schwall eisigen Wassers, wurde ihr bewusst, was sie gesagt hatte.

»Ich wollte nur wissen … Weil Dave so plötzlich von der Bildfläche verschwunden ist …«, stotterte sie. »Du musst verstehen, dass ich mir Gedanken mache. Weil er so plötzlich …«

Weiter kam sie nicht. Lukas sprang mit einer so heftigen Bewegung auf, dass der Holzstuhl mit lautem Krach auf den Boden fiel. »Ich denke, ich habe dich sehr gut verstanden. Du unterstellst mir, den Mann umgebracht zu haben.«

»Nein«, widersprach sie und klammerte sich so krampfhaft an der Tischkante fest, dass ihre Finger wehtaten. Sie würde jetzt nicht aufstehen und gehen. Sie musste diesen Irrtum aufklären und die Sache geraderücken.

»Ich bin dir sehr dankbar, dass du mir damals geholfen hast. Ohne dich … Ich wäre ihn vielleicht nie losgeworden. Und er hat mir wirklich Angst gemacht«, sprudelte es aus ihr hervor.

Lukas stand bewegungslos da und starrte sie wortlos an.

»Als ich dich gefragt habe, was du getan hast, um Dave dazu zu bringen, mich in Ruhe zu lassen, hast du gesagt, du hättest ihm gedroht, ihn umzubringen.« Sie konnte selbst hören, dass ihre Stimme ganz kläglich klang. Was redete sie nur für ein dummes Zeug! Natürlich hatte Lukas diesen Mann nicht getötet. Andererseits war es ein seltsamer Zufall. Dieser Gedanke, die winzige Möglichkeit, die sie in diesem Zufall sah, erschreckte sie so, dass sie nach Luft schnappte, als hätte jemand sie lange unter Wasser getaucht.

»Du traust mir das wirklich zu!« Seine Stimme klirrte vor Wut, sie konnte aber auch bittere Enttäuschung darin mitschwingen hören.

Viktoria öffnete den Mund, um ihm erneut zu widersprechen, doch er streckte ihr die Handfläche entgegen und gebot ihr so Einhalt.

»Es ist besser, wenn du jetzt gehst.« Mit einem Ruck wandte er sich um, ging zur Tür, öffnete sie und sah Viktoria auffordernd an.

»Ich möchte nicht, dass das zwischen uns steht.« Sie erhob sich zögernd.

Der Klang seines Lachens bohrte sich wie ein Pfeil in ihre Brust. »Nicht nur das steht zwischen uns. Da ist mittlerweile ein ganzes Gebirge. Wir sind nicht gut füreinander, und wir sollten endlich vernünftig sein und uns aus dem Weg gehen. Dieses Mal wirklich.« Wieder das Lachen, das sie fast dazu brachte, sich vor Schmerz zu krümmen, so sehr tat ihr die Bitterkeit weh, die sie darin hörte.

»Geh jetzt, Viktoria!« Sie hatte es immer geliebt, wenn er mit weicher Stimme ihren Namen aussprach. Dieses Mal spukte er ihn ihr geradezu vor die Füße, und sie zuckte wie unter einem Schlag zusammen.

»Aber wenn es so wäre, wenn du ihn getötet hättest, dann hättest du es für mich getan.« Sie biss sich auf die Lippe und schmeckte Blut. Der körperliche Schmerz beruhigte sie ein wenig. Er war leichter zu ertragen als das imaginäre Messer, das sie in ihrer Brust spürte, wenn er sie ansah wie jetzt.

»Du glaubst es wahrhaftig!« Mit wenigen Schritten durchquerte er die kleine Küche, packte sie beim Arm und zog sie zur Tür.

»Nein. Aber wenn es so wäre, dann …« Sie wusste selbst, dass sie längst verloren hatte, und doch konnte sie nicht aufhören zu reden. Es musste einen Weg geben, ihn zu überzeugen, dass sie ihn …

Wieder brachte ihr eigener Gedanke sie zum Erschrecken. Ja, so war es. Sie würde nicht einmal aufhören, diesen Mann zu lieben, wenn er einen anderen Menschen getötet hätte. Denn wenn es so war, hatte er es für sie getan.

Während sie ihm durch den engen Flur des kleinen Hauses folgte, schluckte sie krampfhaft. Die Worte formten sich in ihrem Mund, doch ihr fehlte der Mut, sie auszusprechen.

Sie erreichten die Haustür, er riss sie auf und trat beiseite, damit sie hinausgehen konnte.

Auf der Schwelle wandte sie sich noch einmal um und suchte seinen Blick, doch er blickte durch sie hindurch wie durch eine Glasscheibe.

»Lukas …«

Als würde es ihn tatsächlich interessieren, was sie ihm auf seiner Türschwelle noch zu sagen hatte, zog er die Brauen zusammen und sah sie an.

»Ich liebe dich«, flüsterte sie heiser.

»Ach, Viktoria.« Er verzog sein Gesicht, als hätte er Zahnschmerzen. »Vielleicht hätten wir es gemeinsam geschafft, wenn wir uns unter anderen Umständen getroffen hätten. Vielleicht auch nicht. Aber der Gedanke, dass du mich für fähig hältst, jemanden umzubringen …«

Sein Kopfschütteln ließ Tränen in ihre Augen aufsteigen.

»Es tut mir leid.« Sie drehte sich um und trat hinaus in die Dunkelheit.

»Leb wohl, Viktoria.« Seine Stimme war wie ein Hauch des Nachtwinds, dann schloss sich geräuschlos die Tür.

27

Villa Rabenfels, Dezember 1949

Claire steckte den Kopf ins Atelier, wo Viktoria an ihrem Zeichentisch saß und in die kahlen Äste der Eiche vor dem Fenster starrte.

»Hast du einen Moment Zeit?«, erkundigte sie sich vorsichtig.

Viktoria wandte ihr den Kopf zu, lächelte schwach und nickte. »Ich komme sowieso nicht vorwärts. Es will mir einfach nicht gelingen, das dunkelblaue Samtkleid mit den Schößchen so anzupassen, dass es in Größe 48 gut aussieht.«

»Normalerweise bekommst du so etwas doch ganz leicht hin. Zeig mal.« Claire beugte sich über die Schulter ihrer Tochter. Bis auf ein paar unentschlossene Striche war jedoch auf dem großen Blatt nichts zu sehen.

»Ich bin irgendwie nicht in Form.« Mit den Fingerspitzen fuhr Claire die Linien ihres Originalentwurfs nach, den sie an die obere Kante des Zeichentisches gelegt hatte. »Ich dachte, das Kleid wäre ideal auch für größere Größen. Sonst hätte ich der Kundin abgeraten. Aber offenbar habe ich mich getäuscht.« Müde strich sie sich mit dem Handrücken über die Stirn.

Claire zog einen Stuhl aus der Ecke neben den Tisch und setzte sich. »Könnte es sein, dass dich etwas … blockiert?«

»Was meinst du?«, fragte Viktoria mit gerunzelter Stirn.

»Du wirkst schon seit zwei Wochen bedrückt. Hat es mit Annedores Verschwinden zu tun? Du gibst dir doch nicht etwa die Schuld an der Geschichte? Nur weil du deine Freundin mit in den Jazzclub genommen hast und sie dort diesen Amerikaner kennengelernt hat …«

Mit einer ungeduldigen Handbewegung unterbrach Viktoria sie. »Es ist alles ein bisschen komplizierter. Aber tatsächlich denke ich nicht, dass ich schuld an der Misere bin, in der Lukas und Annedore stecken. Außerdem hat Annedore mir geschrieben. Hierher ins Atelier. Der Brief ist gestern gekommen.«

»Es geht ihr und dem Kind also gut?« Da sie immerhin mehrere Jahre mit Annedore unter einem Dach gelebt hatte, war das Schicksal der jungen Frau Claire nicht ganz egal, auch wenn sie, wie die anderen Hausbewohner auch, manchmal unter Annedores launischem Wesen gelitten hatte.

Was das betraf, war sie vorsichtig, andere zu verurteilen. Auch sie hatte schließlich lange gebraucht, um sich aus dem tiefen Loch zu befreien, in das sie nach dem Tod ihres Mannes gefallen war. In der Zeit, in der es ihr oft kaum gelungen war, zum gemeinsamen Essen am Tisch zu erscheinen, war es sicher keine reine Freude für die anderen Bewohner der Villa gewesen, sie um sich zu haben. Und nur durch die Liebe und Unterstützung ihrer Töchter und ihrer Mutter hatte sie zurück in ein Leben gefunden, in dem sie wieder Freude empfinden konnte und das Zusammensein mit den Menschen, die sie liebte, genoss.

Viktoria drehte sich auf ihrem Hocker zur Seite und zog eine Schublade des Wandschranks auf. Sie kramte eine Weile darin herum und reichte Claire dann ein geöffnetes Kuvert. »Ich denke, du darfst den Brief ruhig lesen. Du weißt ja sowieso schon, warum Annedore verschwunden ist. Vielleicht kannst du mir einen Rat geben.«

Claire zog mehrere eng beschriebene Briefbögen aus dem Umschlag und faltete sie auseinander.

München, den 4. Dezember 1949

Liebe Viktoria!
Es tut mir leid, dass ich einfach so verschwunden bin, ohne Dir ein Wort zu sagen. Und noch viel Schlimmeres habe ich Lukas angetan – dem Mann, dem ich Liebe und Treue für ein ganzes Leben versprochen hatte.
Aber du hast ja sicher gehört, dass jeder meinem Kind sofort ansehen kann, dass Lukas nicht sein Vater ist. Ich hatte so sehr gehofft, dass genau das nicht passiert. Dann hätte ich mein Leben einfach weiterleben können. Ich wäre mit dem Kind, Lukas' Kind, in das neue Haus gezogen, und vielleicht hätten wir es ja doch irgendwie geschafft, eine glückliche kleine Familie zu werden.
Inzwischen weiß ich, dass dieser Wunsch nur meiner Feigheit entsprungen ist. Lukas und ich haben uns die ganze Zeit etwas vorgemacht. Wir haben geheiratet, ohne uns wirklich zu kennen. Das war ein Fehler, und diesen Fehler wollten wir uns nicht eingestehen. Lukas schien ständig auf der Flucht vor mir zu sein, er hat sich in seiner Arbeit vergraben und lange Spaziergänge am See gemacht.
Ich fand eine andere Art von Ausweg aus der Einsamkeit dieser Ehe und verliebte mich in Billie. Das war nicht richtig. Ich hätte mit Lukas über meine Gefühle sprechen müssen, anstatt mich mit einem anderen Mann zu trösten.
Nun ist alles vollkommen verfahren. Das einzig Gute ist, dass Billie und ich durch die Existenz unseres kleinen Sam begriffen haben, dass wir zusammengehören und unser Leben gemeinsam verbringen wollen.
Ich habe Billie kurz nach der Geburt unseres Sohnes aus dem Krankenhaus angerufen, und er ist sofort gekommen, um mich zu holen. Damit mir die Schande erspart blieb, dass ihr alle mich besuchen kommt und auf

den ersten Blick seht, dass Sam nicht Lukas' Sohn sein kann. Damit Lukas mich nicht mit diesem Kind im Arm sehen musste, das nicht seines ist.
Darum wollte ich nicht, dass jemand während der Geburt in der Nähe ist und sofort das Kind sieht. Verzeih mir, Viktoria, dass ich so seltsam war, und vielen Dank, dass du mich ins Krankenhaus gefahren hast.
Billie wird wahrscheinlich übernächstes Jahr nach Amerika zurückkehren. Und er möchte mich als seine »Kriegsbraut« mitnehmen. Dazu reicht es, wenn wir verlobt sind. Auch unser gemeinsames Kind darf dann in die Vereinigten Staaten einreisen. Wir können dort heiraten und eine richtige Familie sein. Was nicht einfach sein wird, weil Ehen zwischen Weißen und Schwarzen noch in 30 der 48 amerikanischen Bundesstaaten verboten sind. Wir werden nicht in Billies Heimat Louisiana leben können, und auch sonst wird es nicht leicht werden. Aber wir lieben uns, und wir sind bereit, mit diesen Problemen umzugehen.
Es tut mir schrecklich leid, dass Lukas und ich uns nicht genug geliebt haben, um mit viel kleineren Schwierigkeiten fertig zu werden. Ich werde auch ihm schreiben, mich für all den Kummer entschuldigen, den ich ihm bereitet habe, und ihn um die Scheidung bitten. Denn solange ich noch mit einem anderen Mann verheiratet bin, kann ich natürlich nicht als Billies Verlobte nach Amerika auswandern.
In einer Hinsicht bin ich immer noch feige: Ich schäme mich, euch allen unter die Augen zu treten. Besonders Lukas. Ich weiß, ich habe schon viel von Dir verlangt, liebe Viktoria. Doch Du bist die einzige Freundin, auf die ich mich immer verlassen konnte. Deshalb bitte ich Dich, mit Lukas zu sprechen und ihn in meinem Namen zu bitten, mir keine Steine in den Weg zu legen und der

Scheidung zuzustimmen. Dass unser kleiner Sam nicht sein, sondern Billies Sohn ist, dürfte offensichtlich sein. Es wird wohl kein Problem geben, Billies Vaterschaft anerkennen zu lassen.
Ich brauche eine schnelle Scheidung, damit ich als Kriegsbraut anerkannt werde. Mehr will ich nicht von Lukas. Dann werde ich für immer aus seinem Leben verschwinden, und er kann hoffentlich endlich glücklich werden.
Ich danke Dir für alles, liebe Viktoria, und wünsche Dir viel Glück für Dein Modehaus, aber auch für Dein ganzes Leben. Hoffentlich findest du bald eine Liebe, wie ich sie nun endlich erleben darf.
Deine Freundin Annedore

Claire hob den Kopf und sah Viktoria fragend an. »Was, glaubst du, sagt Lukas zu der Sache? Eigentlich müsste er froh sein, wenn die Scheidung so bald wie möglich ausgesprochen wird.«

»Ich habe keine Ahnung, was Lukas jetzt denkt oder fühlt. Und ehrlich gesagt habe ich auch keine Lust, mich in diese Geschichte einzumischen.« Viktoria griff nach ihrem Zeichenstift, ließ ihn über dem Papier kreisen und legte ihn unverrichteter Dinge wieder hin.

»Was ist mit dir los? Irgendetwas stimmt nicht mit dir. Du würdest es mir doch sagen, wenn ich dir helfen kann, nicht wahr?« Forschend sah Claire ihre Tochter an.

»Wieso sollte etwas nicht mit mir stimmen? Nur weil ich keine Lust habe, mich um die verkorkste Ehe anderer Leute zu kümmern? Habe ich die beiden zu ihrer Holterdipolter-Ferntrauung gezwungen? Das ist doch alles verrückt. Ich habe wirklich anderes zu tun.« Mit einer fahrigen Handbewegung deutete Viktoria auf ihren leeren Zeichenblock. Dann brach sie unvermittelt in Tränen aus.

»Mein armes Kind.« Claire sprang auf, stellte sich neben ihre schluchzende Tochter, umschlang ihre Schultern und zog sie an sich. Viktoria machte sich steif. Aber nur für einen Moment, dann ließ sie ihren Kopf gegen die Brust ihrer Mutter sinken und verbarg ihr Gesicht im weichen Stoff von Claires Bluse.

Ruhig und geduldig hielt Claire ihr Kind fest und strich ihr wieder und wieder über die Haare, auch als die Vorderseite ihrer Bluse längst durchnässt war. Als Viktorias Tränen langsam versiegten, holte sie ein frisches Taschentuch aus der Rocktasche und gab es ihrer Tochter.

»Tut mir leid. Ich weiß nicht, was mit mir los ist.« Mit fahrigen Bewegungen wischte Viktoria sich über die geröteten Augen und putzte sich dann die Nase.

Claire setzte sich wieder, rückte ihren Stuhl dicht neben Viktorias und griff nach ihrer Hand. »Es tut mir leid, dass ich lange Zeit nicht so für dich und deine Geschwister da sein konnte, wie ich es hätte sein sollen. Du musstest für dein junges Alter eine viel zu große Last tragen. Aber jetzt geht es mir wieder gut. Und ich bin deine Mutter. Du kannst über alles mit mir reden. Ich werde dich weder auslachen noch verurteilen.«

»Ich bin erwachsen.« Viktoria lachte nervös auf. »Schließlich habe ich sogar so was wie eine eigene Modelinie.«

»Oh ja, du bist eine junge Modeschöpferin, von der man noch viel hören wird, wie es so wunderbar in dem Bericht über deine Modenschau in der *Süddeutschen Zeitung* zu lesen war. Ich bin sehr stolz auf dich. Das heißt aber nicht, dass du mit jedem Kummer allein fertig werden musst.«

»Ich kann Annedore ihren Wunsch nicht erfüllen und mit Lukas reden«, sagte Viktoria zögernd.

»Und deshalb weinst du so sehr und hast Probleme, dich auf deine Arbeit zu konzentrieren?«, sagte Claire zweifelnd und legte die Hand auf das Zeichenblatt mit den wenigen Strichen darauf. »Ich habe noch nie erlebt, dass du nicht innerhalb von wenigen Minuten ein Modell gezeichnet hättest. Manchmal gefielen sie dir nicht, und du hast sie zerrissen und wieder von vorn angefangen. Aber dass du gar nicht zeichnen konntest …«

Prüfend sah sie in Viktorias blasses Gesicht. Sie konnte ihre Tochter nicht zwingen, sich ihr anzuvertrauen, auch wenn sie ihr noch so gern helfen wollte.

»Ich habe mich mit Lukas gestritten, und ich habe ihm sehr, sehr unrecht getan«, platzte Viktoria unvermittelt heraus. »Deshalb kann ich nicht zu ihm gehen und wegen Annedore mit ihm sprechen. Er würde sowieso nicht mit mir reden.«

»Lukas ist ein freundlicher Mensch. Meinst du nicht, er verzeiht dir, was auch immer du getan hast? So schlimm kann es doch gar nicht sein.« Vorsichtig strich Claire ihrer Tochter über die Hand.

»Es ist schlimmer.« Viktoria verzog schmerzlich den Mund.

»Und dabei hast du Lukas sehr gern, nicht wahr?«

Ihre Tochter erstarrte für einen Moment, dann nickte sie und schüttelte gleich darauf den Kopf. »Es hat alles keinen Sinn. Wir hatten von Anfang an keine Chance.«

Also doch. Arme Viktoria. Claire unterdrückte einen Seufzer. Konnte es etwas Schlimmeres geben, als sich in den Ehemann der Freundin zu verlieben und dann auch noch mit dem Paar unter einem Dach leben zu müssen?

»Erwidert er deine Gefühle?«, fragte sie vorsichtig.

Viktoria schnaubte verächtlich. »Nun ganz bestimmt nicht mehr. Ich sagte doch, dass er mich jetzt hasst.«

»Liebe kann große Hindernisse überwinden, und es lohnt sich, darum zu kämpfen. Du weißt, dass euer Vater und ich es auch nicht gerade einfach hatten.« Für einen Moment schnürte es Claire die Kehle zu. Es war immer noch schwierig, über

Helmut zu sprechen, den Mann, den sie so sehr geliebt und viel zu früh verloren hatte. Doch inzwischen gelang es ihr, neben der tiefen Traurigkeit auch wieder das große Glück zu spüren, das sie einmal empfunden hatte. Sie lächelte Viktoria ermutigend an.

Ihre Tochter kniff die Lippen zusammen und sagte dann: »Das war etwas ganz anderes. Ich kann Lukas nie mehr unter die Augen treten. Und selbst wenn ich nicht diese schrecklichen Dinge zu ihm gesagt hätte – ich kann mich doch nicht freuen, dass endlich die Ehe meiner Freundin zerbrochen ist, und mir ihren Mann schnappen.«

»Ach, Viktoria, manchmal sind die Dinge eben so, wie sie sind. Du kannst doch nichts dafür, dass Lukas und Annedore sich geirrt haben. Und trotz seines Fehlers sollte es Lukas nicht verwehrt sein, endlich glücklich zu werden. Und du … Du hast überhaupt jedes Recht dieser Welt auf ein wunderbares Glück. Das wünsche ich dir von ganzem Herzen, mein Kind.« Claire sah ihre Tochter liebevoll an.

»Du musst so etwas sagen, weil du meine Mutter bist und mich lieb hast. Aber nirgendwo steht geschrieben, dass wir alle so glücklich werden müssen wie Papa und du.« Viktoria warf den Kopf in den Nacken und stand auf. »Ich bin gleich wieder da. Mir fällt gerade ein, dass ich Frieda noch etwas zu den Paspeln an dem weinroten Kleid sagen wollte.«

In der Tür blieb sie noch einmal stehen und sagte mit erstickter Stimme. »Ich habe Lukas sogar gesagt, dass ich ihn liebe. Aber er hat mich rausgeworfen.« Damit stürzte sie aus dem Zimmer.

Nachdem Viktoria verschwunden war, ging Claire rastlos in dem kleinen Raum auf und ab. Vielleicht war es ja wirklich so, wie Viktoria glaubte, und sie hatte etwas getan, das für alle Zeiten zwischen Lukas und ihr stand. Doch sie konnte sich nicht recht vorstellen, was das sein sollte. Lukas schien ihr kein Mann zu sein, der nicht verzeihen konnte. Und sie war sich ziemlich sicher, in seinen Blicken während der Zeit in der Villa große Zuneigung zu Viktoria gelesen zu haben.

Für einen Moment zog Claire in Erwägung, zu Lukas zu fahren und mit ihm zu reden, doch sie verwarf diesen Gedanken sofort wieder. Sie durfte sich nicht in das Leben ihrer Tochter einmischen und musste sich mit dem Gedanken trösten, dass zwei wahrhaft Liebende am Ende zusammenfanden, selbst wenn sie vorher viele Umwege gingen.

Gedankenverloren zupfte sie an dem Kleid herum, das Viktoria an der Schneiderpuppe provisorisch in Form gesteckt hatte. Dann blätterte sie die Entwürfe durch, die auf dem Fensterbrett lagen. Viele von ihnen würde Viktoria noch aussortieren, einige aber auch ergänzen, verändern und schließlich nähen lassen.

Sie betrachtete ein Cocktailkleid mit einer besonders interessanten Linienführung und einer außergewöhnlichen Ärmellösung. Um die angedeutete Bordüre über dem Saum genauer zu betrachten, hob Claire das Blatt hoch. Ein Zeitungsausschnitt, der zwischen den Entwürfen gelegen hatte, flatterte vor ihre Füße. Sie bückte sich und hob ihn auf.

Es handelte sich um einen Artikel aus der *Süddeutschen Zeitung*, die auch den wunderbaren Bericht über Viktorias erste Modenschau gebracht hatte. Am oberen Rand des Ausschnitts stand das Datum Ausgabe, aus der der Bericht stammte. Er war eine gute Woche alt.

Claire überflog den Bericht und runzelte die Stirn. Es ging um einen amerikanischen Soldaten. Einen gewissen Dave M., der vor fast zwei Monaten ermordet aufgefunden worden war. Nun hatte sich die Tat aufgeklärt. Das Opfer war mit einer Gruppe Kameraden in Streit geraten, es hatte eine Prügelei gegeben und einer von ihnen hatte zu kräftig zugeschlagen. Anschließend hatten die Beteiligten die Leiche zu einer abgelegenen Stelle am Starnberger See geschafft und dort im Dickicht versteckt. Nachdem der Tote gefunden worden war, hatte einen von ihnen das Gewissen so sehr gequält, dass er ein Geständnis abgelegt hatte. Er war derjenige gewesen, der Dave M. den tödlichen Schlag versetzt hatte.

»Dave wirkte wie ein freundlicher Mensch«, wurde der Mann in dem Artikel zitiert. »Aber das war er nicht. Er war nur auf seinen eigenen Vorteil bedacht, und er behandelte Frauen schlecht.«

Bei den Vernehmungen der an der Prügelei Beteiligten stellte sich heraus, dass es bei dem Streit um die Verlobte eines der Soldaten gegangen war, die Dave M. belästigt hatte. Deshalb hatte er gemeinsam mit seinen Freunden Dave M. zur Rede gestellt, und der Streit war eskaliert.

Die Tat geschah im Affekt, und Dave M. soll den Täter massiv provoziert haben. Deshalb hoffen seine Freunde, die der Vertuschung einer Straftat angeklagt sind, auf eine milde Strafe. Auch die Anwälte der Soldaten sind der Überzeugung, dass sie mildernde Umstände für ihre Mandanten erwirken können.

Nachdem Claire den Text überflogen hatte, schüttelte sie irritiert den Kopf. Warum bewahrte Viktoria diesen Artikel auf? Kannte sie einen der Beteiligten?

Als sie durch die offenstehende Tür Viktorias Schritte nahen hörte, wollte sie den Zeitungsauschnitt wieder zwischen die Zeichnungen schieben. Ihre Tochter sollte nicht denken, dass sie ihr nachspionierte. Das dünne Blatt glitt ihr jedoch aus den Fingern und flatterte auf den Boden.

Viktoria betrat kopfschüttelnd ihr Atelier. Sie platzte heraus: »Eines Tages packe ich Richard bei den Schultern und schüttele ihn kräftig durch. Vielleicht kommt er dann endlich zur Besinnung.«

»Habt ihr gestritten?«, erkundigte sich Claire besorgt.

»Eigentlich kann ich mich über meinen Bruder nicht beklagen. Er unterstützt mich beim Modehaus und rackert sich für die Hemdennäherei ab. Das ist ein Teil des Problems.«

Viktoria ließ sich auf den Stuhl hinter ihrem Zeichentisch fallen.

Den Zeitungsausschnitt auf dem Holzboden hatte sie noch nicht bemerkt. Vielleicht würde sie gar nicht darauf achten, wenn Claire ihn aufhob und zur Seite legte. Andererseits war es albern, vor ihrer Tochter verbergen zu wollen, dass sie ihn gelesen hatte. Schließlich war ihr der Artikel versehentlich in die Hände gefallen, weil er zwischen den Modellzeichnungen gelegen hatte, und sie hatte nicht etwa sämtliche Schubladen und Schränke durchwühlt, um Viktoria auszuspionieren.

»Was ist denn dann das Problem?« Erkundigte sich Claire, während sie das Blatt am Boden fixierte.

»Ist dir noch nicht aufgefallen, wie dein Sohn Frieda ansieht und wie sie ihn anschwärmt? Früher habe ich immer gedacht, die Geschichte ist einseitig, und Richard nimmt Frieda kaum wahr. Doch in letzter Zeit bin ich darauf gekommen, dass er nur geschickter darin ist, seine Zuneigung zu verbergen.«

Nachdenklich strich Claire sich über den Nasenrücken. »Dass Frieda eine Schwäche für Richard hat, war praktisch vom ersten Tag seiner Rückkehr aus der Gefangenschaft an so«, sagte sie nachdenklich. »Aber Frieda war noch sehr jung, und Richard schien sie nie zu beachten. Seit Frieda nicht mehr bei uns in der Villa wohnt, sehe ich die beiden kaum noch zusammen.«

»Ich bin auch lange auf Richard reingefallen, aber mittlerweile kann man es einfach nicht mehr übersehen. Sobald Frieda ins Zimmer kommt, wird er ganz fahrig und nervös. Und er sieht nie in ihre Richtung – nur wenn er denkt, dass es niemand bemerkt.« Viktoria rollte die Augen.

»Ach du je!« War etwa noch eines ihrer Kinder in Liebesnöten? Richard wirkte bei den gemeinsamen Mahlzeiten in der Villa immer ruhig und ausgeglichen. Claire fand es zwar schade, dass er in seinem Alter noch keine Frau an seiner Seite hatte, aber sie hatte immer geglaubt, es wäre nur eine Frage der Zeit, bis er die Richtige fand.

»Frieda ist ein liebes Mädchen. Er könnte es schlechter treffen«, sagte Claire, während Viktoria mit zusammengezogenen Brauen in die Luft starrte. »Und wenn sie ihn auch mag, was ist dann das Problem?«

»Das habe ich ihn heute auch gefragt«, platzte Viktoria heraus. »Frieda kam ins Lager, um irgendetwas zu holen, und wurde wie üblich knallrot, als sie Richard sah, mit dem ich dort gerade etwas besprach. Und er wurde ganz fahrig und gab mir nur noch merkwürdige Antworten. Erst als sie fort war, konnte ich wieder vernünftig mit ihm reden. Da reichte es mir.« Viktoria schob die Unterlippe vor, wie immer, wenn sie zu etwas entschlossen war.

»Und weiter?« Claire ließ sich auf den Stuhl neben dem Zeichentisch fallen.

»Ich habe ihn gefragt, warum er nicht wenigstens mal mit Frieda ausgeht, damit sie sich etwas besser kennenlernen. Weil sie doch offenbar verrückt nacheinander sind.«

»Und was hat er geantwortet?«

»Er hat nicht mal abgestritten, dass er in Frieda verliebt ist.« Mit empörter Miene verschränkte Viktoria die Arme vor der Brust. »Aber weißt du, was er gesagt hat?«

»Was denn nun?« Zufällig fiel Claires Blick wieder auf den Zeitungsabschnitt am Boden, den sie ganz vergessen hatte. Aber jetzt interessierte er sie nicht mehr besonders. Ihr Sohn war ihr wichtiger.

»Er hat gesagt, das könne er ihr nicht antun.«

»Meint er etwa immer noch seine Narbe im Gesicht?« Entsetzt schnappte Claire nach Luft.

»Offenbar. Dabei finde ich sie überhaupt nicht schlimm. Natürlich fällt sie auf, aber ich bitte dich! Richard ist trotzdem immer noch ein gut aussehender Mann. Und wenn Frieda ihn so abstoßend fände, würde sie ihn nicht derart anhimmeln.

Vielleicht müsste sie ihm einfach deutlichere Zeichen geben. Meinst du, ich sollte mal mit ihr reden?« Viktoria sah Claire fragend an.

Claire zuckte mit den Schultern. »Du möchtest ja auch keine Ratschläge wegen der Sache zwischen Lukas und dir. Ich denke, in Liebesdinge sollte man sich nicht einmischen. Menschen, die zusammengehören, müssen letztlich aus eigener Kraft zusammenfinden.«

Viktorias Wangen bekamen einen rosigen Hauch. Sicher dachte sie in diesem Moment an Lukas. Und das war gut so.

»Vielleicht steckt ja auch noch etwas anderes als die Narbe hinter Richards seltsamer Bemerkung«, überlegte Viktoria laut. »Etwas, was wir nicht wissen und worüber er noch nie gesprochen hat.«

»Was sollte das sein? Er ist groß und attraktiv. Er hat unser Familienunternehmen gemeinsam mit dir wieder in Schwung gebracht. Er kann sehr unterhaltsam und humorvoll sein, wenn er möchte. Was soll daran für eine Frau nicht zumutbar sein?« Nachdenklich schaute Claire aus dem Fenster. »Meiner Erfahrung nach kann man Menschen zu ihrem Glück nicht zwingen. Das ist manchmal schmerzlich, besonders wenn es um die eigenen Kinder geht.« Claire sah ihre älteste Tochter liebevoll an, doch Viktoria wandte hastig den Blick ab.

Dabei entdeckte sie nun doch den Zeitungsausschnitt am Boden. Sie stand auf und bückte sich danach.

»Tut mir leid, den habe ich runtergeworfen und dann kurz überflogen«, sagte Claire und fügte entschlossen hinzu: »Kennst du den Mann? Diesen Dave, der totgeschlagen wurde?«

Sie konnte sehen, wie es hinter Viktorias Stirn arbeitete, bevor sie antwortete.

»Ja. Aber nur flüchtig. Natürlich ist es nicht schön, was

mit ihm passiert ist. Aber ich trauere nicht um ihn, falls du das wissen willst.«

Prüfend musterte Claire das Gesicht ihrer Tochter. Es musste mehr hinter dieser Sache stecken. Wegen eines flüchtigen Bekannten, um den man nicht mal trauerte, schnitt eine viel beschäftigte Frau wie Viktoria keinen Zeitungsartikel aus.

»Ich wusste von seinem Tod, und es hat mich interessiert, wie es passiert ist«, fügte Viktoria hinzu. Was auch keine wirkliche Erklärung war. Erst recht nicht dafür, dass plötzlich wieder Tränen in ihren Augen schimmerten. »Aber dass ich es jetzt weiß, ändert nichts an der Sache.« Mit einer energischen Bewegung wischte sie sich über die Augen. »Ich kann nicht mit Lukas reden. Er hasst mich. Er muss mich hassen.«

Claire verstand auch nicht, was nun wiederum Lukas mit dem Zeitungsausschnitt zu tun hatte. Vielleicht würde sie es nie verstehen. Aber ihre Kinder waren erwachsen. Sie waren alle drei klug, entschlossen und mutig. Also war es wohl am besten, wenigstens zu versuchen, sich keine Sorgen zu machen und darauf zu vertrauen, dass sie ihr Glück erkennen, im richtigen Moment darum kämpfen und es dann nie wieder loslassen würden.

Claire unterdrückte einen Seufzer. Auch Menschen, die um ihr Glück gekämpft hatten und jeden Tag dankbar dafür gewesen waren, riss das Schicksal dieses Glück manchmal viel zu früh wieder aus den Händen. Umso wichtiger war es, die Liebe zu erkennen und festzuhalten. Aber das würden ihre Kinder selbst herausfinden müssen.

28

Modehaus Haynbach, München, Oktober 1950

Fröstelnd stand Viktoria in der herbstlichen Abendkühle am Nebeneingang ihres vor vier Wochen eingeweihten neuen Modehauses in München. Ihre Hand, mit der sie die Zigarette zum Mund führte, zitterte leicht. Im vergangenen Jahr hatte sie sich das Rauchen angewöhnt. Der Stress bei der Planung ihres eigenen Geschäfts, beim Umzug und vor allem bei den Vorbereitungen auf die Vorstellung ihrer Sommerkollektion für 1951 war groß gewesen. Sie hatte festgestellt, dass es sie etwas entspannte, sich eine Zigarette anzuzünden, wenn die Unruhe wie ein gefangener Vogel in ihrem Bauch flatterte.

Jetzt rauchte sie schon die zweite, während sie vorsichtig den Kopf um die Gebäudeecke streckte und die Gäste beobachtete, die durch den Vordereingang in den Vorführraum strömten. Als sie immer mehr Näherinnen hatte einstellen müssen, die ihre Modellkleider mit der Hand anfertigten, hatte Richard ihr vorgeschlagen, mit ihrem Modehaus in ein eigenes Gebäude umzuziehen.

»Du brauchst viel mehr Platz für deine Näherinnen und möglicherweise auch ein größeres Atelier. Außerdem suchst du nach einer Direktrice und weiteren Zuschneiderinnen. Dafür ist hier in der Hemdenfabrik einfach kein Platz«, hatte er die Situation zusammengefasst. Sein nächster Satz ließ ihren Atem stocken.

»Was hältst du davon, wenn du mit deinem Modehaus nach München umziehst? Es erscheint mir sinnvoller, dir dort ein entsprechendes Haus zu bauen oder eines nach deinen Bedürfnissen umzugestalten. Hier draußen ist ein guter Ort für eine Hemdennäherei. Aber du hast ständig Kundinnen zu Besuch, und du wirst zwei Mal im Jahr eine große Modenschau veranstalten. Dafür ist München der richtige Ort.«

Natürlich hatte Viktoria davon geträumt, irgendwann ein Modehaus in München zu besitzen, doch so schnell hatte sie nicht damit gerechnet. »Haben wir denn überhaupt genug Geld dafür?«, hatte sie atemlos gefragt.

»Du verdienst eine Menge mit deinen Kleidern«, hatte Richard breit lächelnd gesagt. »Natürlich müssten wir einen Kredit aufnehmen, aber die Rückzahlung dürfte bei deinen Erfolgen kein Problem sein. Und die Hemdennäherei macht in letzter Zeit auch ganz hervorragende Umsätze.«

Und hier stand sie nun also, ein halbes Jahr nach diesem Gespräch, und ihr wunderschönes neues Modehaus warf durch eine große Glasfront im Erdgeschoss goldgelbes Licht über die halbe Breite der Straße. Das Gebäude befand sich nicht weit entfernt von der Maximilianstraße, einer von Münchens Prachtstraßen.

Es war die Erfüllung all ihrer Träume. Und doch wartete sie immer noch auf das sprudelnde Glücksgefühl, von dem sie gedacht hatte, es würde wie mit schillernden Seifenblasen in ihr aufsteigen, wenn sie es erst einmal so weit gebracht hatte. Schließlich war es noch nicht lange her, seit sie ihre Entwürfe in der Küche der Villa Rabenfels gezeichnet hatte, wo auch die Kleider genäht worden waren, während sie zwischendurch im Salon Kundinnen empfing, in dem nachts ihre Mutter und ihre Großmutter schliefen.

Viktoria warf den Rest ihrer Zigarette auf den Boden und trat sie vorsichtig aus, um ihren Schuh aus schwarzem Satin nicht zu beschmutzen. Aus Aberglaube, aber auch weil sie rote Seide liebte, hatte sie sich auch für diese Modenschau ein rotes Abendkleid entworfen. Dazu gehörten lange schwarze

Handschuhe, die sie aber jetzt noch nicht trug, und schwarze Schuhe.

Ein Blick auf ihre Armbanduhr sagte Viktoria, dass die Schau in einer Viertelstunde beginnen würde. Zeit, nachzuschauen, ob die Mädchen für ihren ersten Auftritt bereit waren. Sie hatte sich drei Mannequins mit Erfahrung von einer Münchner Agentur vermitteln lassen. Zwei Brünette und eine Rothaarige. Und natürlich würde Claudia dabei sein, die wenigstens zum Teil ihre Schüchternheit abgestreift hatte, seit sie im Modehaus Haynbach als Vorführdame arbeitete. Mabelle aber würde wieder das Brautkleid tragen.

Viktoria wandte sich um und wollte zurück ins Gebäude gehen, erstarrte jedoch mitten in der Bewegung. Der Mann im dunklen Anzug, der soeben hinter einer Gruppe von drei älteren Damen durch den Haupteingang verschwunden war, hatte Ähnlichkeit mit Lukas gehabt. Aber es gab viele hochgewachsene dunkelhaarige Männer um die dreißig. Lukas würde ganz sicher keinen Fuß in ihr Modehaus setzen. Er war seit jenem Abend, an dem sie ihn des Mordes an Dave beschuldigt hatte, auf Nimmerwiedersehen aus ihrem Leben verschwunden.

Annedore hatte ihr geschrieben, dass Lukas und sie seit einigen Wochen geschieden waren und sie demnächst mit dem kleinen Sam an Bord eines amerikanischen Schiffs gehen würde, das sie nach New York bringen sollte. Billie war bereits dort. Annedores Zeilen hatten glücklich geklungen, und Viktoria gönnte ihr dieses Glück von Herzen. Viel zu lange hatten ihre ehemalige Freundin und Lukas sich in ihrer Ehe gequält.

Energisch verbot Viktoria sich weitere Gedanken an Lukas. Es hatte keinen Sinn, vergebenen Chancen nachzutrauern, auch wenn sie manchmal das Gefühl eines schmerzlichen Verlusts immer noch aus dem Hinterhalt ansprang und mit tiefem Kummer erfüllte. Sie trat in den Gang, der zum Umkleideraum der Mannequins führte, aus dem lebhaftes Stimmengewirr drang. Als Viktoria die Tür öffnete, war ihre neue Direktrice soeben damit beschäftigt, an dem Kleid, in dem Mabelle die Schau eröffnen würde, einen Knopf ein winziges Stückchen zu versetzen.

»Ich bin dicker geworden«, jammerte Mabelle. »Obwohl die Waage immer noch genau 52 Kilo zeigt. Aber das Kleid spannt da vorn plötzlich. Wenn das die Agentur erfährt, bekomme ich Ärger.«

»Das Kleid hat eine winzige Falte geschlagen. Die war vorher vielleicht auch schon da und ist nur niemandem aufgefallen«, erklärte Frau Siems ruhig, senkte den Kopf und biss den Faden ab, mit dem sie den Knopf festgenäht hatte. So machten es alle Näherinnen, wenn es schnell gehen musste. »Jetzt ist die Falte weg.«

Mabelle hatte vor wenigen Wochen bei einer großen Münchner Agentur, die sich auf die Vermittlung von Mannequins spezialisiert hatte, einen Vertrag unterschrieben. Man hatte ihr dort große Hoffnungen auf eine internationale Karriere gemacht.

»Sie sagen, ich bin der Typ Fräuleinwunder«, hatte sie nach ihrem Vorstellungsgespräch bei der Agentur stolz erzählt. »Und blonde Haare kommen zurzeit besonders gut an.«

Zum Glück nahm Mabelle an Viktorias Modenschau für ein Taschengeld teil – jedenfalls im Vergleich zu dem Honorar, das ihr die Leute von der Agentur für die Zukunft versprochen hatten.

Einzig die Tatsache, dass sie wohl bald viel unterwegs sein würde, machte Mabelle etwas Kummer. Immerhin hatte sie eine kleine Tochter. Doch Sylvie war bei Claire bestens aufgehoben. Sie nannte ihre Großmutter immer noch meistens »Mama«, obwohl sie mit ihren fast vier Jahren sehr genau wusste, wer ihre wirkliche Mutter war. Aber sie hatte eben zwei Mütter.

»Wenn Sylvie größer ist, kann ich sie ab und zu mitnehmen«, tröstete sich Mabelle. »Dann sieht sie Paris, London und Rom, vielleicht auch Amerika. Und jetzt lege ich auf einem Konto Geld für sie zurück. Sie soll etwas davon haben, dass ihre Mutter erfolgreich ist.« Dabei blickte sie ein bisschen traurig drein, aber Viktoria wusste, dass es sie über die Trennung hinwegtrösten würde, in den berühmtesten Modehäusern der Welt wunderschöne Kleider vorzuführen.

»Zeig.« Viktoria machte ihrer Schwester ein Zeichen, sich um die eigene Achse zu drehen, damit sie sehen konnte, ob alles perfekt saß.

Ihre Sommerkollektion stand unter dem Motto »Sommer am Meer«, und das Motiv, das Viktoria in fast jedem Modell wiederholte, war die Herzmuschel.

Ein Teil der bunten Sommerkleider und der Strandbekleidung war mit Muscheln bedruckt oder hatte Knöpfe und Gürtelschnallen in Muschelform. Einige Abendmodelle zeigten an verschiedensten Stellen raffinierte Fältelungen und Prägungen, die an Muscheln erinnerten. Es gab einen eleganten Ausschnitt, der in Form einer Muschel gerafft war. Der lange Rock eines Abendkleids war auf einer Seite in Falten gelegt, die eine Herzmuschel bildeten. Eines der Cocktailkleider hatte einen dünnen silberfarbenen Gürtel, in dessen Leder ringsum Muscheln geprägt waren. Auch kurze Ärmel in Muschelform hatte Viktoria geschaffen.

Sie selbst trug im tiefen Ausschnitt ihres roten Abendkleids an einer langen Silberkette eine schneeweiße Herzmuschel, die sie hatte in Silberdraht fassen und mit einer Öse versehen lassen. Diese Muschel berührte sie ab und zu gedankenverloren mit den Fingerspitzen.

Da sie mittlerweile genug Personal hatte, das während der Schau beim Umkleiden half, konnten ihre Mutter und ihre Großmutter den Abend in der ersten Reihe neben dem Laufsteg genießen. Sylvie saß in einem neuen dunkelblauen Samtkleidchen zwischen ihnen, damit auch sie ihre schöne Mutter auf dem Laufsteg bewundern konnte. Wenn die Vorführung zu Ende war und es für die Gäste Sekt und Kanapees gab, würde Luise mit Sylvie im Taxi nach Hause in die Villa fahren.

Viktoria stellte sich hinter die Stellwand, die die Mannequins bis zu dem Moment verbarg, in dem sie strahlend ins Scheinwerferlicht treten würden. Hier gab es keine Treppe in den Saal hinunter, sondern einen erhöhten Laufsteg. Rechts und links davon standen je drei Reihen gepolsterter Sesselchen, die zu diesem Zeitpunkt schon nahezu alle besetzt waren. Viktoria entdeckte fast sofort ihre Familie. Da saßen ihre Mutter und ihre Großmutter mit Sylvie. Auch Richard war da. Er sah in seinem dunklen Anzug mit einem weißen Hemd und einer roten Krawatte sehr gut aus. Wieso Frieda immer noch unglücklich für ihn schwärmte, konnte Viktoria gut verstehen. Weshalb Richard meinte, er könne sich keiner Frau zumuten, war ihr hingegen vollkommen schleierhaft.

Viktoria zwinkerte Mabelle zu, die, bereit für Auftritt, neben sie getreten war. Dann berührte sie ein letztes Mal mit den Fingerspitzen die Muschel im Ausschnitt ihres Kleids, atmete tief durch, trat hinaus auf die Plattform, begrüßte ihre Gäste und hieß sie in ihrem neuen Münchner Modehaus Haynbach willkommen.

*

Dieses Mal ging nichts schief. Niemand verschüttete Kaffee, machte Flecke auf die kostbaren Modelle oder war betrunken. Es erschien Viktoria fast unheimlich, wie wunderbar alles funktionierte. Jedes Kleid saß perfekt, nicht ein Härchen der von einer extra hierfür engagierten Friseurin zu einheitlichen Rockabilly-Frisuren gesteckten Haare verrutschte, und die Mannequins glitten über den Laufsteg, als würden sie den Boden unter ihren Füßen kaum berühren. Die Zuschauer zeigten ihre Begeisterung mit lautem Applaus, und die Menge der Bestellungen übertraf Viktorias kühnste Erwartungen. Dabei hatte Richard sie gedrängt, die Preise noch um einiges zu erhöhen, sodass sie befürchtet hatte, niemand würde so viel Geld für die Modelle einer unbekannten Modeschöpferin ausgeben wollen.

Das Gegenteil war der Fall. Wie ihr Bruder es vorhergesagt hatte, schlug ihre Kollektion ein wie eine Bombe. Die Einkäufer mehrerer exklusiver Bekleidungsgeschäfte baten schon während der Vorführung um Termine. Zwei befreundete Damen gerieten über das meerblaue Cocktailkleid fast in einen lautstarken Streit, den Richard zum Glück geschickt schlichtete. Auch sämtliche anderen Modelle fanden begeisterte Abnehmer.

Dann schwebte Mabelle zum Abschluss als Sommerbraut über den Laufsteg. Als die Zuschauer sie sahen, kam ein mehrstimmiges »Oh« aus mehr als hundert Kehlen, und tatsächlich sah Viktorias jüngere Schwester in dem mit Spitzen besetzten und mit winzigen zartrosa Knospen bestickten weißen Seidenkleid überirdisch schön aus. In ihren blonden Haaren steckten rosa Blüten, und ihre blauen Augen strahlten wie das Meer an einem klaren, sonnigen Tag im Hochsommer. Ihre feinen Gesichtszüge leuchteten wie von innen heraus, als würde sie tatsächlich zum Altar schreiten, um die Liebe ihres Lebens zu heiraten.

Dann versammelten sich zum großen Schlussbild alle Mannequins um Viktoria, und im Hintergrund zog eine der Näherinnen an der Schnur, mit der das Netz geöffnet wurde, aus dem rote Rosenblätter auf sie alle herunterrieselten.

Heimlich schielte Viktoria zur Seite. Dies war der Moment, in dem Richard wie besprochen seinen Auftritt mit dem großen Blumenstrauß für die Schöpferin der Kollektion haben und sie überrascht tun würde. Wo blieb er denn nun aber?

Hinter der Stellwand hörte sie Unruhe und Geflüster.

Dann kam endlich der riesige bunte Blumenstrauß auf sie zu. Für einen Moment war sie irritiert, weil Richard zu seinem dunklen Anzug plötzlich keine rote Krawatte mehr trug, sondern eine silbergraue. Vielleicht hatte es ja doch noch ein Kaffeeunglück gegeben.

Sie riss mit gespielter Überraschung die Augen auf und breitete die Arme aus, um den Strauß aus fünfzig Sommerblumen in Empfang zu nehmen, die jetzt im Herbst gar nicht so einfach zu bekommen gewesen waren. Doch als der Mann im dunklen Anzug ihr das Gebinde entgegenstreckte und sie sein Gesicht sah, ließ sie die Hände sinken und starrte ihn fassungslos an. Nun war ihre Überraschung echt.

»Lukas«, flüsterte sie und war immer noch nicht in der Lage, die Arme zu heben und nach dem Strauß zu greifen, den er ihr hinhielt.

Alles, was sie tun konnte, war, ihn anzustarren – in seinen dunklen Augen zu versinken, die sie zum ersten Mal an jenem Tag am See gesehen hatte und seitdem in so vielen Nächten im Traum.

»Viktoria«, sagte er endlich, nur ihren Namen, doch damit sagte er alles. Denn seine Stimme klang so sanft und liebevoll, dass sie spürte, wie eine Welle der Zärtlichkeit sie durchlief.

Dann standen sie weiter da und sahen einander einfach nur an.

Schließlich reagierte Mabelle und riss den Blumenstrauß an sich, den Lukas immer noch in der Hand hielt. Jetzt hatte er beide Hände frei und streckte sie Viktoria entgegen, öffnete seine Arme für sie.

Sie machte einen halben Schritt nach vorn, verharrte dann aber unsicher.

»Was machst du hier?«, flüsterte sie endlich, während die Zuschauer anfingen, die Szene amüsant zu finden. Einige lachten, andere applaudierten, viele standen auf, um besser sehen zu können, was dort oben vor sich ging.

»Nun ja, ich habe für heute Abend eine Einladung bekommen. Und ich wollte dein neues Modehaus sehen und deine Kollektion und vor allem … dich.« Er verzog seine Lippen zu einem Lächeln, das ihre Knie zum Zittern brachte.

Automatisch wandte Viktoria den Kopf und sah ihre Schwester an, die mit harmloser Miene und funkelnden Augen ihren Blick erwiderte. Das mit der Einladung konnte nur Mabelle gewesen sein. Jetzt fielen Viktoria ein paar seltsame Fragen ein, die ihre Schwester ihr während der vergangenen Wochen gestellt hatte und in denen es um Liebe und Verzeihen und dergleichen gegangen war. Als hätte sie ihre Gedanken gelesen, zwinkerte Mabelle ihr zu. Mit einem warmen Gefühl im Bauch schaute Viktoria wieder Lukas an.

In all der Zeit, die seitdem vergangen war, hatte sie nicht vergessen können, wie sich sein Mund auf ihrem angefühlt hatte. So verzweifelt sie auch gegen die Sehnsucht gekämpft und ihren Kummer mit Arbeit zugeschüttet hatte, es war ihr nicht gelungen, diesen Mann auch nur für eine Stunde zu vergessen. Und nun stand er plötzlich wieder vor ihr. Und sie war glücklich und gleichzeitig voller Angst, dass sich dieses Glück wieder in Luft auflösen könnte.

»Warum bist du wirklich hier?«, drängte sie und bemerkte, dass die Mannequins, angeführt von Mabelle in ihrem Hochzeitskleid, sich vor ihr und Lukas aufgestellt hatten, um sie vor den Blicken der Zuschauer zu verbergen.

»Warum?«, wiederholte sie, als er immer noch nicht antwortete.

Er streckte die Hand aus und legte die Fingerspitzen auf die Muschel in ihrem Ausschnitt.

»Darum«, sagte er leise. »Weil ich sie dir bei unserer ersten Begegnung geschenkt habe und du sie heute um deinen Hals trägst. Weil wir beide seit damals wissen, dass wir zusammengehören, auch wenn es nicht sein durfte. Nun bin ich frei für dich. Darum bin ich hier.«

»Aber …« Sie schluckte. »Was ich damals gesagt habe. Wegen Dave …«

»Ich hätte für dich getötet, wenn es wirklich nötig gewesen wäre. Also sollte ich dir diese Worte wohl verzeihen. Ich werde dir immer wieder verzeihen, denn ich liebe dich, Viktoria. Und es tut mir leid, dass es so lange gedauert hat, bis ich dir das endlich sagen konnte.«

»Ich liebe dich auch«, flüsterte sie und ließ zu, dass er sie sanft an sich zog. Sie spürte seine Wärme und seine Nähe, und in diesem Moment stieg wie bunt schillernde Seifenblasen das Glück in ihr auf.

Erst als die Zuschauer Beifall klatschten, bemerkten sie, dass die Mannequins die Bühne verlassen hatten und ihnen keinen Sichtschutz mehr boten.

Verlegen lächelnd löste Viktoria sich aus Lukas' Umarmung, nahm seine Hand, verbeugte sich vor den Besuchern ihrer Modenschau und zog den Mann, den sie liebte, mit sich hinter die Bühne, wo ihre Familie auf sie wartete.

Leseprobe

Eva Grübl-Widmann

Das Bernsteincollier

1

Stockholm, Schweden, Januar 2015

Inga öffnete die Eingangstür des Appartementhauses, sog die kalte Luft mit einem tiefen Zug in ihre Lunge und blies hüstelnd kleine Dampfwolken aus dem Mund. Sie fröstelte, zog ihren Wollschal über Kinn und Nase und betrat die hauchdünne Schneedecke auf dem Bürgersteig. An diesem frühen Sonntagmorgen war kaum jemand unterwegs. Eigentlich hatte Inga das Wochenende nützen wollen, um sich etwas Ruhe zu gönnen, sich zu vergraben unter dicken Daunendecken und einfach dem Nichtstun zu frönen. Stattdessen ging sie nun rastlos und verunsichert über die Straßen des noch im Tiefschlaf ruhenden Stockholms.

Spät am gestrigen Abend hatte das Handy geklingelt. Die ungewohnte Besorgnis in der sonst so ruhigen Stimme ihres Großvaters hatte sie irritiert. Der alte Mann hatte sich hinter seltsamen Bemerkungen versteckt, um dann alle Fragen mit Schweigen zu beantworten. Als würde er im selben Moment, in dem die Worte über seine Lippen gekommen waren, bereuen, sie ausgesprochen zu haben. Inga hatte sofort ihre Mutter Pernilla angerufen, doch als sich diese nicht gemeldet hatte, hatte sie den Entschluss gefasst, ihrem Großvater gleich am Morgen einen Besuch abzustatten.

Sie ging die Treppe zur U-Bahn am Östermalmstorg hinunter, stieg in die rote Linie und fuhr bis zur Endstation Ropsten. Der U-Bahnhof war menschenleer. Der süßliche Duft frisch gebackener Zimtschnecken stieg ihr in die Nase und lockte sie in einen Kiosk, in dem der Verkäufer gelangweilt in der Sonntagsausgabe des *Svenska Dagbladet* blätterte. Sie bestellte vier der köstlich warmen Schnecken und löste eine Karte für die Lidingöbahn.

„Früh unterwegs“, stellte der Verkäufer mit einem bemühten Grinsen fest.

Inga nickte stumm, schob ihm das Geld hin und griff nach der Papiertüte.

Die kleine Bahn setzte sich mit einem zähen Ruckeln in Bewegung, ächzte ebenso altersschwach wie müde und rollte gemächlich über die Brücke, die über das Wasser auf die Insel Lidingö führte. Trotz der anhaltenden Dunkelheit erhellte der Schnee die Umgebung. Bunte Bojen ragten regungslos aus dem gefrorenen Meer, das hier, wo es sich mit dem Süßwasser des Mälaren vermischte, schneller gefror als an anderen Küsten Schwedens. Die Kälte hatte die Wellen zum Schweigen gebracht.

Inga lächelte, als sie den kleinen Eisbrecher am Horizont auftauchen sah, der sich einen Weg durch das gefrorene Wasser bahnte. Obgleich das Rattern des Zuges das einzig wahrnehmbare Geräusch war, malte sie sich das Knacken und Ächzen aus, unter dem die Schollen nachgaben, zerbarsten, und, auf dem Wasser des großen Sees treibend, zurückblieben. Die Tage, an denen sie mit ihrem Bruder Magnus am Ufer gesessen hatte, die langen Schlittschuhe lässig über die Schulter geworfen, den Eisbrecher im Visier, lagen Jahre zurück. Dennoch ließen das kleine Monster, wie sie das Schiff als Kinder genannt hatten, und das unberührte Eis die Erinnerungen aufleben. Magnus, Ingas jüngerer Bruder, studierte an der Hochschule in Göteborg und kam nur noch selten nach Stockholm.

Inga seufzte und sank tiefer in den Sitz. Immer noch steckte ihr die Müdigkeit in den Gliedern. Ihre Gedanken wanderten zu den glücklichen Momenten, die sie mit ihrem ehemaligen Lebensgefährten Sven auf der Insel verbracht hatte: die

Lagerfeuer und die Abende mit Gitarre im Garten ihres Großvaters, die Wintertage, an denen sie verliebt zu zweit auf dem gefrorenen See, der versteckt in der Mitte der Insel lag, Schlittschuh gelaufen waren. Es waren schöne Erinnerungen. Zu schön, um sie einfach beiseitezuschieben, und dennoch zu schmerzhaft, um an ihnen festzuhalten. Der Schock der Trennung saß immer noch tief, und Inga ertappte sich nicht selten dabei, die Schuld für Svens Untreue bei sich zu suchen. In den letzten Wochen hatte sie sich entweder in ihre Wohnung zurückgezogen oder war wie automatisch Tag für Tag zur Arbeit gegangen, um ihre Pflichten zu erfüllen und ihren Kopf zu zwingen, das ständige Grübeln zu unterlassen.

Sieben Stationen waren es mit der Lidingöbahn. Kalle Johansson lebte am südlichen Ende, dem schönsten Teil der Insel, wie er stets behauptete, mit Blick auf das Meer und die gegenüberliegende Küste. Inga bereute ihre Nachlässigkeit, was die Besuche bei ihrem Großvater betraf. Damals, vor fünf Monaten, als Sven Inga ganz plötzlich und ohne Vorwarnung verlassen hatte, war er es gewesen, der ihr Trost geschenkt hatte, zu dem sie jeden Abend gefahren war, um auf andere Gedanken zu kommen. Nach einigen Wochen, als sie wieder in ihr Leben zurückgefunden hatte, waren die Besuche wieder seltener geworden. Ihr Großvater grollte ihr nicht deswegen. Er war da, wenn sie ihn brauchte, und drängte nicht, wenn sie Abstand suchte.

Anders als Pernilla, Ingas Mutter, die sie mit gut gemeinten Anrufen und Worten des Trostes bombardierte und ständig nach Begründungen für Svens Handeln suchte. Sie ließ nicht unausgesprochen, dass auch Inga Schuld am Scheitern der Beziehung trug. Inga nahm das ihrer Mutter nicht übel, doch es war anstrengend, sich ständig zu erklären, unablässig über Sven zu sprechen und über den Schmerz, den sie empfand.

Bei ihrem Großvater musste Inga nichts sagen. Er nahm

sie schweigend in den Arm und ermunterte sie, sich neue Beschäftigungen zu suchen oder ihm bei der Gartenarbeit zu helfen. Doch nie hatte er ein Wort über Sven verloren. Er war ihre größte Stütze gewesen, und dennoch hatte sie ihn in letzter Zeit vernachlässigt. Das Alter setzte Ingas Großvater zu, und ihr wurde bewusst, dass jeder Tag in seinem langen Leben der letzte sein könnte. Er hatte die neunzig überschritten, was den meisten Menschen nicht vergönnt war, und war halbwegs gesund und fit im Geiste.

Das gleichmäßig rhythmische Rattern des Zuges ließ Inga schläfrig werden. Sie legte den Kopf in den Nacken und schloss die Augen. Sie genoss die Erinnerungen an ihre Kindheit, an ihren Großvater und sein ruhiges Naturell, das ein wenig geheimnisvoll wirkte. Kalle Johansson war immer schon ein besonderer Erzähler gewesen. Er wusste auch heute noch, seine Stimme wie ein Werkzeug zu benutzen. Damals, als Inga noch klein gewesen war, hatte er Wolf wie Hexe so gut nachgeahmt, dass sie und ihr Bruder Schutz unter der Decke gesucht hatten, vor Angst, von einem bösen Fabelwesen gepackt und verschleppt zu werden. Inga und ihr Bruder Magnus waren in der Welt der Geschichten versunken und nicht mehr in der Lage gewesen, zwischen Realität und Fantasie zu unterscheiden. Seit Jahren schon, seit Inga dem Kleinkindalter entwachsen war, waren die Geschichten verstummt, die Hexen und Geister zurück in die Fantasiewelten geflüchtet.

Bis ihr Großvater ihr gestern Abend angekündigt hatte, dass er ihr etwas Wichtiges aus seiner Kindheit erzählen müsse. Inga kannte jedes Fältchen in seinem Gesicht und wusste jede Regung zu deuten. Doch sobald sie sich in die Jahre seiner Kindheit vorwagte, verstummte er und wechselte mit einem nüchternen Kopfschütteln das Thema. Sie wusste wenig über seine Vergangenheit – er war in Berlin aufgewachsen und nach dem Krieg allein nach Schweden geflüchtet, nachdem seine Familie ums Leben gekommen war. Alles andere war unerzählt geblieben. Keine Namen, keine Orte, keine Fotografien. Die Menschen des Krieges, wie Ingas Mutter sie immer nannte, wollten die Zeit des Grauens vergessen und sprachen nicht gern darüber.

Der Zugführer kündigte den nächsten Halt an. Inga stand auf, lugte aus dem Fenster und begab sich zum Ausstieg. Das Wartehäuschen stand mitten in einem kahlen Birkenwäldchen und verschwand fast unter den Schneebergen, die sich rundum auftürmten. Als der Zug hielt, öffnete Inga mit einem kräftigen Ruck die alte Tür und hüpfte leichtfüßig die drei Stufen hinunter.

Der Zauber, der in der frühen Stunde des Tages lag, berührte sie und verleitete sie dazu, innezuhalten und den Moment der absoluten Stille abzuwarten. Das sanfte Rattern des sich entfernenden Zuges verebbte langsam, und bald hörte sie nichts außer ihrem Atem. Es war, als hätte der Winter jedes Geräusch verschluckt. Eine Ladung Schnee fiel zischend von den hängenden Birkenzweigen, was geradezu störend laut wirkte. Der Pfad, der zu der Straße führte, war zu so früher Stunde noch nicht geräumt worden. Inga schaute auf den Weg, der unter der Schneedecke nur noch zu erahnen war. Fast schuldbewusst schritt sie vorwärts und hinterließ ihre plumpen Fußabtritte im makellosen Weiß. Der Schnee wurde tiefer, und bald stapfte Inga durch kniehohe Wechten, die der Wind geformt hatte. Als sie die Straße erreichte, war ihre Hose bereits bis zu den Knien durchnässt, und der Schnee kroch oben in ihre Stiefel, schmolz und rann an ihren Waden nach unten. Sie klopfte sich, so gut es ging, ab und machte sich auf den Weg zum Haus ihres Großvaters.

Nach zehnminütigem Fußmarsch lugte die Dachspitze des gelben Holzhäuschens hinter den Büschen hervor. Als sie vor dem Haus stand, ließ sie ihren Blick von Fenster zu Fenster wandern und lächelte zufrieden, als sie in der Küche gedämpftes Licht schimmern sah. Inga klopfte ihre Schuhe ab, trat die drei Stufen zur Haustür hinauf und drückte auf die Klingel.

„Wer ist da?“ Ihr Großvater öffnete, stützte die Arme in die Hüften, als er seine Enkeltochter erblickte, und zog überrascht die Augenbrauen hoch. „Ja, sag mal, Inga. So früh? Ist was passiert?“

Sie schüttelte den Kopf und schlug sich fröstelnd auf die Oberarme. „Nein, Opa, alles in Ordnung. Es ist furchtbar kalt heute Morgen.“

Sie betrat das alte Häuschen, schälte sich aus der dicken Jacke und stieß einen tiefen Seufzer aus, als ihr die bekannten Gerüche in die Nase stiegen: Kaffee, altes Holz, Feuer, das im offenen Kamin knisterte. Das kleine Appartement, das sie seit der Trennung von Sven bewohnte, war in miteinander harmonierenden Farbtönen eingerichtet, puristisch und kühl, klare Linien, Metall und Glas, so wie es der moderne Geschmack verlangte. Sie liebte ihre Wohnung in perfekter Lage, neu und glänzend. Doch gegen das Häuschen, in dem ihre Mutter aufgewachsen war, erschien ihr das moderne Appartement seelenlos. Sie lächelte ihren Großvater an, der ihr besorgt über die Schultern strich. Seine Haltung war gebückt, und das Stehen ohne Stock fiel ihm schwer.

Er musterte Inga mit neugierigen Augen, die von tiefen Falten umrandet waren. „Du bist ganz durchgefroren. Was machst du denn hier zu dieser Uhrzeit?“

„Du wolltest doch mit mir sprechen, mir etwas erzählen.“

Kalle Johansson nickte. „Ach, Kind, so warst du schon immer. Musst alles sofort wissen, nicht wahr?“ Er schmunzelte versöhnlich, stützte sich auf Ingas Arm und setzte langsam einen Fuß vor den anderen. „Komm, trinken wir eine Tasse Kaffee.“

„Ich habe Zimtschnecken mitgebracht.“ Inga führte ihren Großvater zum Sofa, ging in die Küche und legte das duftende Gebäck auf einen Teller. Dann öffnete sie zielsicher den Küchenschrank und holte zwei Tassen heraus. Sie wandte sich zur Tür und sah ihre Großmutter um die Ecke kommen – mit geblümter Schürze und weit ausgebreiteten Armen. Im selben Moment löste sich die Gestalt in nichts auf und hinterließ einen sehnsüchtigen Schmerz in Ingas Brust. Sie fehlte ihr. Der Duft von ihrem Parfum, ihr fröhliches Lachen, die leuchtenden Weihnachtssterne am Fenster. Mit einem Seufzer schüttelte Inga die Erinnerung ab, nahm das Tablett, stellte es auf das Tischchen im Wohnzimmer und ließ sich auf das gepolsterte Sofa fallen.

„Weißt du", sagte Kalle und legte seiner Enkelin die mit Altersflecken übersäte Hand auf die ihre, „als deine Großmutter gestorben ist, habe ich nicht erwartet, dass ich noch so lange leben darf. Ich habe Jahr für Jahr verstreichen lassen, aber nun muss ich mit euch sprechen. Ich muss euch noch so vieles erzählen … Bevor es zu spät ist."

Inga nahm einen Schluck Kaffee und sah ihn über den Tassenrand an. „Bevor was zu spät ist?"

Kalle fuhr mit dem Zeigefinger über den Teller und pickte Krümel auf. „Gute Zimtschnecken, fast so lecker wie nach Omas Rezept …"

„Opa!"

„Ja, ja, Liebes. Entschuldigung." Er räusperte sich und wandte sich ihr mit gefasstem Blick zu. „Ich habe Krebs. Ich werde sterben, schon bald."

Ingas Augen weiteten sich. Mit trockener Kehle stellte sie die Tasse ab. „Oh nein, Opa! Was können wir tun?"

„Gar nichts, Liebes. Was sollten wir schon tun? Es ist unheilbar, und ich bin doch ohnehin schon über neunzig."

„Aber was ist mit einer Chemotherapie?"

Kalle senkte den Blick und überlegte einen Augenblick, als würde er nach Worten suchen, die das Offensichtliche erklärten. „Inga, ich bin so alt. Wer braucht da noch eine Chemotherapie? Ich möchte in Frieden sterben, und ich bin froh, dass mir noch genug Zeit bleibt, um alle meine Lieben zu sehen und ihnen alles zu sagen, was mir auf dem Herzen liegt."

Inga biss sich auf die Unterlippe und schwieg. Ihr Großvater ließ die Stille zu, legte nur den Arm um sie. Als sie schließlich das Kinn anhob, um etwas zu erwidern, verlor sie den Kampf gegen die Tränen. Sie schluchzte und schmiegte sich an seine Schulter. „Ich will nicht, dass du stirbst. Dann bin ich allein. Sven ist weg. Du bist weg."

Für einen wertvollen Moment lang war sie wieder das kleine Mädchen, das in seinen schützenden Armen lag und ihren Willen durchsetzen wollte.

Kalle lächelte liebevoll und strich über Ingas Haar. „Ach, Kind. Du kannst dich glücklich schätzen. Du hast doch noch deine Mutter, eine gute Arbeit, bist gesund. Ich weiß, momentan bist du traurig, weil Sven dich verlassen hat. Aber du wirst einen neuen Mann finden. Und dass ich gehe, ist der Lauf der Zeit, mein Liebling. Ich durfte gesund alt werden. Bald wirst du Kinder haben und ihnen von mir erzählen. Es ist alles richtig so, wie es ist."

Sie drückte sich eng an ihren Großvater, atmete den bekannten Geruch ein – Rasierwasser und ein leichter Hauch Lavendel, den die Wäsche ausströmte – und starrte stumm ins Flackern des Feuers. Hätte sie den Blick nicht abgewandt, hätte sie die Unruhe gesehen, die in seinen Augen flackerte. Doch es waren nicht die Krankheit und der bevorstehende Tod, die ihn beunruhigten, es war die Offenbarung, die ihm bevorstand. Eine Offenbarung, die er fürchtete und die das harmonische Gefüge seiner Familie zerbröckeln lassen konnte wie altes, brüchiges Mauerwerk.

Er hätte nichts sagen können. Seine Familie im Ungewissen lassen und von dieser Welt gehen. Kalle sah auf Ingas Haarschopf, ihre störrischen blonden Locken. Er hatte schon zu lange verschwiegen, was seit Jahren auf seiner Seele lastete. Das beklemmende Gefühl der Angst beschlich ihn wieder.

Was, wenn ihm seine Tochter und seine Enkel die jahrelangen Lügen nicht verzeihen und sich im letzten Augenblick seines Lebens von ihm abwenden würden? Er kramte in seinem Gedächtnis nach den richtigen Worten, um den Stein ins Rollen zu bringen, endlich mit der Geschichte zu beginnen. Doch ein Blick auf das traurige Gesicht seiner Enkelin genügte, um die Entscheidung erneut aufzuschieben. Nicht heute, dachte er und strich behutsam über Ingas Haar. Ihr Herz war bereits schwer vor Kummer, und sie brauchte Zeit, um sich an den Gedanken seines Todes zu gewöhnen. Er hatte kein Recht, sie noch mehr zu verletzen.